深圳 不相信眼泪

含笑◎著

吉林文史出版社
JILINWENSHICHUBANSHE

图书在版编目（CIP）数据

深圳不相信眼泪 / 含笑著 . — 长春 : 吉林文史出版社，
2018.2 （2021.1重印）

ISBN 978-7-5472-4856-0

Ⅰ . ①深… Ⅱ . ①王… Ⅲ . ①长篇小说—中国—当代
Ⅳ . ① I247.5

中国版本图书馆 CIP 数据核字 (2018) 第 023825 号

深圳不相信眼泪

SHENZHEN BU XIANGXIN YANLEI

出 版 人 / 孙建军

作　　者 / 含　笑

策划编辑 / 董满强

责任编辑 / 王明智

封面设计 / 凤凰树文化

出版发行 / 吉林文史出版社

地　　址 / 长春市人民大街 4646 号　　邮　　编 / 130021

网　　址 / www.jlws.com.cn

电　　话 / 0431—86037501

印　　刷 / 三河市宏顺兴印刷有限公司

开　　本 / 710mm × 1000mm　　　　16 开

字　　数 / 360 千

印　　张 / 22

版　　次 / 2018 年 5 月第 1 版　　2021 年 1 月第 2 次印刷

书　　号 / ISBN 978-7-5472-4856-0

定　　价 / 66.00 元

序

王青伟

含笑身材魁梧，行伍出身。行伍出身的含笑有着军人的威武和直爽。因为朋友的关系，第一次见面，他就拿出厚厚的一本长达30集的电视文学剧本《风雨潇湘》让我看。

就这样我们从相识到相熟进而相知。不过，《风雨潇湘》并不被看好，但丝毫不影响含笑对文学的虔诚。他对文学创作的热情没有因这次失败而消减，反而因失败而更加激情澎湃。这不，没过几年，当他再次与我见面时，居然捧出长达20多万字的长篇小说《深圳不相信眼泪》来。

这回，我没有惊讶，相反，在我看来，军人出身的含笑完整地诠释了什么是军人的坚韧。军人不会因一次跌倒而躺下，而是每一次跌倒都是为了下一次的跃起。

读罢《深圳不相信眼泪》，我惊讶了，南人北相的含笑，五大三粗的含笑，在朋友圈被戏称为大山的含笑，文笔居然是如此细腻、轻快、风趣、幽默。宛若一泓溪水，自然而然，涓涓流淌，不事张扬，充满灵动轻俏的韵致。

诸如，把势利眼的妇人比作鸟，人离得远它就叽叽喳喳叫个不停，人一近，它又噗的一声飞走了。

面对跛子离婚，乔叔苦口婆心劝说，你以为离婚是小孩子过家家呀，头道酒苦，二道酒酸，那是个大事，打牌一样的，得重新洗牌再来一回。

描写社会百态，作者写到了，他仿佛掉进了一个怪圈：抓着了小偷自身反而被当作打劫的；学一回雷锋，人家会骂你出风头；住了十几年的邻居相互叫不出姓名；只有一条是真的，黄世仁能让喜儿过上好日子。

还有工人们猜测工厂生意好不好，就看老板的脸色，工厂生意不好，老

板的脸色就像死了爹娘一样；工厂生意要是好，那老板的脸色一定是一副数钱的样子。真是贴切又生动。

这类形象而又生动的语言在《深圳不相信眼泪》中俯拾皆是，不胜枚举。

含笑的经历颇为丰富，他务过农，当过兵，参过战，在部队还从事过新闻写作，只因为部队被撤销才没能提干。退伍后出来打工，其间，还办过厂做过短暂的老板，因经营不善导致工厂倒闭，不得已他再次放下身段又去打工。这一打就是20多年。身为农民工的一员，对农民工的酸甜苦辣自有他人不具有的独特体验。

在《深圳不相信眼泪》中，作者自始至终以旁观者的姿态，抱着悲天悯人的情怀娓娓道来，如泣如诉，因为慈悲所以真诚。

《深圳不相信眼泪》写的是来自四面八方生活和工作在深圳的一群人。在一家普通得不能再普通的玩具厂，这里既是一个大工厂，同时又是一个小社会，各色人等粉墨登场。他们为了生存，为了生活，为了理想，蜂拥般奔向深圳。孤独、苦闷、冷漠、狂热、挣扎，他们渴望爱与被爱，寻求幸福与尊严。上至花甲老人，小的才不过十几岁的懵懂少年，怀着对外面精彩世界的向往，他们来了，聚到了一起。充满诱惑的灯红酒绿，无处不在的钩心斗角，近乎绝望的生存困境，时不时产生碰撞的地域文化，由此引发一曲又一曲的生存角斗。他们为获得一次升迁而暗自窃喜，为丢掉一份工作而黯然神伤。望着高楼林立的城市，他们茫然不知所措，找不到回家的路。他们挣扎、呐喊、彷徨，甚至哭泣——眼泪成了用过的纸巾，无处不在又一文不值。

他们渐渐明白眼泪可以抚慰伤痛，却治愈不了伤口——这是《深圳不相信眼泪》中的一个隐象——当人们一次次跌倒又一次次爬起来，随着跌倒的次数多了，终于明白眼泪的作用是有限的，在漫长的生存奋斗中，眼泪始终相伴，但并不是不可或缺。

在这里，眼泪成了作品的隐喻，或象征。人们成功了掉眼泪，失败了也掉眼泪，但眼泪本身却左右不了成功或失败的结果。相反，一次次掉泪，连自己也感到乏味。

深圳是一座不相信眼泪的城市，哭泣成了无能的代名词，成了相互嘲笑对方没用或软蛋的口头禅。你又哭啦？言下之意你又做了一次软蛋。不哭才是一种坚强。

作品围绕几个主要人物布局谋篇。分开看，是几个中篇，但合在一起又是一部完整的长篇。它们既各自独立又相互关联，有点像古典小说《水浒传》的传统创作手法。传统的东西有它生命力长久的特质。今天的读者不光读纸质书，更多的选择读电子书，因为生活节奏加快了，时间相对碎片化，这种快餐文化的阅读方式恰恰与传统的创作手法实现了惊人的无缝对接。《深圳不相信眼泪》在时空交错的叙述中，直抵人心最柔软的深处。

曾听人说，深圳流行一句口号——来了，就是深圳人。但事实是理想很丰满，现实很骨感。对于成千上万的普通农民工来说，铁打的深圳，流水的农民工。来来往往万万千千，留下的毕竟是极少数，大多数成了匆匆过客，深圳依然还是别人的城市。要想成为真正意义上的深圳人，对于他们依然是遥不可及的梦想。而深圳又是一座不讲同情、怜悯的城市。即便一个不谙世事的小孩跌倒了，旁人也会喊，别哭，快爬起来。在它的游戏规则中缺少了温情，更多的是实用。正因如此，他们在农民工的称谓之外，被冠以弱势群体。

在这个弱势群体中，给我印象最深的是清洁工乔叔。这位父子两代都在曾家做工的农民，在离开曾家几十年后，以年过60的年纪又一次回到了曾家做工。尽管曾家对他以礼相待，称他为乔叔，但他却没有高人一辈的感觉，相反因为自己是长辈反倒是处处更加诚惶诚恐。

乔叔和少东家曾五锡之间的矛盾主要是双方争夺祖屋，乔叔一心要保住自己土改时上面分给自己的那份房产，那是老东家的祖产。但时过境迁，那座祖屋成了炙手可热的旅游资源。少东家曾五锡一心想要光大祖上的荣光，绞尽脑汁要从乔叔手上收回祖产。雇佣之间看似风平浪静春光明媚的关系实则私底下暗流涌动风高浪急。

最后，乔叔为了维护自己切身利益而不惜自尽，以肉体的毁灭换来人格的尊严，令人唏嘘。个中缘由发人深思。而面对乔叔的死因，各方反应居然是千奇百怪，迥然不同。工友们认为乔叔是他杀，要不那么小的粪孔无论如何乔叔也不可能失足掉下去，除非乔叔硬把自己塞进去。但公安却给出了乔叔系正常死亡的结论，原因是非正常死亡的年度指标没有了，再多加一个，今年的先进评选和年终奖金都打了水漂。而老板曾五锡却有自己的盘算，极力坚持乔叔因公死亡，宁愿多赔些钱也在所不惜，只要瞒住乔叔的死因就行。

行文至此，面对乔叔的死亡，各方力量展开了博弈，人物形象瞬时鲜活起来。

除了乔叔，书中还有许多人物形象令人印象深刻，如保安队队长李浩、

生产主管唐莲。尤其是从普通打工仔做起的老板曾五锡，即便在商场混得风生水起，如鱼得水，但在深圳这块地方，依然受到各种因素的碰撞与制约，如地域文化、生活观念、政商氛围等，当他背后的大树倒下后，他的经济王国随之岌岌可危，在新世纪的钟声中，连租赁的厂房也被房东要求限期搬出。

总之，《深圳不相信眼泪》是一部写打工仔的长篇佳作，有着真实独特的魅力，因为真实和独特，所以，我愿意把它推介给广大读者。

含笑与我都是湖南人，湘人的传统历来有着吃得苦、耐得烦、霸得蛮。在此，希望含笑苦尽甘来，耐得住寂寞，使出浑身的霸蛮劲儿，百尺竿头，更进一步，再接再厉，多出佳作。是为序。

目 录
CONTENTS

来了，就是深圳人；离去，深圳就是第二故乡。

——作者题记

之一　电车工李平

一

　　谁也不会想到，有一天，生产骨干跛子的头顶上竟然也被挂上了乌龟牌子，那是在一块四方形的纸箱板上，贴着一只蓝色的硕大的乌龟。乌龟腿短颈长，紧抿着嘴巴，滴溜着一双豆粒大的眼睛，那样子仿佛在嘲笑着什么。通常，乌龟牌子挂到谁的头上就证明谁丢大人现大眼了。乌龟牌子是代表拖生产后腿的意思，也就是常说的拖水鸭。当天，这个消息在全厂传开时，比有人撒谎说跛子中了五百万福彩还令人震惊。

　　跛子大名叫李平，老家四川。四川人与湖南人好有一比，都好一口辣，但四川人却没有湖南人那么霸气，显得随和、谦恭，有时甚至还低三下四。李平更甚，一副好脾气在工厂是出了名的。李平虽说做着车工，并且在工厂是公认的技术高手、货真价实的生产骨干，但为人没有一点儿显摆的意思。他一条腿坏了，平时走路一拐一拐的，远远看去还真像一只拖水鸭子在赶路。有冒失鬼就当面叫他跛子，他也不生气不当真，后来叫的人多了，跛子就成了他的名字，李平这个名字倒被人忘记了。

　　李平的老婆也在这家湘南玩具厂上班，开始听了心里头不舒坦不安逸，最初几次还与人大吼大闹，回到宿舍又骂李平太没男人味，龟儿子一个，别人把屎拉到头上来了，连脑壳也不晓得摇一下。他却安抚老婆，这有啥子要紧嘛，叫跛子就叫跛子好啰，我是一条腿坏了嘛——人家又没叫错。

　　老婆骂完跛子又骂别人，三岁莫笑老，八十岁莫笑残，谁敢保证前好后好啊，乱嚼舌头肯定不得好死。跛子就劝老婆，别生气了，犯得着吗？再说了，我们看见头上没长毛的不也叫人家秃子啊、电灯泡啊。人家不也应承得顺溜，真讲起来，算扯平嘛。

老婆见他把头上顶着的屎盆子当作官帽子，气不打一处来，七窍要冒烟，更加恨铁不成钢似的吼他，我们四川从前出了一个阿斗，现在又出了一个二百五，你就是那摊扶不上墙的烂泥巴。老婆一气之下，离职去了东莞。

跛子留了下来，他去找老板辞工。老板曾五锡好歹不同意，还把他骂得狗血淋头。说他没出息，老婆走了，也要跟着走，是个吃软饭的，离了老婆就活不成啦，亏他还算一个男子汉呀。跛子当年跟随老板曾五锡一起打天下，算是铁杆哥们儿，真说起来，血染的旗帜上也有他的风采，军功章里也有他的一份。只是后来人家发达了，就有了朱元璋、徐达之别。如今挨了骂，却比吃了蜜糖还甜。这说明老板心里还记着当年的情分，老板还是当年的老五。当然，老板也不白骂，没忘软硬两手，把跛子当小孩儿一样耍，打一耳光又给一颗糖吃。见跛子挨了骂却不气不恼的样子，知道跛子就是黄盖，心甘情愿的。自己这个周瑜还当定了，送他出门时就私下许诺有机会一定给他再涨工资，只是希望他不要忘了他们之间的交情，继续发挥骨干作用。

老五话说到这份上，跛子还有什么理由喊辞工。其实老五不说，跛子也心知肚明。他是全厂工资最高的工人，也是工龄资历最老的工人。他不带头谁带头。工厂生产玩具，采取的是计时工资制，工人打了卡就要算工钱的。不管活儿干多干少，钱却一分也不能少，刀削不掉，铲刨不掉。但生产方式却是流水线作业。一条拉上只要有人带了个好头，别人想偷懒都找不到机会。但若一条拉抱团偷懒耍滑，那老板也没辙，别说赚钱，甚至会弄得血本无归。个中利害，跛子清楚，老板不傻，自然心中有数。因此，在各条拉上老板都秘密安插了自己的亲信。这些亲信不是老板的亲戚就是老板的同乡。老板是湖南人，湖南人异常精明不说，而且做什么都是说一不二，霸气十足。跛子作为四川人，有幸成为老板的心腹，自然跟自己的好脾气有关，但更重要的，自己是跛子。跛子打婆娘——坐着喊，一个连自己老婆都奈何不了的人，对别人自然没有什么威胁了。

跛子所在的拉有几个北方佬，个个长得人高马大，手脚却笨得像驴。一条拉像一条不停流动的河，每回到了他们那儿，就要打上回旋。拉长唐莲一天大部分时间都围着他们几个转，有时，好话像滚豆子一样送，可他们像病

倒的驴，软硬不吃，弄得唐莲脸红一阵白一阵的。放在前几年，早让他们卷铺盖走人了，可这两年突然招工难，老板有令，拉长一级的管理员无权炒工人鱿鱼。

唐莲无奈之下，索性唱起了黑脸，那你们就一个班少上一回厕所嘛，能胀死你啊。唐莲20多岁，长得标致，但说话很有杀气，有点儿像母夜叉。

上厕所也要管，还要不要让人活啊。一个北方佬慢条斯理地说。

这不能管，那不能管，无法无天了，你是孙悟空投的胎啊！唐莲的脸色越来越难看。那个北方佬却不管不顾地说，你不用上厕所吗？告诉我，你有什么高招？

很简单，少说话，少喝水，多干活，多流汗，你娘没教你啊？

你娘就教你这个笨方法，给人当牛做马来了。这时，全拉的人都笑了起来。

唐莲担心这样闹下去不是办法，停了一下，就拿出撒手锏，说，车不完就留班，不留班就扣钱。一切按规定办，行了吧。

强盗逻辑，数量是你们定，工资怎么不是我们定。底下有人嘀咕了一声。唐莲装作没听见，双脚继续往前走，但嘴也没闲着，吃饭费米，穿衣费布，一群笨驴。

跛子见唐莲当个拉长这么辛苦，很是同情，内心很是庆幸自己不做那个破拉长是明智的。

按理，唐莲这类拉长是很好做的，像从前地主家养着的监工或打手，有权有地位，平时还可以狗仗人势，狐假虎威，威风得不得了。底下人稍有不服，轻则训斥，重则毒打。

但现在不行了，社会进步了，唐莲这类管理员就吃苦头了，钱多拿不了几个，事却要管一大堆，而且夹在老板和工人之间像风箱里的老鼠，两头受气。

一次，为了报答老板的恩惠，也为了帮助唐莲，跛子找到老板提了一条建议，为了激励工人的生产积极性，除了奖励之外，拖后腿的工人应该受到惩罚。

老板饶有兴味地问：你说，该怎么惩罚呢？罚款吗？

不，跛子诡异地一笑，挂牌子，挂画有乌龟的牌子。

乌龟牌子？有意思。老板问跛子，你是借用龟兔赛跑吧？

跛子想了想，算是吧。

可比赛最后是乌龟赢了兔子啊。

　　不管他谁赢谁输，老板赚钱才是最大的赢，跛子加了一句。老板笑了，答应试试，还说钱是工人的命根子，罚款工人心疼，抵触大，挂乌龟牌子搞笑。

　　果然，没多久，挂乌龟牌子就施行了。开始的时候，那些生产不努力，拖了生产后腿的，工作不认真，次品多返工多的，当场就在头顶上被挂了乌龟牌子。牌子是硬纸板做的，一面写有乌龟的字样，另一面则是乌龟的图像，一只乌龟四肢半伸半缩地爬在沙滩上。图像是从电脑上下载的，加了工，头很大，脖子很长，但身体却是出奇小，让人怀疑那个小小的躯体怎么容得下那么大的头颅和脖子。

　　其实，乌龟不是什么坏东西。乌龟全名叫中华神龟，字典里查得到。把乌龟与大中华扯到一起，还真有神奇绝妙的地方，显示了老祖宗的哲学智慧。事实上，中国人的生存哲学就是乌龟的缩头哲学。凡事让三分，遇险缩一头。想想也是，脑袋保住了，一切都好说；脑袋没有了，一切都完了。下棋丢卒保车，打仗擒贼先擒王；敌强我弱便按兵不动做困兽斗，敌众我寡就惹不起躲得起，三十六计走为上策；等等，都说明了这个道理。

　　跛子看见别人头上晃荡着的乌龟，为自己的创意兴奋不已，暗地里对别人成了乌龟幸灾乐祸，心想，谁叫你不努力，不认真呢。还当吃大锅饭啊，懒懒散散、磨磨蹭蹭也一样混一份工资。又想，如今是弱肉强食的时代、武装到牙齿的时代、没有是非只讲强弱的时代、不是吃掉别人就是被别人吃掉的时代，要想不被别人吃掉，你就得拿出浑身的解数来。张冠李戴，滥竽充数，很快就会被打回原形。还有优胜劣汰，没有那个金刚钻，就别揽那个瓷器活，没有那个好肚子，就别喝那个雄黄酒。白娘子乱喝酒是要打回原形的。白娘子成了白蛇精，许仙还会爱她吗，谁都怕了你不待见你了。

　　但跛子的得意没有持续多久，他自己就阴沟翻船成了乌龟。只是眼下他还没有感觉到而已。

　　那天，一道挂头的工序全拉没一个人敢做。这道工序要求双底线，线不是平时的六〇四线，而是非常粗的四〇二线，加上裁片又是热裁的，布边锐利，非常扎手。拉长唐莲把全拉使派完了，也没找出合适的人来。唐莲的老公也在拉上做车工，唐莲对老公说，都不车，你来车吧。

　　她老公平时最怕唐莲，没想到这回胆子却大了，当场顶了回去，我不车。

　　唐莲被老公顶到了死角，下不来台，便没好气地说，你不车谁车，你的工资是全拉最高的。

还有比我更高的人。

告诉我，你为什么不车？唐莲问。她老公想都没想就说，我不想做乌龟。

全拉一阵哄笑。

唐莲一张漂亮的脸蛋都快憋紫了，要不是大庭广众之下她真想给老公一记耳光。最后唐莲把目光定格在跛子头上。跛子被她盯得不好意思了，就自告奋勇地说，拉长，让我来试试吧。

唐莲见有人出来当这个冤大头，非常高兴，当即还给跛子戴了一顶高帽子，说什么跛子不光是全拉资历最老的，而且技术是最好的，有你接招，一定行。

但旁人分明听得出来，拉长言外之意，你跛子还是全拉工资最高的，你不上谁上。

跛子被逼上梁山了，想不出头都不行了。说尽力车吧。当时，全拉还报以热烈的掌声。

跛子接下这个苦差事后，才知道"韬光养晦，决不当头"的精辟，并进而对乌龟敬佩多多。但反悔已不可能，只得硬着头皮上了。跛子把裁片重叠在一起，置于针头下，双手推进，旋转，倒针，拉出。整个过程行云流水，看起来是那么富有诗意，分明像玩一套魔术。但是，任何魔术重复的次数多了，也会枯燥、乏味、无趣。重复的次数多了，也显得机械、呆板。而且重复次数多了，那手仿佛也成了机器的一部分。

晚上下班的时候，工人都走完了，跛子还有一点儿尾活没车完，他自觉留下来补班。唐莲在收拾场面，准备明早的工序。隔着几台电车，唐莲问，李平，还欠多少？就快了，最多十分钟搞定。跛子头没抬嘴上应着，手脚却不停。

这回辛苦你了。

说哪里话，应该的。

这工序难车，没一个愿意接手，要不是你主动揽过来，我都不知道还能指望谁帮我。唐莲走了过来，帮跛子剪着线头。

没关系啦，跛子开起了玩笑，为了拉长你，我不下地狱谁下地狱啊？

瞧你说的，唐莲伸手轻拍了一下跛子的后背，说，为了感谢你的支持，这样好了，下班后，我请你吃夜宵。

真的？跛子一副受宠若惊的样子。他望了一眼唐莲，说，开玩笑，哪有女人请男人的道理。接着又说，还是我请你吧。

哟，还大男子主义呢！

是个带把儿的都会翘一翘的。跛子想到这儿倒先是脸红了。

唐莲看跛子突然红了一下脸，不知他想到了什么，便提议，不管谁请，就到大门口吃牛杂炖萝卜。

外加一瓶青岛啤酒。跛子补充。

行啊，冲完凉，厂门口见，不见不散。唐莲说着去关电源。

厂门外不远处，有一家小摊，专卖牛杂炖萝卜。跛子紧赶慢赶还是慢了一步。唐莲已在那儿占好位子等他了。灯光下，油烟迷雾一样团在她周围，人像在雾里飘着。见了他，还笑话他，哟，穿这么潇洒，赴约会哪。

唐莲豪爽，全厂有名。因此，跛子赴约也没什么可忌讳的。唐莲老公是个"妻管严"，泥人一样被唐莲在手里拿捏着。

两碗风味小吃端上来，透着一股诱人的香。跛子打开一瓶青岛啤酒，把两只塑料杯加满了酒，端起来对唐莲说，来，拉长，干杯。两人一口气喝下一杯。

唐莲问，前些天，从东莞回来后，见你老提不起神，是怎么回事啊？

这个，这个……跛子开始支支吾吾起来。

不能告诉我吗？唐莲说，不方便说就算了，算我多嘴好了。

唐莲的话来得突然，跛子没有心理准备，一时显得有些慌乱。没啥，跛子举起酒杯似想掩饰自己的窘态。

真的没啥吗？有人说你把魂都丢在东莞了。

哪有那么玄乎，跛子顿了一下说，全是瞎扯。

你老婆还好吧？她在我们这边做过，看起来人蛮漂亮的。

是，是漂亮，可漂亮就是供人分享的。跛子一语双关地说。

什么啊？唐莲一时不明就里地问。

武松的嫂子也很漂亮吧。可你看看潘金莲都干了些什么事。

啊！唐莲惊叹了一声，又说，不会吧，你老婆人蛮好的啊。在这里做的时候也没见做啥子出格的事啊。

人是会变的，拉长。唐莲闻言就禁不住感叹起来，接着，又文绉绉地说，难怪托尔斯泰说过，幸福的家庭总是相似的，不幸的家庭各有各的不幸。

唐莲读过高中，写得一笔好字，说得出这样的话不足为奇，只是不知唐莲明白跛子所说的话没有，居然发出这样的感叹。

拉长，你难道也有不顺心的事？透过烟雾依然是那张漂亮的脸蛋，从上面一时读不到什么特别的表情。跛子禁不住说，看起来，你老公对你百依百顺啊，你别身在福中不知福。

唐莲想了想说，你这么信任我，我也不瞒你——你知道我为什么到现在还没有孩子吗？跛子看了一眼唐莲摇摇头。

不知道吧，不知道又凭啥子断定我们是否幸福。说到这儿，唐莲眼里有泪花闪现，但她似乎强忍住把头仰起来不让泪水往下掉。

跛子一见慌了神，他没想到这个平时看起来强势得巾帼不让须眉的女强人居然也有脆弱的时候。唐莲欲流又住的泪水倒让跛子突然明白，女人毕竟是女人，再强的女人也是女人，哪怕是装的。即便天生的，也不过是天生的一颗鸡蛋，外表看起来够坚硬，但稍有差池，便会撞得稀里哗啦。

不过女人哭了也好，平时强悍的女人哭了更好，女人强悍久了跟没有浇灌的花儿一样，显得干涸没有水分，显得干瘪没有生气，显得死板没有人情味。女人一哭这一切就都改变了，花儿浇上了水，就有了鲜艳欲滴，就有了热情奔放，就有了生气勃勃，就有了芳香四溢，令人神往了。

跛子很想安慰安慰唐莲，但话到嘴边又换成了一声哀叹，唉，喝酒。跛子举起手中的杯子。唐莲不愧是女强人，不光没有让快流到眼边的泪水掉出来，而且一张布满乌云的脸立即变得阳光明媚了，比川剧变脸变得还快。好，喝酒，小老弟，今晚不醉不归，一醉方休。

好，我大不了舍命陪君子。跛子充满豪气地说。

我可不是什么君子。

那是小姐。

我更不是小姐。

对，那是女士。跛子挠着头笑着说。

唐莲倒显得深情款款，先生，我的工作全靠你支持啊，要不然，我一个萝卜两头尖，真的撑不下去了。跛子被感动了，嘴里喊着，拉长。

这时唐莲突然说，告诉你吧，我老公也是个残疾人。

怎么会呢，他看起来好好的，四肢健全，仪表堂堂。跛子听了唐莲的话非常吃惊，头摇得像拨浪鼓。

你的残疾在腿上，他的残疾却在那个……那个地方，你懂吗？

啊！这时跛子的嘴张大得能放进去一个拳头。

对你说这些，你不会笑话我吧。

哪会呢，拉长。

叫唐姐。

唐——唐姐，跛子试探着说，这种婚姻怎么维持呢？这种没有性爱的婚姻，不是活活折磨人吗？

那又如何？

离婚啊。

尝试过，但行不通。

为什么啊？

我一开口，他就寻死觅活。

这不是无赖吗？跛子想到唐莲老公的样子，平头，圆脸，一副好身板，却没想到是个空架子。跛子说，他这种做法，既是对别人的伤害，也是对他自己的不尊重。

话是这么说，老弟。唐莲一副大姐大的口气，你晓得吗，男女一旦结成夫妻，组成家庭，就不只是你快活不快活的问题了。

我理解，我明白，我跟我老婆何尝不是这样，合也不是，离也不是。

婚姻就像一座城，外面的人打破头想进去，住在里面的人又千方百计想出来。

唐姐，你这话说得好对头呵，真个说到点子上啰。

这话不是我说的，我没这水平。

不管谁说的，唉，我老婆要有你一半好，我就死而无憾了。

我都老太婆了，哪有什么好！

真的，唐姐，你才多大呀，你看起来好漂亮的。

谢谢。唐莲转换话题说，谢谢你帮我，我知道挂牌的事是你向老板出的主意。

那也不全是为你啊。

可我跟着沾了光不是。

我主要是看不惯那些磨洋工的人。

不管怎么说，还是得感谢你，所以，今晚，我埋单。

那不行，说好我埋单的嘛。

你叫我一声唐姐，今晚就听我的。

这，这……跛子想了想说，好吧，听你的，谁叫你是我上司呢，官大一级压死人啊。

这么说就没劲儿了。其实，你完全有能力做这个拉长，我们几个拉长私下都这么说你来着。

我不行，我的脚……

就是这条腿拖了你的后腿啊。

其实，其实这条腿比起老婆来算得了什么。但跛子没有说出来。这时，跛子抬头意外看见唐莲的老公也在不远处独自吃着夜宵，就对唐莲说，唐姐，你老公也来了。

唐莲抬头看了一眼，嘴里骂着，没用的东西，就剩下跟脚了。

跛子说，叫他一块儿过来吃吧。

不用了，我们吃我们的，别理他。

他不会生气吧？

唐莲撇撇嘴说，生什么气，谅他不敢。

跛子内心十分受用，今晚的夜宵别具意味，自己的顶头上司与下属吃夜宵，这个夜宵就不是平常的夜宵那么简单了，有种宴会的味道。而且对方还是个美人，这个宴会又带有约会的意思了。本来，跛子开始还有点儿信心不足，内心忐忑不安，害怕自己的形象与美人不搭调。可现在知道拉长老公的底细后，心中坦然了许多。平头，圆脸，一副好身板，可这又能怎么样呢。货坏了，包装再好也没用，不过是坨马屎表面光罢了。

只是唐莲结账时，被告知已有人埋单了。唐莲问是谁，老板伸手向外指了指。跛子看过去，原来是唐莲的老公。平头，圆脸，一副好身板，但这会儿，只看见一个不太清晰的背影。

唐莲撇撇嘴说，早知如此，就应该再多喝两瓶啤酒。

跛子却哈着酒气说，尽兴了，今晚太尽兴了。

二

那天，从东莞回来，跛子像变了个人似的，别人能看得出来，他自己当然也能感觉得到。

不说别的，单说自己最拿手并引以自豪的车工技术，居然也大打折扣，仿佛一个选手，大败而归后，对一切失去了信心，练都不想练了，还谈什么精益求精、更上一层楼。人一没了精神，运气也跟着背时了，连喝水也塞牙了，放屁也砸脚后脑了。跛子感觉平时熟悉得像牛一样驯服的电车也开始反过来欺负他了。那天一上来就似乎特别不听使唤，马达轰隆隆的响声仿佛在向他发泄着不满，认为他给它带来了麻烦，延长了它的线路，增加了它的负荷。针头上下飞舞，仿佛一支支利箭扎着它的心；那徐徐往后拖出的线头，针脚细密、均匀，但看起来像一只只乌龟在眼前爬。抬起头，跛子看见那个现在还没找到主人的乌龟牌子被吊在灯架上晃来晃去。此刻，贴有乌龟图像的一面正对着自己，仿佛在对他说，我是乌龟，我是乌龟。又想起那晚唐莲请自己吃夜宵，还把他当知己说了那些隐私，人家老公都那样了，她还不离不弃。自己不过跛了一条腿，老婆就移情别恋了。要是老婆有唐莲一半好，也不枉为人一世。可老婆居然让自己当了乌龟。

跛子就这么一边胡思乱想着，一边手中不停地车着货，结果，头脑里一团乱麻，车出来的公仔就成了次品。

一位QC（质检）提着十几只乌龟公仔气冲冲地跑过来，边跑边喊，跛子，跛子，快停下，快停下，别车了，你看看你车的是啥子货嘛，全是次品啊。

唐莲闻声跟过来问，怎么回事？

QC说，跛子把乌龟脑壳挂反了，而且，脖子止口车得太大，脖子缩进去了，显得短了许多。

唐莲抓起一只公仔看了一眼，说，这看起来还真有点儿像缩头乌龟了。

全拉的人就跟着笑了起来。

跛子的脸顿时变得煞白，他咬了嘴唇强忍着。但一股气流从丹田那儿快速上升，很快到了头顶，接着四处寻找出口，两只鼻孔自然首当其冲，呼出的气流像冒出的白烟，还发出呼呼的响声。但这无济于事，还有大部分气流找不到出路就像蒸汽一样把跛子整个人从座位上往上顶。

跛子再也按捺不住这股气流的力量，唰的一声从座位上跳起来，大喊，我是乌龟，我是只真乌龟，行了吧。说着，他一只脚踢开凳子，身子就像风一样往外跑，眼里的泪水像断线的珠子，一颗一颗往下掉。

人们以为跛子疯了，但看见跛子还会流泪，证明没疯。

泪水可以博得同情但博不到原谅，半个小时后，乌龟牌子还是挂到了跛

子的车位头顶上。

其实跛子这回成了乌龟，是他老婆惹的祸。

这批货一连赶了两个月，几十万只乌龟公仔堆满了整个仓库。为了赶工期，中间一天假也没放过。本来，这个周末终于可以放假了，工厂早几天就宣布了放假的消息，为的是让工人再鼓一把劲儿，争取圆满出货。

算起来，跛子也有好几个月没有见到老婆了。自从老婆去了东莞，想见面难于上青天。虽说上回老婆是负气走的，但时过境迁，自己早已消除了对老婆的成见。随着假期的临近，思念像长上了翅膀，载着心儿早已飞到东莞去了。

放假的消息，跛子提前就通报了老婆，毕竟是夫妻，一日夫妻百日恩。听到跛子要去看她的消息，老婆心情似乎也不错，话也说得甜，那你来吧，路上注意安全，到了我来车站接你。

为了这回团聚，跛子还特意提前向拉长打了招呼，争取周六晚上不加班，早点动身走，坐大巴赶到东莞，周日晚上再赶回来。这样，他们夫妻就拥有了一个囫囵的周日了。

到了周六的中午，跛子就洗了澡，换洗了内衣内裤。下午刚上班，跛子就被老板曾五锡找去了办公室。

跛子走到办公室门口时，老板正在打着电话，声音很大，很生气的样子，看样子是在跟人吵架。见到跛子，老板一手抓着话筒，一手示意跛子进去。

跛子站在大板台前面，坐也不是，站也不是。老板对着电话喊，能不能缓几天，几十万货我们已出了百分之九十九啦，就几天，我们都有两个月没放假了，工人已吵翻天了。

什么，出不了货后果自负？我这边后果已经够大了，把工人逼走光了，我们大家都得完蛋，到时，你有单也没人帮你做了，老细（老板）。

放下电话，老板粗鲁地骂了一声，他妈的，没人性的东西，工人是人嘛，又不是机器，有单就了不起啊。

老板，你找我有事？跛子问。

是啊，老板指着对面一把椅子，坐吧。跛子坐在椅子上，双眼困惑地看着老板，等老板发话。老板喝了一口水说，你刚才都看到了不是，要出货要出货，这货逼死人啊。

那明天，假，假，放不成了？跛子战战兢兢地问。老板却问他，跟老婆联系好了吧?

是。

哦,那,那就算了。老板说到这儿,扯开抽屉,拿出一个红包说,拿着,代我问你老婆好。

老板,这,这使不得,我又没做什么。

拿着吧,又不多,一点儿小意思罢了。老板说。

那明天赶货,假还放吗?

放,一定放。再不放工人都会跑光了。

那货呢?

货照做,由自愿留下来的人做得了。

做得完吗?

做不完也没办法,是不是?我们这种来料加工的厂子,刀把子捏在人家手里啊。老板说完,跛子就跟着发起了牢骚,到处都是资本家,全是大鱼吃小鱼的景象。

有那么可怕吗?老板也笑了。

跛子就声明,但老板,你,你是好人。老板大笑起来,好人?老弟,这个社会好人是玩儿不转的,你见过绵羊有自己的地盘吗?

说得也是,老板。

你去吧。

跛子退到门边,老板问,你老婆在哪里做啊?

东莞。

嘀,可够远的。

跛子回头说,也不算远,坐车两三个钟头就到了。

有机会还是叫她回来做吧。这样两地分居也不是个事嘛。还是小两口啊。

没办法,性格合不来哉。

这样把钱扔到大马路上,划得来吗?你们就不心疼?

人各有志嘛。老板。

我理解,我理解。老板向他挥了挥手。

跛子趁人不注意,跑进厕所,打开红包一看,见是一张百元大钞,心里一震,这可是相当于自己一个月工资的七分之一呀,原先自己猜测顶多十元钱。

老板没开口留自己,可现在比开口还让人麻缠了。没想到老板这么会来事儿。明明工厂临时要加班要出货，老板却不明说。叫花子讲客气，明明饿得不行，偏不向人伸手。那天他不但不强留工人加班，还把人叫去办公室问寒问暖，并且还问了跛子老婆的情况。完了，又递过来一个百元红包。老板把事情做到这样，跛子有天大的理由也不好意思走了。何况第二天，全厂工人都来了，坐在车间使劲儿赶了一天货。老板当时激动得像什么似的，来而无往非礼也，索性再送个人情，宣布晚上加鸡腿，假期挪到下个星期天补上。当场工人就爆发了长时间的掌声。要知道工厂两个月没放假了啊。

跛子无法按约定去东莞，便打电话通知老婆，但没找到老婆本人，只好请人家转告老婆了。

接下来，跛子一个星期都在期盼中度过。真到了星期天，真放假了，内心那份躁动倒没有了，心里开始盘算起花销来，一来一往的车费，还有伙食，这些还罢了。两口子约会，总得有间房有张床吧，住旅馆肯定很贵，深圳这边，单间一夜好的百多元，差的也要好几十。东莞那边一定也便宜不到哪里去。一算下来，就上百多元了。好在手中揣着老板给的红包，不然，这趟就是牛郎到了八月，一切看明年了。

那天去东莞，出门就不顺透，打车的时候，跛子掏出钱给售票员。售票员看了一眼钱，说到东莞茶山二十元，还差一半呢。

跛子脸红了，说，平常不是十元的吗？

售票员说那是平常，今天是星期天，你不知道？

这不是坑人吗？跛子嘀咕一句，脚也往后颠了一下。

售票员问，你是残废军人吗？你有证吗？待看到跛子一脸茫然就说，你什么也拿不出，那就帮不到你了，我们也是承包的。

承包的就可以坐地要价？车上有人嘟哝了一声。售票员理直气壮地说，舍不得那钱就省下，你可以走路去，反正不太远。

跛子补交了钱，但车上很挤，没有空位。他看了一眼贴在车窗上面的温馨提示，售票员却扭头走开了。坐在车上的乘客都把他当瘟神似的躲着，眼睛盯着窗外。其实，窗外有什么，除了房子就是树，还有看不完的各色车辆和从车屁股后面排出来的黑色废气。跛子的心境就像豆腐掉进了灰里，拍打不得，算是糟透了。这哪像去赴约，分明是赴刑场。

这辆破车真败心，一路摇晃，老牛拉磨似的喘，偏又遇个狠心肠的主人，只管赚钱，不管死活。一路走一路上客不止。见到路边乘客就像老虎见到绵羊扑过去，但食物到手反而不珍惜了，车厢像老虎的肚子，不顾头尾，一股脑儿往里填。这时，一个女人被挤到跛子的跟前。女人个子很高，奶子也很大，像两座山一样压着跛子的脸。换成别人还不算坏，但这女人一身骚狐味儿，害得跛子一路直打喷嚏。

好不容易到了茶山，跛子该下车了，他从人缝中挤出来，才发现全身上下都被汗湿了。这趟车居然坐了四个多小时，此时已是正午了。跛子下得车来，发现这边的房子与深圳那边没啥区别，就禁不住自嘲地笑了。这是他今天第一次笑。先前，有人说，东莞是黄都，开始听了他以为东莞的房子都刷成了黄颜色，后来才知道是怎么回事。跛子当时很生气，不光因为他老婆在这边打工，重要的是人们为什么把不好的东西跟黄色搅在一起。

黄色不好吗？黄色看起来让人心里亮堂、舒服、神气。在古代，黄色是尊贵的象征，就连黄色衣服都不是普通人能穿的。黄色上面要是绣上飞龙的图案，那就是皇帝老儿的专利。现在黄色却与性、与污秽不堪的东西扯在一起，让人憎恶。

跛子头还在神游古代，手却触到了现实，因为他发现自己的钱包被人偷了。跛子回头去找那辆破车，这回破车却跑得快，早没影了。跛子走到一家小店铺，想给老婆打个电话。店老板娘是个中年人，看起来蛮体面的那种，见跛子走过来很是热情招呼，老板，你要点什么？跛子觍着脸告诉她自己身上没钱，钱包被偷了，能不能打个电话？老板娘一听却不体面了，去去去！没钱打什么电话？你知道电话费多少吗？一分钟三块钱呢！

跛子听后摸了一遍身上，实在找不出什么值钱的东西可以交换，就落寞地退到一旁。他怀里揣着老婆的地址，如果有车把自己送到，再由老婆付车费，这也是一个办法。跛子在十字路口拦住一辆摩托车，车主看了地址，说十元钱。跛子说，行，十元就十元，就坐了上去。车主却不发动车，回头对跛子说，不好意思，得先给钱。跛子说我钱包被偷了，你开到了我会给你钱，一分不会少你的。车主就说，没钱坐什么坐，下去。

跛子说，我真没骗你，到了我就叫我老婆给你钱。车主笑了，你老婆要是跟人跑了呢？不在那儿做工了呢？我找谁要去。

跛子这才知道，在家千日好，出门时时难，一分钱难倒英雄汉。跛子想到了警察，但四处张望也没见"雷锋叔叔"的身影。当然可以拨110，但手头没钱也报不了警。跛子的倔脾气就上来了，他决心徒步寻找老婆的工厂。人在路上，路在嘴上，手里有老婆的地址还怕找不到老婆吗。大活人还让尿憋死了不成。

跛子边走边问人家路，但偌大的一个东莞，不算小的一个茶山，居然没有人能帮他。人们都太忙了，没时间听他闲扯。他是跛子，但他还很年轻，还能走路，因此用不着同情和怜悯。人们是要讲效益的，支出是要核算成本的，是需要回报的。付出了时间和金钱，要收获鲜花和掌声，再不济也收获微笑。哪怕是无偿援助，电视上也能把放大制作的支票被人举得高高，让人们看清数额，也看清姓名，无论是被援助的还是援助的。

跛子太微不足道了，不在此列，帮助他还不如帮助一位老太太或一个迷路的孩子让人快乐和满足。跛子像被人遗失在大山里一样，找不着出路。

到真的找到老婆所在的工厂时，太阳已经下山了，一个红盘子消失在厂房的后面。街边路灯也亮了起来，取代了太阳。老婆的工厂已经开始晚上加班了，门外一片寂静。

跛子疲惫不堪地走向门卫室。得到的答复是今晚加班，上班期间不许找人。那名保安怕他没听懂似的好心加了一句，你早点到就见到人了。

跛子一天没吃没喝了，他向保安讨了一杯水喝，喝完就蹲在旁边的一个花池边等老婆下班。明天还要上班，但现在还没见着老婆，而且身无分文，想走身上都没本钱。

等人的时刻是难挨的，跛子又不抽烟，不然可以向保安讨根烟抽，聊以排解难耐。终于等到工人下班了，那些男男女女的打工仔打工妹，嘻嘻哈哈地从跛子身边走过去，买了吃的又折回去，这中间就没有自己的老婆。最后问到一个小妹子，人家吃惊地问，她是你老婆啊？

跛子回答，是啊，怎么啦？

没什么，没什么，小妹子慌不迭地说，你老婆请假，今晚没加班。说完，人就窜进工厂去了。跛子心想，一定是老婆知道自己要来了，特意请了假等他的。没见着人才去了街头寻他去了。

终于见到老婆了，这时已是晚上十二点了。跛子擦了几遍眼睛才确认那是他的老婆。老婆穿一套白色连衣裙，远远看去有点儿像仙女下凡。但老婆是与一个男人坐车回来的。车子停在路边，老婆很优雅地走下汽车，还站在那儿对着反光镜整理了一下头发，接着与那个男人手牵手有说有笑地向这边走来。老婆显然没有看到跛子。事实上跛子太不起眼了，他饿得发晕，缩在一树花丛后，像一只小猫，不仔细看还以为是一条废弃的破麻袋。

跛子硬着头皮站起来，喊了一声老婆的名字。老婆跟那个男人就被火烫了一样双双把手分开。老婆走到他面前，说，你来了？那个男人讪讪地冲跛子笑了一下转身就走回汽车去了。

跛子问老婆，他是谁？

老婆若无其事地说，你紧张啥子嘛，一个才认识不久的朋友罢了。

才认识不久，就手牵手的？

这有啥子？

看起来好亲热，不怕人笑话？

爱笑不笑，都啥子年代了。老婆说。老婆没有问他吃饭没有，也没有问他到了多久了，只管低着头把他往远处带，看样子是想离开厂门越远越好。

跛子一拐一拐地跟在后面问，你这是要到哪里去？你还没回答我的话呢？那男的是谁？告诉我，他是谁？

你不要在这儿大吵大闹好不好，你今天来是吵架的吗？老婆生气了，告诉你，你不要脸，我还要脸呢！老婆反过来说他无理。这让跛子有种好心扶起老太太却被当作肇事者，感到莫大的侮辱。

跛子强压心中的怒火，说，我不想吵架，你只要告诉我，那个龟孙子是谁？

已告诉你了，一个普通朋友。

可你们手牵手。

那又怎么样，男女握手的多的是。

牵手和握手一样吗？

不都是手吗，有什么区别来哉。

我日他姐的，这个世道。

你不要说脏话，这是个文明社会。跛子一阵苦笑，仿佛孔子被人骂作不懂规矩不讲礼貌。

是啊，文明社会，当面讲文明话，背后做肮脏事。

你不要再闹了，要不然我回工厂去了。老婆说着真要转身回工厂去。跛子就慌神了，他一天没吃没喝了，这会儿倒不觉饿了，似乎气都气饱了。但他身无分文，老婆要是真走了，他明天怎么回深圳啊。跛子就软了下来。老婆见跛子不再闹了，也就把身子靠了过来。

到了山边，老婆停了下来，说，上星期天你说来的没来，我等了你一整天。

跛子说，哪知道临时要加班啊。我打小店电话找你，人家说找不到。

当然找不到了，我老早就去车站接你去了，害我请了半天假又白高兴半天。

两人坐到一块草地上。饿鬼没有了，但色鬼出来了，跛子闻到老婆的体香，一把把老婆掀翻在地，身子要压上去。老婆说，等下去旅馆开间房吧。

开不成了，没钱了。

你钱呢？

来时被小偷摸了。老婆恨恨地说，你也就这点能耐了。

跛子要剥老婆的裙服，老婆说，内衣别脱了，草地太冷，又脏。

跛子说，那有啥子意思？

老婆不耐烦了，你就凑合一下吧。两人草草做完那事，跛子再也找不到从前的感觉了，仿佛身下压着的不是一个大活人而是一块待处理的肉。而自己就是一只狗，只因为馋了才不得不吃上一口。

跛子坐起来，问，往后咋办？老婆站起身来，看了一眼跛子，还能咋办，当农民没地，当工人没钱，当太太没间房子，穷得连根打狗棍也没有，你说能咋办？

我们有手有脚。

老婆却揶揄他，有手有脚，说得好听，你有吗？

所以，你就移情别恋了。

你有本事，你金屋藏娇，养起我呀。老婆一边扯着自己的裙摆，一边回击跛子，你要是有钱，你就请个保镖二十四小时看着我呀。你能吗？

我是无能，我没钱。

我早晓得了，亏你还是个男人，连自己老婆都养不起，还好意思在这儿瞎嚷嚷。

你就这样看我的？

这还算好听的，我劝你干脆把自己阉了，做个女人跛着一条腿兴许还能博取点儿同情。

你骂得好，是啊，我不是男人，我是只乌龟王八蛋，行了吧。

要是那样倒好了，大王八还能卖个大价钱。

是啊，我连乌龟王八都不如，我是一条狗，就剩下汪汪叫了。

老婆便恶毒地骂起来，你连一条狗都不如，狗都不吃屎了，你还在这儿学几千年前的孔老二，满脑子三从四德、礼义廉耻。

这有错吗？

你不改变，那你连屎都吃不到了，你以为现在还是以前啊——越穷越光荣。

穷当然不好，更谈不上光荣，可大家都穷，至少活得还有点尊严。哪像现在这日子，穷的太穷富的太富，人比人，气死人。越活越窝囊。跛子被老婆骂得没脾气了，他仿佛掉进了一个怪圈，抓着了小偷反而被当作打劫的；学一回雷锋，人家会骂你出风头；住了十几年的邻居相互叫不出姓名……只有一条是真的，黄世仁能让喜儿过上好日子。

老婆骂完了，气也消了。月光躲进了云层，星星们群龙无首也纷纷散了，看起来天要下雨了。跛子对老婆说，你回去吧。那你呢，老婆说，厂里是不许住外人的。我就在这附近随便凑合一夜吧。

老婆往前走了几步又停下了，转身回来说，那边有个草棚，我陪你吧，反正一夜也不长。

三

早晨，天刚蒙蒙亮，老婆爬起来看了一眼跛子，就走了。临走，给了跛子五十元钱做车费，说要回去上班了，就不送你上车了。说完，眼睛再也不看跛子。跛子看着老婆的背影，突然感到非常非常陌生。原来，老婆新烫了头发，从前面看，眉眼还在，还能找到老婆的影子，看后背，老婆像极了混血儿，就好陌生好陌生了。

老婆走后，跛子不急于起来，反正今天也上不成班了。这是废弃的草棚，从前是用来看守鱼塘的。塘里已经没水，塘底龟裂，没有鱼可守了。草棚就像穿破的鞋子，被随意扔在路边。跛子觉得现在自己像极了这间草棚，没有价值，没有作用了。他回想自己在哪方面做得不够好，把老婆得罪了，让老婆寒心。想来想去，结果只有一件，在给娘治病的时候，没有听老婆的话，把家底花了个桶底朝天，现在穷了。

跛子的脚是因赌而废的。

跛子的家乡是四川靠近九寨沟一个山清水秀的地方。爹很早就过世了，只剩老娘一人。跛子懂事得早，娶婆娘也娶得早，刚满二十就成了家。那时的跛子头脑灵活，四肢健全，做农活是把好手。跛子对娘也特别孝顺，娘守了大半辈子寡也没闹出是非，在村里很有口碑。跛子还有一手绝活，十几岁玩儿牌赌博方圆十几里无对手。只是那会儿乡下人手头没有多少余钱，赌注下得很少，也不过一元两元的。一夜下来，跛子要是手气好，能有个一百二百的进账。当然再差也有个几十元，从来没有空手而归的。老婆虽说担心跛子常在河边走，总有一天会湿鞋，但回回见到跛子拿回来的是实实在在的票子，真金白银呀，也就欲说还休了。

但好运是有限度的，跛子逢赌必赢引起了另一帮赌徒的嫉妒。一场大祸就要临头，跛子还蒙在鼓里。一天夜里，跛子手气好得出奇，几乎把把赢，快到后半夜了，跛子还没输过一轮。他的桌前堆满了红红绿绿的钞票。跛子得意地说今晚踩到狗屎了，想输都难啊，我看就到此打住吧。

按规矩，散场子的话只能出自输者之口，赢的一方是不能提前退场的。可他手气实在太好了，不想赶尽杀绝，想见好就收。果然跛子的话一出口，就有几位自动退场了，只有一个头上没长毛的小伙子双眼血红地望着他，说了一句就走啊，太不够意思了吧？

跛子不好意思地笑了笑，说，兄弟，你要没过足瘾，下回哥与你单独玩玩儿，好吗？跛子刚走出赌场没多久，就被几个人跟上了。跛子顿时起了疑心，双脚迈得飞快起来，但后面的人跑得更快。待到了一偏僻处，那几个人就追了上来，把跛子围在当中。其中一人发话，兄弟，冤有头，债有主，我们兄弟几个是受人钱财，替人消灾，你可别怨我们。

跛子壮着胆子说，兄弟几个不就是要钱吗，我这儿也有。说着，跛子把身上的钱全部翻了出来，喏，今晚的钱全在这儿，兄弟们拿去喝茶吧。

先前发话的那个说，你小看我们了，我们是一客不烦二主，你的钱留着下次吧。跛子故作镇定地问，那你们想做啥子嘛？

很简单，下你一只手回去领赏。

跛子想到今夜怕是在劫难逃了，没有了手往后还怎么赌啊，别说赌，干活也不利索啊。就说，不如少只脚吧，拿只脚回去，你们也可以领赏啊。

对方几个人都笑了，想不到你还挺硬朗，是条汉子。

那位为头的说，念你是条汉子，我们就不难为你了，只打断一只脚得了。

紧接着，幽静的荒野传出跛子鬼一样的号叫。就这样，跛子被废了一条腿。当他拖着血淋淋的腿爬到家敲开家门时，老婆被吓得发出一声刺耳的尖叫声。

娘在里屋问，咋的啦？老婆哭着喊，娘，你快过来看看吧，李平的脚断了。

娘闻声扑了出来，看见一身血糊糊的儿子，娘只说了一个字，天——身子就往后倒了下去。跛子因赌博被人废了一条腿的事第二天就传遍了全村。

娘受到惊吓，病倒了。跛子无法行走，也躺在床上。一家三口有两人卧病在床，平静的生活全乱了套。

这时，村子又面临搬迁，村长大叔都来问过好几回了，没麻搭吧？跛子的回答只是苦笑。

搬迁命令下来的时候，跛子一家乱作一团，老婆常遭邻居的白眼，早想一走了之。她认为换一个地方，会有一番新作为、新气象，对新家充满了向往与期待。所以搬迁对她来说有如浴火重生的意味，自然晚一天不如早一天。

关键在娘，娘五十多岁了，又有病，老人家考虑的不是到新家如何生活，而是害怕死后无葬身之地。跛子夹在娘、老婆和政府之间，进退两难，无所适从。一来，搬迁是政府行为，搬或不搬不是自己说了算，决定权不在自己手里。像上了船的乘客，从踏上甲板那一刻起，命运就交给别人来支配了。

二来，娘年迈多病，的确不宜搬来搬去的，但面对老婆的积极劲儿，跛子几度张开的口又闭上了，他不能在老婆的兴头上泼冷水。

三来，新家是陌生的地方，人生地不熟不说，还没有像样的田没有像样的地。农民没有了田地，还算得上农民吗？充其量只能算个断了奶的弃儿。但这话他是不能公开说出来的。跛子最后把决定权交给了无所不能的老天爷，让老天爷来管，自己只能顺其自然，听天由命。

搬走的那天，跛子一家迟迟不出门。村长在门外一遍又一遍地大声催，磨蹭个啥子吗？娘无奈地说，娃儿啊，还是走吧，瞧村长催魂似的催了好几遍了。

跛子拖着病腿，搀扶着娘走出屋来，看见村长生气地盯着自己，跛子壮着胆子问，村长，那地方真的很好吗？村长说，当然好，不好，还叫你搬啥啊。

跛子讨价还价地说，先说定了，不好，我们就得搬回来。

看你娃儿说的啥子话嘛，好不懂事呵。村长笑了笑。

娘边走边喘着气说，可我这心头七上八下的，总不安逸。

放心吧，老嫂子，如今是社会主义，不会饿死人也不会冻死人的。

村长啊，现在不也是有穷有富吗？老婆跟村长开起了玩笑。

房子也不是一天就能盖好的，娃儿，你说对头不对头？村长说完又吆喝别人去了。望着村长远去的身影，老婆小声嘀咕了一句，贪官！

娘立马阻止道，娃啊，没影儿的话可不敢乱说。

娘来到新地方，没像老婆想的那样有一番新气象，相反，病情更加重了。跛子手头揣着一笔搬迁费，胆子也大了许多，决定把娘送进医院。

老婆说，医药费很贵的。老婆不说不能送娘去医院。

你只心疼钱。跛子说，娘都病成这样了，不治能说得过去吗？何况我们又不是没钱。老婆说，可那钱是安家费。

钱花完了可以再挣，娘说没就没了，人有几个娘？

老婆不说什么了，她也不想担恶名。娘就被送进了医院。跛子找医生探问娘得的是什么病。医生慢条斯理地说，你娘的病很古怪，你要做好打持久战的准备。跛子激动地说，只要能治好我娘的病，啥样都成。

那就好，最好能请北京的专家来确诊一下，但费用可能不低。

医生，你就只管治吧，钱不是问题，我刚拿到搬迁费十多万呢。

好，我们一定会根据家属的意见全力救治，用最好的药，打最好的针，请最有名的医生。跛子闻言感激地握着医生的双手，嘴里说不完的谢谢。

当时，老婆也来过医院，并伺候过娘几回，见娘病情没有好转的样子，钱却一天比一天见少，脸色就不好看了，后来就借故不来了。岳父岳母都来医院看过，把跛子叫到一边问，你娘得的啥病啊？

跛子说，医生还没有确诊出来。

连啥子病都不晓得，就一天接一天又是用药又是打针，这不乱弹琴吗？

跛子说，医生说了，娘这病很古怪，得等专家会诊。

这样子海花，你们以后咋过日子呢？

总不能不治吧。

我们并不反对你给你娘治病，病要治，但钱也要珍惜。用最好的药，打最好的针，那是有钱人家才用得起的啊。岳父岳母来过这一回就没来第二回了。

娘却一天不如一天，开始难进食了，吃完就吐，常常弄得正在给娘喂食的跛子一身污秽。这还罢了，更难的是娘去不了厕所，拉屎屙尿全在床上，跛子全然不怕脏，硬是坚持给娘擦身，倒屎尿。

同病房还有两个病人，一个男孩、一个老头。小男孩的妈妈很善良，有时见跛子忙不过来就搭把手。到了吃饭那会儿，还好心地对跛子说，你去吃饭吧，我帮你看着你娘。跛子感动得一脸泪水，这种情况的确需要人帮助，哪怕一句温暖的话语。

大嫂问,你婆娘呢?跛子不好回答,只能撒谎说,她出门打工去了,回不来,请不到假。

那你一个人就难为了,你可真是个孝子。跛子是个孝子,很快传遍医院。这样一来,跛子更加坚定要为娘治好病的决心了,哪怕倾家荡产。

跛子把娘的衣服洗好拿到院区晒,一位漂亮的护士也夸奖跛子。护士说,你娘养了你这个孝子,真是有福气。跛子说,你不知道,我爹死得早,我娘为我吃了很多苦。

是吗,那你更应该孝敬你娘了。

谁说不是呢。

一个月后,同病房的那位老头死了,病房里哭得昏天黑地。那位小男孩吓得哭了。大嫂紧紧抱着孩子说,乖娃儿,别怕,妈妈在这儿呢。

待死者家属走后,大嫂对跛子说,先前那位老头刚来不久,也是吃啥子吐啥子。跛子就慌了,大嫂,你是说,我娘也是癌?

还是去问问医生吧,问清楚了,总比蒙在鼓里强。跛子说,你说得对头,我去问。跛子找到主治医生,我娘究竟是啥子病?

你不要急,小伙子,要说急,我们比你更急。

跛子不解,可来了这么久了,也不确定到底是什么病,而且也不见好。

那也不能急,冰冻三尺,非一日之寒。病久了,哪能说药到就能病除呢。

跛子回到病房,大嫂问,没问到吧?跛子点点头,医生说不能急,要说急,他们更急。大嫂说,这里面会不会有问题呢?跛子愣了一下,不会吧。

又过了一个月,那位可爱的小男孩也难逃死神的魔掌。大嫂哭得死去活来,跛子也跟着流泪。小男孩同样死于癌症。

娘终于发话了,娃儿啊,我们回吧。跛子不甘心,娘,你别担心,你的病很轻。很快就好了。

过了几天,那位好心的大嫂回到医院,看望跛子和他娘,临走把跛子拉到一旁问,小老弟,你娘确诊了吗?跛子摇摇头,还没哪。

别怪我心狠,你娘八成得的是癌症。大嫂想了想又问,你还有钱继续给你娘治病不?跛子说,钱已花光了,就那点儿搬迁费不够几下折腾。

大嫂听后一丝苦笑,你明天交不起医药费了,你就知道你娘得的啥子病了。

第二天,跛子被叫去交医药费。跛子为难了半天,又搓搓手,说,钱没了,不过,我以后一定补交的。医生说,没钱啦?当场,跛子眼泪就流了下来。

下午，跛子又被找去，果然如大嫂所料，医生告诉他，经专家慎重确诊，你娘得的是癌症。跛子不信，连连追问，真的吗？真的吗？

这话岂能乱说的。

还能治吗？

按常理，得这种病都是无药可治的，你娘能撑这么久，全靠有你这个孝子啊。

跛子终于明白了，他感到愤怒，可又找不出理由。人家不告诉你病情，是因为没有确诊，要慎重。你留你娘住院是自愿的，人家又没拉着你绑着你。反过来说，即使告诉你实情了，你就不给娘治了吗？眼睁睁看着亲娘老子生命一点点消失吗？

但这一切又分明是徒劳的。

对于娘来说，结果是一样的。不同的是对于跛子来说，先前他怀里还揣着十几万块钱，而现在他已一文不名。

这一切就像对一个犯人缺席宣判死刑，枪声过后，才发现犯人还没签名。

四

那天，跛子被挂了乌龟牌，跑回宿舍大哭，中午也没起来吃饭。同宿舍的工友喊他，跛子却把头缩进了被窝。到了晚上，老板曾五锡从外头回来，听说此事后，亲自来到跛子宿舍，掀起盖在跛子身上的被子，硬是把跛子从床上拉了起来。曾五锡在兄弟中排行第五，人称老五。他坐在跛子的床边没好气地说，这么点儿破事，你就难受成这样，这就是你当初出主意的结果。

对不起，老板，是我的错，我思想开了小差，可我不是故意的。跛子说着眼泪就下来了，老板，我真的不是故意的。

谁说你是故意的了，谁也不会这么弱智啊。你是个什么人，平时大家看得一清二楚的，我也不是瞎子，人人都长着一双眼睛，心中都装着一杆秤。

可我还是被挂了牌子。老板说，牌子是死的，人是活的，能挂上去也能取下来嘛。

可我拖了拉上的后腿。

想办法赶上去就是。

别人会怎么看我啊？

不要想那么多了，先起来吃饭吧，人是铁，饭是钢。你也不愿在我工厂发生饿死人的事吧。跛子慢慢地穿着衣服，看了老五一眼，又垂下头去。

老五就说，这就对了嘛。想了想又说，这样吧，你擦把脸，我请你去撮一顿大餐。

不用了，老板。

别啰唆了，我在楼下的车里等你。

当跛子坐进车里，老五问，说，去哪儿吃，皇后，还是云天，随你选。

那都太贵了，就到一家排档吧。

想帮我省钱啊。老五笑着说，我还想主搭客便，好好撮一顿呢。

可你的钱也不是铣打来的啊。

老五望了一眼跛子，动情地说，所有的工人都像你这么想就好了，在他们眼里，我就跟从前那个黄世仁、南霸天似的。

跛子说，怎么会呢，黑的白的都分不清了。

老五说，鱼龙混杂，看花眼了呗。

老五又说，我还是带你沾沾仙气去，就把跛子带到了云天。云天大酒楼只是一家三星级酒店。说起来不太高档，但当时却很出名。据说，建这座大楼时，由于地基的原因，有人说是建在一条大蟒蛇身上，曾一度停建了好几年。有人说站到大楼顶端，能感觉到大楼摇摆，肯定成了烂尾楼了。还有人说，这座大楼一动工，它的老板生意就直线下降，皆因这座楼风水不好。总之，各种版本，五花八门。

但最后还是弄成了，楼建起来后，有人特意爬到楼顶去印证，看是不是真的摇摆，下来后说，哪有啊，直直的，一动都不动，跟死人一样硬邦邦的。后来新的故事又出来了，说，大楼的老板福大命大，终于打败了大蟒蛇，生意又好起来了，要不哪还能盖起楼。

大楼盖在蛇仙身上，装修成了酒店，自是令人神往，有钱人都想沾沾仙气，就趋之若鹜。这下大楼老板的生意真的好得出奇了。

十多分钟车程很快就到了，老五领着跛子往酒店走去，入门处，站着的礼仪小姐果然是一等一的美女。一袭红色旗袍，开衩却很高，露出里面一片白肉。

走过小姐，老五就暧昧地说，这些小姐够漂亮吧？

跛子才受到老婆打击，对女人没有好感，那又咋的，还不是皮肉包着骨头。

老五惊异地看了一眼跛子，咦，这么刻薄。

跛子就说，本来嘛，漂亮女人和有钱男人一样。

哦，老五看着跛子，说下去。跛子说，都不可靠。

老五就笑了，这话倒是大实话，深刻，经典。

进了包房。跛子见包房啥都有，电视不说了，还有沙发、麻将啥的。老五让跛子点菜，跛子哪见过这场面，激动地推让。老五就不再客气，也不看菜谱，一连说出好几个菜名，龙啊凤啊什么的。跛子闻所未闻，心里又开始喊了。可等菜端上来时，跛子又大失所望，原来不过是平常的绿色食品而已。

老五眼尖，觉察到了跛子内心的变化，就说，你可别小看，这东西既绿色，又环保，不施肥，不施药，原生态，原汁原味，但价钱也不比大鱼大肉便宜哦。

跛子就深感遗憾了，花大钱吃这个还真不如大鱼大肉饱餐一顿呢。又心想老板和自己不是一路人，他大鱼大肉吃腻了，哪记得饱汉不知饿汉饥的道理。这就像过年时，跟小孩大谈节约和浪费的事，还不如给他一只鸡腿更实在、更有诱惑，皆大欢喜。

这些平常的萝卜白菜娘也会做，而且比这做得更好吃，里面放上辣子，都赶得上名菜了。老板是湖南人，应该吃辣的，但来了广东，口味也改了，连辣也不吃了，要在四川，不光辣，还要麻辣。

萝卜白菜在老家根本不算个事，但到了这儿就是绿色和环保了，从碗里移到盘子里，从寻常百姓家再移进这座大楼就成美味佳肴了，能卖大价钱了。原来钱是这么好赚的。

但娘却不在了，娘从医院接回家后，不久就走了。去世那个下午，跛子一直守在床边。娘一反常态，双手在空中抓着啥子，仿佛那儿有能救命的稻草，嘴巴里也是从未有过的恶毒语言，句句骂着跛子。跛子开始不在意，娘骂得久了，连老婆听了也不舒服了，说，看看，你还是孝子呢，钱花光了，到头来得到的倒是一顿臭骂。

跛子就躲到一边大哭，可想到娘是病入膏肓的人，神经肯定不比常人了，便抹干眼泪回到娘床边。这时，娘却不骂了，神志异常清醒，喊了一声，娃啊，你一定要撑起这个家，莫再走歪门邪路啊。跛子还未来得及回答娘，娘脖子那儿突然梗了一下，接着头一偏，就撒手人寰了。

娘的安葬费是岳父岳母出的。拿来钱时，他们大骂了跛子一通，你个败

家子，就该让你拿席子卷你娘去埋。

挨了臭骂，但跛子还得觍着脸对老丈人感激涕零。毕竟现在不是从前，现在他是伸手要钱的一方。

岳父岳母在安葬完娘后就在路上分手回去了，拉着女儿，风凉话不断，养崽入错行，养女嫁错郎。往后只是苦了我家娃儿了，对跛子看都不看一眼。

回到家。老婆又是一顿数落，你少了一条腿，你连嘴也没了吗，就不能对我爸妈服个软说句好听的话。

你叫我说啥子吗？跛子气恼地说。他老婆也不想想，其实他不是那种没心没肺的人，只是人倒了霉，坐轿的成了抬轿的，说啥子好话都没有分量了。

我是一个孝子，全医院的人都是公认的，村里的人也这么说，要不没这点好当初你也不会嫁给我，怎么到现在我的优点倒成了让人数落的缺点了呢，想不通，真让人想不通嘛。

有时，跛子心里又想，一个人，身兼丈夫和儿子双重身份，面对老娘和老婆，两者必取其一时，他应该如何选择。杀身成仁，还是舍生取义。他应该成为陈世美，还是李克用。

但跛子却认为他两面不讨好，娘临死还在怪罪他，而老婆对他不满怕是要持续一生一世了……

来，喝酒，别想那么多了。老五和跛子已喝了好几瓶了。虽说是啤酒，度数不高，但跛子心情不好，不胜酒力，才喝了三瓶就显出了醉意，嘴里含糊地说，老板，我醉了，不能再喝了。

老五也看出跛子不是装的，就说，好，酒可以不喝，但话不可不说，你告诉我，你最近遇到什么烦心事了？

跛子果然酒后吐真言，告诉你也无妨，老板，我老婆红杏出墙了。

瞎说。老五听后也是一震。他和跛子两口子算是桃园三结义，一路走来，交情不浅。只是后来，跛子老婆因不满跛子让人直呼跛子生气去了东莞。难道这么快由生气变成生分了？

她跟别人好上了。跛子说。

怎么个好法？

我亲眼看见的，她从那男人车里出来，还手牵着手，有说有笑的。

那也不能说明什么啊，如今的男女之间……

难道真要捉在床上才算真的吗？老板。跛子就哭开了，老五也不拦他，

让他哭，心想哭过就好了。跛子人太实，心绪堵久了会出事。

老板，早知会出这种事，打死我也不出来打工了。

老五就说，你不出来，你做什么，你又不能种田，再说你会种田也没田可种了，你们家不是移民了吗？

我还可以赌嘛。

要是再上赌桌，你现在也许连另一条腿也没了。

有时真想，要是回到从前多好。

哪个从前，旧社会吗？

不是，我是说回到小时候，那时，虽然穷点，可看见大人们在一起出工有说有笑的，关系多好，可也没闹出啥丢人的事来。

那是你的想法，过时了，你没钱，才想着找个靠山。

难道真像老五说的，人没钱了，就想找个靠山。可老婆从前并不是如此啊。那时，家里为娘治病弄得一贫如洗，有回跛子跟老婆说，这没钱的日子真不是人过的，要不让我再去赌一回？

老婆斜了跛子一眼，你还不死心，我看你是嫌一条腿都多了。

娘都死了，兴许否极泰来呢。

别做梦了，天上掉馅饼，也只砸到高个子头上，你跛了一条腿，没那个命。

你就这么看不起我。

咋的，还要我把你供起来不成？争到最后，老婆下了通牒，只要去赌，你前脚走，我就后脚回娘家。跛子听了就不敢了。

一天，跛子和老婆清理娘的遗物。从娘的一双旧鞋里翻出一千元钱。这是跛子平时悄悄给娘的零花钱。娘居然舍不得花一分。

老婆阴阳怪气地说，想不到你娘还攒私房钱。

跛子没好气地说，娘的私房钱还不是我们用。

几天后，跛子和老婆就拿着娘的私房钱上路了，他们决定到深圳去闯一闯。

到了深圳后，跛子才晓得深圳并不是想象中那样，遍地黄金，俯拾皆是，随便弯一下腰，就能捞个盆满钵满。

小两口遇到的第一个难题就是住。开始，他们是投奔老乡去的，老乡的工厂并不招工。老乡私下把他们弄进去住了一晚，第二晚，他们再不敢去了。工厂晚上是要查宿舍的，他们正在睡梦中，突然被老乡从床上拖起来拉进了厕所。他们才关上厕所门，两位保安走进来，一间床铺一间床铺看过去，末了，走到厕所门口，用手推了推，问谁在里面。老乡说，我在上厕所。

一位保安还嘟哝了一句，深更半夜上鸡巴厕所，屎尿多。

另一位保安说，没藏别的人在里面吧，抓住了可是要扣钱的，没得客气讲的。老乡说，谁敢藏啊，不怕打饭碗哪。

知道就好。两位保安就去别的宿舍了。

三人从厕所出来相互一看，头上都是汗水，衣服也湿透了，想笑又不敢出声，就捂了嘴蹲在地上大口喘气。

第二天，好心的老乡担心他们人生地不熟，还请了半天假，特意陪他们去找工。招工的工厂不少，但条件也苛刻，要三证，要女性，要年龄在二十五岁以下，而且五官端正四肢健全。跛子一看心就凉了半截。

到了中午，终于找到一家不那么严格的厂子，人事主管见到两位女工鼓掌欢迎，听到有一位女工来不了就气泄了一半，待到还要再搭上一个男工后，就变得不通融了。老乡从旁好说歹说，末了，悄悄承诺说，事成送他一条好烟抽，人家才松口。临到叫过去填表，人事主管一看跛子一拐一拐的，就生气了，原来你是——跛子二字没有骂出来，改口用广东话发牢骚，有没有搞——错，不行，不行。这时再凭好说歹说，也不行了。人家说，我们这活很重的，他做不了。

老婆说，他有力气。

有力气也没用，我们的货很值钱的，他扛不稳摔了怎么办？

一天下来没找到工，晚上又去不了老乡那儿，也不敢去住旅馆。怕到时工作还没找到钱又花光了。老乡就告诉他们，晚上可以待在录像厅看录像。两元钱可以待一整晚，只是要当心派出所来查暂住证。

两人想想这倒是个办法，警察总比保安好说话吧，再说住在厂里被发现，老乡就要被炒鱿鱼的。自己还没着落，再拉一个出来垫背就太不值了。

到了天黑，两人不敢在外逗留，就花了四元钱买了两张票，进了录像厅。

录像厅倒是宽敞，座位也舒服，是长沙发，困了还可以躺下去睡觉。

片子大多是武打片，闹腾到下半夜，他俩有些困了，这时却放黄片了。男女都是外国人，赤条条的干那事连床也不用，就在汽车屁股外边。有人就开始起哄，哦哦地叫，老板出来骂了一句，老婆也跟着骂了一句，无聊，就睡了去。跛子却没有睡意了。这时后排有人开始学样了，气也喘得粗声大气的。原先坐在前面的人纷纷起来往后面跑。都是一男一女，成双成对的。跛子细

看差不多都是与自己一样找工的，还有更年轻的不知是学生还是附近的孩子。看到紧要处，跛子也来了精神，手伸向老婆。开始被老婆挡了回来，再去时，老婆就紧紧抓住跛子的手，头晃了晃后面。跛子明白了，两人就贼一样弓着背也往后面去。

完事后，两人抱着不起来，想好好躺一躺。突然，录像厅的老板走进来，急促地说，你们快走吧，警察来查夜了。本是看不到脑袋的座位上就一片混乱，有些还衣衫不整。一位女孩还大声嚷嚷，我的鞋，我的鞋掉了，男的就唬她，还要什么鞋子，快跑吧。

跛子也麻利地起来，拉着老婆一头窜进了厕所。老婆问，这管用吗？

想跑也跑不了啊。老婆才明白跛子的难处。

等会儿来查了呢？

跛子就说，像昨晚一样，你答话，说在上厕所，警察听到女人在里面哪好意思会在外头待太久。后来，警察并没有来，老板说，警察去别处了，老婆就说，肯定是老板想睡了，故意捣的鬼。

跛子想了想，说，对头……

想到这些，跛子感叹不已，那时的老婆多好啊，这才过去多久啊，就换了个人似的。

是人，都会变的，老板也发出感叹，世上哪有永恒的东西。不变的东西就是静止的东西，静止的东西又如何能长久得了呢。

跛子就学着老板的口气，老板，你这话好深刻、好经典。

五

那天和老五从云天大酒店回来，途中，老五对当年和跛子夫妇之间的交往很是怀念。但跛子知道今非昔比，老五已经从当年的穷小子变成了百万富翁。而自己还是原地踏步，一个普通打工仔而已。

通常发达了的人往往感慨良多，因为他们有资格。挂在嘴边的口头禅便常常是当年如何如何、现在如何如何。中间有差别，也就有了嚼头。这情形有点像父母教育不争气的孩子，开口闭口就是你看我们当年。

跛子知道老五提及过去无非为了现在，希望自己珍惜这种友谊并继续为他卖命。

事实上，当时的老五的确帮过自己大忙。

那些日子，跛子和老婆为了找工作几乎快绝望了。那些厂子大都对老婆这种女工很是欢迎，但对男工特别是跛子这类带有残疾的就敬而远之了。

有一家还恶作剧地耍了跛子一回。这是一家工艺制品厂，需要大量女工，听到老婆说，她两口子要进一起进，不进就两人都不进。招工的就说，好好好，你先进去试试吧。他们让老婆试工，一试就是半天，待老婆从车间出来，他们就提来一箱货物让跛子搬。跛子不明就里，弯腰扛起那箱货物。他们就说，你扛得起不算，还得往前跑。跛子犹豫了一下，但看了老婆鼓励的眼神，跛子就跑开了。跛子一摇一摆地跑，活像古老的皮影戏，那箱货物在跛子肩上几次差点脱手。他们看了哈哈大笑，笑得前仰后合，笑完就说，男仔，这工作你不适合。

跛子很生气，你们这不是作弄人吗？

老婆更气，开口骂了起来，你们太缺德了，让我白白做了半天还不算，还把人当猴耍。

我们要猴了吗？这里有猴子吗？告诉我谁是猴子？你说呀！

老婆还要争执，跛子怕惹是生非，就拉了老婆出来。路上，老婆非常生气，太欺负人了，太缺德了，这种人将来养个娃儿都没有屁眼。

跛子好生劝老婆，你莫跟这种人生气了，犯得着吗？气坏了身子还是我们自己吃亏。老婆一肚子火气就撒向跛子，都是你嘛，上赌场被人打断腿还不算，有了点钱就花个锅底朝天。现在好了吧，打个破工都没人要，你还活个啥子嘛。

跛子被老婆骂得不敢开腔，还得厚着脸皮劝老婆，你骂吧，骂够了，你气就消了，你气消了，心里就好受了。

老婆更气，你还是个男人吗？

跛子去旁边小卖部给老婆买来一瓶汽水。老婆骂得口干了，也没客气，伸手接过一口气喝了，说，明天再找不到工作，我就回四川了。

你回了，那我呢？跛子轻声问。

你爱去哪里去哪里。跛子知道老婆说到做到，就在心里祈求娘在天之灵要保佑自己，尽快找到工作，否则老婆真回去了，自己这个家就完了。

跛子虽然被老婆骂得大气不敢出，但不等于内心没想法。相反，跛子内

心翻江倒海似的。首先，第一个问题是他认为自己不该结婚。想起来好后悔好后悔。结这个婚做啥子，一个人过日子多安逸，想做就做，想玩儿就玩儿。做累了就休息，玩儿累了就睡觉。原以为结了婚就多一个人，多一个人就多一个人的力量可以分担家庭负担，现在看来全不是那回事。结婚像耍杂技叠罗汉，后面的人永远站在前面人的肩头，往上爬。越后来的爬得越高，后来者居上。

最先那个人也就是最底下的那个人就是他自己。他要扛起一切。这分明又是跛子无法做到的，对于他来说那是超负荷的。

但不结婚却过不了娘那一关，娘为了他大半辈子守寡。还有祖宗那一关也没法交代。不孝有三，无后为大。跛子是孝子，更不愿做个不孝的人。在农村，家庭没有孩子，人家也看不起，是要受人欺负的。老婆却不管这些，只图自己舒服、自在。每回行房，头前吃药，事后还不放心，爬起来又洗又擦，仿佛那里面进了一条虫子，得赶快找出来。现在看来，老婆顾忌的不光是因为家里没房子，或生下孩子没人照管，而是她的心还没定下来。母鸡要下蛋，先得找个好落脚的地方。

跛子经过这几天的历程，才深深觉得自己太无能了。从前，四肢健全的时候，他认为只要给他一双翅膀，他能飞到天上去。那会儿走路脚都是轻飘的，人会飞，心也会飞，整天待在半空中，上不着天，下不着地。自从跛了一条腿后，一只脚回到地上了，身也不飘了，但心还留在天上。现在，他就真正明白了，啥子叫大千世界。这个世界无奇不有不假，但就是没有天上掉馅饼的事。

从前盼望有一天能出人头地，飞黄腾达。现在他却只想尽快找到一份工作，有一份收入，把自己先养起来。一条丧家之犬，头脑里满是尽快找到新主子的想法。

转机是在第五天下午。此时的他们已身疲力竭，坐在路边休息。跛子喝了一口汽水，抬头看见一处培训车工的牌子，上面写明包学会、包进厂，培训费三百元。

跛子拉起老婆走了过去，看见这个培训处很小，大约二十平方米，是在一个楼梯旁，里面摆了四五台电车。老板是个男的，很年轻，正在门口吆喝过往行人，推销自己的谋生手段。但进去学的人却少，有些看看又出来了，有些交五元钱在里面试一下手脚，看好不好学能不能学会，所以看起来生意很清淡。

跛子却不是来试手脚的，那一刻他认定这是自己往后唯一的谋生之路。何况人家还包学会包进厂。这正是自己亟须解决的难题。当跛子和老婆两个一块儿提出都要学电车时，老板倒是热情欢迎。可当跛子提出培训费减半时，老板死活不干了，说，兄弟，你这不是帮我，而是来断我财路的。我要是一人只收你一百五十元，照这搞法，我连房租都交不起。

　　老婆说，我们在那边也看到一个培训电车的地方，人家才收二百元，但房子比你这儿强多了。老婆指着头顶上的铁皮棚，你这儿冬冷夏热的，还到处漏风。

　　老板看了一眼自己的铁皮棚，说，我的大小姐，这房子让你说得狗屎不如，可我还花了五百元一个月的房租呢。

　　老婆说，你这里看起来蛮冷清，出出进进，却没一个留下来学，我两个往里一坐就有了人气儿，说不定我们不是断你财路，还会给你带来好运呢。

　　老板瞪大了眼睛，说，你这个妹子很会说话嘛。他想了一下，做出一副吃了大亏的样子说，好，冲你这吉利话，我就豁出去了，赔大本了，二百元一个，你两个四百元，一分不能少了。

　　跛子和老婆见人家说得斩钉截铁，知道没法再杀价了，便退到门外合计合计，交了四百元，手头就没啥子钱了。几天之内能学会能进厂还好，要是没有学会，钱又花光了，回家都没盘缠了。跛子便犹豫了。

　　这时，老婆想了想说，还是先学吧，万一几天真学不会，我就先进厂算了，你在这儿慢慢学，只要有恒心，铁棒磨成绣花针。这是老婆少有的鼓励，跛子就学着人家老板的口气，说，冲你这句吉利话，我也要把电车学会了。

　　跛子和老婆在合计，那边老板在一旁看着好笑，放心吧，这电车好学得很，我也是才学会的，只要不是傻瓜，包你进来学一个星期，就能出师。

　　跛子就说，我们学可以，交四百元钱也可以，但还有一个条件，晚上得住在你这儿。

　　在这儿住，你们两口子？

　　对。我们俩。老婆说。

　　那你们给多少房租？

　　房租都在里面了，就四百。

　　你们这是借了灶屋借房屋，有点得寸进尺了。

　　既然谈不拢我们只好走人了，老婆拉着跛子边说边往外退。

这样子我可是真的吃大亏了。老板还在盘算。

你愿意我们就交钱，到时可别说我们占你啥子便宜。老婆拉着跛子要走，跛子还在犹豫。老婆瞪了他一眼，跛子就明白老婆在跟人家要心眼。那位老板终于让步了，行，亏本就亏本吧，先做成你们这单生意再说。

跛子让老婆交了钱，自己就坐在电车那儿车起来。他接通电源，一脚踏上去，那电车就突突飞转起来，手中的布料直往前冲。老板接过钱转过身来，看着这一幕就笑着对跛子说，老弟，你别急嘛，你现在连起码的要领都不会是车不来的。

于是老板让跛子两口子站在旁边，自己把动作做了一遍。如何穿针呀、换线呀、踏脚呀，又说，电车这玩意儿刚开始学不要急，得慢慢来才行。

跛子说，慢慢来，啥子才算慢慢来？

学什么东西总得有个过程嘛，一口吃得了胖子？

真要学久了，不是又占了你电车，又浪费你电费。

这是两码事，你们花了钱学到技术，我才算完成任务。

照你那样，等我学会电车了，人都快饿死了。

不会的，不会的，如今哪有饿死人的事。

跛子两口子坐下后，老板自己也坐在电车那儿车着。跛子车了一会儿就自嘲地说，想不到我一条腿，干这个倒是最合适不过了。老婆说，那你就好好学吧。

跛子感叹，想不到人的命真是天老爷早就注定好的。我这一辈子怕是做定这个车工了。

五台电车坐了三个人，看起来就像那么回事了。果然，到下午就来三个学电车的。老板自己就站了起来，做起了专门指导，围着五台电车转来转去。跛子老婆望了一眼老板，撇了撇嘴，意思是我说得没错吧，果然给你带来了好运。

老板会意地笑了笑。

一天学下来，跛子感觉很兴奋。老婆说有点腰酸背痛。到了夜里，老板就把地铺打好了。席子倒有三床，但都是捡来的，旧得四个边都破损了。被子只有两床，还是黑了吧唧的。老板说，将就点吧。你们两口子睡一床被子在里面，我睡一床被子在外面。

跛子说，谢谢老板了。

跛子老婆却说，这样安排不行。

老板困惑地问，你说说看，怎么安排？

你们两个大男人应该让女人。

跛子拉了老婆一下手，这样很好了，你就别多事了。

老板是怕我们夜里跑吧？跛子老婆说。

怎么会呢，我这儿又没啥值钱的东西，几台破电车送给你们你们都不会要。

那我就要一个人睡一床被子。

好吧。

跛子就忙打圆场，说老板别生气，在我们老家是有规矩的，女儿回娘家都不能跟男人睡一起，何况今天在你家里。

我懂了。

临到睡那会儿，跛子又起身把老板拉起来，老板，你抽烟吗？

烟在家抽倒是抽，但抽得少。到了这边，没赚到什么钱，差不多都忘了。

那我们去外边抽一支吧。

好。

到了门外，跛子说，老板，不好意思，我没烟。

那你叫我出来，是什么意思？老板有些不悦。

我那老婆很多名堂，穿衣服多了睡不着，所以……

哦，我明白了，真是的。

没办法，我那老婆小姐身子丫鬟命，爱穷讲究。

过了一会儿，二人重新进屋。跛子老婆睡下了，转过身来问，都忙昏头了，到现在还不晓得老板姓啥子呢？

跛子也说，对头喽，都是一家人了，还不晓得名和姓，老板贵姓？

免贵姓曾，名叫曾五锡，排行第五，你们就叫我老五好了。别老板老板地叫，我这个老板还不如一个摆地摊儿的呢。

跛子问，不叫你老板行？

当然行！

叫你老五行？

当然行！

那以后你要是发达了呢？

那就叫我五哥好了，反正出门在外，四海之内皆兄弟嘛。

只怕到那时，你让我们叫，我们也叫不出口喽。

哪能呢？我们三个是桃园三结义嘛。以后，我就叫你两个老弟老妹，行吗？

行啊！跛子老婆抢先说。老五，你以后一定会发达。

笑我啊？

真的，你长得好有福相，名字也取得好。

哦？

不是吗？老五——曾老五，听听，这名字跟钻石王老五只差一个字了啊。

三个人都笑了。

老五说，好，就借老妹吉言，以后要是真发达了，第一个请老弟老妹到云天大酒店吃大餐。

到了下半夜，麻烦又来了，跛子老婆要上厕所。这个铁皮房是搭在房子旁边的，厕所在二楼的楼梯上，晚上主人是上了锁的。平时，老五起来就在外边随便解决了，可现在是一个女人。

老五说，我去叫房东起来开锁吧。

跛子问，还有别的地方吗？

跛子老婆也说，深更半夜吵醒人家，还不得骂死人了。

老五就说，从这儿往右走不远，有一条臭水沟，去那边你们怕不怕？

跛子陪老婆出去了，回来时，两个人做贼一样跑了进来。

老五问，没吓着吧？

跛子老婆就说，这个破地方，真是——老五，你发达了，第一件事就赶快换个地方。

好有地方给你上厕所。跛子对老婆说。

这有错吗？厕所少得了？谁不需要？

由于来学习的人越来越多，三天后，老五又买回三台电车，总共就八台了。跛子问，老五，我们这水平可以去应聘了吧？

老弟，就你这水平早着呢，别丢丑了。

那我老婆呢？跛子问。老五看了看说，她比你好点，但也要再学几天。

跛子老婆就说，老五，这学来学去，也不晓得进度，能不能弄些正规的裁片回来车车，看车不车得成呀？

旁边也有学员帮腔，就是嘛，这车来车去瞎子打老婆，兴估的。

好，你们的意见很对，老五想了想说，我有机会就去外头弄些裁片回来给你们车。果然次日，老五对跛子说，劳烦老弟和老妹帮看着点儿，我出去一会儿。

跛子答得很爽快，老五，你去吧。

跛子老婆却开起了玩笑，拉了一下老五，你不怕我们把你电车卖了走人？

老五就说，卖几台破电车，还不如去打劫银行。

老五走后，跛子就说老婆，你说就说，别跟老五拉拉扯扯，不好看。

老婆骂了一句跛子，你神经病啊！

老五果然从外头背了一麻袋裁片回来，在门口就喊，老弟老妹，这下够你们车了吧。大家起身去抢裁片。原来，这裁片全是公仔的耳朵部分，椭圆形状。老五喝住大家，慢点儿，先说清楚，这裁片是人家好心借给我车的，车坏了要赔钱的，所以，大家一定要有把握了才来动它。

跛子老婆过去拿了几片来车，慢慢地，她上手了。她很兴奋，我就说嘛，不按正规的来，咋晓得学会没学会哉！

中午，老五用电饭煲煮白菜。跛子老婆看了笑着说，老五，电饭煲煮菜，我还是第一次看见。她边说边过去帮忙。

老五笑她，你井底之蛙，没见过的事多了去了。

跛子老婆说，就光煮白菜呀，也不掺点肉。

我也想呀。老五拍拍口袋，说，可现在囊中羞涩没法子呀。

清汤寡水的，看见都倒胃口。

就这白菜还不见得人人能吃上呢。跛子说。

还是老弟懂得世道疾苦。

白菜煮好后，老五请他们一起吃。跛子夫妇也没客气。

老五问，这两天，你们吃什么呀？也没见你们两口子出去过？

跛子脸红了，老五，你不晓得，我们已经没钱了。

没钱了？老五嘴里的白菜有一半挂在外面。

跛子老婆说，放心吧，只是暂时的，我老乡过两天就发工资了。

老五咽下嘴里的菜，没钱就早说嘛，出门在外的。当下就掏出一百元递给跛子，先拿去，用完了再说。

老五，你放心，这钱我们一定会还你的。跛子老婆说。到底是女人，眼里居然有了泪花。

还什么还，这钱本来是你们给我的。下午，老五又从外面买回一张铁床，

喊跛子过去帮忙。两人很快就架起了铁床。老五说，以后，老妹睡上床，我们睡下床。老五还买了一个胶桶外带盖子的，私下对跛子说，知道那是什么吗？

跛子不明底细，摇摇头，说不知道。

老五大笑，等会儿告诉你老婆，她知道干什么用。

到了夜里，跛子老婆就说，老五，你这么好心肠的人，日后要是不发达，算老天爷没长眼睛。老五迷糊地说，老妹，睡吧，老天是用来敬的，不能骂的。

六

跛子没有听老五的叮嘱，不能把老婆的事说出去。

下班的时候，他故意走在后面，向唐莲讨主意。

唐莲想了想说，要我看，干脆离了得了，强扭的瓜不甜嘛。

跛子听了唐莲的话就想了一个下午，也没理出个头绪来，拆桥容易，架桥难。跛子想起老婆从前，其实，老婆不算坏，在家时除了对娘不好外，对自己还是不错的，自己断了一条腿后，她哭得死去活来的，过后，又细心照料自己。娘死后，都倾家荡产了，也没说过离婚二字。

悔不该出来打工。在家还不觉得，大家窝在那个山沟里，要穷大家一起穷。一出来，穷的和富的就比出来了，穷的穷得要死，三顿饭都没着落；富的却富得流油，有房又有车。女人都是势利眼，狗一样的，有钱人扔过来一块骨头，还不得疯子一样和着身子扑过去。

傍晚，跛子在饭堂遇上乔老头。乔叔年纪一大把了，做着清洁工。乔叔为人随和，在工友中与很多人谈得来。从工厂到附近商场，有一段距离，中间出过几回打劫的事，女孩子们要是有事儿上街，又没有同伴，通常都叫上乔叔。

乔叔与跛子也很要好。乔叔的女儿在上大学，但父女关系不大好，乔叔心情不好时，就拉上跛子一块儿坐在厂门外拉家常。

跛子没头没脑地对乔叔说，乔叔，你说我咋个办？

咋办，继续上你的班啊。老五不都请你吃饭了吗？乔叔以为跛子说的是挂乌龟牌的事。

乔叔，我说的不是挂牌子，是我老婆的事。跛子看了一眼周围，不想让人听到的样子。

乔叔明白了，声音也降了下来，你老婆怎么啦？

她与人好上了，闹着要与我离婚。

要我说啊，这个婚你打死都不能离。乔叔直截了当地说。离不得啊，小老弟，一个男人离了，再讨老婆就难了。男人不像女人，女人屁股一扭，身边男人大把围着转，再差再坏的女人都有人要，再丑的女人都嫁得出。何况你老婆。长得一脸水灵灵的样子。

可强扭的瓜不甜啊。

那是混账话，你别信。乔叔又说，你不离婚，你至少还有一个老婆；离了，你就什么也没得了。光棍一条，你连点念想也没了，你还怎么活啊。

我现在活得也窝囊，她都拿顶绿帽子给我戴上了。

乔叔看了一眼跛子说，这是没办法的事，是这个世道在作怪，别说你了，偌多有钱人家的老婆谁敢保证说，她们都很守妇道。

乔叔的意思是不离？跛子反问乔叔。对，坚决不能离，打死都不能离，你看看我就晓得了，老婆死后，想再讨一个老婆，哪里做得到。人家一看我带着个孩子，转身就走了，谁愿意做后娘。你没孩子，你是没拖累，可你，乔叔没说了——跛子知道乔叔是指他的腿。乔叔停了一下又说，我那时还做着生产队队长，大小算个干部，都讨不到老婆呢。你这种情况，除非你有钱有车，还好说，女人睁只眼，闭只眼，就忍了。你没钱又没车，房子也没有，女人凭啥跟着你活受累死受罪。

乔叔怕跛子变卦，又贴着跛子的耳朵说，你看看老五，称得上有钱有势了吧，老婆不照样什么也不干，泡在麻将馆一天到晚不拢屋，老五一样没喊离婚。你以为离婚是小孩过家家呀，头道酒苦，二道酒酸啊，那是个大事了，打牌一样，得重新洗牌再来一回。

跛子听了乔叔的话，似乎有了主意，就是坚决不能离婚。但如何才能不离呢，他想向队长讨个主意，队长李浩是大学生，鬼点子多。平时，专门给老五出主意的。

有天晚上，跛子特意去了队长宿舍，队长是一个人住一间房。见跛子进来，队长问，有事？

没，没啥子事，跛子吞吞吐吐地说，因为交往不深，一时不知从何开口。

队长就笑了，你是无事不登三宝殿的，既然来了，一定有事，说吧，公

事还是私事？

我，我老婆——跛子说着又停下了。

你是想去看老婆，找我请假吧。工厂有规定，工人在拉上请不到假的话，如果确实有特殊情况，队长有权特批。工厂此举，为的是避免工人与拉长合不来，受到拉长故意整。

不是，跛子终于咬了咬牙说开了，是我老婆与别人好上了，要跟我闹离婚，我想向你请教，有啥子好办法？

哦，是这呀。队长笑了。可我还没结婚呢，哪有经验。

你上过大学，知识多，主意也多，平时老板都对你言听计从呢。

是吗？我有那么神？队长说，听你这一说，我才第一次知道。

队长让跛子坐在床沿上，两人兄弟似的聊起来。队长问，你告诉我，你爱你老婆吗？

爱。跛子想了想又补充说，好像是又爱又恨。

那你老婆对你呢？

从前好像还爱我吧。

那现在呢？

看起来好像不爱还恨上了。

这么说，你们之间的问题主要出在你老婆身上，对吧？

谁说不是呢，自从出来打这个破工，她整个变了个人似的。

现在你老婆红杏出墙你不在乎？

是男人都在乎，可那又如何？

可你不愿离婚，宁愿戴个绿帽子——对不起，我说得直了点，没伤着你吧？

无所谓啦。

如果那个男人给你一笔钱呢？

钱有用吗？我老婆都没了。

队长就慢条斯理地说，可拖着明显对你不好，这种情况对你真的不好，女人拖得起，男人拖不起，特别是没钱的男人。女人大不了不结婚，大不了不做大奶做二奶，一样生孩子，一样过日子。你呢，有老婆，但老婆在跟人家过日子，说没老婆呢，你怀中又揣着一张结婚证。你要是跟另外一个女人好上了，还不能结婚，那样是犯了重婚罪。

这么说，还是离。

我没这么说，这话不是我能说的，万一将来你没找到老婆，岂不恨我一辈子了。

那就不离。

我也没这么说，万一你将来日子过得不顺心，你也会念我的。

我就这么倒霉，别人大奶二奶，我连一个老婆都留不住。

队长只是笑。

跛子又说，这世道，别人可以放火，我却不能点灯。

这就是人和人之间的区别。

那咋办？

凉拌。队长幽了一默，就不再吭声了。

跛子告辞出来，心想，老五好坏不说，只说清官难断家务事。

唐莲还算干脆，但完全是站在女人立场。

队长说了大半夜，好像什么也没说，圆滑得很。唯有乔叔是设身处地替自己着想的。婚不能离，离了就没老婆了。跛子就后悔做了傻事，向别人取经管老婆，哪有灵丹妙药，一物降一物，人家的方法对自己未必管用。对于懂事的女人，你用武力，岂不把人打跑了；对于不懂事的女人，你说了半天道理又有何用，岂不是对牛弹琴，白费工夫。

几天来跛子被离不离婚这件事弄得焦头烂额。这天，跛子老婆却突然来了，直接进了宿舍。她打扮得非常漂亮，卷发、描眉、口红，一身香气很远就能闻到。跛子正在收拾床铺，回头以为是来了稀客，仔细一看见是自己老婆，就不好意思地说，你来了，也没说一声。

同宿舍的工友都笑了，有人就说，告诉你就失效了，你老婆特意来抓现行的。

跛子说，我连自家的猪都喂不饱，哪还有糠外借。

谁是你家的猪，别臭美了吧你。

有工友就送来一个苹果，跛子老婆看了一眼，不愿伸手接。那工友就说，看我，还忘了洗一下呢，就跑去洗了，递给跛子老婆。跛子老婆道了声谢，接过来却不吃，放在跛子床头。同宿舍的工友都出去了。在集体宿舍住久了，大家都学会了识趣。

跛子拍了拍床沿，让老婆坐。老婆看了一眼床铺，说了声，狗窝一样，又伸鼻子闻了闻，比猪窝还脏。人却不坐下来。

　　跛子又从床底拉出一张凳子，用纸巾抹了又抹。老婆还是站着。

　　跛子不知如何办了，就两眼看着老婆。老婆却从小包里拿出口红和镜子，悄无声息地弄了一阵后，说，我们出去走走吧。

　　跛子应了声"好嘞"就跟出来了，反正晚上不加班，陪老婆到街头逛逛，倒是机会难得。

　　在路上，恰巧遇上老五回厂。老五停下车，摇下窗玻璃，说，哟，去拍拖啦？

　　跛子说，老夫老妻了，拍啥子拖嘛，到街头走走。

　　跛子老婆也喊了声，老板。

　　老五说，上车吧，我送送你们。

　　跛子老婆推辞，不用了，老板，你忙吧，我们随便转转而已。

　　老五就说，那好，我就不当电灯泡了，祝你们玩儿得开心。

　　老五走后，老婆就说，看看，这就是有钱人，当年还老弟、老妹地叫呢，啥子桃园三结义，现在还会叫你一声老弟吗？

　　跛子就说，现在人家有钱了，才变成这样，你呢？

　　老婆说，男人有钱就变坏，女人变坏就有钱，你懂吗？猪头。

　　跛子不想跟老婆顶嘴，老婆能来已是大大出乎他的意料了，好几个月了，不通音讯，打电话也不接。但不知老婆葫芦里装的是啥子药。到了街上，老婆说，开间房吧。从前老婆在厂里做工时，每回幽会，老婆大都是来跛子的床上的，但今天看见老婆连床坐都不坐，显然从前那一套行不通了。

　　跛子陪着老婆一家旅馆接一家看过去，老婆不是嫌房子太小，就是嫌卫生不好。最后，终于选定一家，都快够得上星级水平了，价钱自然不便宜，一晚一百五十元。跛子咬了咬牙，把钱交了，心想豁出去了，只要老婆高兴。

　　进了房间，跛子才感到物有所值，房里什么都有，空调、电视，还有好几条沙发。老婆摔下包，直接进去洗澡。跛子就在外面，随意地看着电视。

　　终于等到老婆出来，跛子傻眼了，老婆身上只披着浴巾，上露胸下露腿，胸脯饱满，双腿修长。跛子愣了，老婆发嗲地说，快去洗洗吧，我等你。

　　跛子答了一声"你等着"就进去了。跛子躲在浴室，半天也没想明白，老婆怎么就变成这样了，老婆从前可是非常害羞的。记得新婚之夜，当跛子扒掉老婆的衣服时，老婆是拼命护着下身的，待跛子双手伸向胸时，老婆又回手护着胸。跛子就上下齐手，双管齐发。老婆就没辙了，只轻轻喊了一声，熄灯。

后来，每回行房，老婆都是要求关灯的，不关灯就别想那个。

跛子草草洗了，就窜出来。老婆全身已像一条美人鱼似的趴在床上，眼睛看着电视，屁股饱满浑圆。跛子看了一眼电视，原来老婆已放了黄片，一男一女赤条条地正面对面，一副斗鸡状，气焰十分嚣张。

老婆见跛子出来，身子一翻，又发嗲地喊了一声，来呀，还站着干啥子？

跛子就扑了过去，与老婆滚到一起。相互亲吻了一阵，老婆说，我要让你做做啥样是男人。说完，一口含住了跛子。

后来，跛子都快累虚脱了，老婆也好不到哪儿去，两人就并头躺着。

老婆突然说，我们离婚吧。

跛子一惊，为啥子吗？我们不是过得好好的吗？心里就想到，原来老婆是来做最后的了断的。适才的演出，不过是末日的狂欢、最后的告别，但压轴戏却让主演伤透了心。

老婆说，我们是假离婚，你懂吗？跛子不置可否，离婚还有真的假的？

对，是假的，离了，我也是你老婆。我们不过办一张离婚证，往后，我每个月仍然来看你，像刚才一样让你快活。

你为啥子要这样做？

那男人有钱，你晓得吗？我们离了，我还可以从他那儿弄些钱回来。

天下有这种好事，我不信。

他当然不会白给我钱，我答应为他生个孩子。

我们结婚这么久，你都不生孩子，每回都是推三推四的，现在倒愿意生孩子了。

你有钱吗？你能跟他比吗？你连自己都养不活，他的钱却多得花不完。

说着老婆双手又抱过来，跛子闪了一下。老婆说，我晓得，离了，你难受，可我不难受吗？但不离，两个绑在一起，结局只有一个，大家都过得不好。

那离了呢？

离了，大家都活了，像落水的人一样，怕死手牵手，谁也活不了，两个分开了，兴许拼一下，就都能活。

才多久呀，老婆变得能言善辩了，话说得头头是道。老婆还会来事儿了，还会打扮了，卷发，描眉，口红，一身香，老远就能闻到。跛子心想，现在要老婆再回到流水线去车货，一天上班十二小时，怕是打死她都不干了。

七

　　第二天，跛子上班就遭到工友取笑。说昨夜是不是过了个大年。唐莲过来祝贺跛子与老婆言归于好。跛子也是笑笑，不再说实情。经此磨炼，跛子成熟了，自己的事自己解决，解决不了也没必要求助于他人。人人都有要念的经，上帝既然安排人手一册，谁也没时间替别人背书。

　　只是跛子想到老婆昨夜可谓用心良苦。一个普通的打工妹，刚出来是羞涩得有如二月的桃花，要开未开的样子，实在得也是遇到问题就哭鼻子。现在老婆会耍心计了，会设圈套让跛子钻了。只是跛子还是从前的跛子，人家屋内再香那也隔着一条门槛，跛子是不会偷盗入室的。何况自己还少了一条腿，有那份贼心也没那个贼胆。

　　早晨，老婆见跛子不为美色所动摇，横竖一根筋，决不放手。老婆就开始又哭又闹了，大骂跛子迂腐、固执，因为固执，花光了所有的积蓄，因为迂腐，到现在还是穷光蛋一个。人家老五一同出道的，现在身家百万了。跛子就是跛子，一条腿永远别想跑到人前去。跛子还自私自利，如今自己受穷还不算，还要拉上老婆垫背，天底下没有这样的男人。口口声声说爱老婆，却是把老婆当牛做马用的。天底下哪有这种自私自利的爱。

　　跛子被老婆骂了，却无从反驳。相反觉得老婆骂得句句在理。只是不知自己错在哪里。转而一想，你打工就打工好了，却傍上大款。你给老公戴了绿帽子还不算，还要老公送你上花轿去新婆家。这么说你还有理了？

　　老公自私是因为爱你，是为这个家。你呢，只图自己快活不管别人死活，要说起来，天底下最自私的人不是我而是你，你只不过是身在庐山不知自己的真面目罢了。猪八戒照镜子不看自己的脸。

　　跛子想到老婆灰姑娘变成白雪公主，不禁腹内五味杂陈。老婆在家时，每次行房，中规中矩，甚至还有一些厌恶，性冷淡。就是刚出来打工时，也没这样的，工厂没有夫妻房，每回，都是跛子喊老婆来自己的宿舍。老婆那样子就像做贼一样，早早就进了被窝，天不亮就走。有回跛子怕弄出声响，暗示老婆背对着自己，老婆就说，我又不是狗。

　　有回同宿舍的工友开玩笑，大姐，昨晚老听到老鼠咬床的声音，害得我一夜没睡好。老婆红着脸说，瞎说，我们昨晚睡得死猪一样，一动都没动。

同宿舍的工友就全笑了，累的吧？老婆就飞快地跑了。如今老婆配合跛子不光游刃有余，而且还主动出击，花样迭出。跛子倒成了配角。这好比一个学生跟着自己是一问三不知，傻了吧唧的，易师而教后就成了神童。如今神童不光看不起从前的老师，还宣称要与恩师分道扬镳。

　　跛子怀念从前的日子。按理，跛子这种年龄是不应怀旧的，但事实上他却十分怀念过去的岁月。虽然穷，但大家平等。现在全民经商了，一切向钱看了，可并不是每个人都是经商的料。全民经商与全民讲政治一样可笑，不但没有让全民富起来，反让贫富更加悬殊，而且人也变得更加自私、狭隘、势利。

　　放眼望过去，那些发了财的不是天才，就是浑蛋。老实巴交的人并没有赚到钱。为人民服务应该为广大民众服务，政策应该站在劳动大众一边，但老实人在这个社会却处处吃亏，被挤到了被人遗忘的角落。

　　跛子不想发大财，但希望自己起码有一份稳定的工作、固定的收入，以及做人的起码尊严，现在却弄得像失去亲人的孩子，只有仰天长叹，巴望一个好心人来收养自己。

　　唐莲从跛子头上把那块乌龟牌子取走了，又挂到另一个女工头上，女工当场就哭开了。这回跛子没笑起来，事实上，已经有很多工人表示出对那块牌子的不满了，认为那有侮辱人格的意思。有的还骂着说，出这主意的人是缺德带冒烟儿，生孩子会没屁眼儿。

　　当时，跛子出这主意时，心中只觉得好玩儿，而且可以鼓励大家努力工作，现在看来，这是一着臭棋。

　　但取消它必须经过老五批准。跛子便觉得自己去说，一定会遭到耻笑，说自己挂了一回牌了，就说不好了，有种出尔反尔的嫌疑。

　　而且工人中似乎也有人知道自己与挂牌有关。那天，队长找他过去，一进门就直截了当地问他，听说，挂乌龟牌子是你向老板提出来的？

　　跛子说，是的，我当时是好心，只想刺激大家的生产积极性。

　　事实上，也侮辱了工人的人格。

　　我当时没想那么多。

　　而且你自己也被挂了一回，你觉得刺激了积极性了吗？

　　没有，我觉得不好受。

　　那就应该尽快取缔，不能再让它挂在那儿损害工厂的形象了。

我想过，却不知道如何向老板说。

你的确有难处，算了，你别管了，由我出面吧。队长最后说。

跛子道了一大堆的谢谢。过了一天，果然，老板来到车间，从那位女工头上取下乌龟牌子拿在手上，扫视了工人一眼。当老五把目光落在跛子身上时，跛子有种芒刺在背的感觉，他真怕老五当场把实情曝光了，那样一来，他就成了众矢之的，别想再在湘南混了。想想此事前后真是不值，不光自己也挂了乌龟，而且在老板那儿也没讨到好，就像一个大胆的学生，跑到老师面前指手画脚一番，什么效益啊、时间啊、生命啊、金钱啊，可老师听完后，吼一声，还不坐回去，你还有作业没做，要只争朝夕。

老板并没有说出是谁出的主意什么的，相反，一上来就说，大家知道吗，乌龟是个好东西呢，全名叫中华神龟，乌龟代表长寿，代表以静制动。还有啊，妇孺皆知的龟兔赛跑，最后却是乌龟赢了。这说明了什么啊，说明乌龟有种不言放弃的拼搏精神。现在把乌龟挂在失败者的头上，有损乌龟的尊严嘛，大家说是不是啊。工人中有了笑声。接着，老板又说，从今往后，我们要为乌龟恢复名誉，不再为失败者挂乌龟牌子。那挂什么好呢？大家说说看。

工人们的兴趣上来了，当中有人提出挂旗子的。

老板其实使了招欲擒故纵而已，心中早就盘算好了。一听工人说到旗子，他立马借题发挥。对，就挂旗子，无论胜负都挂旗子。胜利者挂红旗，失败者挂白旗，证明失败了，服输了，举手投降了。好不好啊？

好，工人中爆发出长久的掌声。老板满意而去。跛子对老板这招佩服得五体投地。的确，老板从不召开什么工人大会，有什么问题通常处理在台面下。老板说，一开会，人多嘴杂，无限放大，芝麻大点儿的事就让大家七嘴八舌说成桃子大了。但今天这出戏却收到意想不到的效果，无形中为老板树立了富有人情味的正面形象。

过了几天，跛子被人请到了酒店。跛子进去时，屋内已站着几个彪形大汉，人人戴着墨镜。跛子认出老婆的相好，此刻正坐在中央，也是一副墨镜，一副高深莫测的样子。

跛子站到他的对面，听见一声低沉的声音，你来了？

找我啥子事，快说，我没时间的。跛子开门见山。

痛快。那人取下墨镜，说，找你来只有一件事。想了想他又说，只有两个字，知道吗？两个字，好简单的。

跛子不屑地问,哪两个字?

拿来。随着他的手一挥,一纸文书放在跛子面前,跛子见上面抬头写着《离婚协议书》。

你签上你的名字,你就可以走了,还可以带上这个。那人手从对面推过来一沓钞票。这是一万元,也属于你。

跛子夯着胆子说,我要是不签呢?

那要看你还有几条腿喽。两个彪形大汉闻言从两边架着跛子的肩膀,吼道,识相点,也不看看你在跟谁说话。

我不晓得他是谁。

是我们老大,你看清楚点。两个大汉按住了跛子,跛子的头抵住了桌面。

那人双手张了张,阴阳怪气地说,放开他,现在是文明社会,怎么动不动就喊打喊杀呢,可别吓坏了老弟,我不好向你们大嫂交差嘛。

那人停了停又说,老弟,识时务者为俊杰,你现在连自己都保不住,还霸着女人在身边有啥意思嘛。再说,女人也不会回到你身边来了啊。

我要见我老婆,我要亲耳听到她说"离婚"二字。

好,爽快,这可是你说的。那人向里屋招了一下手,出来吧,主角不出场,这戏没法往下演了嘛。老婆就走了出来,坐在那男人身边。屁股决定脑袋,看来老婆真铁了心要跟自己分手了。只见那男人就伸出一只手搂着老婆的肩膀,说,你看看,你老婆都是我女人了,你应该感到高兴才对呀。

你算啥?有几个臭钱了不起啊。跛子数落起来。

兄弟们,你看看,这就是穷人说话的口气。

穷人咋的?不偷不抢,更不抢人家老婆。

真好笑,狗看不住骨头,还怪狼不讲规矩。

你神气啥,要不是改革开放,你比我还穷。住在那围屋子里,老鼠洞一样,回去问问你爹娘,他们从前吃的啥?

有意思,穷鬼,你家乡很好吗?

你等着,总有一天会有人来收拾你,你比黄世仁还黄世仁。

那男人就说,你的样子看起来像怨妇,被主子抛弃了,就满世界鸣冤叫屈。

你的样子像条狗,到处撒尿留记号。

这个仆街,敢骂大哥,揍他娘的。接着就一顿拳打脚踢。跛子就只有惨叫的份了。老婆吓得尖叫,别打了,会打死人的。

不打死他，你也别想过好日子。

老婆就拿着协议书走过来，哀求说，你快签了吧，他们会打死你的。

跛子抹了一把嘴上的血，我签，不是我怕死，为的是让你过上好日子。

跛子在协议书上签了名，那帮人就扬长而去。跛子说，把你们的钱拿去，说着就把那一万元钱摔到了门边，往外走。老婆就跑回去把一万元收了起来。

跛子住进了医院。老五闻听消息，当即赶到医院，听了跛子叙说后，非常生气，仿佛有一种打狗欺主的味道。他义愤填膺地说，简直无法无天了，报警吧，让法律来收拾他。

跛子拦住了老五打电话报警。跛子说，报警没有意义了，字我已签了，老婆也回不来了，如果把那男人弄了进去，反而害了我老婆。

老五生气地说，什么你老婆，早就成人家二奶了。

老五走后，唐莲又来了，还捧来一束鲜花，进门就夸跛子有志气，哪像她那老公，听说老婆要离婚，就寻死觅活的。

跛子听后，一阵苦笑。

队长也来看望跛子，坐在跛子病床前，沉吟良久，连声说，这个社会该改改了，简直是为富不仁强抢民妇嘛。

跛子说，也不算抢，是我老婆自愿的。

临走，队长说，我改变从前的想法了。跛子看着队长。

队长在屋内转来转去，似乎在寻找恰当的词汇，目光也变得坚定起来。他说，从前，我以为有了钱，一切都好办，现在发现不是那么回事，你有钱又怎么样，人家照样可以不尿你。所以说男人要去从政，只有有权，才能实现自己的抱负。

夜里，乔叔也来了，摸着跛子的头，孩子啊，回去吧，别打工了，好好种田，也不会饿死你。

乔叔，你不晓得，我就是回去也没田可种了。

你的田呢？

早被收走了，补了一笔钱也让我给娘治病花光了。

农民没田你怎么活啊？

跛子说，我就是想回也没地方回了，娘不在了，又没有房子。回哪儿去啊？

乔叔就一把老泪纵横感叹，这是做的啥嘛，没有天理了嘛。

乔叔走后，跛子在心里说，乔叔，你做好人，却不能保住自己；他是流氓，却能喝动许多人。你是好人，不过天边一点微略的星光；他是坏人，却是漫漫长夜的无边黑暗。人们借助你的帮助却找不到回家的路，但他的存在，却能让夜行人停止前进的脚步。

三天后，老婆来医院看跛子。跛子没好气地说，你来干啥，看我死没死吧！

你的脾气得改一改，别逞能了，我不是来看你脸色的，我是来还愿的。说着她从包里拿出几扎票子，说，这是五万元，你拿回去，再讨个老婆好好过日子吧。

我不要你的钱，我要让你一辈子良心过得不安宁。

你别幼稚了，现在是啥时代了，别说你受伤，就是被打死了，在我心里也只怪你不识趣。一转身，我照样有说有笑跟人打牌去了。

老婆走后，跛子泪流满面，看来，这一切都结束了，只有五万元钱是真的，拿在手里有种沉甸甸的感觉。想想这些天来，先后有许多人来看自己，老板最初一副疾恶如仇的样子，其实不过公事公办，一句报警就啥子都了了，完全不愿介入的姿态。平时口口声声桃园三结义，这样的刘关张，怕是没人烧香了。

唐莲还是以女人立场看问题，也难怪，她自己就是女人，所以处处以弱者自居，企望全世界都为女人让路。

队长李浩倒有新的选择，可这种选择能带来多大成效，只有老天晓得，以这个社会的风气，椅子要是脏，不是谁坐上去都能让自己干干净净的。

还是乔叔好，父亲一般，但也不过多洒一次同情的泪，弱势群体无非是兔死狐悲，同病相怜，真能同仇敌忾，群起而攻之，就不是兔子了。

老婆的做法倒是值得回味，毕竟过了河，没有拆桥，还能回头对落入水中的同伴施以援手，足见女人还是女人，再怎么美貌如花，再怎么狠毒如蛇，也不会不给自己留一条后路。

八

跛子出院那天，老婆又来了，帮跛子付了医药费，还送了跛子一程。快到厂门时，老婆停住不走了。跛子说，进去坐坐吧。

不去了，进去好让人家看把戏啊。跛子就与老婆在路边找了一块草地坐下。

老婆说，你现在有一笔钱了，没打算做点别的？

没想过，再说，我这样的能做啥？

那就打一辈子工？亏你还是高中生。

好像除了打工，我还真找不出更好的门路。

老五那个人说的比唱的好听，从前，我们学电车时，他弄回一些裁片让我们车，明明是接的货，人家付了工钱的，可到了我们这儿，就成了白车的了。

做老板的人都这样，说起来，老五还算好的了，听说有些人吃人不吐骨头呢。跛子想到历史上的开国功臣，没有几人得以善终的，自己追随老五打天下，如今还在工厂拿着高薪，算是遇上明主了。

不说了，现代的刘文彩一个，想想就来气。

刘文彩再不好，你不还是找了个刘文彩嘛。

老婆听后就脸红了，屁股也坐不住了，就站起来说，我走了，以后，你好自为之吧。

那你走好，跛子也站起来往回走。再好的东西已经是别人的了，多看一眼只会多增加一份痛苦。

跛子回厂后，也没多休息，第二天就上班了。他不在的这些天，工厂也有了一些变化，唐莲怀孕了，肚子大了，一眼就能看出来，但老板却让唐莲做了主管。唐莲新官上任三把火。第一把就从车间里烧起来，而且火烧得很旺。以前各拉人员配备是根据工人技术好中差搭配的，往往差的影响好的，拖了后腿，好的也落得偶尔有休息休息的机会。唐莲上任后，进行了全部变动，实施强强组合，说是黄金搭档。也就是说技术好的全部分到一起，技术差的分到一块儿，仿佛竞技体育，进入前八强的选手放在一块儿比赛。这种流水线作业，由于技术不相上下，大家生怕落后，受人耻笑，没有别的办法，便只有更加努力地车货，甚至厕所也不敢上了。这样一来，快的更快。效益明显提高了。

跛子技术没得说，工资也是全厂工人中最高的。他被分到甲级组并没有带来荣耀，相反，明显有点儿跟不上大家的节奏。

从前在拉上拖后腿挂乌龟牌，现在不挂乌龟牌，改挂白旗了。为了不挂白旗，跛子把上厕所的时间也省下了，过去一天两次，现在一天一次，就这，还是非常吃力。跛子就自己想了办法，比别人提前十分钟上班，又比别人晚十分钟下班。这样总算和大家扯平了。

唐莲升上主管，拉长位置便出现空缺。工人中就有人开始盘算了，说这回坛子里捉乌龟，十有八九是跛子的了。

　　那天在宿舍，同宿舍的工友，都劝跛子要好好把握，还开玩笑说，这回真是龟兔赛跑，最后赢的一定是跛子。他们把跛子当成乌龟，那只兔子就是一位女工，就是那位曾经挂乌龟牌子哭鼻子的那个。

　　唐莲也经常过来站到跛子身边，经常借跛子上下班时间一事借题发挥，意在给跛子往上走做铺垫。唐莲以前也说过，凭跛子的技术，做个拉长绰绰有余。

　　说得多了，跛子也动了心思，毕竟做拉长是要涨薪水的。工作轻松，体面，工资高待遇好，只有傻瓜才不想。但究竟鹿死谁手却不是绵羊说了算。

　　跛子把自己当成一只绵羊，尽管老五曾说过，绵羊没有自己的地盘。但多吃多占却不是跛子的风格。跛子吃过亏，赌博赢一点钱都要用脚做代价。伤疤还没好清楚，疼痛还在。他又如何敢越界行动呢。

　　跛子也想过，即使不当拉长，以现在的薪水好好做几年，每月余下五百元，几年下来也能积攒一笔钱，加上老婆拿来的五万，也可以勉强回去买套房子，有了房子就有了家。如果有缘，再讨一个老婆，那就满足了。上帝若再垂青，让自己能拥有一儿半女，就算三生有幸了。

　　工厂原有的厂房不够用了，老五就打算在厂区的空地上添盖一座铁皮房。但盖铁皮房不是有钱就能盖得了，得审批。报告送上去后不知在哪个环节卡住了，老五急得什么似的，成天不在工厂露面，一心在外跑关系。工厂全权交给唐莲打理了。有人就说，唐莲肚子里的孩子是老五的，也不知真假，但老五把主管这么重要的职位交给一个孕妇，按说就不是空穴来风。

　　转机终于出现了，一天，是老校长的生日，老五在云天摆了几十桌。最初，跛子也打算去给老校长贺寿的，那几天，就在周围打听去还是不去，谁去谁不去的事，去了又该送多少礼钱。

　　可想想自己与老五多年的交情，到真决定下来去时，队长却找到他，说，这回老板给老爷子做寿，请的都是场面的人，工厂里也只有重要职员去，至于普通打工仔老板没有做准备，所以，你就不要去了。老板为了感谢大家的深情厚谊，特意在工厂给全厂工人加菜。

　　那天工厂果然加了菜，除平时的鸡腿外，还加了红烧肉，另外一桌多了几瓶啤酒。吃完后，工人正准备散去，就见几辆小车开进工厂，从车上下来一些有头有派的人物。工人中有眼尖的认出当中有常在电视中露过面的，是一位副市长。老五的爹老校长也来了，站在副市长身侧。那位副市长对老校长执师生之礼，看样子很是恭敬。老五则像个小学生对副市长提出的问题一一解答。末了，还把队长推到副市长面前做了介绍。副市长很高兴，握了队长的手，说了一句什么。跛子隔得太远没听清，后来是队长亲口说的，副市长说，高素质人才是深圳特区发展的关键力量。

这一天，对于普通的打工仔来说，亲眼见到副市长，就像一位老光棍亲眼见一个姑娘光屁股洗澡的样子，新鲜刺激。

副市长来过后，铁皮房就迎风而上，拔地而起了。

就有知情人传出，副市长是老板的老乡，还是老爷子的学生，从湖南调过来的。这一下，在工人的眼里，老板成了副市长似的，能量大得很，过去有些想闹事的，开口闭口说工资低，准备哪天赶货时来一次罢工给老板一点儿颜色看看的，这一来就不再说罢工的话了。

政府强调稳定压倒一切，在他们的字典里，罢工就等同于闹事。谁敢做那只出头鸟，怕是毛还没长齐呢。吃不了兜着走的事，只是小孩子干的。成年人应有一颗辨是非、知轻重的脑袋。

老五解了燃眉之急，仿佛病人能下床了，心情特别爽，见人就打招呼，还像煞有介事地问跛子，那天，老爷子生日，怎么不去祝寿，太不够朋友了。

跛子不能说听了队长的招呼，只能说自己忙昏头了，并说，哪天有机会一定当面向老校长鞠躬道歉。

老五就笑笑说，道歉就不必了，有机会罚酒三杯，不能赖账。

但拉长的人选还没有决定下来。唐莲一个主管在拉上兼职。这在工厂是很少见的，跛子的心就悬了起来。

一天晚上，工厂不加班，队长在楼梯口截住跛子，说要请他出去喝几杯。

跛子问，队长中彩了？队长说，真中彩了，人早跑掉了，还喝什么酒。

跛子想了想还真是，在报上看那些中彩的人，去领钱不是戴着口罩，就是戴着墨镜，要不就是几个人一起过去，也不知当中哪位是幸运儿。

两人来到一家大排档，选一处坐了。队长说，听说你倒是发了一笔小财？

队长的消息倒灵通，不瞒你说，是五万。

唔，还不算少，要是一个老婆换来五万，这倒是一条生财之道。

五万元就弄跑了自己的老婆，你还认为赚了？

钱难赚嘛，女人却多如牛毛。

如果老婆能回来，我宁愿把钱还给他。队长笑了，痴心男人负心妻，不新鲜了。跛子就不吭声了。毕竟队长没结婚，他哪知道一日夫妻百日恩的道理。跟他说怕也有点鸡同鸭讲的意思。

队长又回到了钱上，说说看，有了这笔钱，有何打算？

已经早寄走了，托我叔给我定一套房子，付了首期。

往后呢？

一个月保证寄五百元就行了。

哦，以你现在这点工资可有点省呀。

有啥法子，谁让我们是打工的呢。

是呀，打工仔真他妈不是人当的，瞧瞧老五，手中有钱，铁皮房说盖就盖，再难的关卡也挡不住他。

跛子就开起了玩笑，队长的意思又要改变主意了，见钱眼开了。

这哪儿跟哪儿呀，我还不至于那么反复无常，再说，钱再多遇上权力，也是孙悟空遇上如来佛，不是一个等量级的。

这倒也是。

什么也是，纯粹经典名言嘛。你想想上回，一个副市长下来，就弄得前呼后拥的样子，过去看电影，一个钦差大臣下来派头也不过如此嘛。

这么说，还是当官好。

那是肯定的，记得大人教小孩吗？书读不好，就做不了官，从来不说，书读不好，就做不了人。

可这条路也不见得想走就能走啊。

那要看是谁了。现在我与副市长也算有了一面之缘，往后，只要老五再从旁推一把，我就上去了。

老五是商人，投资是要核算成本的，你跟他非亲非故他会平白无故帮你？

什么亲什么故，这我不管。我只认一个道理，钱递过去，你就是大爷，想想住旅馆吧，谁认得你，付了钱，总统套房也给你住。再说了，老五花点钱也不是白花，我去了那里，简直就是老五安插在敌人心脏的一把尖刀。从某种意义上讲，也是一棵摇钱树。

老五要不放人呢？

那他就太不知轻重了，留下我不过是多一个听话的下属而已。

来，队长，喝酒。我借花献佛，祝你早日高升。

谢了，队长一气喝完杯中酒。看了一眼跛子，却长长地叹了一声，唉——

跛子也不好深问，队长毕竟是队长，大小是个官。皇帝不急，太监急不得。太监多嘴多舌是要砍头的。

回到宿舍跛子想了半天，队长请自己喝酒，就为了谈当官的事，可队长一声长叹似乎说明自己梦寐以求的拉长位置没戏了。自己也许真不是那块料。没戏就没戏吧，只要每个月能拿到现在这份工资，自己的房子迟早也能拿下。别说升级，就是上回没涨工资，自己不也挺过来了。

跛子的困惑没延缓多久，到第二天下午，队长就把跛子叫进了办公室。见跛子进了屋，队长起身去关了门，一副神神秘秘的样子。

跛子心中暗喜，以为是馅饼终于砸到了自己头上。

队长让跛子坐下后，就开门见山地说，咱们兄弟之间说话也不用拐弯抹角了，今天，我是来做恶人的。说着，队长拉开抽屉，从里面拿出一个信封，这是你应得的工资，还有一个月的补偿金。你点点，如果没错，就去收拾收拾行李，走吧。

队长，这是为啥？我咋就被炒鱿鱼了。我犯了啥子错误？我——跛子几乎被眼前的情景弄昏了头，说话语无伦次。

你没有错，是工厂的原因，你也看见了，金融危机，订单锐减，货少人多，所以，工厂决定裁员。

跛子不解地问，为啥就裁我呢？队长说，别问那么多了，走吧，此处不留爷，自有留爷处嘛。

跛子就哭开了，我不信，这里面一定有误会，我跟了老五那么久，我要打电话给老五当面问清楚。

别问了，打了也不会接。队长说，我也是打工的，没有旨意，我岂敢随便炒人。跛子想抱最后一线希望问，唐主管晓得吗？

唐主管也没办法，工厂是老板的。队长说着递过来一把纸巾，又说，商人就是商人，利益永远都是第一位的，亲情也罢，友情也罢，那不过是生活的佐料，如果这佐料不合胃口，他们会毫不犹豫地用筷子夹出来扔掉，一点心疼的感觉都不会有的。

我真的被扫地出门了？

别说得那么难听，这只是暂时的，一旦工厂好转，你还可以再回来。

这根本就是借口，啥子人多单少，是因为我工资高吧。前些天不是还在扩大生产线吗？盖铁皮房吗？

　　你就别自寻烦恼了，有什么意思呢，老板多发你一个月薪水够意思了。走吧，老兄。

　　跛子接过工资袋，黯然地退了出来。他强忍眼中的泪水，不让它们流出来，抬头望着自己住了几年的宿舍，阳台上晾着昨晚洗过的衣服，像出殡的幡。他想也许干了吧，怎么不随风飘呢，然后就朝那儿走去。

之二　清洁工乔老头

一

在湘南玩具厂，乔老头算是个挺特别的人物。说是人物，除了他跟老板一家沾亲带故，颇有渊源外，他的穿着打扮也是别具一格，甚至称得上是一道奇特的风景。这么说吧，乔老头的上衣是中式的，普通的中山装；裤子却是这年头难得一见的老式抄头裤，很特别的，裤头裤裆都特别大，穿在身上胯裆那儿打了许多皱折；腰上也常常围上一圈汗巾；脚上是一双很旧的解放鞋，前面破得快露出脚指头了。不知是裤管太长还是图走路方便，一天到晚，裤管都是挽着的，走路频率快，裤管就显得有点儿旗帜招展的味道。不时还一高一低地配着对，像一对密不可分的好兄弟。

乔老头只是工厂的清洁工，他自己倒把自己的地位定得很低，说是从前大户人家的仆人。但在别人眼里却不这样，乔老头到的那天，老板曾五锡亲自驾车去接的站。中途，老五和老婆王艳特意停了车，陪乔老头进了一家店铺，帮他挑选了一套衣服，连脚上的鞋子也换了。全身从内到外，旧貌换新颜。乔老头开始还讲客气想推辞，说，我就穿旧衣服吧，一样的，这多破费呀。

王艳就说乔叔，那旧衣服放着带回去，往后在工厂里穿，不浪费。王艳把衣服用塑料袋装了放进车后备箱里。

车子载着面貌一新的乔老头没有回工厂，而是径直去了宾馆。曾家要为乔老头接风洗尘，地点定在宾馆。乔老头自然不知道，凭他先前那身行头，礼仪小姐是不会欢迎他的。

乔老头被曾家老五带进那富丽堂皇有如皇宫般的宾馆，美貌如花的小姐声如鸟音似的说着老板太太欢迎光临。乔老头顿时觉得全身起了鸡皮疙瘩，看着那宽大而又眼花缭乱的景象，他禁不住问，建这么大的屋，得花多少钱啊？又没见住多少人。

　　乔老头说的是湖南方言，礼仪小姐自然听不懂。但陪在一旁的老板娘王艳就告诉他，乔叔，这里不叫屋，叫宾馆，专门用来招待客人的。

　　啊呀呀，乔老头看着满头顶亮着各种颜色的灯，痛惜地说，光这灯管亮着，一个月下来这电费也不会少吧？老五回头说，乔叔，你放心吧，这里的人敢装得起就证明他用得起。

　　这里的人真有钱啊，怎么就没人弄点钱去我们湖南帮着修条路。那样挑箩卖担的人就不用八根箩索离地了。

　　快啦，乔叔。老五说。但乔叔不知道老五口中的快了是指修路还是吃饭的房间。

　　进了包房，乔老头见曾家两位老人和两个孩子早坐在里面等着了。故人重逢，乔老头特高兴，说原来校长和少奶奶你们都来啦？

　　特意等你吃饭呢，他们两个细伢崽早饿哈了。老五的爹笑眯眯地站起来说。

　　乔老头的爷在曾家做过仆人，爹也在曾家做过仆人，小时候随爹去过曾家玩儿，所以对曾家主人还称少奶奶。叫习惯了，一时改不了口。

　　看你这性情，几十年都不变啊。曾家老爷子退休前是小校校长。乔老头做生产队队长那会儿，常常在一起开会，所以称谓就改了，要不他得称少爷了。快七十的人了，被人称少爷，怕是更没人习惯。何况还有儿子和媳妇儿在场。

　　老五娘也说，是呀，如今什么年代了，你还不改口，你叫得习惯，我听得都不习惯了，往后，快改改。

　　改什么啊，都习惯了。再说，现在我不是又回到曾家来了吗？

　　还是改了吧。校长说。

　　田埂是有高低的，规矩也是要的，没有规矩成不了方圆嘛。

　　校长说，不行，你也六十的人了，往后，我们兄弟相称。老五他们这一代就叫你乔叔，就这么说定了。

　　老五就说，爸，我和王艳早按你的吩咐叫了。

　　那就好，那就好，我们老曾家半耕半读，尊老爱幼的传统永远不能丢啊。何况你乔叔更不是外人。

老五娘就对两个孩子说，对，应该一代接一代传，来，你们两个叫声乔爷爷。

乔老头慌忙站起身，要不得，要不得。

有什么要不得，如今你来了，我们就是一家人。你就不要生分了。

两个孩子都乖，都站起来奶声奶气地叫了声乔爷爷。

乔老头感动得像什么似的，乖，乖，只是红包乔爷爷今天没有准备，不好意思啊。先记下了，等乔爷爷领到第一月薪水，一定补上。

孩子们不懂事，你客气什么，快别惯坏了他们。老五娘摸了一下孙子的头。

应该的，应该的。小时候我去你们家，老爷每次都不空手的。老爷是指老五的爷爷了。

老五的男孩才五岁，长得蛮精神，他问，乔爷爷，你领薪水也是我爸爸给的吧？乔老头愣了一下，笑着说，啊，是，是。

没规矩！老五瞪了一眼儿子。

但老校长非常疼爱孙子，没什么，孩子还小，童言无忌嘛。

乔老头就夸孩子聪明，会想事情了。

老五娘也喜庆地说，这点我喜欢，随老五。

你还王婆卖瓜呢，有这样夸了孙子连带儿子的吗？校长说老伴。

本来是事实嘛。老五娘说。

你就吹吧，五个儿子，才出一个像样点儿的，你就不知道天高地厚了。

乔老头说，少奶奶这话没有说错，老五本来就能干，有本事。才几年啊，就把事情弄得这么大了。

校长说，其实，说起你来，你更好福气，只生一个妹崽，就是人中凤凰了。

王艳一直没有说话，这会儿插话说，乔叔，你女儿大学快毕业了吧？

才读一年，还早得很呢。

老五娘说，不容易呀，你又当爹又当妈的，真难为你了。

这时，老五说，爸，我看就上菜吧，乔叔肯定饿坏了。

对对对，我看这两个小鬼崽更饿哈了。老五娘这回摸了一把孙女的头。

老五手指头往后勾了一下，接着，菜就源源不断地上来了。起手一盘就是海鲜龙虾。老五一家热情地给乔老头让菜。乔老头哪见过这阵势，心里激动得快要落泪了。从前，集体的时候，就是当队长的时候，别人也没有这么热情过。哪有什么吃的呀，打两个鸡蛋炒辣椒就不错啦。要是稍稍能过得来的家庭杀上一只鸡炖上半锅萝卜就能放开肚皮饱餐一回，回来得三天不吃饭了。每回上县上开春耕会议，县里大大小小头头脑脑都到场了，开完会会个餐，吃的也不过是萝卜白菜，要是萝卜丝面上撒上一点肉丝儿，那就跟过年一样了。

那时大家舍不得吃，可大家都穷，如今这么海吃河饮，却看起来人人都很有钱了。乔老头想不明白，全中国人都有钱了，怎么撂下我一个了。我起早摸黑忙得两头不见天，却连妹崽的学费都凑不齐。

这时，老五问乔老头，乔叔，你妹崽叫什么名字啊？在哪个学校？有机会，我去看看她。

名字叫乔孝男，上的是北方大学。

王艳说，乔孝男，这名字蛮好听。

老五娘就对老伴说，你看看，没读过书的人倒会起名字，把闺女的名字起得多响亮。你呢，大小还当过小学校长呢，五个儿子就一二三四五，金银铜铁锡。

王艳听婆婆数落公公自己抿着嘴偷着笑了。

你懂什么？我这是有讲究的。老校长显出一副神秘的样子。

爸，有啥讲究？老五好奇地问。

啥讲究啊，告诉你吧，人家开的是帽子公司，我开的是钢铁公司嘛。

爸，你就是念念不忘蹲牛棚那档子事啊？老五说。

念着好，老五娘说，我劝你呀有点钱也别太张扬，风水轮流转的。

不会吧，爸？王艳听了婆婆的话反问公公。

有什么会不会，一代管一代。老校长黑着脸。

别听你爸的，他是关怕了。老五娘又反过来安慰儿媳妇儿。

我怕？我什么没见过？老校长瞪了一眼老伴儿。

上头有文的，说好一百年不动摇。老五也理直气壮地说。

话都是人说的，事也是人做的。唐朝过去多少年了，李世民当时也是希望子孙后代千秋万代的，可结果呢？

这话讲到点子上啰。乔老头说，刚分田单干那会儿，人人都说好，干劲儿也很足，可这才过了多久啊，农民都不种田了，大好的田地撂在那儿没人管了。可收音机里还年年说，粮食又增产了，那粮食是在哪儿种出来的，月球上吗？

你看看，我没说错吧。校长看了一眼儿子。

乔老头又说，现在大家都游手好闲，跑来跑去，那国库的粮食能吃多少年，

只出不进，只怕也会坐吃山空吧。

老五娘就担心地说，将来，会不会又改回去呢？老乔家的人又做队长，老曾家的人又成黑五类，被关进牛棚子里去。

妈，哪能呢！打死我都不相信。

你说的？你当你是哪国皇帝啊。

上水果那会儿，老五问乔老头，乔叔，你出来了，田和屋都安排好了吗？

早安排好了，乔老头说，田白送给弟弟乔二种了。

白送人家种不是亏吃大了，要不这样吧，我想想办法，让人给你承包算了，一签五年或十年，也能赚点油盐钱。反正你来了，就别想着回去了。老五说。

哪有那好事，如今还有谁干这吃力不讨好的事？

那屋呢？老五又问。

也是让我老弟乔二看管着呢。老弟一家起不起新屋，儿子也大了，正愁没屋住呢，听说我要上深圳了，天天过来催，那样子比我还急呢……

把锁匙交给老弟的时候，乔老头落了泪，不知自己这一去猴年马月才能回来，老了老了黄土埋脖子了却还要背井离乡。

乔二就说，哥，要是舍不得就别去了。

那不行，人家是一番好意。乔老头看着自己住过大半辈子的屋子，依然如故。这里曾是老曾家的祖屋，曾经是一代侯府，光芒万丈，好不荣耀。但自己在里面住了大半辈子，也不曾沾得半点灵光。侯爷的遗泽没有落在外人身上，转来转去又回到老曾家去了，如今人家老五在外头发了，又要请长工短工了。

好在妹崽还算争气，似乎沾了侯府的灵气，书读得好，一路下来没打过倒班，还成了村里第一位女大学生。

只是没想到老了自己还能走上红运，可以出远门看看了。自己一个地地道道的农民做梦也没想到有一天不用种田了。一双沾满泥巴的脚可以洗干净穿上袜子，穿惯的草鞋可以换成皮鞋。只是身上那股汗酸味怎么也洗不脱，老远就让人闻到一股稻草的霉味。还有那一口牙齿，硬是硬，什么都咬得动，但被旱烟熏得年月太久了，显得又黄又黑，笑起来难看。

房子是搬不动，就是搬得动也带不走，何况那边也没地方给你放。听老东家说，深圳的土地贵得很，寸土寸金。曾家老五吵着买地皮要盖厂房了，也是只见打雷不见下雨，到底还没动静。看来地贵是真的，要不凭曾家人的能耐不可能办不成事。

从前人少，土地多，大家随便在屋前屋后都可以找到地方开荒，种上小菜，所以那时地不值钱。地只能种粮食，不能种票子。现在不同了，人多如老鼠，满世界乱跑，到哪儿都要住，房子就多了起来，地就显得挤了。到处打洞采矿，地就变成了蜂窝煤。就这，地还是一天一个价，快涨到天上去了。人自己整自己，人还怎么活啊？

老五说，乔叔，你来了，就别想着回去了，没事陪我爸妈讲老话，我养你下半辈子。乔老头把头摇了又摇，这哪里要得，没这个理啊。

这有什么，就当多添双筷子罢了。

老校长说，老五又不是养不起你。

老五问他爸，爸，你看让乔叔做什么好呢？

还做什么，就是随常在工厂里面转转，帮你看着财产，别的啥也不用干了。

不行不行。乔老头说，我手脚还能动，怎么能吃白食呢？

王艳就问，乔叔，你这么大年纪了，你愿意做点什么呢？

乔老头想想自己的确没什么技能，就说，我扫屋吧。安排我扫屋要不要得？

大家都笑了。老五就拍板，好，乔叔就扫屋，但没有任务，想扫就扫点。

二

乔老头就在工厂做着清洁工，本来，按老五吩咐，乔老头是不用分任务的。所谓任务就是分片，把工厂范围划成几大块，几个清洁工分片包干。乔老头认为别人都有任务，自己没有，工资却照拿，这样影响不好。再说，自己做惯了，也闲不住。真要提把扫把去扫，又不知帮谁干好。帮了张三，没帮李四，日子长了都得罪了，就找兼管后勤部的保安队队长安排任务。队长李浩是大学生，听了乔叔的理由，也就没再坚持，重新划了一片给乔老头扫。原先老五的大嫂也是清洁工，为了不让老五作难，也为了不让别人说闲话，大嫂就负责了一大片，所以说清洁工人手并不宽裕。乔老头来了，正好一个萝卜一个坑，就从大嫂那边分了一半出来。乔老头负责扫工人宿舍，外加厂区排水沟，有时，化粪池阻塞了的话，也是乔老头兼顾疏通。

清洁工的工作特殊，是全厂起床起得最早的，早上六点就起来了。他们必须赶在工人上班前把工厂清洁干净，这样工人上班时就有了一个舒适的环境。有了好环境也就有了好心情，有了好心情才能生产出合格的产品，有了好产品工厂才能有效益，也才能发展壮大。由此证明清洁意义重大，做清洁工光荣。这意思是队长说的，大概是为了强调清洁的重要性。不要看不起"清洁"这个工作，做清洁工的也不要自卑，自己看不起自己。

其实这话已经多余了，如今都是打老板的工了，人人都有一份工资，你不说，人家冲着那份工资就得好好做，要是嫌脏就走人好了。

乔老头在家起早头起惯了，六点起床一点儿也难不倒他。他不用闹钟，到时就会醒来。和乔老头同宿舍的还有一个清洁工，湖北人，有四十多岁了，是个老光棍。乔老头看他人不傻不丑，为啥就没讨到老婆。开始乔老头以为他离了婚，后来，老光棍告诉他，自己压根儿就没结过婚。乔老头就在心中想"天上九头鸟，地上湖北佬"。湖北佬都讨不到老婆，怕是这人不是一只什么好鸟。

老光棍有只闹钟，放在床头边，每天早晨都准时响铃，乔老头来了后，那闹钟就退休了。为此，老光棍还开玩笑说，乔叔你要是早来，我连闹钟都不用买了，还能省下十多块钱。

老光棍的片区在饭堂和厂区，六点清扫的时候，弄得饭堂内的桌椅板凳啪啪响。那会儿工人睡得正香，很多工人都有意见。队长就建议他先扫厂区后扫饭堂，可老光棍扫厂区又把装垃圾的斗车重推重放，发出的声音更吓人。队长又找他，老光棍说，不是我要重放弄出声响，是斗车坏了。斗车的确坏了，但弄出声响决不是斗车的原因。队长是个秀才，秀才遇着兵，有理讲不清，讲不清也懒得跟他讲了。以从前的情况，早炒他鱿鱼了，但如今工人不好招，招个好清洁工更难，只好睁一只眼闭一只眼由他去了。

老光棍好抽烟，床头上，什么好烟都有，这一点倒和乔老头合得来。乔老头从前在家时，啥烟都抽的，旱烟抽得嘴里像藏着一把烟火。没旱烟抽时，红薯叶子洗净晒干切碎了卷成喇叭也能抽。要是有人散上一根纸烟那就是小孩子得了一颗糖，放在口袋里充神气的，好几天都舍不得拿出来抽掉。

老光棍抽烟倒不小气，回回都散一根给乔老头抽。来，乔叔，抽一根。乔老头就说，别讲客气，我这里有。老光棍看了一眼乔老头的烟牌子，嘲笑说，你那也算烟？乔老头反问，不是烟是什么？

老光棍就指给乔老头看烟丝，你看看，你看看，这黑不啦唧的样子是烟丝儿吗？顶多算是一点柴火。

可乔老头不无得意地说，这烟劲儿大，提神，解乏。

但烟抽多了，害处也大，易得癌症。老光棍指着自己的烟说，我这烟就不同了，都是过滤嘴的，尼古丁都过滤掉了，抽了没事，一天抽一包也没事。

乔老头抽了几回老光棍的烟。老光棍就把乔老头当成了好伙计，有事没事要请假外溜，余下的工作就只好托乔老头帮忙了。

其实，乔老头自己的工作也不轻松，臭水沟不说，宿舍里的垃圾每天也是蛮多的。工人有一半时间待在宿舍，吃的用的五花八门，习惯也不好，随手扔，走廊上、宿舍两头的垃圾桶常常是满满的，没有点儿力气还搬不动它。更讨厌的是工人乱倒饭菜，稀饭白菜吃不完就胡乱倒在桶里，引得苍蝇围着桶边嗡嗡叫。

乔老头看见饭菜倒得可惜，就找老五打商量，能不能工厂自己喂几头猪。老五就笑着说，乔叔啊，你的想法很好，可是行不通。出了厂门就是公家的地盘，厂区内更是寸土寸金，哪有地方做猪圈啊。

要不，喂不成猪，就喂一些鸡？

喂鸡更不行，飞来飞去到处拉屎，脏得要命。还有一点啊，乔叔，喂了鸡更麻烦。你晓得吗？乔老头问，怎么啦？

老五就神经兮兮地说，每天一大早鸡就叫起来了，工人们会更有意见，说不定还骂我是从前的周扒皮，半夜鸡叫喊天光。

有那么严重吗？

你以为呢？乔叔，你的心意我领了，浪费就浪费点，再说，剩饭剩菜也有专门喂猪的人来收走的，不会浪费太多。乔老头就不说了。

老五倒像突然想起什么来似的说，乔叔，下班没事，就去与我爸妈聊聊天吧，他们常念叨你的，说你好久没去了。乔老头忙应承，好，我有空就过去。

看见老五远去的背影，乔老头想到从前，一粒粮食一粒汗的辛苦，稻子掉到地上，恨不得一粒一粒捡起来。小孩子随便掉了饭粒，大人没说的起手就是一巴掌。现在工人不珍惜粮食，做老板的也说浪费不大，当没事一样。你老五家从前虽说是大户人家，可你祖上也没有这么大手大脚的。

记得小时候，逢年过节随爹去老东家玩儿，老东家热情死了，回回留下吃饭的，桌上有肉有鱼，也有鸡。但来前，爹就招呼过，桌上的东西什么都可以吃，但那只鸡别动筷子。

　　小时候不懂事，小孩子就是图个鸡腿的，但看见少爷也没吃，乔老头也就释然了。长大后，才晓得，那只鸡是做样子好看的，从大年三十晚要摆到正月十五，闹完了元宵，一家人才分吃了。

　　说起来，老东家有田有地，也是平时从牙缝里省出来的，吃要省，穿也要省。当积攒了一笔钱，就买下一块地，慢慢扩展开来。老校长小时候是个少爷，穿的也没好到哪里去，不同的是身上的衣服洗得干净，不见补丁。再不同的是少爷能上学，老东家祖传半耕半读，后人不吃不喝可以，不读书是万万不能的。

　　哪像现在呀，有钱人伸手一划拉，眼前的地就是他家的了。再有钱也不好这么张扬啊。

　　晚上，乔老头抽空去看老校长。老校长正戴着老花镜在看书，放下书把乔老头让进屋就一顿埋怨，你一天这么忙啊？好久也不见你的影子了。

　　乔老头不好意思笑笑，忙倒是不忙。那活比在家干农活轻松多了。

　　那你也不过来陪我谈白话。

　　老五娘面前放着一个胶筐，里面装有像五角星一样的公仔配件，正在剪着配件上面的线头。见老伴数落乔老头，也跟着帮腔，就是，我们向老五求情把你弄来就是随常谈白话好有个伴，你来了就没音讯了，害得我们工夫白费了。说着，就洗了手过来倒了一杯茶放在乔老头面前，还把茶几上吃的喝的东西往乔老头面前推让。桌上什么都有，苹果、香蕉、花生、糖果，一应俱全。

　　少奶奶，你和老校长太客气了，弄得我都不好意思来。乔老头掏出一支老旱烟要抽。老校长就说，年纪大了，烟就少抽了，吃个苹果吧，还咬得动吗？

　　老五娘挑了一根香蕉递给乔老头，还是吃根香蕉吧，这东西我们湖南不出，软和，牙不好也能吃得动。

　　看你们这么客气，叫我如何好意思，我是空手来的。

　　当然空手来，这屋里什么没有，还要你带呀？老校长说。

　　老五娘也开玩笑，你怕不好意思，下回就挑一担摆一头来呀，就算有你怕是也奈何不了。

　　乔老头说起浪费的事，说一个工人一天浪费一两米，几百个工人，一天一个月一年算下来，那是多大一笔数字啊。老校长和老五娘听完也是一阵叹息。老校长说，现在的小后生没吃过苦头，不晓得艰苦。想我小时候，大小还算

064

个少爷，农忙时节，还要下田帮忙。收工了，还要留在田里捡禾线。现在的孩子，家家宝贝得不得了，你就是用大炮轰、唆狗咬，怕也是赶不下田去了。

老五娘也说，要说浪费，城里那个路灯更是一笔大浪费。老校长一听来了兴趣，说说看。老五娘就来了兴致，你看呀，路灯从天黑光到天白，其实就是上半夜管点用，街道上有人有车，到了下半夜呢，人也没了，车也没了，灯还亮堂堂的，好看吗？人都睡下了，谁去看。

老校长就说，理是这个理，可你别管那么多了，如今到处一样，谁也没法。

老五娘就急了，这些败家子，真的不像我们从前了。

乔老头陪着聊了一会儿，心情好多了，就告辞了。回到工厂，在门口遇到老五的大嫂，把乔老头拉进小店去了。大嫂说，乔叔，你晓得吗，你当了很久的冤大头呢？乔老头不解地看着大嫂，不知她指什么。

你晓得吗？那个老光棍回回找你帮忙，原来他做两份工，在外捞外快去了。

不会吧？

我会骗你？老光棍在一家工地帮工，一天挣五十元。这边上班才二十元，他赚大了。

这个九头鸟，回回散烟给我抽，我还以为他做人很实诚呢。

下回别搭理他了，别说一根烟，就是一包烟也别松口，以为你年纪大了人老实就这么好使唤啊。

乔老头怕大嫂添油加醋说得有假，冤枉了好人，就问工地在哪里，准备下回亲自去看看。

那次，老光棍又托乔老头帮帮忙，乔老头没有吭声。老光棍就嬉皮笑脸散了两根烟过来，乔老头，这回双发，你就帮人帮到底嘛。他也不管乔老头答应不答应，转身就走了。乔老头待他走了一会儿后，也就跟了出去，果然在一块工地，老光棍在做着小工，帮师傅递砖头。乔老头看老光棍做事还是挺卖力的，想这外快也不是啥轻快钱，心中的怨气就消了大半。又担心老光棍看见自己，弄得大家不好意思，加上厂里还有一堆事等着要做，乔老头就悄悄打转回来了。不过仿佛抓住了老光棍的尾巴，乔老头有种知己知彼的快感。毕竟工厂有工厂的规矩，放下工作不做，跑去外面捞外快，说什么也违反了厂规。他让老光棍在前面跳，看他能折腾到什么时候才下场。

一个星期后，老光棍又递烟过来。不等老光棍开口，乔老头就问，又要去捞外快吧？老光棍睁圆了眼睛，你都知道了？

要想人不知，除非己莫为。

唉，我也是没办法，工头是我老乡，人手少，硬要我过去帮帮忙。乡里乡亲的，有啥法子呢？乔老头说，可不是，一天五十元工钱，比起厂里来，那是一天顶两天还有余了。

乔老头，不不不，老乔，也不，乔叔，你就看在我俩同屋的分上，这事就到此为止别说出去了，我还想在厂里多干两年呢。

那今天还去吗？

乔叔，今天不是去挣外快。

那是做啥？

我去接老婆。

你有老婆？没听说过啊。

有没有待会儿你看一眼就知道了，你再帮一回，好不好？

既然是接老婆的正事，那我就再帮你一次吧。

那我去了，过会儿见。老光棍走后，乔老头也去清扫臭水沟了。

傍晚时，乔老头回到宿舍，屋内一片乌烟瘴气。老光棍果然带了一个女的回来，正在做好吃的。见乔老头进来，老光棍就介绍说，乔叔，这是我老婆。

乔老头看那女人很年轻，打扮妖艳，心想老光棍原来有这么一个漂亮的老婆。乔老头见人家在忙来忙去，就坐回自己床头看女儿的照片。清洁工原本是住集体宿舍的，可上班下班与车间工人不一样，早上吵闹人家，晚上又被人家吵，就向工厂提意见，老五没办法，就特意安排清洁工单住一间房。

那女的倒大方，走过来喊，乔叔，看照片哪，这是谁呀？长得真漂亮。

老光棍抢先说，是乔叔女儿，在读大学呢。

乔叔你好福气，现在女孩是个宝啊，很多爷娘都沾女儿的光呢。

乔叔就说，那你爷娘一定沾了你不少光啦。

我没用，那女人说，长得不漂亮，又没读啥书。

你还不漂亮啊，乔叔笑着说，你看起来像电影里的妹子一样还不漂亮，你心口蛋真不满。

那女的听了，看了自己胸口处一眼，接着就哈哈大笑起来，乔叔，你还是个老来骚，情场高手呢。

什么高手低手，人家乔叔是正人君子，人家说的是你的心大，可不是说你胸大。

啊，是我听错了。我还以为乔叔老牛想吃嫩草呢。

乔老头让老光棍两人搞糊涂了，这两人一唱一和，言语哪像夫妻。可要说不是，老光棍又自称这是他老婆，那女的也没反驳。

老光棍邀请乔叔一起吃，乔老头谢绝了，说厂里有饭菜，不吃浪费了。

晚上，那女人就留在了宿舍里睡。老光棍六月的田干久了，一夜没消停，铁床弄得吱吱响，像打雷下雨了一样。

早晨，女人起来上厕所，老光棍隔着蚊帐问乔老头，乔叔，我老婆漂亮吧？

是漂亮。你好福气。乔老头梦中答着。

想不想，借你搞一回，白送，不要钱的。

啥？你老婆可以往外借？

乔叔，你真是老实，现在的女人在男人嘴里都是老婆老婆地叫的。

那她是谁？

谁知道是谁，街上做鸡的。谁出钱就跟谁睡觉。

啊，这么漂亮的妹子，乔叔想了想说，怎么不走正道呢，实在可惜了。

不漂亮想走歪道还没人要呢。

那女人回来了，原来她穿着内衣内裤去的厕所。一身白肉很是耀眼。乔老头转头向里睡了。

乔叔，那女人叫了一声。乔老头装睡觉了不答。老光棍就说，人家乔叔对你没兴趣，下回叫上你的小妹阿芳一起来吧。

你这样子还想双飞？

哪里，让乔叔开开洋荤。

过了不久，一天夜里，那女人果然带了一个妹子过来。乔老头看那女孩子比自己闺女还要小，气得直骂老光棍作孽，会短阳寿的。

可那妹子又不走，三个人叽叽喳喳地聊天，不时拿乔老头来说笑。乔老头无奈之下，跑到宿舍楼顶待了一晚。

早晨回到宿舍，乔老头从床上摸烟抽，却发现那妹子居然睡在自己床上，就问，妹子，你怎么还没走？

等你呀。那妹子笑眯眯地说。

等我干啥？

你说干啥？他们叫我来陪你过夜，你也没拒绝，现在我等了你一夜，你不给钱就赶我走，你想赖账啊？

我又没动你。乔老头说这话时胸口直跳。

那是你的事，你现在想动也来得及呀。说着，就把裙子往上一撩，原来她没穿内裤。吓得乔老头连滚带爬冲出宿舍。身后传来一句讥讽，这个老头子，一把年纪了，怕是不行了吧，肯定是个软蛋了。

老光棍出来打圆场，算了，乔叔没动你，你硬要钱就由我出算了。

两个女人拿了钱骂骂咧咧地走了。

这天，乔老头在工厂被不少工人问到同一句话，乔叔，昨晚过年啦？

乔老头有口难辩，真是老鼠掉进米桶里，不是贼也是贼了。

三

其实，乔老头娶闰女她娘之前，曾有一个相好，那是乔老头当生产队长的时候，女人是地主婆。地主人死了，她成了寡妇。

地主婆家并没有多少田和地，真要算起来，比不上曾家十分之一。划成分的时候，却一样划成了地主，主要是错在老地主不会做人，人小气，又霸道。但曾家人就不同，老老少少待人接物，一团和气。青黄不接的时候，主动从家里拿出大米熬粥分给穷人。逢年过节，有人上门来要借个一升半斗，也不会让你空手而归。

工作组进驻那会儿，还有人向工作组求情，提出不要给曾家划地主成分，说曾家田是多点儿，可那是人家一代一代、一口一口从嘴里省下来的。他们从不强抢恶要，也不欺老骗少。只有那家——手指地主婆家——不光小气，还欺压穷人。那个老男人更不是东西，别人家娶媳妇儿，却要让新娘子与他先同房。

工作组当然不会全听大家的，但也不会一点儿不听，最后，曾家仍然划了地主，但地主婆的公公——罪大恶极的老地主被政府镇压了，乱棒打死在乱坟岗里。很多人都去看了，有拍手称快的，也有摇头叹息的。因为身后还留下了一个老地主婆和一个小地主，小地主还有一个刚进门的漂亮的小地主婆。不久，老地主婆受不了折磨，上吊自杀了。

那时，正是乔老头他爹在队里当权，乔老头还小。有人悄悄给乔老头他爹出主意，说从前你家吃了老地主的亏，现在穷人翻身当主人了，何不一礼还一拜，把小地主婆弄来给你崽当后妈。小地主婆长得水灵灵的，漂漂亮亮的。他们说的吃亏是指乔老头他娘，当年过门时，被老地主同过房。

乔老头他爹说，我屋崽不需要后妈。别人还不死心，又劝，那就弄给你崽当老婆，反正不能白便宜了仇家。乔老头爹说，我崽才多大，再说狗吃屎，人也跟着吃屎啊。旁人又说，老地主可以做初一，你就可以做十五，怕什么怕？

狗可以到处撒尿，人能到处撒尿吗？再说，到处撒尿的狗得到报应了，你想让我也要遭报应吗？乔老头他爹没有趁火打劫，但也没有手下留情，上头每回开斗争会，小地主都是批斗对象。当时，除了小地主外，曾家也是在黑名单之中，但乔老头他爹以及乔老头爷爷都曾在曾家当过长工。老东家待下人不薄，尤其对乔家。乔家人忠厚老实，做事勤快，手脚干净，嘴巴也紧，很讨东家上下欢喜。现在曾家老爷子老得下不了床了，儿子也就是老五他爹老校长跟乔老头他爹很要好，不可能拿东家少爷下手。这样一来，除了斗小地主别无选择。

小地主有时被斗得死去活来，便想一死了之算了，但想到死后无后，便硬是一口气撑着，他要给祖宗留个烧香的。过些年，小地主婆果然怀孕了，生下了一个儿子。儿子一落地，小地主高兴过头，就一命呜呼了。喜事连着丧事，都是乔老头他爹帮着小地主婆料理的。小地主婆生了儿子死了丈夫，真是悲喜交加。但她很要强，把丈夫送上山后，决心留下来一心一意抚养儿子成人，终身不再嫁。其实她想嫁也没人敢要，那年月谁敢娶个地主婆外带一个地主崽子。后来乔老头他爹也死了，乔老头顶替他爹当了生产队队长。

乔老头当了生产队队长却没有讨老婆，很多人来做媒，都被乔老头推出门外。照现在的话说，上门推销的没弄清主人爱好，自然生意做不成了。在乔老头心中，比自己大十岁的小地主婆才是心中的老婆。他永远记得小地主婆过门时，亲手给过去看热闹的乔老头一块点心。那时候，乔老头饿得两眼发昏，看见点心以及递点心的新娘，从此就忘不了了。但是心中的秘密又不能对外人说，爹娘死了，他没有可以说心里话的人。当然他也不敢对小地主婆开口，他是革命干部，根正苗红，上面还要培养他入党呢。小地主婆却是黑五类，是人民的敌人，是需要好好改造的对象。

小地主婆带着儿子，生活过得艰难，但出集体工却比别人干得多。她力气大，蹲下去站起来可以挑一百八，很多男人都挑不起这个重量。有回乔老头顺便看她挑担子，才发现她屁股特别大，长得饱满浑圆，看上去像磨盘。

老辈人说，这种女人是母猪变的，好下崽。还有次在地里干活，小地主婆突然窜进了甘蔗地里去了。乔老头不明就里，心想这婆娘莫非偷懒，还是做别的。散工后，乔老头特意拖到后面，一拐窜进地里，发现里面有一片死白菜叶子，上面沾染了血。乔老头觉得那团血刺得自己的心怦怦跳。

虽然小地主死了，人死不能再斗，但小地主婆和地主崽子却是人民专政的对象。乔老头比爹有办法，每回得到开斗争会的消息，就提前悄悄告诉小地主婆，又要开会了，你脑壳痛得很吧，去不了就莫去了。

小地主婆先是不晓得诀窍儿，过了一会儿，就明白了，便把毛巾箍在头上，困在床上呻吟不止。乔老头就对来带人的说，看样子，病得不轻，弄出去也上不了台，斗不成，改下回吧。

队里分红薯时，乔老头回回亲自动手，他左手捏着一只红薯，右手拨拉分堆。左手那只红薯似乎是随时准备添上去的。但红薯分堆完了，左手那只还捏在手里，回头便说，多出一只给谁啊？瞅着站在身后的小地主崽子，便随意塞到他手里，就给你了，回去用火煨着吃吧。小地主崽子就一溜烟儿地去了。

为此，小地主婆感激不尽，但也不能有特别明显的表示。这事被人捅到上头去了，支书下来找乔老头谈话，你一个革命干部，怎么能对地主崽子抱有同情心呢？要晓得，对敌人同情，就是对同志残忍。

乔老头说，支书，我决不同情敌人，但红薯分完了，还多出一只，我作为队长总不能多吃多占吧。支书说，那你每次都给了那个五类分子。

那是碰巧了，那小兔崽子离得近，乔老头嬉皮笑脸地说，支书，下回你要是靠得近，说不定我就递给你了。

乔老头祖宗三代是长工，毕竟是根正苗红。支书也没办法，就叮嘱他下回注意点。但下回乔老头还是那样，告状的人见乔老头桩子硬，扳不倒，担心自己穿小鞋，也就睁一只眼闭一只眼，连带嘴巴也闭上了。

乔老头还有一个习惯，上山打柴回来，回回挑到小地主婆家门口，脚就走不动了，借口歇气，趁人不注意，就解下一把柴火放在门口，然后麻利地走了。

有回小地主婆伸头看周围没人，就拉乔老头进屋歇歇气，喝口水。乔老头吓得挑起柴火走得更快，那样子像一个嘴馋的小孩，隔着门闻到人家油锅响就忍不住从窗户后往里瞅，可人家打开门拿来一把点心，自己倒不好意思，跑了。

机缘是那一场大雨，雨下了三天三夜没停过。河水满了，路上也流着雨水，地里的活路做不了，乔老头就躺在床上卧被窝。那天夜里，小地主婆火急火燎地跑到乔老头家，说自己的屋顶穿了个大窟窿，住不成了，过来问队长如何办。乔老头听了，就从床上爬起来跟在后面去看是不是真的，去了后看见雨水正从头顶上往屋里灌，底下就是床，床上的被窝全湿透了，屋里地上全是水。小崽子吓得在一边大哭大叫。小地主婆过去抱住儿子，自言自语地说，如何办？如何办啦？天要灭人呀！

乔老头想了想，就说，还能如何办，黑灯瞎火又盖不成，床上困不得，就去我家吧。说着就走过去抱了小崽子往前走。小地主婆也没阻拦，自己找了斗笠戴到头上就跟在身后。

到了乔老头家，小崽子喷嚏打个不停。乔老头说，快熬碗姜汤水吧。小地主婆就到灶屋点火熬汤。乔老头把小崽子放进被窝，扯了被子把肩也盖上。

姜汤端过来，乔老头亲自喂小崽子喝了，再把小崽子塞回被窝去。自己坐到桌边拿出半壶酒干喝起来。小地主婆看了，说，喝光酒，容易醉，我给你炒个菜吧。说完就自作主张找出两个鸡蛋就着酸辣椒炒了一碗端上来。

乔老头吃了一点鸡蛋，嘴角带着笑意说，炒得还蛮好吃呢，好久没吃过这么好吃的菜了。小地主婆说，那就多吃点，全吃完。乔老头礼让，你也吃点吧。

你慢慢吃，我不会喝酒，在一边陪你。

小崽子在床上喊，娘，我冷，你也来困。

小地主婆走到床边呵护孩子，娘等一下才困，好崽先困吧。

乔老头把一口酒灌进嘴里，对小地主婆说，你崽喊你困，你就上床困吧。

这对你好吗？会砸饭碗的。

一个生产队队长，要钱没钱，要官不是官，撤就撤吧。谁稀罕。

小地主婆就上床靠在床头拢住孩子，问乔老头，你如何不结婚呢？

穷得裤烂卵出了，谁嫁给我啊？

是你眼光高吧。

还高呢，现在就是一头母猪说嫁给我我都要了。

那有机会我帮你访访看。

你如何不嫁呢？

嫁给谁？一个地主婆，谁敢要？你敢要啊。说完就自个笑了起来。别人看见我娘崽当瘟神一样躲都躲不赢，就你没二眼看我们。

我晓得，你是好人，只是命苦。

小地主婆哭了起来，我嫁过来，福没享几天就解放了，如今苦头却吃了一辈子还吃不完了。乔老头喝完了半壶酒，摇摇晃晃站起来说，你娘崽困吧，我到灶屋柴火里去困。

这哪要得，天寒地冻的。小地主婆翻身从床上爬下来，拖住乔老头手臂，轻轻说，你要是不怕，就到床上来挤挤吧。

乔老头拿不定主意，这要得吗？

你怕就算了。小地主婆上床把崽往床里挪了挪，回头幽怨地看着乔老头。乔老头感觉一股热流直冲脑门。

上床后，乔老头紧紧抱着小地主婆。小地主婆极尽温柔地用双手抚摸乔老头的脸，轻轻说，我晓得，你到现在没结婚，是我害了你。

你如何害我了？

那年过门时，我给过你一块点心，你记着呢，你是个重情重义的人。

这时，乔老头就想到别人说的笑话，自己大笑起来。小地主婆好奇地问，想到啥事了？说给我听听。

乔老头说，有人说，地主家的女人餐餐吃得好，就长得特别。

哪样特别？

说上面两坨肥，下面两块肥。

无聊，小地主婆生气地说，你们打倒我们还不够，还要这样作践我们。说完又哭了起来。乔老头慌得手忙脚乱，笑话是听来的，你别当真嘛。

小地主婆就钻进乔老头怀里，往后，别听人瞎编，你现在晓得了吧，我和她们一样也是女人。乔老头说，晓得了，我要和你结婚。

我比你大十岁呢。

我不管，我一定要和你结婚，从前我上了他们的当，说地主家的人剥削穷人心是黑的，成天不干活身子却是白的。你现在不是跟我们一样，一身也是晒得黑黑的嘛。

乔老头将自己要和小地主婆结婚的事报到支书那儿。支书大骂乔老头糊涂，并警告乔老头，要和地主婆结婚，队长就当不成了。

乔老头说，这队长我本来就干不好，换别人干更好。

那也不行。支书要起了蛮法。

如何不行？

你是党员，不能和地主婆结婚。

我还没写入党申请书呢，哪是党员？

我说你是你就是。你不会写字，我们早替你写了。从今天起，你就是党员，你真要和地主婆结婚，你就要写退党申请。乔老头和小地主婆结不成婚，但私下还是你来我往。只是小地主婆命真的不好，没几年就过世了，留下的儿子起初跟着乔老头，但不久，上面来了两个解放军同志把他接走了。到这时，大家才知道，老地主还有个大儿子。快解放那会儿，出门投靠解放军了，现在部队当团长。

又过几年，就分田单干了，乔老头一次偶然机会讨了一个半路婆，第二年就生下了一个女儿。女儿生下来像猫似的瘦小。有人取笑乔老头，人老了，派出的兵不管用了。乔老头说，你们年轻，看起来蛮多的，打豆腐一样，石膏一点，成是成了，可那是掺了水分的。我老了，像挤牙膏，一点一滴的，可那全是好东西。只是老婆难产死了，乔老头就带着女儿再也没有娶亲。

四

进入六月，工厂开始越来越忙了，订单本来排得满满当当，老五还不知足，碰到现金单，像老虎看见了羊，两眼就绿了，不由分说，立马接过来，硬要石缝里打桩子，受苦的就是工人了。工厂没有别的新招，唯一能做的就是延长加班时间。工人本来到了极限，挑担怕加斤，吃饭怕吃撑。当中有体质差的就禁不住连轴转，散架了，那些天，接二连三地有工人昏倒在车间。

唐莲认为乔老头与老五说得上话，就私下找到乔老头，让乔老头出面劝劝老板，别不把人当人看。工人不是铁打的，也是凡体肉胎，经不起折腾，别赶急了，狗急会跳墙，工人会造反。到时，工厂出不了货，损失会更大。

乔老头也觉得这事不对头，想想从前老东家请长工，也不是这个用法。那天，老乔头看见老五从楼梯口下来，就截了过去。老五看见乔老头手中抓着扫把，远远就说，乔叔，你年纪大了，做事悠着点，别累坏了腰子。

乔老头说，我没事，扫个屋还奈得何。只是工人近些日子，天天加班很晚，

他们怕是有些顶不住，吃不消。

乔叔，没法子啊，赶完这批货就好了。

做不完，能不能少做点儿，工人不是牛啊，就是牛，也要在水里打个滚呢。

乔叔，你以为我愿意这样做啊。你老有所不知，那批长单一做两个月，做完才能有钱拿。可这两个月，工厂要交房租、电费、水费，还有其他费用。工人呢，更是要吃要喝要拿工资，哪样都离不开钱。你也晓得我的家底，我到哪儿弄这些钱来做流动资金？不就是早晨种树，晚上乘凉，现钱打现铁吗？

乔老头说，那也不能累倒人啊？

不累倒工人，就只有累倒我自己了。老五说，乔叔，我说累倒还算轻的，不顶过这两个月，我全家讨米都寻不到路。

乔老头听了老五的话，也觉得在理。从前，老东家请长工，田和地晚一天早一天不要紧，就是双抢季节，也不在乎那一两天。可如今老五开的是厂子，合同上白纸黑字写得明明白白，耽误了出货，不光赚不到钱，还要倒贴人家。

乔老头就后悔自己不该揽下这事，不明底细，大包大揽，结果事没办成，弄得两头不讨好。可工人以为乔老头能出出进进老板家，就神通得不得了，连跛子也这样看。一天晚上，跛子请乔老头喝酒。跛子买了一包花生，提了两瓶啤酒把乔老头约到楼顶，地上铺一床烂草席，往席上一坐，一人一瓶就喝上了。

乔老头在工人中，只有与跛子谈得来，成了忘年交。跛子老婆正在闹离婚，痛苦时，就对乔老头诉上一阵。乔老头也有不顺心的事，女儿又来电话要钱用了。不管是谁，只要一人喊，另一个就去的。有时谈着谈着，就各自想起自己的心事相对哭上一回。哭完了也就轻松了，第二天起来，太阳又是新的。

跛子想找乔老头帮忙，想在工厂升个职位，老婆闹离婚，也是因为自己是个普通工人，地位低下。婚姻是杆天秤，女强男弱，十有八九不平衡。

跛子话说得不直白，甚至还相当委婉。他说，唐莲上去后，我们那条拉拉长位置空缺很久了，乔叔有没有听说老五准备在工人中挑选还是从外面招聘？

乔老头不明跛子的意思，就实话实说，这个事跟我扫地八竿子打不着，我犯得着打听吗？用谁不用谁，我一样扫我的屋。乔老头想起跟老五提过加班的事，结果碰了一鼻子灰，一张老脸贴到人家冷屁股上，真是作践。

可与我有关呀！跛子说。乔老头糊涂了，说，谁来你不一样做事？

那不一样，有好说话的，有不好说话的。还有，听别人管总不如管别人嘛。

那倒是，要不然人人想当官呢。乔老头说到这里，突然明白了，是呀，人人想当官，跛子难道就不想吗？就问，你的意思，也想当这个拉长？

乔叔，真人面前不说假话，我要说不想，你一定不会相信。

可想还不行，你得去争取啊，不能鲸王鱼吃现食坐在那里等啊。

这不就找乔叔你商量来着嘛。

找我？乔老头终于明白了，但马上想到老五那口气，就说，找我就找错地方了，不瞒你说，前两天为加班的事刚把老五惹毛了。

跛子就像泄了气的皮球，连你也帮不到忙，我就没指望了。

我真的帮不到，我这张老脸在老五那儿不值钱。乔老头就把自家与曾家的渊源如实告诉跛子，完后说，你想想，人家是东家，我是个下人，说个话不是放个屁一样。跛子听完，长长叹息一声，唉——

看着跛子痛苦的神情，乔老头原本打算把女儿假期里要来看自己的喜讯告诉跛子的，现在只得藏在心里慢慢偷着乐了。

乔老头回到宿舍，老光棍问，乔叔喝酒了？乔老头点点头，喝了点。

是那个跛子请的吧？

说话讲良心点，谁也晓不得前好后好的，八十岁莫笑人家残疾嘛。

是求你帮忙弄官当？

你咋晓得？你偷听到了？

还用得着偷听吗，猜都猜得到，厂里都说翻天了，这回跛子最有希望当拉长，可我看就不一定——跛子没戏。乔老头惊奇地问，为啥？

老光棍说，想跛子跟老板混了多少年，跛子要真能当，早当上了，还用等到现在？八成是老板看不上他。乔老头说，他和老五交往多年，他们之间交情不错的。

交情归交情，老板那人很讲气派的，用人看台面子的，跛子少一条腿，往当官的中间一站，就把职员档次降低了一大截。乔老头想老光棍说的未必不是真的，但还是打算有机会帮跛子问问，成不成不过搭一句话，又不贴钱贴米，只是贴张老脸，反正这张老脸又不值钱。

第二天，乔老头找到队长，他想队长负责人事安排，求县官还不如求现管。

队长办公室有一位女工，看样子女工嫌加班太辛苦，正纠缠着队长请假。队长正没法子，见了乔老头到了门口，就如释重负地说，乔叔，你进来吧，我们谈完了。女工说，哪里完，队长你还没批呢。

队长说，这个假，我不能批，非常时期，我放你走了，唐莲生产任务完不成要怪我，就是老板那儿我也没法解释清楚。

女工抹着眼泪往门外走，嘴里骂骂咧咧，什么鬼厂，请个假，比登天还难。

队长对乔老头很客气，把身边的凳子往外挪了挪，请乔老头坐。乔老头没有坐下，而是站着说，我耽误不了你多久，一支烟工夫就成。

说吧，队长在办公台后面坐正身子，与乔老头就成了上下级的样子了。

乔老头神秘地问，车间还差个拉长，你打算让谁做呢？队长一听就开起了玩笑，怎么，乔叔想换换口味？乔老头笑了，那个辣椒汤我可是喝不了。

那是——队长拖长声音，等乔叔下文。

李平如何？乔老头直截了当。他还有很多地没扫，不能耽搁太久。

李平，哪个李平？队长想了想突然醒悟，哦，你是说跛子李平吗？

是，不是他还能是谁？

单论他技术没话说，整个公仔都车得成，排工序也会，只是要做好一个拉长，需要各方面综合考虑才行。乔老头急问，那考虑了就如何了呢？

队长不回答，而是反问乔老头，乔叔，这事，你问老板不更好？乔叔说，老五太忙，再说，你队长不就是管人事安排的吗？队长就一脸无辜地说，乔叔，你只知其一，不知其二啊。其实，你是打工的，我也是打工的。你眼里的我是负责人事的，但决定权却在老板手里。一句话，工厂是老板的，我们都是老板手中的棋子罢了。乔老头就生气了，你这样说，好像你就是摆样子的。

队长并不生气，说，也可以这么说，我充其量就是起个过水丘、传声筒的作用。当然这要看哪些事了，比如对付不听话的工人，我就成了第一道关卡。

就是说像从前大户人家的打手。乔老头挖苦起来。队长却笑了，有点像，当然现在不兴动手打人了，可需要时，我们就得维护老板权益。你说的这事，也包含其中，老板不开口，谁也没权办。

乔老头就不再说了，回头去扫自己的地。心想，反正也找过人了，对得起跛子了。一个扫地的能有多大面子呢？你们怎么就这么高看我呢？

扫着地，乔老头心就踏实了。很快，乔老头就把烦恼丢到一边去，想到女儿不久就要来看自己，心中就开始暖融融的。女儿不光是女儿，还是一名大学生，身份自然不一样，而且女儿终于摒弃前嫌，与自己重新父女相认，意义更是非同一般。其实，女儿十岁前都是很乖的。乔老头老婆难产死了，女儿生下来像只小猫，很多人都说这个孩子带不大，但乔老头不信。那时开始分田单干了，乔老头不像从前集体的时候，自己一个队长一天到晚泡在地里，现在田在自己手中，想哪时去侍弄就哪时去，有很多时间照看女儿。女儿没奶水吃，乔老头就抱着女儿满村转。碰到刚分娩的大嫂，就走过去讨奶水。别人也可怜这个没娘的孩子，一般都接过去喂上几口。女儿是吃百家奶长大的，慢慢就有人样了。过些年，人也长得很好看，周围的人都说这妹子是个美人胚子。女儿不但长得好，人也乖巧、聪明，六七岁就会帮乔老头做饭洗衣服了，到八九岁，都可以帮乔老头下地插秧了。这让乔老头舒心不已。

只是女儿满十岁那年，一天傍晚，乔老头从街头上回来，身上一泡尿憋了老半天，他想留着浇葱，一到家，就往草棚搭成的冲凉房窜，那里面放着一只便桶。谁知女儿正在里面洗澡，看见父亲风风火火闯进来，吓得一声尖叫。乔老头听到尖叫也吓得尿了一裤子。

乔老头几次想对女儿解释，心想你才多大的人，再说父亲也不是有意冒犯你，但女儿对他爱理不理。乔老头心想，女儿还小，不懂事，长大就会好些的，也就没放在心上。没想到时间一长，父女之间还真存在隔阂了，直到女儿考上大学，父女关系也没好起来。

近一年来，女儿电话多了点儿，但也无非是要钱用了。但乔老头却乐意，自己只有一个女儿，赚的钱本来就是给她花的。上回女儿说暑假想到深圳特区来玩儿玩儿，顺便看看父亲。乔老头如获至宝，逢人就说女儿要来看他了，便得到一声别人的恭贺。为了筹够女儿的往来车费，乔老头更加省吃俭用，几乎把日常开支降到了零。但工资毕竟太低了，要筹齐两千元谈何容易。乔老头原本想找跛子借点，可跛子托自己的事没有办成，就不好向跛子开口了。老五为钱弄得焦头烂额，也不能开口。老校长有退休工资，但向老校长开口，等于向老五开口，人家是父子。老五大嫂开着小店，钱肯定是有点儿，万一人家说要进货呢，怕到时也弄得彼此不好意思。没办法，乔老头打算向老光棍开口，老光棍一月开销大，但也捞了些外快。果然，乔老头一开口，他说，早说嘛，不就是一千元嘛，何况大学生要来，也别让人家晓得我们扫地的没出息，便很爽快地借出一千元。乔老头大喜，说两个月之内一定还清。老光棍说，不急不急，你先用着，想啥时候还就啥时候还，不计利息不计日期。

乔老头拿着两千元就打算马上寄给女儿。下午，乔老头特意请了两个小时假，要去给女儿寄钱。可两个小时过了，乔老头也没回来。到了天黑，乔老头人回来了，却一回来就躺到床上去了。老光棍不解地问，乔叔，你钱寄给女儿了吗？乔老头睡在床上不答。老光棍又问，是人太多，你钱没寄成？乔老头也没吭声。老光棍突然想到什么似的说，你女儿不来了？乔老头还是不说话。老光棍就走到床边，乔叔，你好歹说句话呀。这时，乔老头转过头来老泪纵横地说，那钱全是假的。老光棍非常恼怒，钱是假的？我的钱是假的？你瞎说。乔老头猛地坐了起来，不光你的钱，我的钱也是假的，全让邮政局没收了。

不会吧？我的钱也是工资，你的钱也是工资，老板要坑人，就算坑我，也不会坑到你头上去啊？

可钱的确没收了啊，人家说要不是看我老实巴交，还要送我去派出所呢。

要说钱是假的，全厂也不应只有我们两个啊，他们很多人早就寄钱回去了，也没听到说钱是假的被没收了的事啊。乔老头问，那为啥呀？

你说说看。老光棍说，你把过程从头到尾都说一遍。

乔老头就说，我出门口，担心钱太多，路上不安全，就顺手招了一辆车。司机要我先给钱，我就从怀里掏了一张一百的给他。司机接过钱看了一眼，说，这张钱是假的。我拿过来，又递给他一张，他看了一眼，又说是假的。老光棍不等乔老头说完就说，后来，你就把两千元钱全递过了一遍是吧？

乔老头点了点头。老光棍跳起来喊，乔叔，你上当了，钱，百分之百不是假的，是那个司机骗了你。这个骗术报纸上早登过了。

有这么离谱吗？那不比旧社会还过余了，旧社会也没这么坑人的啊？

你打算咋办？

还能咋办？我欠你的钱只好慢慢还了。

我不是说欠我的钱，我是说你女儿来不成了。

没钱咋来？她又不会飞。

晚上，老五来宿舍看乔老头，听说此事后，好生安慰乔老头一番，说不要紧，骗了就骗了，花钱买个教训，就当自己晚出来几个月。听说乔老头女儿没钱来不了深圳，老五当场许诺，他去寄一千元，让大学生过来到深圳特区玩玩儿。

乔老头说，你现在钱也紧张，就不麻烦你了。

老五说，再怎么紧张，也不差这一千元呀。

老五怕乔老头再出意外，说他自己亲自去寄，便从乔老头手中要过了他女儿的地址。

女儿收到钱后，给乔老头打了电话。但暑假却没来，女儿说，深圳特区消费太贵，怕一千元不够，所以就与同学去游黄山了。乔老头问跛子，黄山在哪个省份。跛子说，黄山在安徽省。乔老头又问，从北方大学到深圳特区一千元不够吗？跛子想了想说，按道理用不了这么多。

乔老头就明白了，女儿不来深圳特区，不是这边消费贵，而是女儿开口要两千元而实际只收到一千元，女儿生气了，所以女儿不来深圳看自己了。

五

老五终于熬过了最繁忙最拮据最困难的三个月，一百万货全部按规定时间走柜。老五也如约拿到了加工费，当三百万巨款进入老五的账户，老五一下子牛了起来。为了感谢有功之臣，工厂放假一天，厨房加大餐，全部管理员则云集云天大酒店接受老五犒劳。

乔老头除到云天大酒店饱餐一顿外，还被老五拉去家里吃家宴。到了老五家里，乔老头一下子轻松了许多，不像在云天，大家过来陪他酒，弄得乔老头一副诚惶诚恐的样子。那些生产线上的主将，纷纷说感谢乔叔的帮助，出货才这么顺利。乔老头说，我啥也没做呀，我只扫了我的地，一切都是你们的功劳。可老五说，乔叔，你别小看你这个扫地，环境好与不好差别大着呢。

不会吧，生产还与我扫地扯上了关系。乔老头摇晃着脑袋。

那位队长可会说话了，他说乔叔，我们老板的意思还没说完，他是说有个好的形式才会有个好的内容。见乔老头似懂非懂，队长看了一眼酒店，便就地论事起来，乔叔，你看看这酒店吧，多气派，多漂亮，同样的萝卜白菜，放在小餐馆是一个价，到了这儿，又是一个价，甚至超过了肉价呢。这是为什么，不就是这里环境好吗？所以，工厂如期出货军功章里有他们的一半，也有你的一半呢。你就莫谦虚了。

大家一听都笑了。乔老头就说，到底是大学生啊，肚子里有墨水，话说出来就是好听，哄人开心。

那乔叔开心就多喝点。从老五起，其余管理员也纷纷附和，于是，乔老头仿佛成了宴会上的主角，被人轮番敬酒不停。老五在一边看了也是开心不已。

现在家宴清静多了，只有老五一家人，喝酒随意没人霸蛮。吃过后，老校长又留乔老头坐下来聊天。茶几上同样摆满了水果。老五递一根香蕉给乔

老头，随意说，乔叔，家中那老房子卖吗？

乔老头看着老五，不明底细，问，那屋还有人要买？有钱人都住洋楼了，还要那老屋做啥？老五说，如果有人要买呢？你卖不卖？

这，这个……乔老头不知如何回答。

老校长看了一眼老五，说，你问你乔叔这个干啥？难不成你要买那老屋？

我并不急着要买，当然乔叔要卖的话，一定让我优先，毕竟那是我祖上留下来的老屋。老五娘也说，乔叔住得好好的，他卖了住哪儿去？

就住我们家呀，我养乔叔一辈子。

口说大话，手拿禾线。老五娘取笑儿子说话没有轻重。

说笑了，说笑了，乔叔，你好好想想吧，反正你妹崽是要出嫁的，那老屋留着也是让别人沾了光，还不如现在卖几个钱，过好生活。

乔老头从老五家出来，头脑里一团乱麻似的，理不出个头绪。他不知老五打的啥算盘，买那老屋干啥。住人？他们一家不可能去住。老五的家业，已经到了深圳这边了。买回去好看，那这个面子讲得也太大了。又一想，怎么现在有钱人也和从前大户人家一样了，不是买田就是买屋。

前几年，那个小地主崽子突然回来了，他模仿电影中的说话口气，对乔叔说，乔叔，我胡汉三又回来了。逗得周围来看热闹的人大笑不已。

小地主崽子回来得果然气派，他是坐着乌龟壳回来的，车后，还带着一位美若天仙的女人。别人以为女人是他的堂客，小地主崽子却满嘴不屑地说，她是我的女秘书，堂客嘛，还寄在丈母娘肚子里呢。

小地主崽子一到家，就只认乔叔，他还记着乔叔当年给他的红薯。他让女秘书大包小包地往乔叔家送，衣服啊，烟酒啊，名贵补品啊。还开乔叔的玩笑，乔叔，你老要是在床上还能玩儿得动，这女人也一并送给你了。

乔老头红着脸说，你说的什么话？哪有自己老婆也拿来送人的？

啥子老婆？是我秘书，乔叔。

那也不能送呀，她是个人又不是东西。

乔叔，现在还有什么不能送的啊。

乔叔的女儿乔孝男正上初中，一听就骂开了，我不要后娘，我不要后娘，你们给我出去。小地主崽子哈哈大笑，还伸手摸了一把乔孝男的脸，妹妹，啥后娘，她是来给你当大姐的。

小地主崽子买了东西挨家挨户送过去，对有些老人还包了红包。于是，村里人就说小地主崽子的好话，有些人后悔当初听信上头的话参加对他爹娘的批斗。

小地主崽子家的房子早倒塌没了，乔老头就让他们暂时住在自己家。村人们想到前些年回到老家来的台湾佬，大都帮老家亲人盖了一套套房子，就起哄乔老头这回祖坟也开坼冒青烟了，肯定也要大发了。

小地主崽子又让乔老头带他寻到了娘的坟墓。他跪在娘的坟前哭够了，站起来对乔叔说，乔叔，娘没了，你往后就是我爹，我的亲爹。

乔老头脸一阵红一阵白，说，这要不得。小地主崽子倒大方地说，你和娘本来就是一对儿，要不是政策不允许，说不定孝男妹妹就是我娘生的呢。小地主崽子又说，你从我娘床门前过一路就是我爹。

别说了，都过去了，你回来就好，你娘看见你现在这风光样子，也会高兴的。小地主崽子天天好酒好菜与乔老头一家吃。那天，乔老头问，你回来有打算吗？总不能天天就剩下吃吧？

你放心吧，我第一件事就是尽快盖一栋房子。

乔老头就鼓掌欢迎说，那就好，人生一世，房子是第一件大事。

我要盖一座像曾家侯府这样的房子。小地主崽子说。

乔老头惊得嘴巴张开合不拢了，说大话，盖一座侯府，你有那么多钱吗？

我还要超过侯府，小地主崽子说，钱不是问题，这些年，我啥也没混到手，就是钱混到了一些。小地主崽子说干就干，过后就让乔老头带着他围绕侯府转了一圈又一圈，当场拍板，就把新房子盖在侯府旁边，比一比，看谁气派。

乔老头说，这旁边都是田地，哪能给你盖房子？

田地算什么？我有办法。

你有啥办法？

乔叔，你把责任田卖给我，我拿你的责任田去跟人家换，不就一通百通了。

我卖了田，我往后吃什么？

我养你。你怕什么，我有粥喝，决不让你喝汤。

我还有女儿。

孝男算起来也是我妹妹，我不会亏待她的，再说，她长大了总是要出嫁的。

乔老头就把这事说给老校长，老校长一听，连声说，反了，反了。

那时老五还穷得叮当响，就劝乔老头，乔叔，别听他的，说不定，他田地一到手，就翻脸不认人，到时，你靠谁？还有，你把田地卖了，将来集体要找你收回田地，你到哪儿去弄？政府也不允许卖田吧？老五娘插话说。

小地主崽子在乔叔这儿行不通，便自己直接找到那几位事主。一说，那几位果然愿意把田卖给他。他们说，现在种田还有什么搞头，不如弄点活钱去投资做别的名堂。小地主崽子喜滋滋地把这事告诉乔老头。乔老头一听蒙了，他晓得自己是阻止不了那几位事主的，就把这事上报告镇上。镇上领导一听，说坏了，这卖地倒是有，卖田还没听说过，就风风火火地下来找到小地主崽子，说这田不能买，田是集体的，个人无权出售。但干部也不想得罪这个土财主，就劝他另外看个地方盖房子，并说，除了稻田，别的随他选。小地主崽子没有买到田，也没灰心，就在侯府对面不远处买了一块油茶山，圈了起来，选一块平地，盖了一座洋楼。门口养着两条大狼狗。

乔老头第一次走进洋楼，吓得不敢迈步，那地板不是瓷砖铺的，而是像镜子一样的东西，人在上面走生怕摔倒了，镜子还能映出人影，穿裙子的妹子不敢从上面经过，怕露了底。

后来，有人说，小地主崽子的女秘书，一回到屋就要脱下内裤的，有时，还与小地主崽子脱光了身子跳什么贴面舞。喇叭声音开得好大，把油茶树上的鸟也惊飞了。乔老头听到这些不大相信，因为小地主崽子和女秘书像真正的夫妻一样，哪有夫妻玩儿那个的。太离谱了，要玩儿也应是在床上，在被窝里。

小地主崽子的卧室，乔老头参观过，除了摆设气派外，唯一不同的是墙四周都贴了美人图，半光身子，不是打出大奶子，就是露着圆屁股。看得人血脉贲张，出气不赢。乔老头在门口站了一会儿，就退了出来。小地主崽子跟在后头问，乔叔，从前，皇帝会不会这样过日子？乔老头说，皇帝天天要处理国家大事，哪有你这么多野心思？小地主崽子不以为然，那三宫六院咋说？

都是后人泼的脏水。

我不信。小地主崽子摇着头说。

坐回客厅，小地主崽子随手从茶几上抓起一只水果，递过来，乔叔，吃吧，你从没见过的。乔老头好奇地问，这是啥好东西？

这叫芒果，海南岛出产的。

海南岛，哪个海南岛？乔老头问。

乔叔，海南岛不晓得？就是书上说的天涯海角的地方。观音菩萨住的南海。那里天气可好了，一年四季暖和和的。小地主崽子双手指着一挂荔枝说，那是广西北海运过来的，旁边那弯弯的东西是香蕉，那一颗颗的东西是龙眼，都是从广东来的。

乔老头笑着说，别的地方都尽出这些稀奇古怪的东西？

别看这些水果古里古怪，可好吃着呢，味道好，营养也高，哪像我们这儿，除了桃子，就是李子，连苹果也没有。

桌上放着几个红彤彤的苹果。小地主崽子说，那苹果是从日本进口的，叫红富士，口感一流。乔叔，你牙齿还板硬，就请尝一个。

乔老头没有再吃苹果，而是用手摸了摸屁股下面的沙发。

小地主崽子说，乔叔，这家具都是从外国进口的，跟你说了你也晓不得。乔叔就说，你这里比从前老曾家还阔气了。

那当然，我就是要比过他们。这之后，小地主崽子连带看门的狼狗都对乔老头亲热。每回乔老头去了，狗不但不叫，还使劲儿摇尾巴。除了乔老头，那狗对外人一概不认，就是镇上的大小干部去了也是汪汪地叫。

小地主崽子没忘做好事，有时就投资架座桥、修条路什么的，还给派出所送去一台摩托车。镇上干部就来得更勤了，来了就吃狗肉，除了门口那两条狼狗不能吃，方圆几十里之内的土狗都让他们吃光了。

镇上吃了人家狗肉，还拿了人家红包，总不能老是白吃白拿吧，就让小地主崽子写个入党申请，进入组织算了。小地主崽子说，我是黑五类，地主崽子，能加入？来人就说，地主早脱帽了，哪还有地主、贫下中农之分？

我家其实比起曾家来差远了，可回回开会斗的是我爹。

干部就说，那都是过去的事了，老皇历就不要再翻了，颠倒的历史已经颠倒过来了，一切向前看吧。小地主崽子就说，算了，我还是不入吧。

干部们最后想了一个办法，为了套住这头金水牛，就把那块大沙洲卖给了他，那里有无穷的河沙，挖出来可以打水泥板盖房子。

小地主崽子就说，这还差不多，到底是新政府，不像从前的干部不讲理。

小地主崽子很快买来挖掘机，开发沙洲。曾家老五在家种田，也想找点事做，弄点活钱用，就去找小地主崽子。可小地主崽子说，算起来，从前，你是少爷，我也是少爷，但你没吃过苦，所以这活怕你吃不消，你还是找点别的轻松活干吧。乔老头知道后，本想替老五求个情，可又一想小地主崽子记曾家的仇，因为同是地主，回回斗的是他爹而不是曾家人。而那个时候，当队长的正是乔老头的爹。这样算来，小地主崽子也记着乔家的仇，只是当

年自己给了他红薯，算是化解了冤仇。

但对乔老头，小地主崽子倒是安排了一个轻松活儿，专门守在出口处，给来拉沙子的车辆做登记，一月工资五百元。小地主崽子就是凭乔老头登记的数量找人收款的。乔老头一想就觉得自己受到了重用。

小地主崽子自己并不常在沙场，成天开着乌龟壳载着女秘书出入镇政府大院，与干部喝酒划拳。

有一夜，一个司机提着礼物来到乔老头家，说是感谢乔老头关照。乔老头就留人家坐下来喝酒。几杯酒下肚，司机就说明了来意，原来人家并不是专门来感谢的，而是教乔老头发财的窍门的。司机说，我们拉沙出门口登记，笔杆子捏在你老乔手里，人家靠山吃山，靠水吃水，你捏着笔杆子不会靠笔杆子吃饭？一车沙三百元，你和司机联手平分，你每天少登记一车，你就白赚一百多块。小地主崽子成天吃喝嫖赌又不在，哪里晓得？

乔老头说，人家这么信任我，我却在背后使黑手，不好吧？

这有什么，他的钱来得太容易了。说起来，这河沙也有我们的份，凭什么就给他一个人赚去？乔老头与人家争论，人家有本钱投资啊，白给你我，我们也奈何不了呀？司机临走说，老乔，这世道变了，穷人靠边站了，富人又骑到穷人头上去了，你不赚他的钱，他也不会多给你一分。

不知是啥原因，过了些日子，小地主崽子对乔老头说，乔叔，你当过队长，会管人，你给我去管那些挖沙的，看谁偷懒你告诉我。登记的差事小地主崽子另派了人。

管人是件得罪人的事，虽说小地主崽子开口给乔老头涨了一百元工资。乔老头明显觉得这是小地主崽子对自己明升暗降，心想自己并没有多贪他一分，就弄得跳进黄河洗不清的样子，就向小地主崽子辞工。小地主崽子说，乔叔，你不要误会，我不相信你我相信谁？当年，你敢冒着自己撤职挨斗的风险通知我娘装病，我心中有数。你还是留下帮我吧，你不愿意管人，仍然转过来做登记。但乔老头打死也不愿干了，说，我年纪大了，怕把你的事弄砸了，你家大业大的，到时，我死了也没脸见你娘啊！

小地主崽子便不再强求。没有乔老头，他那儿反而更热闹了，派出所的警员轮番去工地巡逻，名义上是巡逻，其实是帮小地主崽子监工去了。

六

拉长空缺的位置终于有人填上了，就是与跛子竞争的那名女工。跛子到底因为少了一条腿没人爬得快。一切尘埃落定，跛子反而释然了，像梦中的情人，人家没结婚，就以为自己也有希望，一旦听到人家名花有主了，也就不再胡思乱想了。跛子只是在与乔老头聊天时发上几句牢骚。像追撵一只狗，追撵不上，就在后面骂骂咧咧的。乔老头心中也憋着一团乱麻，就请跛子到楼顶喝酒。一来算是安抚跛子，二来也是表示自己没帮上忙的歉意，三来也想出一口胸中的闷气。

当听说老五正在打乔老头老房子的主意时，跛子快言快语地说，乔叔，你千万不能上当，出再多的钱也莫卖老屋。乔老头说，真说起来，那房子也是他曾家的祖屋。跛子说，可政府已经分给你了，你也住了这么多年了，姓曾的要收回，找政府收去。跛子就说到自己因为移民弄得没房没地，无处容身，逢年过节，看到人家高高兴兴回乡，自己心中不是滋味。

跛子又说，你把房子卖给了老五，能卖几个钱？你心中想着房子本来是他家的，你哪还有底气跟他讨价还价？当你拿到那一点儿钱，你又无法建一套新房，钱也就没啥作用，说不定有个风吹草动，那点儿钱一折腾光了，你就啥也没有了。你老这么大年纪了，不为自己想，也要为你女儿想啊。女儿到时想回娘家看看，却不知进哪个门了。

不知是跛子心中有气，还是有实说实、就事论事，反正乔老头听后，真的决定不卖老屋。

谁知，第二天，队长却把乔老头找去谈起了房子的事。队长问，乔叔，老板这人怎么样？乔老头想都没想说，蛮好啊。队长又问，对你如何？

乔老头说，好得很呢。队长又问，那老板遇到麻烦，我们帮不帮？乔老头答得很干脆，当然帮了。队长长吁一口气，这么说乔叔还是知恩图报的人。

乔老头被队长弄糊涂了，就问，队长，你叫我来究竟想说啥？队长说，还不是说房子的事？老板现在想买回老屋，还算是讲良心的。其实，老屋本来就是他家的，他真想要，不通过住户，他也有办法收回，有钱能使鬼推磨。

乔老头不说话，心想，老五真要这样做，是做得成的。想到小地主崽子有了钱在老家呼风唤雨的样子，如今真是有钱人的天下，没有什么事能难倒

有钱人了。不是说，钱能解决的问题都不是问题。

还有，队长又说，就算不通过政府，直接通过你们这些住户行不行？你不同意，他们同意，到时，你一个人霸在那儿，不是硬生生得罪恩人吗？

乔老头听到这里，开始退缩了，的确，那些人都穷疯了，老五掏出一笔钱，那些人就会狗看见骨头似的往前扑。

队长说，乔叔啊，跟天斗，跟地斗，不要跟有钱人斗，你老年纪比我大，经历比我长，难道还看不出吗？穷人已经沦落了，成了被抛弃的小媳妇儿，有不满，只能躲到一边骂几句发一顿牢骚，或者哭一鼻子的份了，除了这，你还能如何呢？

你说得在理，队长，现在穷人是说不上话了。

穷人什么时候说得上话过？队长说，穷人更穷，打工一辈子，买不起一套房子。

乔老头听到这儿，就说，队长，你说一辈子买不起一套房子，那你还劝我卖房子？队长说，你除了卖房子，还有其他选择吗？乔老头无可奈何地说，那我辞工回家种地去。队长说，你回家种地也没得种了，你的田发给了别人，合同一签就是十年。老板安排人亲自去办理的。乔老头不慌不忙地说，那我租别人家的田种总可以吧？

别人家的田也没有了，方圆十几里的人家，田地都承包给了一个老板种药材去了。

队长，你也是读过大书的，为什么还要给别人打工呢？

我跟你一样，别无选择，为了爬上树尖子，我只好把自己变成一根藤。

乔老头走出队长办公室，不知往哪儿去。他想，老五硬要收回老屋做啥呢？总不是图个名声吧。他信步来到小店。老五的大嫂从冰柜里拿出一瓶可乐汽水给乔老头，说，乔叔，你在做啥呢？这么满头大汗的。

没做啥，乔老头说，大嫂，老五要买回老屋，你晓得是用来做什么？

你不晓得吗？大嫂反问。

没人告诉我，我哪里晓得？

老五跟我老公说过，他想收回老屋，再装修一次，利用当年侯府的名气来做旅游景点。乔老头不无担心地问，这能成吗？

哪不成呀？都时兴这样搞法了。别说我家是侯府，名气大得很，有些当年没名没气的，也上电视台打个广告，结果游客比狗还多，把门槛都踩烂了。

哦，我晓得了。乔老头不好当着大嫂的面在小店打电话，就特意跑到街头上给家中的老弟乔二打了一个电话。

乔二说，哥，老五要买回老屋，你为啥不卖给他？

卖给他，我回来住哪儿？

别人都卖了，你一个人不卖给他，不是做恶人把人得罪了？

那你呢，你的卖给他了？

我的打算卖给老五了。反正是老屋，住在里面有一股阴气，还容易得寒气。

能卖多少钱？

大概两万元吧。

两万元能盖一座新屋吗？

自己想办法再添点嘛。我出门搞基建了，苦个两三年，还清债不是大问题。

那我的屋呢？

一把锁锁上，里面又没值钱的东西，还怕贼偷啊，贼偷钱又不偷屋。

乔老头便相信了队长的话，有钱人要办成啥事是一定办得成的，老五早已经打通了关节，给自己说说，不过是礼貌罢了。他是想让自己带个头，在自己这儿碰了个钉子，便索性撇开自己另搞一套。如今，人家都打算把老屋卖给他了，独独自己一人没松口，老五不急，一定在心里说，我就等你，看你还能撑多久。

乔老头便给女儿打了一个电话。女儿在电话中高兴地说，爸，以后你就打我手机吧，我用你寄来的钱新买了一部手机。女儿就报了一串号码，让乔老头记上。乔老头心想自己这一个月并没有寄钱给女儿，但听到女儿高兴的样子，他也就不说破了。女儿在电话中叮嘱乔老头别光把钱全寄给了她，自己也留点买酒喝。乔老头就答应着女儿说，好，好，爸有钱，你放心。

女儿又问，爸，你一个扫地的，一个月哪来这么多工资啊？乔老头说，是老五人好，念旧情呗。我们家三代不都在曾家做过事吗？女儿就说，老五人真不错，如今这样的资本家很少见。乔老头就问女儿，有人要买我们家的旧屋，你说卖还是不卖？女儿想了想说，看价钱好坏了，价钱高当然卖了，留着旧屋有啥意思，现在都兴住洋楼住套房了。乔老头不置可否，嘴里"哦——"地感叹。

隔了一会儿，女儿在电话那头问，爸，是有人要买吗？

还没呢，我只是问问你。放下电话，乔老头一心想哭，如今不光回不去了，田没有了，屋也快没有了，而且还欠了老五一大堆钱，做几年都还不清。这些还罢了，女儿正上着大学，没有了钱，女儿就读不成书，到头来不把自己怨死啊。乔老头想起最初老校长打电话到家里，告诉他，老五在深圳那边，需要人手时，问他愿不愿意去，自己居然不假思索，就满口答应了。也许当时那么快应承就是冲着对老东家的好印象，但那个好印象从前是老辈人，如今是老五了。酒烤三锅水已完全不是那个味了。

接下来，自己忙着找人种田，找人守屋，家中的坛坛罐罐也分给了邻居。邻居也纷纷赶来道贺。连小地主崽子劝他留下也劝不住。小地主崽子公开说，乔叔，天下乌鸦一般黑，条条蛇咬人的。当时自己说啥也不信，心想，天下有黑乌鸦，也有白乌鸦，蛇也不是全咬人的，狗婆蛇就不咬人嘛。

悔不当初啊，如今，一颗心像井中挂着十五只吊桶，七上八下了。乔老头在工厂上班，如今最怕碰到老五了，有时远远看见，就麻利地躲一边去。

但老五却找上门来了。老五说，乔叔，你最近好忙的？乔老头硬着头皮说，是有点忙。老五却说，可我看起来你好像有点躲我啊，乔叔。乔老头慌不迭地说，哪会呢，我在这儿做工，躲得了别人也躲不过老板呀？

那就好，乔叔，如果你为了房子的事，就大可不必了。听说队长找过你，如果他对你说了什么，那也是他个人的意见，与我无关。我还是这句话，那老屋你想住多久就住多久，想什么时候卖就什么时候卖，不急的。即使不卖也不要紧，到时，你就住在那儿，帮我看屋，帮我收门票钱。

看着老五的背影，乔老头仿佛不认识这个人了。这个人在五岁的时候，为了自己，可以把妹子抱到街头丢了。这个人因为受不了小地主崽子的气，毅然离家外出，几年不回家，终于打拼出一番事业来。这个人为了自己的事业，可以把女工送给客户，同样为了自己的事业，他可以眼睁睁地看见工人累得倒下送去医院。当工厂快要撑不住的时候，他可以咬牙卖掉小车，以解燃眉之急。这个人对自己却非常好，比儿子还好。他究竟是什么人呢？一只老虎，对驯服的人他可以把你当小孩，耐心地舔你，让你慢慢进入梦乡，然后进入他的嘴里。对反抗他的人，他毫不犹豫地张开血盆大口，或者背后冷不防给你一鞭子。他是一个屠夫吗？喂猪不是为了好看，而最终目的是杀猪吃肉。

七

今天，乔老头起了个大早，比平时早了半个钟头，东边的天际还只现一点点白色。西边的天空依然是灰蒙蒙的。一只乌鸦从头顶掠过，嘴里不干不净地叫着，悔呀，悔呀，听了让人扫兴。那家伙似乎还嫌不够，居然偷偷拉了一粒屎，险些砸到乔老头的头上，更是令人生气。

在深圳，看不到家乡那种高山，也没有那种冲天大树，自然乌鸦没有合适的容身之所。它不停地叫悔，大概后悔自己的无知或盲从吧。

在深圳，最多的只是一栋栋高楼，相互紧挨着，太阳出来的时候，阳光就从它们的缝隙中挤过来，在地面上投下一条条光斑。有时那些机灵的光斑也射到人脸上，就有些天女散花的味道了。看起来，那些从工房里走出来的人，人人脸上都笑开了花。

一向节俭的乔老头，昨晚居然大肆破费请了一回客。除要好的跛子外，还请了同宿舍的老光棍。地点就在乔老头的宿舍。

跛子是常客，开始不以为意，但见到床上摆满了各种小吃和啤酒的时候，也是大吃一惊，开口就问，乔叔，你今天中码了吧？

算是吧，乔老头笑着说。其实乔老头从不买码，也不知六合彩为何物。倒是老光棍，仿佛孙悟空参加了王母娘娘的蟠桃会，幸福之情溢于言表。老光棍问，乔叔，你请我们喝酒不是要我们帮啥忙？告诉你呵，我们啥忙也是帮不上的，我们乌鸦一样穷得只剩下一张臭嘴了。

今天，我请你们，啥也不求你们的，只求你们一人一张嘴，给我下死劲儿吃。今天是我生日，六十年前，我娘生下我，我就来到了人间。

原来是乔叔大寿。跛子说，可惜我们不晓得，太失礼了，连点礼性也没有。

你那点钱要攒下买屋，他那点钱要养小老婆。我啥也不要，你们来陪我过生日，就是最好的礼物。我给自己做寿，也是为了记住今天是我娘的受难日。

乔老头眼里有泪花。老光棍就举起杯子，说，乔叔，祝你生日快乐，长命百岁。乔老头说，活那么长吃啥呀？吃了儿子吃孙子啊，我过了六十就算长寿了，知足了。这晚，乔老头吃喝得很尽兴，临完，还取笑老光棍，好久没带小老婆来过夜了，是不是也太监了。

老光棍说，我担心你有意见嘛。

没意见，往后就带回来，年轻人，应该的。谁没年轻过啊。

有你乔叔这句话，那还说什么，明晚就带来。

乔老头语无伦次地说，你搞你的，我睡我的，没事。跛子说，乔叔看样子是醉了，算了，别喝了。跛子就把乔老头的杯中酒倒过去喝了。

其实，这天老校长也搭信过来，让乔老头去家里玩儿。也许老校长还记得他的生日，但乔老头借故没去。只有女儿没有打电话来问候一句。这个女儿除了要钱找爹外，其他的似乎都忘了。

老光棍在乔老头睡下后，还叫了几声乔叔，并问，乔叔，你没事吧？要不要倒碗水给你喝？

乔老头并没有醉，他只是心痛，在流泪，为什么上大学的女儿把爹忘了。按理，女儿成年了，懂事明理了，说什么也不应忘了爹的生日啊，何况是六十大寿呢。女儿才八岁的时候，那天乔老头过生日，女儿居然端出一碗荷包蛋来祝贺乔老头生日快乐。乔老头心想，家中没有喂鸡啊，哪来的鸡蛋。一问，才晓得原来女儿上山采蘑菇换回来的。乔老头感动得热泪盈眶。谁说生女不如男，我家女儿叫孝男。只在女儿十岁时，因为那次冒失，女儿就再也不给乔老头庆贺生日了。

这晚，乔老头因为女儿未打电话一夜没睡觉，早晨就起得很早。当工人上班的时候，乔老头竟坐在楼梯口那儿打起了瞌睡。很多工人就笑话乔老头眼睛红红的，昨晚是不是去了铜罗湾了。铜罗湾是附近的一家洗脚城，大家都知道那里面有特殊服务。乔老头就说，我老了，比不得你们年轻后生仔，三天不睡觉，还可以跑一趟铜罗湾。

中午下班时，女工中有一个叫小花的，年纪比女儿还小，样子长得像女儿，对乔老头很敬重。乔老头也很疼爱她。她走过来喊了一声，乔叔，你眼睛红红的，是不是病啦？乔老头说，没病，昨晚与老光棍喝了点儿酒没睡好。

吓我一跳。小花说，乔叔，晚上我要上街头买点东西，你陪我去好吗？

你又要买什么啊？乔老头问。

饭堂的菜难吃死了。除了盐，连油也舍不得放。我要去买点辣椒酱。

小店不是有的卖吗？

很贵的，啥都比商场贵五毛钱。

乔老头就说，难怪天天潲水桶里那么多饭，都是吃不完倒掉的。

乔叔，有些是工人嫌饭菜差，生气故意打出来倒掉的。小花悄悄地说。

哦。太浪费了。

乔叔，晚上一定要去呵。

那当然。乔老头说。

不许哄人呵。小花说，下班我就来宿舍叫你。

好。乔老头向小花招招手。看着小花快乐得像只小猫窜进了车间大门，乔老头心想，小姑娘无忧无虑的，人也孝顺，自己的女儿像她多好。想了想又摇头，自己是只乌鸦，又怎么能生出一只百灵鸟呢？

乔老头来到宿舍后面，清扫臭水沟，才发现化粪池阻塞了，里面的粪便全都漫了出来。乔老头正准备脱掉身上的衣服，老五大嫂过来喊他接电话。老五大嫂说，乔叔，你快点啊，电话没挂，打长途蛮费钱的。乔老头心想，今天怎么啦，事情真多，都赶到一起了。才把老五打发走，老五来找乔叔签什么卖房协议，可自己还没拿定主意呢，怎么签？现在女儿的电话又来了，但女儿的电话就是圣旨，不能不接。乔老头便三步并作两步往小店跑，气喘吁吁地抓起电话。女儿在那头说，爸，祝你生日快乐。

啊，原来我闺女还记得啊。

爸的生日哪里会忘，只是昨天赶着考试，没时间打。爸，你生气了吧？

哪会呢？你是我闺女，你是我闺女。

爸，我是你闺女，别人又抢不去。

这是女儿少有的跟乔老头说的调皮话。乔老头当下就哭了。

女儿就喊，爸，你哭啥？乔叔头就笑，没啥，爸高兴呢。

吓我一跳，爸，你放心吧，我毕业了，你就不用打工了，我养你。

我晓得，乖，我闺女乖。

爸，你寄来的钱我收到了。

啊。乔老头喊了一声，回头看了一眼老五大嫂。

女儿说，爸，你怎么寄了两千元，你哪来这么多钱啊？

你放心用吧，那钱都是爸挣的，爸这么大年纪了，又不会偷也不会抢。

爸，今年放寒假，我有时间的话，就过来看你。

好，好，爸等着，你要好好读书啊。

听爸的，争取门门打满分。女儿又调皮地说了一句。

你会读书，爸不用操心。

那爸，我要去上课了，再见。

乔老头放下电话。老五大嫂说，看你，接了女儿电话就激动成这样。

他大嫂，人亲骨头香啊。

也是，何况你又养了个好女儿。大学毕业了参加工作了，你就可以坐下来享福了。乔老头如释重负地说，谁说不是呢。养崽养女就是防老嘛。

乔老头回到化粪池边，见老光棍手拿一根棍子在往里捅着。乔老头就说，你那样猴年马月都捅不通，还是我来吧。

乔老头就重新脱下衣服，光着膀子，揭开盖子，准备伸手进去掏口子。第三格化粪池里全是水，那水可以映出人影来。

老光棍说，乔叔，你这样会感冒的。

感冒怕啥，屎尿漫出来，太阳一晒，会臭死你。

那还是让我来吧，我年轻，你在一旁指挥。

你年轻，我也没老啊，乔老头说，六十岁当中央领导正好呢。你忙你的去吧。老光棍就笑了，乔叔，你还不服老呢。说完就走了。

乔老头趴在化粪池口子边，看见水中倒映出三个人来，老五、地主婆，还有难产死去的妻子。

老五说，你不把老屋卖给我，你就还钱来！

地主婆说，我都等了你好多年了，你还不来呀？

亡妻说，你不把我闺女好好培养，我天天做鬼缠着你。

乔老头就感到头晕眼花，手也没力气了，突然撑在池边的手一松，整个人就掉了下去。

乔老头本来会水，但他觉得四肢不听使唤，而且水中很舒适。那水经过三道过滤，居然有一丝甜甜的味道。于是，他就不想上来了，还想潜下去游上一气，可惜池子太窄，手脚没法施展开来。

那年，在小地主崽子的工地上，一位打工的男崽失足掉进了河里，打捞上来已经没救了。派出所赶来处理，说是因公死亡，要小地主崽子赔偿死者家属两万元。小地主崽子当时加了一万，赔了三万。自己若死了，也应算是因公死亡，老五若赔偿女儿三万元，女儿就能读完大学了。

于是，乔老头拿定主意不上来了，他慢慢往下沉，到了水底，闭上眼，想呼出一口气，但水阻塞了他的嘴巴。他尝试了几次没有成功，于是不再努力。

在水里，他看见了小地主崽子的洋楼、自己住过的侯府，还有老五的名车。那次，老五拿到三百万元加工费后，第一时间就买了一台新乌龟壳，还说这是做老板的标志，没有车，人家哪会相信你的实力。乔老头相信，自己下辈子也能拥有这些。

吃晚饭的时候，老光棍没见乔叔来吃饭，就有种不祥的预感。他找到小花问看见乔叔没有。小花说，我在上班，哪里看得到乔叔。

老光棍就说，这就怪了，乔叔从来不会不吃晚饭的。于是，两人分头寻找，还是老光棍会想，他记起了化粪池。他就疯一样奔向化粪池。老光棍站到池边，透过水面，他看见乔叔在水底睡觉了。老光棍回头大喊，快来人啊，乔叔掉进化粪池了。正在吃饭的工人就端着碗跑了过来。老光棍想跳进化粪池，但池口太小，试了几次没成功，便拿来铁锤把池口打下一块，这才跳了下去。小花站在池口。两人合力拉扯乔老头的身子，闻讯赶来的工人也七手八脚来帮忙。乔老头平躺在地上，小花耎着胆子轻轻探了一下乔老头的鼻子，手就像电了一样，缩了回去，接着放声大哭，乔叔，你不能死啊，你还答应我晚上陪我上街头买辣椒酱的啊。

小花一哭，很多工人都哭了起来，当中，以老光棍、小花哭得最凶。

之三 保安队队长李浩

一

李浩接受老板的第一个机要任务是帮老板去做皮条客，说白了就是在全厂物色一位女工去做公关小姐，去陪客人喝酒，陪客人唱歌跳舞，陪客人过夜。说难听点就是去做三陪小姐。

李浩的全称职务叫保安队队长。工作内容是主管人事和后勤。说是经理级，屁毛。李浩当时在心里发了一句牢骚。

开工后，因为人手少，他什么活都得干，扫地、抹桌子、站岗、搬货，就差没给老板、老板娘倒马桶了。好在如今没有那种马桶可倒，否则，倒不倒马桶还真不是他这个保安队队长说了算的。

进厂时，老板曾五锡说的比唱的还好听，人事经理，在我们这儿叫保安队队长。队长，李浩听了心中暗想，名头听起来还蛮响亮的，是早前的吃大锅饭时的生产队队长呢，还是从前大户人家的看家护院的打手头子，或皇城内的大内总管。大概一个意思，狗腿子而已。

老板以为李浩嫌名号不够响亮，担心不就范，煮熟的鸭子飞了，就细细分解开来，说招工啦、后勤啦，都属你管，一天八小时，晚上不加班，可以自由活动，但不得离开工厂。待遇也不算低，包吃包住，月薪三千。记住是人民币，不是美元。末了，老板还幽了一默，令面前的大学生李浩刮目相看。

如今大学生不包分配了，得自谋职业。在李浩看来，眼下的中国最好的职业是老板，而最赚钱的地方是深圳。

他当然不能一迈步就学跑，当老板那是未来的事情。做老板需要本钱，他现在连包装自己的行头都没有。他想找棵树，然后再贴着这棵树让自己像藤一样爬上去。

三千，李浩又开始在心里打起了小算盘。的确，这数字对一位刚毕业不久的大学生来说，充满了诱惑。你小看我了，老板，我李浩志不在此，老子是来深圳淘金的。但这些话没法对人说。何况淘金需要工具，需要本钱。听朋友说湘南玩具厂的老板曾五锡是名人之后，又是同乡，还是从打工仔白手起家一步步做上来的，应该有过人之处，所以就投奔而来。来了才知道，说是工厂，其实就是家庭式的小作坊。从董事长到经理、厂长，所有重要职位全是一家人霸占了。没法霸占的也悄悄安插了自己的亲信。只有几个需要平时做冤大头或替罪羊的位子才恩赐给了局外人。

或许是队长这个职位介于重要和不重要之间吧，物色人选比较挑剔，颇费一番周折。归根到底，是这个位子琐事太多，吃喝拉撒样样管，太累人，皇亲国戚是不愿受累的。可这个位子又常常牵扯到工厂若干机要，招工啦，扯皮啦，上对劳动局，下对工人中的刺儿头啦，没有信得过的人还真让老板吃不好饭，睡不好觉，放心不下。所以在面试时，曾五锡三番五次说到"老乡"这个词，大有攀亲寻故、托付重任的味道。而李浩听了也有一种受宠若惊、他乡遇故知、士为知己者死的感慨。

李浩初出茅庐、计安天下的雄心很快淹没在烦琐的现实中，他发现自己看到的和从前听到的并不是一回事，有时甚至截然相反。比如全世界都在说中国人富了，牛皮快吹到天上去了，可现实中的打工仔和打工妹为了五毛钱可以赖在办公室半天不走。报上常常登出某地又出一位神童，可不少打工仔连份求职表都填不清楚。有一天，一位打工妹填写自己的名字时卡了壳，坐在桌边把笔咬了半天，最后怯生生地问他，队长，"爱"字怎么写啊？下面是"友"还是"又"字啊？

李浩当时幽默地说，你想想，一个人没有朋友怎么爱啊？

打工妹笑了，还夸他，队长，你真是大学生。原来，在他们眼里，大学生来给老板打工不是傻瓜就是冒牌货。电视里，马路边到处宣传环保，可工厂打工妹能把用过的卫生巾扔到饭堂的窗台上。还有更气人的是，昨天还在工厂打工的妹子，今天就站在街边上向自己招手，身子贴过来讨价还价。

渐渐的，李浩由最初的抵触，慢慢开始接受，最后也被同化了，融入一体了，

随波逐流了。他知道光会发牢骚对自己有害无益。那样只会像个打车的乘客，你还在责备人家不守秩序，别人却已坐车到家吃饭了。

说起来，他在学校是班干部，对付高智商的同学都有整套办法，现在对付这些近乎弱智的打工仔更应该游刃有余才对。当世界观改变后，他认为这一切很正常。

所以当老板直言要他去当说客时，他一点儿也不感到突兀，相反，倒认为这是一次机遇。进厂一年多了，还没干过什么正儿八经有影响的事。许多人私下都在议论自己不过是工厂的一个摆设，自己没啥能耐，不过怀里揣着一张文凭而已。当说客这件事的影响也许不是正面的，但对老板和自己却有着重要的意义。这是一次大显身手的机会。这个世界变了，中规中矩，只配做看客，作壁上观。要想发大财，就得跳到风口浪尖去走一趟。要是害怕葬身鱼腹，就请躺在被窝里继续做春秋大梦好了。

老祖宗说，富贵险中求，真是至理名言。走钢丝，攀悬崖，打擦边球，都是行中绝技，只有这些能赚大钱；四平八稳，拉着板车，摆着摊子，躲着红灯和城管，只能养家糊口；淘金的工具还没钱买，这次机会用好了，办成了，自己才有留下来的资本；要是办砸了，老板不说，自己也得卷铺盖走路。人在途上，就没有食宿的地方了。

李浩把自己关在办公室里，把所有打工妹的求职表翻了出来。先按年龄段过一次，接着又仔细看了一回照片，凭模样再过一次。老板说了，客户是日本人，名叫冈田，条件是要原装货。奸人妻女，夺人至爱，非君子所为，可见这个鬼子遗传了他先人的无良。但李浩是中国人，李浩有良吗？从前鬼子是强抢恶要，凶神恶煞；现在鬼子却是白吃白拿，冠冕堂皇。他不想这么便宜鬼子。鬼子搞中国女人搞得够多了。他要给鬼子提供一个中国式的母老虎。遍观所有女工，唐莲是最佳人选。

李浩走进老板办公室，老五硕大的脑袋从一沓厚厚的生产日报表上抬起来，焦急地问，找好了吗？冈田都打了几次电话来催了。李浩站在老板的对面没好气地说，他那么猴急，当是商场提货呀？他妈的臭鬼子。

先不说这个，快说，定的谁？老五右手的食指和中指微曲着在大板台上点了点。李浩吐了两个字，唐莲。老五闻言霍地站了起来，开口就是一口蹩脚的广东腔，有没有搞错啊，人家要的是原装货耶，你弄一个冒牌货来充数。

李浩却信心满满地说，稍加包装，问题不大。老五大为不悦，说得轻巧，

096

脸上可以化妆，年龄能化妆，那地方能化妆吗？

凭我的经验应该可以的。李浩赔着小心，手心却开始冒汗。老五却揶揄起来，你才多大？屁的经验。接着又自言自语地说，货不对板，要退货的，要赔款的。

放心吧，老板，日本人通常只看结果，不看过程。不像我们中国人，结果要看，过程更要看。说着说着，李浩又恢复了自然。

怎么扯上中国人和日本人了？老五显得非常奇怪，端着茶杯的手僵在半空。

是的，这就是我们和他们的处事方式不同的地方。李浩煞有介事地说。

嗯，说说看，老五兴致来了，人也落座了。在他的背后墙上悬挂着一只电子钟，里面的嘀嗒声仿佛在催促着李浩，快点，快点。李浩想了想说，比如，日本人招待客人，只要客人吃好就行了，也就是饭菜的质量品味。而在我们中国这是远远不够的，我们还要营造一种氛围，让客人一开始到来就有一种宾至如归的感觉。

嗯，那具体到冈田呢？

冈田嘛，他玩儿女人不过图个快活，弄个酸李子来，还不如弄个熟桃子来。也许他并不是为了玩儿女人。

那是为什么？

而是在你面前显摆他日本人的高贵罢了。

哦。有意思。

可以吧？

我不管了，听你说这么多，我只有一个要求，这事决不能给我搞砸了。

李浩笑了，老板，你这是东洋人的处事方式了。

老五也笑了，就问，你怎么选中唐莲的呢？唐莲———一个大姐大。

李浩又笑，说，老板，你现在又回到中国式了，到底是中国人啊。

我心中总是有点那个嘛。毕竟这是瞒天过海之计啊。这时，李浩发现老板像个寡妇，没有男人受不了，可野汉子多了更受不了，但又拿不定主意谁是自己的意中人。李浩就大谈了挑中唐莲的三大优势：一是弄一个处女危险太大；弄一个少妇，安全系数成倍地翻。二是老板曾有恩于唐莲，唐莲对工厂的前途不会不管不顾，对工厂的要求她是没办法拒绝的，只要外带一点好处就行了。三是唐莲在家中说了算，老公是个"妻管严"。唐莲即便有什么风吹草动，老公也只能睁一只眼闭一只眼，拿她没办法。最后就是唐莲是拉长，

受工厂派差，不会令人起疑，比普通女工要好得多。

老五听完，笑着说，你这岂止三大优势，分明是四大了嘛。李浩也笑了，买三送一，我这是特意再加一个保险系数嘛。

不知老板被李浩说服了，还是自己听累了，只挥了一下手，去吧，去吧，但愿你马到成功。李浩走出老板办公室，眼泪就下来了，想到大姐大唐莲马上就要成为鬼子手中的猎物，他不禁心中有些不忍：我这样做日后一定会遭报应的。

李浩大学读的是中文系，还是高才生。一毕业，同学便像放出笼子的鸟，各自飞了。他却抱着文学不放，梦想成为沈从文，便也学着沈从文的笔法，写些乡土乡情，夹带一缕淡淡的乡愁，一写就是三年。为此，他还要求女朋友等他三年。三年后，他的作品写完了，他把作品打印多套，分别寄了出去。有些如石沉大海，杳无音讯；有些倒是回了信，但也是客客气气，先是一大堆的恭维话，末了，不痛不痒地说，不合本社要求，现退还。人家退还是因为他寄稿时买了双程票。有一位编辑倒是快人快语，说如今文学比狗屎还多，你那种润物细无声早就过时了，如今需要轰炸，最好是中美大战，或地球爆炸、世界末日之类；再差也要学学《西游记》，写些妖魔鬼怪打打杀杀热热闹闹；至于《红楼梦》式的哭哭啼啼的东西早没人看了。作品没有成功，女朋友却分手了。人家没有错，完全是按协议办事的，足足等了三年，想找碴儿都没有地方下手。

女朋友离去只不过是伤一回心，但父母跟着也变了脸色，就令他无所适从了，几乎能要了他的命。其实二老也没错，辛辛苦苦把你养大不说，还省吃俭用供你从小学读到大学毕业。现在他们老了，是需要你回报的时候了。你就是不回报，也不能再啃两根老骨头了。

就这样，他就出来了。记得离家那天，场面很是热闹，也很感人。所有的亲朋好友都来送行了，连带看热闹的乡亲，全村几乎是倾巢出动。这一走，不光肩负亲人的期望，也肩负全村的希望，因为他是全村的第一个大学生，也是唯一的大学生啊。他学着电影中的样子，走出老远，再回头看过去，果然看见年迈的双亲立在村口的老樟树下还在深情地眺望。

二

只是到深圳后，才知道自己晚出来三年大错特错了。这三年让他与同学之间的距离简直落后三十年了，有了天壤之别。同学们摇身一变，猴子成了孙悟空，人模人样了，房啊，车啊，最不济的也是大公司的白领，拿年薪的。虽说不上风生水起，但也是芝麻开花节节高，一副蒸蒸日上、行情看涨的样子。

深圳也不再是人家说的偏僻小镇巴掌大的地方。站在深南大道上，看着来往不息的车流，才发现自己只能靠边站，除此别无选择。回望两边的高楼大厦，出门时的那点雄心壮志早已与那套沾满泥土的衣服一起丢在故乡那偏僻的角落了，转而一缕淡淡的乡愁漫无边际地涌来，他担心日后难以再见江东父老了。

到的那天，在深圳的同学都来了，地点也很排场，定在阳光。同学们嘻嘻哈哈见了面，热热闹闹喝了酒，吃了饭，也借机显摆了一回。席间，说到工作，在座的同学都拍了胸脯、打了包票的。过后，就作鸟兽散，没有一个同学留下来跟他拉家常，更别说其他的了。与其说是接风，还不如说是断交，从此没了音讯。电话打过去，不是关机就是空号，要不就是转语音信箱。酒桌上的话犹如晴朗天空炸响的霹雳，很好听，很震撼人心，就是没有半点实惠。老祖宗说，酒桌上的话，当不得真，果真如此。

危难时，李浩急得想哭，却没有眼泪。深圳不相信眼泪。想发一通脾气也找不着地方，到处是人挤人，而且谁也不欠你的。原以为一张文凭在手，满腹经纶，初出茅庐，便能计安天下。可转了几圈便发现文凭在深圳多如牛毛，真真假假，良莠难分，拿在手里一文不值，像草纸一样，用来擦屁股都嫌硬了。

肚子里那点墨水，放在两千年多前的孔子时代，兴许还是个好先生，可在现在的社会根本是英雄无用武之地。现在告别了冷兵器时代，你纵有飞檐走壁的本领，还不如人家手中的一杆枪管用。

深圳到处都招工，可招的都是熟练工。文凭不代表经验，更不代表能力。在深圳，没经验没能力，只能从普工做起，这还是好听的。在深圳，还有一个特别的名称叫杂工，专门做杂七杂八活路的。堂堂一个大学生，从杂工做起，这事传开了，往后别想出门见人了。就是二老听了也会受不了，说不定还会一头撞死。那他李浩真的是大逆不孝了。

　　转机是出在来深圳后的第三天。李浩心事重重地在龙岗街边走着，天空突然下起了毛毛雨，雨水把镜片涂抹得一片模糊。雾气很重，密密地包裹着一辆辆汽车，看起来那车仿佛在水中漂着，只剩两只远光灯仿佛落水人的两只眼睛在水面挣扎，能见度非常不好。过斑马线时，李浩一时没看清红绿灯慌了神，险些让车撞倒。当时耳边响起刺耳的刹车声，接着还闻到车胎摩擦地面的刺鼻的焦糊味。当时，他灵光一闪，把迈出的脚又收了回来。啊，搭帮上帝保佑，就这神来一笔，让李浩捡回一条命，少说是一条腿。

　　李浩没被车撞倒，很幸运。他愣怔了几秒钟，担心车上的人下来找麻烦，便转身退回到路边。果然小车过了红绿灯后停下了，从车上下来一位男士，三十多岁，很精明的样子。他小跑几步站到李浩面前，关切地问，小兄弟，你没事吧？李浩面上一红，转了转手，踢了踢腿，又扭扭腰晃晃头，感觉不疼不酸的，便说，谢谢先生，我没事。男士还半信半疑地问，真的没事吗？李浩说，先生放心吧，我真的没事，又私下轻轻嘀咕一声，我不会赖你的。李浩最后一句说的是家乡话，湖南方言。可男士听懂了，问，兄弟是湖南人吧？李浩点点头说，是。这时，男士看了看李浩手中的深圳特区报，猜测地问，兄弟刚来深圳不久？李浩眼睛睁大了一些，心想这人耳朵挺尖，眼睛也挺贼的。男士又说，这就不奇怪了，要是老深圳，今天我非被敲一竹杠不可。说完，男士掏出一张名片双手客气地递到李浩面前，赔着小心地说，这上面有我的电话和地址，兄弟有空过来坐坐。出门在外，在家靠父母，出外靠朋友嘛，何况我们是老乡呵。深圳这边流行一句话：老乡见老乡，两眼泪汪汪。李浩这时算是穷途末路了，但他不想就此攀亲寻故，那样倒真有赖上了人家的意思，应了那句"老乡见老乡，背后开一枪"的话了。

　　男士转身走了，李浩躲到一旁低头看名片，见上面印着"湘南玩具厂，曾五锡"。李浩不禁跌足感叹，原来他就是大有名气的曾五锡，上回同学相见，大家提到最多的就是此人的名字。当时，大家把此人吹得神乎其神，快吹到天上去了。

　　回到临时住处，李浩脱下湿衣服，顺便清点身上的钞票，发现所剩不多，不吃不喝，也撑不了几天了，一阵焦虑涌上心头。小说里经常出现，有不平凡的开头，便有不平常的结尾，难道说自己真的与此人有缘，低头看了名片上的号码，便记下了。

　　当李浩身上只剩几块钱仅够坐公交车时，他做出了选择，拨通了曾五锡的电话。曾五锡没有贵人多忘事，倒还记得他这个老乡，并向他发出了热情邀请。这可不是我要赖你了，是你自己请我的，李浩心中这样一想总算平衡了些。

李浩去了才知道，湘南玩具厂有工人四五百名，不算小了。眼下，正缺一个保安队队长，奇怪的是这儿的保安队队长不光负责安全，还要兼管人事和后勤。前任保安队队长因与一名工人打架，伤了人，自动销声匿迹了。

曾五锡听完李浩的自我简介后，爽快地说，你是学文科的，这个职位最适合你。

老板一锤定音，李浩走马上任。当天下午，李浩就进入了角色。老板把李浩带进门卫室旁边的一间办公室说，这是你往后工作的地方，你看怎么样，还需要添加点什么吗？

李浩可谓才子落难，这会儿有贵人搭救，能有个吃住的地方都快要打躬作揖烧高香了，哪还有非分之想，便说，很好，很好，这儿挺好的。其实办公室里非常简单，一张桌子、一把椅子、一个资料柜，外带一条木制沙发。没有电传，更没有电脑，只有一台内线电话，孤零零地摆在桌面上。

老板把一大摞人事档案放到李浩面前，随意地说，你先熟悉熟悉，慢慢来。说完就走了。

说是档案，其实挺简单的，一张表上填写了姓名、身份证号码、家庭住址，上面还贴有本人照片和身份证复印件。背面复杂些，印着厂规，各种条条框框，都是要工人遵守的，唯独没有约束老板的。比如，工人必须按时上下班，不得迟到早退，否则一次扣五元。李浩心想，要是老板不按时发放工资呢，谁来约束他？上面不来管，工人管不了，老板岂不无法无天了？还有，工人辞工须提前一个月申请，并须出具正当理由。但工厂呢，只要认为工人有不正当行为，便可当场开除。站在同等的立场，工人和老板却不是同样的权利。

李浩看了一会儿，为自己所处的立场权衡：老板和工人就是比赛的双方，自己作为裁判却拿着其中一方的薪水，自然无法秉公执法。比赛还未开始，结果早已备下了。过程只有吹黑哨的份。

早上，老板起得非常早，穿着整齐，领着李浩站在车间大门口，垂着双手，毕恭毕敬，一副笑容可掬的样子，对每一位经过身边的工人都道一声"早上好"。工人都回说"早上好"，便迅速地跑上了楼梯。

渐渐地，老板脸上的笑容可掬换成了不苟言笑，看起来有点不怒自威了，嘴上也不再说"早上好"。从身边经过的工人都是低着头，小跑着，仿佛做错事的孩子。胆小的女工更甚，一脸通红，还不好意思地吐着舌头。到了最后，还有工人小跑着过来，老板已是一只手叉着腰，一只手捏着手表，黑着脸，一脸愠容了。突然，他指挥员似的命令李浩，李队长，拉门。

这说明上班时间到了，只要卷闸门一关，没有上班的工人便不能进车间了。这个班没有上就做旷工处理，旷工一个班扣一天工资，旷工一天扣三天工资。

李浩正欲拉门，这时，一个小女工边跑边喊，等一等，后面还有人呢。小女工正想从老板身旁经过，老板喝住了她，站住，你是怎么回事？都几点了？

小女工一脸通红，嘴里喃喃着，我，我……

我什么我，没有一点儿纪律性，没有一点儿时间观念，稀稀拉拉的能做出好公仔来？我看你这个班别上了。老板恶声恶气地说。

又过来一位中年女工，她讨好地对老板小声说，老板，老板，对不起了，早上太不凑巧了，是孩子成人了，赶上了，所以耽搁了一会儿。老板问，你是她妈妈？中年女工点点头，是呢。说着，这女工拿出一个东西往小女工口袋里塞，似乎要证明自己所说的话非假。李浩看清了，那是女人专用的卫生巾。他相信老板也看清楚了。果然，老板黑着的脸褪了一层颜色，似笑非笑地说，你们女人的事真多，还不快点进去上班。母女两个一迭声地道着谢跑过卷闸门。

下午，老板的车子刚出工厂大门，两名工人就来辞职，一对夫妻。李浩问他们为什么要辞职，夫妻俩便一把眼泪一把鼻涕哭开了，说家中有小孩，原先是托老人看管的，现在老人病倒了，这样一来，老的老，小的小，家里乱成一锅粥了，再不回去，就要人财两空了。

按厂规，辞职需要出具正当理由，这个回家去扶老携幼的理由不可谓不正当。问题是这个理由本身不知真假，因为谁家都有老人和孩子，谁都可以现编现造。一句话，这个理由令人难以心悦诚服。李浩见对方哭得伤心欲绝的样子，就动了恻隐之心，就说，要不先请假回家看看吧。实在不行，再做打算。男工说，回家可以倒是可以，可手头没有车费啊！

女工更直截了当，请假回去看看有什么用，过后还得回来辞职，来来去去，白花那冤枉钱。还是请队长高抬贵手，帮个忙吧。

李浩就退而求其次，既然如此，那就先辞职一个回去吧，我刚来工厂上班帮忙只能帮到这份上了。夫妻俩见新来的队长好说话，又开始得寸进尺了。这回男的没开口，女的抢先说，辞职一个回去，还不如不辞呢。

为什么啊？李浩不解地问。

队长，你没结婚，你不知道。男的替老婆回说，夫妻两地分居，那日子可不是人过的，时间长了，不定闹出啥乱子来。说到这儿，男工停住了，两眼望着李浩。女工又说开了，还有啊，一个人回去，照顾老的照顾小的，啥也干不成，更别说种田了。另一个在外边打工赚的那点钱，供一家老小喝稀饭都不够。你想想，辞一个回去有意义吗？

正在这时，老板突然进来了，很有点神兵天将的味道，立在屋内中央。老板两只三角眼往上一挑，像两把锥子，不怒自威。夫妻俩吓得脸都发白了，赶紧说了一句，队长，你和老板先忙，我们过会儿再来。说着站起身欲往外走。

老板却把他们叫住了，怎么，不说了，说啊，编啊！老板说着扯过一条凳子坐到李浩对面，李队长刚来，不知底里，你们可以编个天花乱坠嘛。比如老的老得动弹不得了，小的饿得快不行了，再不回去，家里乱了套了。只管编，吹牛不上税，也不犯法，爱怎么吹就怎么吹。

老板，看你说的，我们实在是没法子了嘛。男工说。

你还会没法？我看你法子大着呢。工厂明文规定，男生不得在女生宿舍过夜，你呢，天天夜里跑去抱老婆睡。你当我们不知道，保安举报几次了。我念你们是老工人了，顾着你们颜面，不跟你们说破，不跟你们计较。你们不领情，现在居然还敢算计到我们头上来了。

老板，我们哪敢哪，借我个胆子都不敢啊。男工说。

你们有什么不敢的，瞧我前脚刚出门，你们后脚就跑到队长这儿睁着眼睛说瞎话来了。

老板你是半仙之体呢，啥事瞒得过你。女工半真半假地恭维。然后，像是被捉了奸似的扯着男人离去。

夫妻俩走了后，李浩长吁了一口气，怵然地说，差点儿被他们骗过去了。老板倒没怪他，安抚叮嘱他道，人心难测啊，你刚出来，慢慢来吧。

李浩想起刚才那对夫妻的事，男的居然跑进女工宿舍跟老婆幽会，于厂规不合，可在情理上是没问题的。正经夫妻，工厂没有条件提供夫妻房，工人那点儿工资也开不起房，总不能让人家去野地打露吧。

老板却不以为然，打工就是打工，到什么时候、什么地点都要明白伙计的身份。你是出来打工的，不是来做客的。从前的伙计能有间柴屋住，就要跪着把东家喊爷爷了。东家要是小气，伙计住到阶檐下也没二话可说。

从前是从前，现在时代不同了，都解放几十年了嘛，社会还能不进点步？

我看没什么区别，当官的还是当官的，当老百姓的还是当老百姓的，东家还是东家，伙计还是伙计，再过几个世纪也是这个样子。

照这么说，那不是白折腾了一回？

你以为呀，看看现在，想想两千多年前，史书上描写的那个样子，君叫臣死，臣不得不死，现在如何，有区别吗？

李浩还想反驳，这时，办公室文员杨小姐来叫李浩，一名工人急着辞职，那是李浩来之前老板亲自批了的。现在那名工人要出厂，作为保安队队长的李浩要到场，也就是监督文员把工资发给离职工人。老板与李浩一同来到门卫室。杨小姐把工资单交到李浩手中。老板接过去看了一眼，说，杨小姐，他不是急辞工吗？杨小姐挺认真地点点头，是啊，我们是按急辞工处理的呀。老板说，我看他的工资算得有点问题。杨小姐迷迷瞪瞪地问，是算多了还是算少了？老板一听生气了，大声说，废话，当然是算多了——老板指着伙食一栏说，你看急辞工，扣半个月工资，这没错，但这半个月工人在工厂吃了饭，伙食也得扣。你说，是不是少扣了一百元呢？杨小姐漂亮的脸蛋更红了，说，还真是呢，对不起，老板，我这就改过来。

老板得理不饶人地说，跟数字打交道就像跟魔鬼打交道，别让那些圈圈点点蒙了你的眼睛，更别蒙了你的心智，随时随地都得小心提防才是。杨小姐咬着嘴唇，轻轻说，我错了，老板。她边说边看了一眼李浩。李浩怕大家难为情，就双眼盯着工资单。

这个事过后再说吧。老板吩咐离职的工人把行李拿出门外，然后拿着工资单按在窗台上，让那名工人签名。那名工人看了一眼工资单，犹豫地说，怎么才这么一点儿工资啊？不想签。

老板说，不会少算你的，你真认为有问题，那你慢慢算吧。队长，你和杨小姐有事，就先忙你们的去，有空的时候再过来处理。

那名工人早就订好回家的车票，哪有时间磨，就说，我签，我签还不行吗？

老板的这招欲擒故纵、快刀斩乱麻让李浩看得心悦诚服。过后，老板对李浩说，工人急辞工走了，宁愿丢那么多工资也要走，可见是铁了心的，这种人一般不会再返厂了。既然如此，不是我们的朋友就成了我们的敌人。所以，你就用不着客气，自然绝对不能心慈手软。领工资前，一定要人和行李一块儿在厂门外，这是一条铁律，记住了。

李浩一琢磨就明白了，工人和行李出了厂门，主动权就没有了，即便工资有问题，他也找不到人对说，因为谁也不会陪他磨蹭。另外，出厂的工人一般不是订好车票回家就是找好了下家工厂，这样一来时间上也耗不起。

这个老板真是太精明了，而且还挺贼。李浩想到适才老板居然能开着车到厂门外溜一圈儿神不知鬼不觉地跑回来抓工人的现行，禁不住倒吸一口气。这招回马枪就是李浩这个文科高材生也想不出来。一个堂堂的老板和普通工人玩儿起了猫抓老鼠的游戏，难怪工人私下把老板叫老虎。老虎可是吃人的啊。

老板经常说，慢慢来吧。李浩心想，可他真有耐心让你慢慢学吗？他需要的是马上能干活的，现钱打现铁，早上种树晚上乘凉，可不是来养吃干饭的。他花的钱可是真金白银，那是地地道道的人民币，没有半点含糊的。难道就因为是老乡，就真的沾亲带故了。

今天恰巧是周末，晚上不加班，老板特意邀请李浩参加他的家庭聚会。老板亲自驾着车，车上坐着李浩，还有老板娘王艳和她弟弟王强。另外还有一个妇女，老板介绍说是他的大嫂，本来还要请大哥的，可大哥要看小店走不开就算了。看得出，老板对大嫂很是尊敬，简直是敬若神明，特意安排大嫂坐在副驾驶位上。按理，那可是老板娘王艳的专利。

这个聚会事先没有通知。临到下班了，老板才打来电话告诉李浩别走开，晚上有事，弄得李浩一头雾水。直到上了车，老板才明说，是个家庭聚会，没有外人，都是自家的亲朋好友。李浩说第一次上门，总不能空着手，两肩抬一张嘴说不过去，何况老板家上有老下有小的。

老板笑话他，你就别装了，你身上要是有那闲钱，你就不会来找我了，你们这些知识分子啊，好讲清高，我还不知道？李浩就恭维老板明察秋毫，又心想，原来成功人士自有他成功的道理。

到了地方才发现这个聚会还是蛮隆重的。老板的父母都穿着整齐。两个孩子都穿着新衣裳，看起来聪明漂亮，活泼可爱。老板的父亲退休前是小学校长，一头银发，纹丝不乱，斯文有礼，亲自到门口迎接客人。当老板向他介绍李浩时，老校长握着李浩的手，说了八个字，后生可畏，前途无量。

李浩谦虚地说，校长过奖了，折杀学生了。李浩发现清洁工乔老头也在，就随意打了个招呼，没想到引起了老校长的不悦。老板眼尖，立马圆场，爸，乔叔是我的乔叔不错，但也是李队长的手下啊。李浩赶紧再次握住乔叔的手，乔叔，请多多包涵，适才怪我有眼不识泰山呀。

家里没有请保姆，全是老太太在厨房忙进忙出。大嫂一进门就往厨房窜，老板喊住，大嫂，你歇着，让王艳去吧。

王艳在车上一直没话，这会儿说，原以为当上老板娘，就成了人上人了，起码日子能好过点，没想到还是当牛做马，忙完厂里回来还得忙家里。

当着这么多人的面，王艳的话显然不中听，但大家似乎都不在意，不知是这家非常民主，还是老板娘王艳享有特权。

老板似乎担心李浩多心，就开起了玩笑，李队长，你看看，真是穷也穷不得，富也富不得，穷了是穷光蛋，富了是大坏蛋，说到底，唯有女子与小人难养也。

谁又在讲我们女人的坏话？老太太在厨房问。

老校长说，谁有那个胆子呀？是你儿子嘛。

爸爸错怪我了，这话可不是我说的，是爸爸的老师孔子说的吧。老板忙着纠正。

真是孔夫子讲的，这话也讲错了，一棍子打塌半边天呀，难怪那时候要发动群众"批林批孔"了。

大家都笑了，老太太就搓着双手走了过来。李浩见老太太慈眉善目，心里喜欢，就喊了声，师母，让你老受累了。

老太太也握住李浩的手，还在手背上轻轻地拍着，小伙子好精神，好好，来了，就是一家人，莫见外。

老板又让两个孩子见过李浩，并让孩子问李叔叔好。李浩在孩子们面前倒成了做错事的孩子，忙不迭地说，是叔叔失礼了，啥礼物也没有准备。

老板说，李叔叔来了就是最好的礼物，往后，好好跟李叔叔学，李叔叔可是正儿八经的文科高材生呢。

饭菜端上来，居然做了十道菜，虽说都是一些家常菜，味道倒是不错，恰巧在座主客也是十人，师母说这样是十全十美。

李浩半月没吃过辣的了，也就没有客气。席间，王强起身敬酒，李浩站起身，抢先把酒喝了。王强说，我是姐夫的小舅子，也是下属。你呢，你是队长，那可是老板的左膀右臂呀，算起来，我还不如你跟老板亲呢。

王艳也冲李浩说，照这个说法，我这个老板娘也不如你亲了。王艳又看了一桌人，还有，这一桌人都比不过你了。

老板笑着说，这话有水平，幽默。

李浩只有低头连着说，惭愧惭愧。

三

那晚，李浩喝得酩酊大醉，是老板开车亲自送他回工厂的。

初次上门，本不应喝得太高，那样有失体面，可座中王强不时用激将法，把李浩一次次逼向死角。不得已，李浩硬着脖子上了，反正横竖是一刀，大不了一醉方休。为了表示敬意，李浩轮流陪了一次酒。老校长当仁不让坐在首席，他的左右两侧，分别是师母和乔叔，乔叔以下，次第坐着大嫂、老板、李浩、王强、王艳和两个孩子。

一轮下来，李浩醉了，开始语无伦次，晕晕乎乎中听到老校长说，看得出李浩虽读过大学，但没有花花肠子，是个实诚人。今天是王强不厚道，做得太过了。老板趁机就说起了那天的巧遇，李浩的确实诚，要是换上别人，不定要赖多少钱呢！师母也说，这孩子不仗着学问使奸耍猾，我喜欢。后来就什么也不知道了。

李浩住的是厂房改成的三室一厅，里面住着生产部拉长唐莲夫妻和写字楼文员杨英。李浩被安排住另一间，中午李浩把行李提来的时候，还没来得及铺开，就被老板叫去上班了。这会儿喝得不省人事，就全仗杨英帮忙。唐莲见老板扶着李浩进来，也好心过来看过，还帮助铺垫床铺。杨英说，唐姐，你工作累，明天还要早起上班，这里就让我来吧。

唐莲开起了玩笑，怎么，小杨嫌我当电灯泡了？

杨英面上一红，瞧唐姐说的，这哪跟哪呀，李队长都醉成猪八戒了，就算换成嫦娥下凡来了，他也不会睁一只眼看一看的。

唐莲走后，李浩突然抬起头来一阵大呕，秽污把衣服鞋子全弄脏了，地上一摊摊的，房里臭不可闻。杨英捂着鼻子站到了门边。李浩吐过后，人像中枪一样头猛地往后一倒睡了过去。

杨英奔过去，嘴里喊着，队长，队长。李浩没有反应。杨英帮李浩拿枕头垫正了头，就开始退他身上的脏衣服。

衣服退完后，杨英拿被子一把捂住李浩的身子，被窝里又帮他退去内衣裤，还用毛巾帮他擦拭身体。

朦胧中，李浩感觉有人在翻动自己的身体，一开始，自己的身体像刚插下去的秧苗，软软绵绵的，怎么也抬不起头来。一只手像农夫一样，温柔地

一次一次往上扶着，秧苗似乎接受了农夫的拔苗助长，居然就慢慢地伸展了，居然就欣然挺立气宇轩昂了，居然就雄霸四方迎风招展了。

农夫并没有就此停手，似乎要急于求成，摆开架子，要开镰收割。也许农夫是个生手，手中的镰刀也不锐利，起初，笨拙的双手怎么也没如愿，望着满目的收成，火急火燎的，却不知从何下手。

金黄色的稻子，浑圆透亮，农夫不甘就此离去，坐在田边思索了片刻，做出最后的努力，把自己也变成了金黄色的稻子，全身扑过去，形成了一波接一波的滚滚稻浪。

李浩是在半夜醒来的，睁开眼，却发现自己一丝不挂，而且身边还躺着一位姑娘，定神一看，认出是写字楼文员杨英。

杨英似乎并没有睡觉，一双眼睛亮晶晶地看着李浩。见李浩吃惊地看着自己，她也没解释，只是轻轻地坐了起来。

李浩吃惊地问，杨小姐，你，这……这是怎么回事？

杨英说，你喝醉了，硬拉着我不放。

李浩翻身坐了起来，看了杨英一眼，轻轻说，对不起。

没什么。杨英说，昨晚你喝醉了，还吐了一身。李浩看了一眼晾在阳台的衣服，闻到屋里的异味，再次说，对不起，让你……你受累了。

没什么，是我自愿的。杨英穿好衣服，轻轻地打开门，然后贼一样消失了。

上午，李浩没有上班，他让杨英帮忙请了假。中午，李浩还没起床。杨英进来，还帮他端来了饭菜。李浩看了一眼，却没有胃口。杨英说，你好歹吃点吧，这也许是我打给你的最后午餐呢。

李浩看着杨英，不明就里地问，什么意思？

我要走了，老板找了我，要我自己主动提出辞职。

为什么？

还能为什么？就因为那一百元钱呗。

一百元钱就让人卷东西走人？

这就是打工啊，杨英说。

怎么可以这般冷酷无情呢？

你以为啊，杨英说，现在你知道了吧，你帮老板赚了千元万元，那是应该的，因为你拿了工资，你丢失了一元钱那是不应该的，因为你也拿了工资。

可事实上，那一百元并没有丢啊？

那也是老板的功劳，是老板亲自过问才发现纰漏的。可老板很忙，不能回回事必躬亲。

就算这样，也是初犯呀？

在老板的词典里，没有下不为例，永远找不到"初犯"这个词。

不行，我去找老板。李浩要起身下床。

没用的，杨英伸手拦着，轻轻对李浩说，老板的话就是圣旨，说一不二，从来不会更改的。

李浩僵住了，那我怎么做，才能帮到你，杨小——杨英。

别忘了我就行了。杨英重新扑进李浩怀里，眼泪双流。因为我把最宝贵的给了你。

李浩瞪圆着眼睛不胜惊愕，杨英就扯开李浩身上的被子，李浩看那床单上，朵朵桃花，绚丽嫣红。李浩抬头再看杨英，杨英脸上却是两朵红云，分外灿烂。

这，这是为什么？李浩生气地说，你明知老板说一不二，我是帮不到你的，你还这样？杨英轻描淡写地说，这跟工作没有关系。

那是为什么啊？李浩急了。

你读过大学，而我只上了初中，现在当这个文员感到好吃力好吃力，所以，我崇拜有文化的人。

李浩又好气又好笑，因为崇拜，就要以身相许？

杨英说，早先，我在流水线拼命干活，希望帮哥哥早日挣到彩礼钱，结果被老板当作生产标兵才被提拔到写字楼来的。

李浩听了很感动，这也算是一个励志故事吧。但感动归感动，感动不是爱情。他只能对她说，我无法给你承诺，因为我早有女朋友了，她是我大学同学。

这当然是李浩要了个心眼，跟杨英撒了个谎。事实上，他女朋友因他创作不成功早与他分道扬镳了。

这是我自愿的，不用你负什么责任。我也不会赖上你，你就放心吧。杨英坦然地说。

下午，杨英就走了，她没让李浩去送。她说李浩去了，她就永远走不成了。李浩问她去哪里，她说不知道。李浩问她还去找什么工作，她说，还是当流水线打工妹稳当点，文员名声是好听，可自己不是那块料。李浩问如何才能找到她。她说，只要有缘，就能找到她，又说路在嘴巴上，人在心坎上。

　　李浩问她还会来看他吗，她说安顿好了自会来找他的，因为她最宝贵的东西还在他这儿，可不能让他白占了便宜。杨英就这样走了，像消失了的一片云彩。

　　事后，李浩把这事反反复复地想过多遍。他自认为自己是可以帮到杨英的，老板虽是说一不二，但不是一个不讲情面的人，否则，他初来乍到，老板就不会让他去家里做客了。为什么能帮而没有帮呢，只能怪他的私心在作怪。

　　老板说，杨英不适合做文员，那改做其他行不行，哪怕做一个流水线上的打工妹也是可以的呀。她是那么善良，家境又那么不好，哥哥有残疾，三十岁了还没讨上老婆，如今好不容易找上一个对象，可对方听说杨英在外坐办公室，便明码标价彩礼钱。为了哥哥讨上老婆，她不惜赌掉明天。

　　她对自己那么好，把最珍贵的献给了他。而他接受了，笑纳了，事后，却当没事一样，好像路边捡了钱，一声不响地装进了口袋。脸上没有表情，内心却暗暗窃喜不已。可想想失主，那份高兴又有多少含金量呢？

　　这样说起来，他就是一个名副其实的小偷。不，不仅仅是小偷，简直就是恶棍，就因为她是普通打工妹，没读过大学，与自己门不当、户不对了，要拒之千里了，害怕他们之间的事曝光，让人笑话。而今她自动消失，正是求之不得，正中下怀。害怕她缠上自己，弄得自己无所适从，干脆能帮不帮，见死不救。害怕自己初来乍到就搞男女关系，形象受损，在工厂往后无法立足。是呀，一个文学学士，完全知道形象对于人物的重要性，那是关乎生命力的呀。

　　现在自己在工厂大小算个人物了，往后好好努力，将成为更大的人物。大人物怎么能拘于小节，因小失大呢。与杨英的一夜情，不过是前进路上的一支小插曲而已，决不能让她这个音符影响整支奋斗的曲子。

　　杨英的事就此打住更好。她太普通了，妹子，哥哥我不爱你。你失去的是你自找的。身上揣着宝贝，就得处处小心嘛，谁叫你大大咧咧的，不加提防，见人就喊雷锋叔叔呢。有了这次切肤之痛，往后，你就会长点记性了，那块伤疤会永远陪伴着你提醒着你。

　　杨英走了，革命事业还在继续。李浩正式上班了，老板拿来五百元钱，见李浩不解，就说，是借给你的。李浩脸一红，说身上还有钱。老板笑了，算了吧，这种没钱的日子，我经历过，一元钱难倒英雄汉。要不老话怎么说，在家靠父母，出门靠朋友呢。李浩就收下了，但写了借条，说是亲兄弟明算账。

　　老板亲自陪他与属下见了面，保安队队长，说是负责全厂人事，但真正能直接指挥的兵不过十来人。这当中有四名保安、四名清洁工、五名厨师，还有一名电工和一名机修，机修忙着修电车没来，电工请假回家了，自然到不了。

老板向大家介绍了李浩，特别提到了李浩是一名正儿八经的大学生，并开玩笑说，由教授来带一帮小学生，可谓大材小用，杀鸡用上了牛刀。这番话引来大家一阵笑声，李浩没有即兴演说，只说，自己刚来，两眼一抹黑，跳进来不知深浅，想上岸找不着岸边，往后，就全仗老小兄弟姐妹们帮忙了。自己是个队长，大小也算是个头了，有什么事决不推脱责任，保证带头冲在最前面。

李浩的话引来一阵掌声。老板走后，乔叔过来请李浩去接见另外一名属下。他到了才知道，那是一条狼狗。

乔叔说，这是一条退休的警犬，叫大黑。大黑前脚受了点伤，不能从事警队工作了。老板托关系花两千元买了过来，养着跟保安一起看门。

别看是一条狗，地位比保安还高，伙食是我们的两倍。同来的清洁工老光棍不满地说。

大黑果然黑得透亮，全身黑色，无一杂毛，长得高大健壮，威风凛凛。嘴一张，四颗犬牙外露。李浩开始有些胆怯。乔叔说，不用怕，大黑早通了灵性，没有得到指令，是不会随便攻击人的。要是有熟人在，更不会了。

乔叔走到大黑身边，摸了摸大黑的头。大黑亲热地摇着尾巴。它尾巴又长又大，像一把扇子，居然能摇出风声。

乔叔指着李浩，对大黑说，大黑兄弟，这是新来的李队长，亲自过来接见你了，你还不快表示一下谢谢。

这时，只见大黑后腿坐地，伸出两只前爪握在一起向李浩拱了拱。李浩一见来了兴致，心想果然是条通了灵性的狗，便参着胆子摸了摸大黑的头。大黑同样把尾巴摇出风响，并伸过鼻子把李浩全身嗅了个遍，还用舌头舔了李浩的鞋子。乔叔说，狗记人是凭气味的，往后，你就是它的朋友了。李浩伸出手顺着狗背把大黑扫了扫。大黑就倒下身子躺下了，四脚朝天的姿势，让李浩扫毛。

老光棍就笑大黑，别说人，连狗也晓得拍马屁呢，见是队长，连家底也不要了。乔叔从身后拿出一包骨头。大黑见了，就兴奋地跳了起来。大黑的脖子上套着粗重的铁链，铁链刮着地面能冒出火花。也许时间久了，那铁链

也被磨细了一圈。乔叔把骨头伸向大黑的嘴，骨头很短，大黑能准确地啃到骨头而不咬到乔叔的手。

李浩说，大黑通了灵性，又不咬人，就不该成天这么套着它，这对它太不公平了嘛。老光棍说，大黑不咬人，可工人不放心呀，特别是那些女娃子，见到大黑如见到"色狼"，一个个吓得鬼喊鬼叫。乔叔也说，不怕一万，就怕万一，狗毕竟是狗，要是突然野性发作，就麻烦了。

李浩也拿过一块骨头，大黑咬过骨头，却没有啃，而是跳着脚，把骨头放下，又咬上，咬上又放下，像孩子吃糖时的情景，把糖剥开了，却不一口吃下，而是看了又看，放在舌头上舔一下，再看一下，再舔一下。李浩看见大黑眼里闪着泪花，突然自己心里一抖，不知何故。

乔叔深有感触地说，大黑老了，老了，一定想起从前的好日子了。李浩吃惊地看着乔叔，心想，英雄迟暮，穷途末路，好汉不提当年勇嘛。

乔叔又说，你想想大黑当年是何等风光，要什么有什么，如今却铁链锁着脖子，在这巴掌大的地方，度日如年，跟一个囚犯有什么区别？

老光棍接着说，从英雄到囚犯，从天上到地下，大黑不哭才怪呢，是不是，大黑？

晚上，李浩与乔叔他们喝着啤酒。是乔叔几个同事一起请客，说李浩是队长，往后还需要队长多多关照。没有下酒菜，只有一包炒花生。一人一瓶啤酒。宿舍楼顶是天然的餐厅，从这里看出去，到处是灯光，灯舞银蛇，高楼林立，楼驰墨象。夜里的深圳很美，美得让人恍惚，有点像天上人间。楼顶平时是锁着的，不向工人开放，担心不安全。保安队队长掌管着全厂锁匙，李浩便私下行使了特权。

他们有一口没一口地喝着，话也没有主题。

乔叔说，从前，毛主席号召大家学雷锋，他老人家希望人人成雷锋。现在不同了，一切向钱看，一开始是万元户吃香，现在是企业家走红。

说开了才知道，乔叔的爷爷、乔叔的爹，从前都在曾家打长工，算是老忠仆。到了乔叔这一代，就解放了，本想不会再与东家有什么瓜葛了，但世事难料，到乔叔老了，又回到了老曾家来了。至此李浩才明白乔叔与曾家的渊源。难怪当李浩对乔叔表示不恭时，老校长颇为生气了。不看僧面看佛面，说白了，那是打狗欺主呀。

跟乔叔玩儿得好的还有一个打工仔，也姓李，叫李平，年纪与李浩差不多，但把李浩当老师一样看，很是尊敬。李平一只脚残了，外号叫跛子，这会儿也许有点醉了，口齿不清，但酒醉心明，胆子也大，说话无所顾忌。他很会算账，他说，老虎比黄世仁还厉害——老虎就是曾老板的外号——这才几年呀，就发达了，都赚几百万了。是我亲眼看着发起来的。从前的地主有这么快发达的吗？那可是几代人从牙缝里一点点省出来的。你算算我们这些打工的，一人一个月不过五六百元，几百人一年才挣多少钱——还不及老虎一半呢。有时想想活着真窝囊，真没劲儿。

跛子又说，老板赚大钱，工人赚小钱，说白了就是一种剥削。可人家硬要冠个说法，老板叫企业家，打工仔叫工人，一切就合理合法了。把猫叫咪，猫就不偷腥了？从来没有人去用心推敲它的真伪。好像看魔术，明知是假的，可人人宁愿相信大师的神奇。刀插不进，火烧不死，鸡蛋变鸽子，真要有人去打破砂锅问到底，大师会不高兴，旁人也会骂你不识趣，出洋相。于是大家与其睁眼怕看见鬼，还不如蒙头睡大觉，被窝里毕竟还有一块小天地，尽管窒息是迟早的事，但即便死了，至少被窝是温暖的。

许久，谁也没有吭声，都抬眼看李浩。李浩也无从回答。理论的东西好解释，可现实胜于雄辩，是不需要理论的。

乔叔说，眼见着不少人发了。但我乔家没有变，从前给曾家打工，现在还是给曾家打工。

老光棍很久没说话，这会儿问，李队长，你是大学生，懂得多，你说说，这是咋回事？

不待李浩回应，老光棍说，我看都差不多。从前，我讨不上老婆，现在一样讨不上老婆。从前有一点好，把穷人当人看；现在有一点好，打光棍归打光棍，但过日子不缺女人。

大家就这样有一搭没一搭地聊着，很快眼见着月亮沉到高楼下面去了，起风了，有一丝凉。李浩就说，谢谢大家的好意，还破费了，都很晚了，明天还要早起呢，就散了吧。大家都回应，李队长说得对，散了吧。

李浩回到宿舍，感觉一身黏糊糊的，就麻利地冲了凉，把衣服泡在桶里，留到明天洗。唐莲开门出来上洗手间，见了衣服，笑话李浩，李队长好忙，这么晚去哪里潇洒了，连衣服都没空洗了。

见笑了，才跟乔叔他们喝了瓶啤酒。

衣服我来帮你洗吧，要是泡上一夜就发馊了。

这哪行，你车间上班那么辛苦，怎好有劳你？还是留给我自己来吧。

你们男生会洗啥衣服，洗衣粉泡一夜，然后把脚当棒槌，牛脚马力踩几下，就完事了。

唐拉长，你很会说笑呢。

还有更好笑的呢，把风扇当太阳，把床架当晒衣杆。这都是笑话你们男生呢。这时，唐莲的老公终于忍不住走了出来。李浩打了招呼，唐莲老公不阴不阳地走进了洗手间。

看着李浩一脸困惑，唐莲说，没事，谁让我们是邻居。杨英在有杨英洗，我不管，现在杨英不是走了么？

四

周六的下午，老板打电话给李浩，说家里出了点小事，孩子们又哭又闹的，偏巧工厂来了客户，老板老板娘都走不开。老板说，你过去看看吧，打车去，车费回来报销。

李浩放下电话，二话没说就去了。到了才知道，原来两个孩子玩儿手机吵了起来。老大曾风上三年级了，老二曾雨也上了一年级，拿手机玩儿赛车游戏，彼此都骂对方是笨蛋。

他们吵了又抢，都想先来证明给对方看。吵闹声惊动了正在里屋看书的爷爷。老校长退休了，但依然手不释卷，平时不大爱管孙子孙女的事，这会儿忍不住走出来骂了孙子孙女，并数落孙子孙女不务正业，沉迷手机，玩物丧志。骂完孙子孙女，又牵上了儿子，有钱也不是这么惯孩子的，才多大点儿的人，胎毛未干呢，懂得什么高科技啊，就买手机给他们玩儿。骂毕，就催两个孩子去读书，去做作业。

两个孩子眼睛不离手机，谁也不动身子。老校长就气愤地走过去拿手机一阵乱按，要把手机关了。这一来，两个孩子更不干了，说爷爷霸道、暴君，不讲民主，读书可以，但一定要让他们先分出胜负来。

老校长又气又好笑，被孙子孙女整得一愣一愣的，却无从还口。他不知是自己退化了，还是孙子们进化了，便也想息事宁人，就想重新打开手机，没想到手机怎么也打不开了。

老校长折腾了好久，一头大汗，还是白搭。师母上街回来，把老校长好一顿埋怨，见手机打不开了，孙子又不依不饶，只好给儿子老五拨了电话，让他回来解决。

李浩进门，一家人如遇大救星。曾家两个小皇帝更是秦王危难时刻遇见薛仁贵，就差下跪求救了。李浩接过手机一看，发现是锁了，只几下，手机便开了。一家人千恩万谢。

曾风、曾雨更是高兴不已，李叔叔长李叔叔短地亲热地叫着。李浩陪孩子们玩儿了一会儿手机，曾家姐弟就蹬鼻子上脸了。也许是见惯了场面，两个孩子缠着李浩问这问那，上网啊，发 QQ 啊，李叔叔，你有手机吗？我们网上可以聊天。

李浩到现在还没用上手机，就感觉有些难堪。

老校长说，白天还不行，还要晚上，李叔叔不休息了？真是无法无天了。

李浩明白老校长也许把网上听成了晚上，但也不好纠正。可两个孩子不干了，当场指出爷爷的错误，我们说的网上是网络，不是爷爷你想的夜晚。

老校长面上一红，生气地说，就你们能。

李浩也担心孩子们手机玩儿久了不好，耽误了学习，就说了学习的重要性。他说，手机换代快，科技含量高，如果学习没搞好，不懂科学技术，将来，新手机出来了，你们想玩儿也不会了，再则手机像电视一样，看久了，对眼睛有害，容易导致近视。

曾家姐弟果然规矩了，他们不怕耽误学习，学习累人，永远耽误了才好呢。但担心眼睛，眼睛瞎了可不得了，往后如何玩儿手机呀。

两个孩子接受了李浩的忠告，玩儿了一会儿手机，看书更有新鲜感，学习会事半功倍，便放下了手机，但提了一条要求，要考考李浩脑筋急转弯，李浩赢了，他们马上学习没话说，李浩输了，可要叫他们一声"老师"。

这个要求不过分，李浩说，能者为师嘛，我接受。老校长和师母被孙子孙女挑弄得也来了兴致，分别为李浩和孙子们鼓劲儿加油。

曾风说，什么动物站着也是坐着，坐着也是站着？李浩听后笑了，回答说，是鱼。曾风说，正确。

可老校长说，正确是正确，但并非唯一正确。曾风问爷爷，你说还有什么？老校长说，树也是。

曾风大讽起来，爷爷你弄错了，人家问的是动物，没有包括植物。

　　老校长不认输，又说，就算动物也不只鱼，想了想说，龙算不算，龙在海里，跟鱼一样，站着也是坐着坐着也是站着。

　　曾风说，龙是假的，谁见过，不算。

　　老校长又说，龙是假的不算，那蛇是真的吧，蛇也是站着就是坐着，坐着就是站着。

　　曾风没话说了，拿眼睛看李浩。李浩说，你爷爷说的也没错，算正确。

　　轮到曾雨出题，他问，什么东西越洗越脏？李浩为了证明曾雨出题有水平，故意装模作样想了半天，回答说，水。

　　曾雨也学曾风的话说，李叔叔正确，得五分。

　　师母长吁了一口气，说，如今的孩子都在学什么呀，脑子里弯弯道道这么多，好在小李学问大，要是换成老头子，怕是半天也答不上来。

　　老校长却不以为然，说，如今的孩子，我是教不来了，可靠要这些小聪明，孩子们就有出息了？我看不见得吧。关键还是潜心学习再学习，熟读《唐诗三百首》，不会作诗也会吟。学习是来不得半点马虎的，如今这种搞法，我总感觉不对路。

　　算了吧你，不在其位，不谋其政，你那会儿，也没见着有多大能耐。师母说。

　　老校长仿佛被触动某根神经，骄傲地说，我没有多大作为，远的不说，就说近的，我的学生如今做了深圳的副市长，够高了吧，可他还不是最高的呢，有一个还到了中央，是正式的中央委员。

　　你才教了人家小学，人家未必还记得你这个老师。师母说。

　　万丈高楼平地起，楼再高，也全仗基础打得好；鱼再大，也是从我这个池塘放出去的。

　　师母不再较真，给李浩端了一杯茶过来，还忙着对李浩让水果。师母说，这两个猴子精，天不怕地不怕，谁也不服，现在好了，总算有你能镇住他们了。

　　老校长也说，李队长，你往后常来家看看。这两个孩子就托付给你了。

　　这时，曾风过来请教李浩一道数学题，完后说，我们班上那个臭小子，他爸是老师，就以为他学习了不起了。李叔叔，你过来帮我，我一定要盖住他，不然我不姓曾。

　　曾风说话的样子很认真。曾风是个女孩，但做派像个男生。师母听了孙女的话，眼里都有了泪花。李浩笑了，心想，这么小的孩子，就有一种永不服输的劲头，老曾家的家训半耕半读果然名不虚传。有家风如此，老曾家人才辈出便不足为奇了。

李浩见曾风孺子可教，也喜欢上了她，就说了自己以前的一些学习诀窍。说读书不能读死书、死读书，一定要边读边想，举一反三。有些事，你还小，想不来不要紧，那就多复习。学习过了不复习，很快就忘了，那就等于没学。学习像唱歌，唱一遍记不住，多唱几遍就记住了，想忘都忘不了。

李浩出来时，师母一直把李浩送到楼下。

没想到过了两天，老板对李浩说，从明天起，你每天下午，抽时间去我家看看，顺便辅导辅导曾风两姐弟一下。我每月再加你三百元工资，如何？李浩说，工资就不要加了，我过去看看就是，我本来打的就是老板的工。

可这是私事呀？老板说。李浩紧接着说，老板的私事就是我的公事。两人说笑了一会儿，老板走了。临走，老板刘备托孤一样地对李浩说，你给我用点儿心，曾风、曾雨成龙成凤就看你的了，我心中有数，不会亏待你的。

又过了几天，老板对李浩说，你都成了我爸妈的宝贝了、我兄弟当中的老六了，一回家就提起你如何如何来。李浩客气地道谢，说那是校长和师母人太好。

李浩利用外出辅导的机会，假公济私，悄悄报名学习汽车驾驶。同学们都有了小车，自己连车都不会开，那不是一件光彩的事。他心想，学上一个月，拿到驾照，往后也是一门求财的门路。打份老板工，谁能保证天长地久，万一失业了，有技术防身，不至于弄得像刚来深圳时那么无助。

这天去了，教授技术的师傅不在。李浩等了一会儿，不见师傅回来，就打电话问了。师傅说他人在广州，明天才能回来。李浩放下电话，不想回厂，就直接去了曾家，反正要辅导孩子功课的，早点去也可以陪二老聊聊天。

老校长见李浩来得早，很高兴，就说，离孩子们放学还有一段时间，不如陪我下盘棋吧。师母说，李浩来家这么久了，只吃过一回饭，不如今天留下来吃饭，我给做点家乡菜。老校长也说，那再好不过了，我们爷俩还可以喝一杯。但师母要李浩陪着一起上街买菜。老校长说，买回菜还要陪什么，你又不是找不着市场在哪儿。师母说专请李浩，但不知李浩的爱好口味，只有劳驾他自己上街了。老校长就怪师母名堂多，无非不让他好好下盘棋。师母说，我就是见不得你下棋，有棋下，天塌下来了你也不管。

老校长叫苦不迭，说我平生就这点爱好，你也容不得。

就容不得，下棋是什么好事呀，那是你常说的，玩物丧志。你要不是下棋，

你就不只是小学校长了，早当上教育局局长了。

你就知道跟我过不去，做了一辈子冤家。

师母不由分说拉了李浩就走。李浩身材修长，戴着一副眼镜，看起来斯文帅气，一路上有熟人打招呼，问师母，阿婆，这是你家细仔哪？师母既不说是也不说不是，只是报以微笑。

菜场不远，一路走着，师母一路拉家常。师母开玩笑地说，李浩，你要是我家满崽就好了。

李浩说，师母，你的八字够好了，生的崽女，个个有出息。

师母说，哪能个个有出息，十个手指还不一般齐呢。真说起来，就数老五混出了点名堂。老五咬得住牙，干什么事像一头牛一样，有股不撞南墙不回头的劲头。

李浩就说，没有这种狠劲儿，老板也发不了这么快呀。

可惜老婆讨坏了，师母突然说。

话一出口，师母又自嘲起来，你看我真老了，家丑也要外扬了？

李浩就取笑师母，才说把我当成老六呢，怎么又见外了，是外扬了？

师母说，别看王艳在工厂风风火火的，回到家一副大小姐派头，什么事都不沾手。这还算了，放假了，人都没影子了，整天泡在牌桌上，吃饭都不回，一点儿也不爱惜钱，赌得可凶了。男人赌钱打牌还看家底呢，一个妇道人家不管不顾，哪里有这种搞法！

老板不说她？李浩问。

说了，不管用，逼急了，反说，打打牌咋啦，和人同桌打牌又不是跟人同床睡觉。钱是自己挣来的，花得心安理得。消遣么，又不是偷人养汉，不守妇道。李浩，你上过大学，你说说，不守妇道就单单指偷人养汉这一条吗？不持家，大手大脚乱花钱，不疼爱孩子，不孝敬公婆，算不算？这是现在，要是放在从前，老曾家早把她扫地出门了。

李浩没有吭声，事实上，他也不好评说，清官尚且难断家务事呢。师母就说，讨老婆，不要看样子，而要看人品，样子好又不能当饭吃，贤惠就好。如果能干点儿，帮得上男人的忙就更好了。最差就是马屎，面上光，还臭，偏又是三天没得臭，两天又臭不完。

李浩心想，曾家是有家训的，一个媳妇儿，在婆婆眼里如此不堪，这种婚姻是有问题的，既然潜在危机，爆发是必然的，就看老五何时心血来潮了。历史已经证明曾家的男人从来不是面糊泥捏的，个个都是须眉好汉顶天立地的。

在菜市场，师母尽挑好东西买，说要炖锅排骨汤，买了玉米就去买排骨。李浩见师母这么热情，就脱身到旁边超市给二老买盒脑白金。转来时却见师母与卖肉的师傅起了争执。师母见李浩来了，就一五一十把事情的来龙去脉说给了李浩。原来，师母选了一根排骨，过了秤，也谈好了价钱。师母要求大师傅帮剁了，说人老了不中用了，砍不来骨头了。大师傅就帮剁了，不知是有意还是无意，大师傅又从旁边拿了半根排骨砍到了一起。师母以为是大师傅想多卖点儿，也就算了。没想到这还没完，大师傅接着又把一块猪脚骨砍了进去，要求再过秤，师母说什么也不干了。大师傅说不要不行，骨头剁碎了，你不要我卖给谁。李浩知道大师傅欺生，故意做的手脚，就说，大师傅，你把猪脚骨选出来，别的，我们还是买了。

大师傅说，哪有猪脚骨呀，是阿婆看花眼了。师母见对方睁眼说瞎话，更气了，就说，这骨头我今天就是不买了。

大师傅也霸了蛮，你不买今天还就不成。

李浩见对方这么不讲礼，也来了气，说买卖公平，你做挂羊头卖狗肉的勾当，还有理了？我们惹不起还躲不起了？今天这包骨头不买了还犯了法了，我不信。

师母又冲师傅说，你这是明显欺负外地人嘛。

外地人怎么了，有本事别来呀，在家做你的皇帝呀，到了这儿你就得依这儿的规矩。

李浩更气了，骂道，真是十个屠夫九个贼。他说的是家乡话，但还是被人听懂了。这一来，引起了公愤，那些邻近肉案的师傅都过来帮腔了，还把李浩推来搡去，李浩的眼镜也掉地上打碎了。师母吓得面无血色，慌忙跑到旁边的店铺给儿子打电话。老五呀，你快来呀，我们在菜市场遇到麻烦了，被人欺生了，李浩还让人打了，眼镜也打碎了。

电话那头，老五安抚母亲，妈，你别怕，我这就过来。

很快老五赶了过来，同来的还有两名保安，辖区警察老崔也来了。老崔又找来了菜场管理员。老五握着师母的胳膊，尽力安抚，妈，别怕，没事，这天下，还是共产党的天下，是全天下人的天下，有理讲得清的。

其实，事情很简单，起因是大师傅欺生，在骨头上做了手脚，有没有做手脚，打开那包骨头就清楚了。

可现在要找那包骨头，那包骨头却不翼而飞了，明眼人一看就明白了。李浩说，适才说，今天不买那包骨头走不成，怎么没有了？打算不卖了？

市场管理员与老崔嘀咕一阵，就过来找老五商量。老五说，做生意很难，我知道，师傅们赚点钱养家糊口不容易，我也不想把事情搞大，难为人家。但买卖是公平的，讲究和气生财，到超市选东西，难道我摸了一下货物，就必须买了？衣服试穿了一次，不买就走不成了？这不公平嘛。我看靠坑蒙拐骗是不行的，也是行不通的，那样做生意是做不长久的，也发不了财。你们说是不是这个理？众人都点头称是。

具体到处理意见，老五说，我妈年纪大了，受了惊吓，当事师傅口头道个歉就行了。那包骨头要是找到了，我们还是照买，有点猪脚骨就有点猪脚骨嘛。猪脚骨不是人做的，但是人吃的嘛。至于我这个小兄弟，不知身上受没受到伤，要是没有，更好，就息事宁人算了，只要求把那副眼镜照价赔偿就行了。

老崔和市场管理员都说老五到底是大老板，有大量，一切就按大老板的意见办。到了师傅那边，人家却不领情，说老崔他们看人说话，谁的钱多谁有理。

市场管理员刚才听了老崔的介绍，知道老五后台很硬，就用客家话说，退财消灾算了，一点小小意思嘛，洒洒水嘛，少打一回牌就回来了嘛。大家要识得做，冰果（谁）不识做，冰果走人。把事情搞大了，冰果都没有好日子过。别说你们，连我也要吃不了兜着走。你们晓得人家是谁吗？市里头苏副市长的亲戚呢。

那帮师傅亲眼见过老五人一来，随身就是警察跟着。老崔跟管理员一嘀咕，管理员就变了脸色，心想没有如来佛，这帮各路诸侯会鞍前马后给你抬轿子？到底是胳膊扭不过大脚，好汉不吃眼前亏，算了，照人家的意思办，得了。气焰一下去，腰就塌下了，人也就乖巧听话了。大师傅终于被镇住了，一切按老五说的做。

回来的路上，师母不停地数落儿子，太便宜那帮混账了，就该让警察好好管管他们。老五笑了，妈，要不是爸爸的学生苏副市长这块金字招牌挡着，今天要好好管的人可就轮到我们自己了。毕竟李浩骂了人家，那可是一棍子打翻一船人啦。李浩听了，内心难堪不已。老五怕李浩多心，又说，年轻人嘛，就该有点血性，为了道义就应挺身而出，我喜欢。敢怒不敢言，马后炮，可

120

不是我喜欢的性格。

师母不服气，冲老五抱怨，那你也不该再买那包骨头，明知有假，还心甘情愿上当受骗。明明是人家欺生，你还说是我眼看花了。

老五说，妈，得饶人处且饶人，让人三分又何妨，这可是我们曾家的传统呀。硬要较真，你要人家赔眼镜，人家要你赔骂名。最后弄个黄瓜理多划不来。再说，你把人家得罪了，往后，这菜市场，你还来不来，抬头不见低头见的。见母亲不吭气了，老五又说，妈，这么一闹，往后，说不定你还成了名人呢，再来市场买菜，人家可不敢欺你生了。

李浩在心里暗暗佩服老五有城府，老练，处世圆滑。说起来，自己上过大学，按理应该显得更高明更游刃有余才对。可与老五比较起来，却往往慢了半拍，像一对选手，水平根本不在一个档次。你还在苦思冥想，人家早已捷足先登了。自己除了耍点儿小聪明打个擦边球，基本处于下风。孙悟空的七十二变，看起来眼花缭乱，碰上太上老君的八卦炉，尚有奇门遁甲，可遇上真佛爷，就只有被手掌按住的份了。

进厂后，李浩抽空读了曾家的家书。那可是一本奇书，一本为人处世的百科全书。曾家先人低落时忍辱负重，隐而不发，发达时，不骄不躁，平和谦恭。曾家子孙从小得之家教，可谓得天独厚。而这种家教又是深入骨髓的、浸入血液的、造就基因的，是可以决定人格和品相的。

五

那天空闲，在人事部办公室里，老五突然没头没脑地问李浩，乔叔最近在忙什么呢？李浩轻描淡写地说，还能忙什么，扫他的那一亩三分地呗。

那乔叔在想什么呢，你知道吗？显然老五对李浩的回答颇为不悦，语气听起来有些生硬。可李浩又不知老五葫芦里装的什么药，究竟想知道乔叔些什么，就如实回说，至于乔叔想些什么就不大清楚了。老五听了更是不满，说李浩工作不深入、不扎实，自己的手下都了解不透，这工作还如何开展？老五又说，你最近在干什么，我可一清二楚，告诉我，那驾驶技术学得怎么样了，不久能拿到驾照了吧？你那部小说快杀青了吧？我可等着能成为第一个读者，先睹为快哟。

老五平时忙得团团转，厂里不说，光应酬一天就不见人影，连两位老人想见儿子一面跟他吃顿饭都难，可他又如何对自己了如指掌的呢。李浩不解地问，我的这些小事老板你咋知道的呢？老五说，作为管理者，职业经理人，就应该像牧马人一样，一天完了不光清点马匹数，更应了解每匹马的性格，心中要有底，心中没底自然一问三不知，这可不是个合格的牧马人哪。

李浩原本以为自己的工作虽说不上超卓，但至少还能过得去，现在听老板如此一说，一张脸像泄了气的皮球，皱皱巴巴的了。老五又问李浩，你进厂有些日子了，有什么高招能把工厂这块蛋糕再做大点儿？显然李浩对这些根本没想过或者说没想成熟，一时不知如何开口，这会儿愣在那儿，满脸通红，恨不得找条地缝钻进去。

老五说，我曾经给过你一个字：静。按字面意义，我的理解就是一切静悄悄，不声不响的，习惯性的做法就是把事情处理在下面。你见过老家的崩爆米花的情景吧，看起来热热闹闹，孩子围着一大堆，其实赚不了几个钱。你一定还见过大伯娘们闷声不响地烤酒吧，酒比爆米花值钱多了，连酒糟都是好东西，拿去喂猪，那可是上等的饲料。但静下来不等于不思进取，要知道，潜伏也是一种进攻嘛，蛇抓老鼠可不比猫差。

这时，有巡逻的保安从窗前走过，一双眼睛好奇地往里张望。李浩以为老板会顾及他的颜面，声音会低下去，没想到老板似乎故意要给他难堪，反把声音提高了八度。一席话说得李浩面无人色，这哪里是老板对下属的训话，分明是教授在传道授业解惑，或者说爷爷在教训孙子。

临走，老五却从身上掏出一部新手机递给李浩，你拿着用吧。不待李浩推辞，老五又说，现代社会没有这个可不行，像瞎子掉进冰窟窿，又冷又黑又找不着出路。

看着老五慢慢离去的背影，李浩心想，人家能白手起家，从无到有，从弱到强，原来是有他的道道，而不是纯粹靠运气，更不是天上掉馅饼，撞了大运。

李浩希望尽快结束这段假公济私的日子，把驾照拿到手，原以为自己伪装得天衣无缝，没想到孙悟空遇上了二郎神，骗不了人家第三只眼，面上好装，身子好装，可尾巴难藏。既然老板知道了底细，李浩内心的担忧反而没有了。

这天，李浩在师傅的指导下，第一次把车开上了公路。初次上路，师傅只让李浩挂了最低挡，汽车像一条断了尾的蛇，蠕动爬行。突然，前面出现了 S 形的弯道，师傅随即发出指令，方向盘左打。李浩一怔，汽车却向右边爬去。师傅急了，见此情形，改口命令，方向盘右打。这时李浩却醒悟过来，第一次自己把左右弄混了，与师傅颠倒了，现在再按师傅的指令非得把汽车开进山沟不可，就说，师傅方向盘还得左打。师傅火了，左打右打就打你个头。说着伸手拉了手刹。汽车往前蹦了一下，啪的一声停着不动了。

师徒把适才的情形一复核，师傅忍不住也笑了，开始是李浩左右不分，继而是师傅想将错就错，接着是师徒分庭抗礼，最后是师傅一招定乾坤。师傅说，你驾着车，本来是听我的指令的，没想到我却让你裹挟了，跟着你的感觉走，真是的。还好，没出意外。不过记住了，遇有险情最好的办法就是先刹车。

就在这时，李浩的手机响了。电话中，老五只说了一句话，放下一切，火速回厂。李浩要回厂，师傅关心地问，出了什么事？李浩说，老板没有说。路上，李浩说了老五一些事。师傅听得直咂嘴，说，这种老板太精明了，你遇上这种人还真不知是福还是祸。

李浩又说手机也是老板送的。师傅说，天下从来没有免费的午餐，哪个老板投资都是要回收成本的。李浩不在意地说，我身上能有什么利让他可图呢？我一时还真想不出来。师傅叮嘱说，总之多长个心眼吧，你读过大学，别在一棵树上吊死就成。回到工厂，李浩才知是一批工人罢工了。

罢工等于造反，这是老五下的定义。

从前，穷人造皇帝的反，那是正当的，是农民起义，是工人运动。现在罢老板的工，造老板的反，那是危害社会，是害群之马，这还了得。老板是企业家，是受到政府扶持保护的。你们不看僧面看佛面，不掂掂自己的斤两，拿根棍子就敢充孙悟空，打击政府保护的对象。醉翁之意不在酒，这是公然反对改革，是跟政府作对嘛。开始几次，老五都是这么说的，还真管用，工人闹腾了几下又复工了，可次数多了，渐渐没了功效，有点儿像感冒片遇到了一个老感冒患者。

老五又说，你们有意见可以提，但没有人告诉你到哪儿提；你们不愿做可以走人。走哪儿去？到处有鬼，人往哪儿走？从来没人评估天下乌鸦一般黑、条条蛇咬人的事实。自然没有人知道从虎窝到狼窝，地点变了，但凶险一样的道理。

工人有天大的胆子也不敢跟政府作对，不是逼急了，兔子如何能咬人。

但兔子要是咬了人，看起来真是逼急了。

这批罢工的工人是云南人，有十五个。云南一些偏远山村里的人读书少，老实，手脚勤，是上等的工源，在各工厂是很受欢迎的。但工厂管理者私下也有一条不成文的做法，为了树立自己的权威，往往拿老实人开刀，想起到杀一儆百的效果。

这回是一个小姑娘出了次品，挨骂了，当场哭了起来。但拉长不为所动，没有放过机会，继续痛打落水狗。

云南人终于醒悟过来，上午才有一个老乡挨骂，下午又来一个，出次品的又不单单是云南人，湖南人出得更多，但他们为什么没有挨骂，就因为老板是湖南人吗？于是他们终于抱团了，决意闹事了，打死不干了，铤而走险要罢工了。哪怕是鸡蛋也要往石头上撞一撞，让你们看看鸡蛋里面到底还有没有一点儿血色。

当时，老五人在外面。王艳镇不住，慌了手脚。她的弟弟王强名义上是生产经理，可只管拿钱不管干活，这会儿还在睡大觉，兴许昨晚又与哪个打工妹卡拉 OK 了一个通宵，不到吃饭时，雷都打不醒。更气人的是李浩，一个保安队队长，需要保安的时候，却见不到人影，万里长城形同虚设。只图好看，没有半点实用。王艳向老五发了一通牢骚。老五没有生气，最后还安抚老婆，放心吧，天塌不下来，塌下来也有高个子给你顶着，几只苍蝇在身边嗡嗡几下，你就不吃饭了？说完，老五立马打了李浩的电话。

李浩一时也没好主意，初出茅庐，诸葛亮计将万千，但遇上莽撞的张飞，啥计也用不上。十几个人坐在李浩对面，你一言我一语，吵闹不休。说着说着，又说上了工资太低、生活太差、管理太苛刻，总之工厂在他们眼里就是一条烂底裤，没有半点好了，是到了该抛弃的时候了。可真丢了又担心自己光屁股，更难堪。

李浩这回真是秀才遇上兵，有理讲不清。他费尽口舌，规劝他们说，做错了事，挨几句批评，实在很平常的事嘛，犯得着这么兴师动众吗？你们大家想想看，在家做错了事，爸妈不也要骂几句，甚至还要打耳光吗？在学校，老师开口闭口那么讲文明、讲礼貌，可要是你学习不上进，成绩不好，老师不也要骂你笨蛋吗？

他们说，在家爸妈从来没有骂过我们，疼我们还疼不过来呢，凭什么一出来就让你们骂？我们是来打工的，又不是来蹭饭的，站在你家门口，看你脸色，受你欺负，又不是叫花子。李浩说大家出来打工，就像是兄弟姐妹一样，有点磕磕绊绊在所难免，牙齿和舌头亲如一家却也打架不断呢。

他们说牙齿咬了舌头，牙齿会伤心，下回不会再咬了。你们会吗？会伤心吗？会下不为例吗？骂了这个骂那个，一天骂个没完，老是欺负我们云南人。李浩觉得自己的这些话很好听，也很入情入理了，但他发现对他们却没有半点作用，鸡同鸭讲，枉费口舌。就在这时，老五风风火火地进来了，身后跟着警察老崔。

老五一句话震慑全场，告诉你们，你们这么做是罢工，是公然与工厂作对，是要付出代价的。还有，组织他人集体闹事，是要受到法律制裁的。受他人煽动参与闹事的，一样脱不了干系，不信，你们可以问问崔警官。

老崔就说，你们纵有天大的理一闹事就啥理也没了。

那名挨骂的女工哭着说，我们挨骂了，说都不让说吗？

谁不让你说了，但不是这么个说法。老五生气地说，下了班，你可以找主管，找队长，或者还可以找我嘛。我们要是不管不顾，那是工厂的责任。你们不管不顾，聚众闹事，那可是你们的责任了。

双方一时僵持不下，场面寂静，几乎能听到各自的心跳声。还是老五会把握机会，见工人们不吭声了，意识到他们内心开始胆怯了，立场松动了，便不失时机地当场宣布，现在回去上班的，既往不咎，否则，就做旷工处理。旷工一天扣三天工资，旷工三天做自动离职处理。末了，又突然加了一句，还有今天带头罢工的头头，一经查出，一定要送派出所，决不姑息，你们看着办吧。

老五说完就甩手走了，连李浩也没看一眼。那帮工人仿佛拿到了最高法院的死刑判决书，个个垂头丧气。本来，打工挨骂不是什么稀奇事，不伤筋不动骨，犯不着生气烦恼。骂了就骂了，又骂不死人。

当中有些是跟风的，听说要查出头头，还要送派出所，恨不得马上把自己撇清白了，悄悄退了出去，又悄悄上班去了。余下的几个人眼见孤掌难鸣，只好偃旗息鼓，举手投降，一场暴风骤雨，转眼就烟消云散了。

事后，老五批评李浩，说他是妇人之仁。又说，看到了吧，三句好话抵不过一棒子。对付这些人，你就得用枪打。他们不过是一群乌合之众，没有利益交集，自然没有凝聚力，一打就散。看起来气势汹汹的，轻轻一点，就软了。对付他们，你用不着讲文明，他们是讲文明的对象吗？对付他们这种

东西，最好的办法就是，你应比他们更肮脏下流。李浩听后连连点头称是。

又一次出粮了。这时，李浩进厂三个月了，领到第二次薪水。借老五的那五百元早还了，学驾驶的学费，还得让老五先垫着，暂时还不了。手机是老五送的，用不着还钱，但欠着人情，人情债也是要还的。那就努力工作，回报工厂吧。

说到人情，老五的人情可以先拖着，但那帮工友的人情也得还了。进厂时，没有钱，日常用品都是工友包的，而且还好几次请自己喝啤酒。特别是乔叔，私下那可是一分钱恨不得掰成两半花。虽然请自己不过是啤酒凑合着花生，但那份情意绵绵又温馨。自己是队长，算是他们的头儿，但切不可自以为是个头儿就是核心了，就了不得了。这个带长的队长是没有多少实权的，既给他们升不了一官半职，更涨不了一分工资。自己在工厂所起的作用不过是上传下达，一条过水沟罢了。上头不放水，自己也是干涸的。

人情摆在那儿，现在身上有钱了，可以还了。李浩决定好好请请乔叔他们。喝啤酒就花生，就显得不够劲儿了，大酒楼上不了，小餐馆还是可以的。李浩先去约乔叔。乔叔听李浩要请客，脑壳直摇，算了算了，你才发了回工资，开销又大，哪有闲钱剩米，还是不要破费了，心意我领了。

李浩说，再没钱，请你们喝几瓶啤酒还是请得起的。李浩又说不单请乔叔，还有跛子和老光棍。乔叔就不好推三推四了。乔叔把李浩请客当作一次出门走亲戚。快出发时，乔叔又喊起来，我该穿什么衣服呀？老光棍说，你都七老八十的人了，穿什么不是一个样。

本来，乔叔有一身好衣服，那是刚来深圳时，老五给乔叔买的一套西装。但现在是夏季，穿西装不合时节。李浩看了一眼乔叔，就劝，随便呀，乔叔，你这一身装束也行啊，出去吃个饭，又不是相亲，搞得那么隆重干吗呢？

好不容易把乔叔搞定了，李浩总算放下十二个心。这回喝酒不单是还人情，更重要的是，李浩想从几位工友口中挖出一点信息，诸如自己的工作如何呀？进厂几个月了，还没弄出半点儿名堂，往后该向何处发展。如果能得到大家的点拨，也许会有意想不到的收获。

李浩再去约跛子，跛子自然也是兴奋不已。

地点选在燕来客餐馆，李浩平时好琢磨，看着店名，就走了神。燕来客，也可以比喻客如燕子一样飞来。燕子是吉祥物，燕子来了，春天也到了，是能给餐馆带来喜庆与兴隆。同样"燕"是"宴"的谐音，燕来客也可以说成是宴来客。

李浩心想，这家店名意味深长，生意一定不同凡响吧。进去一看，生意果然好得出奇，宾客满座。李浩四人等了一会儿，才轮到一张台。李浩想要个包房或雅座，女招待连说对不起，老板，没位了，客满了。

四人坐定，李浩客气地请乔叔点菜。乔叔慌了，我哪会点菜，字认得我，我认不得它，还是队长你点吧。跛子和老光棍也说随便，别太破费了，吃饱就行。

李浩就麻利地点了几个菜，招待服务员先上啤酒，饭可以不吃，但酒不能不喝，干坐着会冷场。

服务员也会来事，上了啤酒，顺带上了花生米和两碟酸菜，还每人发了一包餐巾纸。李浩把酒满上，就对大家说，这第一杯酒是我敬大家的，一是感谢大家对我工作的支持；二是感谢大家把我当亲人看。路遥知马力，患难见真情。我李浩在这里以酒代心谢谢大家了。

乔叔代表大家说了话，说工作没有帮到忙，请队长不要见怪，但打心眼里支持队长的工作是肯定的。又说，李浩年轻，有学问，有水平，往后，一定前程无量。

李浩站着一口气把酒喝了。自己分明感到眼里泪水盈眶，想想刚到深圳时的窘境，想到那帮同学的绝情。人人满腹经纶、斯文儒雅，可比起在座的几个土包子，他们不过是洋包子包了苍蝇，外表好看，内里恶心。

李浩敬了一轮酒，后来大家又回敬李浩一轮，接着，彼此又互敬。这些人是久经（酒精）考验的，个个能喝，几瓶啤酒都不在话下。菜是定好了，但酒没封顶，随喝随拿，尽兴为止。

本来还应请上唐莲，可唐莲是有夫之妇，请了唐莲就得一起请上唐莲老公。乔叔和跛子他们对这个人没好感。李浩对这个人也不感冒，记得那次回宿舍，李浩从外头进来直接上厕所，没想到里面有人。李浩站在门外头，听到里面的撒尿声，又尖又长。李浩慌忙后退，却没想到唐莲完事从里面出来，四目相对，两人闹了个红脸，都意识到自己的唐突。唐莲没像往常打招呼，直接进了自己的房间。李浩愣了一会儿，居然没有便意了。这时，唐莲老公却像幽灵似的出现了，他倚在门口，不阴不阳地唱了起来：上看下看，左看右看……对付这种人就应视而不见，李浩径直进了厕所，手上扶着家伙，心里骂，你太不识趣了，没事找事。

这个人自然不能请，请了，一桌子热热闹闹的气氛就没有了。至于唐莲，人情先欠着，也许唐莲帮李浩洗衣服、缝被子，是出于好心帮忙，不图啥子回报的，是一种纯女性的本能，是一种满足，就像男人精心呵护女人一样。李浩见过不少男工，在工厂大大咧咧的，打饭时，打卡时，每有机会便都趁机揩油，吃女孩子的豆腐。可是上了大街，就一副老少爷们派头了，大哥哥保护小妹妹似的对待女工，走路让她们走在中间。要是有陌生男人不怀好意把女工多看几眼，几个男工就同仇敌忾，用愤怒的目光狠狠地扫射对方。这中间，没有什么企图，也没有半点作秀，纯属男人的本能，高强、安全、可信，颇有古风的味道了。想来女人也是如此，侍候男人，是女人的本能。尽管这个男人不是自己的老公，但这个男人也不是别人的老公。女人乐于无私奉献，男人也不好黑脸拒绝，何况洗衣缝被子，的确不是男人的强项。李浩打算成全唐莲，学雷锋就让唐莲学到底，至少在找到女朋友之前。唐莲有老公，但李浩对唐莲并不反感，唐莲漂亮，颇有成熟女人的风韵，是小姑娘们不具备的……

　　席上谈话也是无主题变奏，酒话连篇，鬼话连篇。这种过程很好玩儿，很过瘾，小孩子过家家似的。但这不是李浩想要的，李浩是带了任务来的，可不能在大家都醉趴下了，自己的任务还没有眉目。趁个空当，李浩开门见山，直奔主题，但表情又是一副无所谓的样子，好像突然想起即席发挥似的。他突然问大家，如果工厂有意征求意见，你们说说看，哪些地方是需要尽快得到改善的？

　　李浩说这话的时候，老光棍儿嘴里正啃着一块骨头。闻言他把骨头吐在桌上，指着一桌菜说，真要我说，最好是能把生活先改善改善，别餐餐萝卜白菜，快把人吃成猪八戒了，嘴巴馋死人，肚子却是空空的没油水。李浩听了，大为感慨，平时木木讷讷的老光棍儿也有幽默细胞，看来，人的智慧聪明大致是相近的，只是有没有机会得到释放发挥罢了。

　　李浩又追问，还有呢？没有了吗？

　　还有就是……老光棍儿吞吞吐吐起来。乔叔就催他，有什么说什么嘛，这又不是让你打官司上堂做证。老光棍儿就说，如果工厂能允许亲朋好友探访就好了，打个工又不是坐牢，坐牢还有探访规定呢。

　　早听说老光棍儿没有亲人，在厂外只有一个相好，还是鸡婆。每回来了，都跟做贼一样溜进厂里，厂外幽会，老光棍又不愿，他怕警察抓他嫖娼。

　　李浩记下了老光棍的意见，还不满足地问，还有吗？还有就尽管说啊。

老光棍摇了摇头，现下就这么多了，过后要是想起再告诉你吧。

李浩转头问跛子，家门，你说说看？

这说了有用吗？真能改吗？跛子跟了老五好多年了，摸准了老五的性格，大钱大花，小钱不花。可哪项改善不是要花钱能改的？而牵涉到钱不是大事也是大事了，那可是放老五的血呀，老五能爽快答应吗？既然队长问到头上来了，不说个一两条，怕是交不了差，连老光棍儿都说得有头有尾，自己好歹上过高中，可不能让人看扁了。

跛子说，队长，人都有隐私吧？李浩说，那当然。

跛子就说，队长你看看，我们几个大男人上个餐馆吃个饭，都想进包房、找雅座，不就是想图个方便嘛。大庭广众之下，高谈阔论毕竟不雅。

李浩点点头看着跛子，等他说下文。

跛子说，可想想我们结了婚的人吧，一对对夫妻，厂里没有夫妻房。老公住男宿舍，老婆住女宿舍，看得见，得不着，近在咫尺，却远在天涯，跟牛郎织女似的。说到这儿，跛子喊，队长，你没结过婚，不知道，那滋味儿不好受啊，日子难熬啊。有时实在熬不住了，就偷偷去女宿舍睡老婆，结果呢，被保安发现比嫖娼被当场抓住还难堪。

跛子夫妻在工厂打工多年，可因为夫妻俩没有一个是管理员，不享受夫妻房待遇。想幽会到外面不安全不说，钱更是花不起。实在憋不住了，跛子就去老婆那儿。一次赶巧，去的时候，老婆同宿舍一个女工正从洗手间出来，一身内衣，突然看见一个男人幽灵似的窜了进来，吓得花容失色，尖声喊叫。保安赶来，当场把跛子逮住。事情闹到老五那儿，老五念跛子跟随自己多年，警告了事，没有罚款，算是留足了情面，但过后跛子再不敢去老婆宿舍了。后来，老婆去了东莞，真的是成了牛郎织女了，想见一面也难了。为此跛子耿耿于怀，把一切归咎于没有夫妻房。

李浩深知，夫妻房问题是一个迫在眉睫的问题，厂里小夫妻越来越多，已经发展到男女混居的地步了。工厂虽然明文规定，男女不得夜里滞留异性宿舍，可法不责众，条文形同虚设。

夫妻房也是一个短期内难以解决的问题，花钱花不起不说，条件更是有限。因为厂房是租赁的，你要加以改建，大房变小房，得房东愿意才行。

跛子显然意识到这个建议有点儿不着边际，就像有人嫌地球住腻歪了想到月球上居住那么不可企及。归根到底，出发点是好的，但目标太遥远。

　　跛子不待李浩追问，又提了个实际问题。他说，工厂管理员的管理水平，也有待提高。现在的管理员都是从员工提上来的，粗暴得很，也蛮横得很，动不动就开口骂人训人，成天老板着个脸，比老板还老板，真让人受不了。

　　李浩知道，所谓玩具厂，其实就是劳动力密集的地方，良莠不齐不说，普遍文化低。各级管理员更是从工人一步步提拔上来的，他们不是靠文凭，而是靠技术、靠经验，甚至靠工龄。而没有多少文化的打工仔，性格直，脾气倔，牛一样的，干活卖力，但脑筋不转弯。靠指挥牛发挥作用的最佳人选是农民，而不是教授。而农民自然成天黑着脸了，但跛子不可能懂得这个道理。

　　跛子生气地说，我就看不惯有些人的做派，跟在老板后面走一圈儿，就真把自己当成二老板了。其实老板就是老板，你跟在后面也是一个跟班的，一个打工的，样子比主子还凶，还真把自己当狗啊？

　　跛子的意见很好，但说话的口气不好，有点赌气。也难怪，说起来，跛子进厂多年了，技术不赖，经验也有，可就是没被提拔上来。每回看着有希望了，结果又是擦肩而过，竹篮打水一场空，没有他的份。次数多了，跛子自然憋闷，产生了情绪，而且情绪还能长角，还能生刺，一顶一动又往往能刺伤人。老五不提拔跛子，也许自有原因。孙悟空再能干，也是个不听话的角色，与其弄上天庭来多事，还不如让如来佛的手掌给压着省心。

　　轮到乔叔，乔叔则直截了当地说，我现在最担心这帮孩子们的身体。李浩知道，乔叔嘴里的孩子们就是指工人们。

　　乔叔说，一个人一天从早到晚干十几个小时，他们是人不是机器啊。他们还是孩子啊，哪能这么干？当牛用，加班这么多，要要又太少，一个月才停一天工。要晓得这帮孩子在家哪个不是爹妈的心肝宝贝，烧把火都嫌累着了，别提从早做到晚，又从天黑做到快天光了。

　　乔叔说的是实情，工厂最近接了不少单，可人手紧，每晚加班到十二点。一个月只放一天假，那还是因为出了粮，工人需要把钱寄回家，不得已而为之，属无奈之举，要改善恐怕也不是一件容易的事。但乔叔提了，李浩就得煞有介事地记上一笔。

　　完后，李浩转过话题说，乔叔是心肠好的人，这么疼孩子，所以才养了个好女儿，能读大学。算算看，就是在城里，姑娘家能上大学的也不多吧。

　　提到女儿，乔叔又是一副心事重重的样子。李浩知道，乔叔供女儿上大学不容易，一个月当中最怕女儿来电话，因为来电话就是要钱了。可很久不来电话乔叔又心慌，担心女儿出事了、生气了。而且自己好久没有听到女儿声音了，也想得慌。

乔叔又说，刚才替孩子们说话，现在该替工厂说说话了，那就是饭菜浪费太多了。这帮孩子没有做过农活，不知粮食的珍贵，打饭使劲儿打，生怕吃不饱，结果餐餐吃不完，白白倒掉了。那可是农民的血汗呀！金山银山，这么搞法，国家粮库也会掏空了。末了，乔叔发狠地说，粮食是有数的，浪费是无数的啊。人的肚子是无底洞啊！

李浩说乔叔的这条意见最中肯最实在，其实，就是这条意见好改，而且改起来不用花钱。李浩自己也提了一条，要建议改善工人的文化生活。现在工人打工太单调了，希望能给工人增添一些娱乐器材，活跃文化生活。像老光棍儿说的，打工不是坐牢；也像乔叔说的，人不是机器；还有像跛子说的，人有七情六欲呀。

最后大家酒醉饭饱，鱼贯而出。路上，乔叔突然开起了玩笑，吃饱喝足后该干什么啊？跛子抢先说，自然是饱暖思淫欲啊。老光棍儿摸了一下脑壳，抬头看一眼说，这儿过去还真不远呢。回头就对李浩说，队长，谢谢你了，我向你请个假，开个小差。老光棍儿要去他相好那儿。

跛子就问李浩，要不要去洗个头，我请你和乔叔。乔叔知道洗头是咋回事，就说，我老了，没几根头发了，要洗，你们年轻人去洗吧。李浩本来是请乔叔的，现在自然不能把乔叔中途撂下，就谢谢跛子的好意，说下次吧，今晚只想陪好乔叔。

回到宿舍，唐莲还没睡，正在走廊乘凉，见了李浩，轻轻问了一句，又喝酒啦？李浩看见自己换下的衣服洗好了，晾在铁丝上，心里歉然，就回了句，谢谢了，你还没睡呀？

半夜，突然听到唐莲的尖叫声。李浩一怔，以为两口子打架，再一听，却又不像。李浩没想到唐莲床上这么能叫，心里突然冒出一句"娼妇"，便蒙着头来睡。这时，却响起了急促的敲门声，唐莲在门外喊，队长，队长。

李浩开门，见唐莲披头散发，衣衫不整。唐莲老公却倚在门边毫无表情地看着。

李浩问，怎么啦？唐莲欲张口，她老公话却冲李浩而去，清官难断家务事，你还没结婚呢，夫妻之间的事，你掂得清吗？

唐莲就转身回去了。李浩重新关上门，并在心里骂了一句，武大郎一个，

神气什么劲儿。

第二天，李浩把几个人的意见写成报告，递交给老板。老五当即一目十行看了，说了句，很好啊，这回你是用了心啊。接着，老五又问起了乔叔，乔叔说了什么？

李浩不明白，老五为什么如此关心乔叔，仅仅是乔家三代忠厚老实？也不尽然。一个仆从忠诚东家，那是本分。狗可以对着主人不停摇尾巴，但主子是用不着对狗点头的。一个老板如此关心某个员工的起居饮食，在李浩看来有点像老虎关心羊的行踪的味道了。

但李浩宁愿相信自己的直觉是错误的，宁愿往好的方面去想，毕竟曾乔两家，那是几辈子的交情，旁人无法体会。老五头脑灵光，少人能及，兴许借关心乔叔之举，树立自己仁爱的一面也未可知。工人都把老板叫老虎了，那可不是一个好名头。如果老板意识到要改善自己的形象，证明老板有自知之明，同时也是工人们的福分。

李浩苦思冥想，也不过是太监琢磨皇上。再聪明的太监也无法摸清皇上的嗜好。因为皇帝是男人，而太监不是。

六

突然有一天，工厂的小黑板上，贴出了一张通告：从即日起，每晚加班到十二点改为到十一点，一个月放假一天增加到两天。这份通告没有经过李浩之手，是老五亲自张贴的。也许是想给大家一个惊喜吧。工厂贯彻老板的静，已经静得像一潭死水，快闻到酸臭味儿了，几乎可以酿酒了。要是加点引子，兴许真能酿出酒来。

早前李浩给老板上书十条，现在终于有一条落到实处，也算是引起了重视，给足了面子。但细一想，李浩又五味杂陈了。这个面子不是给他李浩的，而是给乔叔的，因为这一条原本就是乔叔最先提出来的。

上书一周，也没见动静，李浩不敢自己去催，就拜托乔叔去探底，自己则坐在乔叔宿舍静候消息。乔叔转来对李浩说了老五的原话，意见是好的，但大家应该多想想为工厂挣钱的办法，想想如何把蛋糕做大，而不是想着怎样把蛋糕瓜分。老板还说，李浩是大学生，智商应该不同于一般人。这些点子，随便问一个普通工人，也能说出个一二三条来，一个文学学士，来写小学生的记叙文，挂流水账，可惜了。

当时，老五话说的是李浩，但面对的却是乔叔。乔叔感到一双腿站不住了，内心发慌了，腿在颤抖，紧跟着地也摇晃起来。

最后，老五问乔叔，这十条中，哪条是你认为最需要改善的？乔叔就说了，加班太多，放假太少，怕工人受不了。

老五就说了当老板的各种难处，诸如，工厂有订单没工人，货做不出来，耽误货期要赔客户的钱。有工人没订单，工人不干，工厂还要花钱白养工人。货做了，合不合格，又是一个关卡，退回来一返工，这单就白做了。好不容易把货出了，但收加工费更是比登天还难。所有公司都说行情不好资金运转困难，一拖再拖，说好月结的弄成一个季度，甚至半年才结一次款，最后能收到还算烧了高香。要是客户跑了，我就只剩跳楼一条路了。

老五又说，工人不知情，尚可理解。乔叔，你家三代都在我家生活，知根知底。你说，东家真的那么好做吗？

乔叔原本认为自己理直气壮的，经老五这么一说，气焰矮了半截，双脚再也站不住，慌忙从老五办公室逃了出来。乔叔觉得自己像个上门讨债的，结果债没讨到，还让人好一番奚落，倒像欠了人家债似的。

但不管怎样，乔叔还是换来了一张通告的出炉。这条意见最初是乔叔提的，是以李浩的名义上书的，最后，还是乔叔本人出面讲情才成了。你能说老五只给乔叔面子，而没有给李浩面子吗？可他们的面子能值几个钱？工人少加一小时班，多放一天假，全厂工人加起来那得少做多少货，少挣多少钱。谁的面子值这么多钱？听了乔叔的传话，李浩如鲠在喉。老五居然把报告当小学生记叙文看，当一本流水账看，可见内心对十条意见是十分不屑的，甚至是厌恶的。而自己的作为也不过是一名小学生，ABCD，牙牙学语，人云亦云，毫无创意。

李浩是队长，却在工厂什么也没做，像个摆设。进厂几个月了，就没有办成一件有响动的事。相反，李浩对曾家的家务事却插了不少手，辅导两个孩子学习，陪两个老人拉家常。

老五在外认识了一个新客户，是个大客户，美国的。如何认识的，老五秘而不宣。这回双方如果谈得拢，工厂将会有一次天翻地覆的变化。用老五的话说，工厂摇身一变成了公司。不再是普通的来料加工厂了，而是直接接单，直接走柜，过去别人吃肉、我们喝汤的情况将一去不复返，至少别人吃肉我们也啃得上骨头了。

老五是下了决心的，动员全厂行动起来，一定要拿下。当年解放全中国，重在东北，而东北的最大问题是锦州。所以才有毛主席悼念功臣的诗句：长征不是艰难日，战锦方是大问题。客户提出要做合作伙伴，必须先按规定验厂。这个验厂眼下就被老五定格在战锦州的高度上。工厂各级管理员，上至总经理，下至清洁工，人人有责，个个有任务，下到李浩头上的任务具体说就是准备所有的文字资料。

老五说如果把这个比作一次考试，你就是负责笔试部分，我负责面试部分。李浩文笔没问题，但准备资料不是文学创作，可以信马由缰、天马行空。资料重在数据，而数据通常又是乏味无趣的，却跟创作一样要求严谨，不得一丝马虎。

李浩从来没有接触过这类文档，他花了三天时间，坐在老板办公室的电脑前，从各网站搜索相关资料，然后进行改头换面、移花接木、张冠李戴的工作。半个月后，资料算是备齐了，只等盖上相关印章，就算万事完满。

但盖公章可不是一件容易的事。万里长征不好走，雪山草地更难行。比如说，工厂有电梯，并且在使用中，按理，必须定期维护保养和进行年检。但这些都要花钱，老五为了省几个钱，就把这套程序归零了。几年过去，从未年检过，所以年检存档资料根本不可能有。现在要验厂，而这又必须是具备的。否则，除非把电梯报停。可一个工厂，上上下下，货进货出，物流不断，工厂有电梯不用，连三岁小孩也骗不了。

情况到了老五那儿，却容易得如喝一杯白开水，电梯年检报告没有就没有，因为根本不需年检啊，我们没使用电梯，电梯报停了，何需年检，又何来年检。

这样说得通吗？这种掩耳盗铃的事，人家会相信吗？李浩有点儿不放心。老五却满不在乎地说，我说李先生，你万事前怕狼后怕虎，会一样事都做不成。别说验厂，就是生孩子谁又能保证这个孩子一定能长大成才，能给父母养老送终。但为什么人们仍然甘愿付出，乐此不疲，一代传一代呢？原因是有利可图嘛。一个电梯，你说停了就停了，摆明是皇帝的新衣，但聪明人自然心照不宣。真要碰上较真的，硬是不相信，别说电梯过不了关，其他的方方面面就都过不了关！于是李浩依言抽出相关电梯资料，并保证到了验厂那天，工厂务必不得使用电梯。

还有毛绒玩具，在生产过程中，会产生毛尘、噪音。毛尘满天飞，附近居民闹过几回了，都被老五挡了回去。而那几台破啤机，老得掉了牙，一开机，就地动山摇，震天价响。这些都跟环保扯上了关系。毛尘好弄，噪音难除。换新机不可能，报停也不可能。电梯可以报停说不用，啤机报停不用鬼都不相信。就算能把鬼搞定，人自己也受不了，因为啤机不动，全厂都要歇菜。

环保部门现在也抓得紧，真让他们来检测，一开机，他们当场就被震晕了。想正正当当过关，无异于天方夜谭。事情又到了老五那儿，老五把李浩叫去。李浩一听，原来问题又不是问题了。老五给了李浩一个电话，告诉他，不管什么章，你只要找出样本，都可以给你弄一个白萝卜来。老五幽默地问，白萝卜难找吗？

李浩回到办公室拨通了那个号码，并亮出了老五的名号。对方还是很谨慎，盘问了半天，方才告诉李浩到哪儿找他。李浩带着资料去了，对方是个中年人，同样戴一副宽边眼镜。两人八目相对，都笑了。李浩喝着茶，对方看完了李浩带去的资料，然后，不声不响又开五指。李浩会意立马掏出五十元钱递上，对方一看生气了，把资料往李浩怀中一甩，说，兄弟，你是来打发要饭的了？

李浩一怔，问，那是多少？对方没好脸色地说，是这个数的十倍，做就做，不做拉倒。李浩就数了五百。对方收好钱，转身拿着资料进里屋，不一会儿便走出来把资料还给李浩。李浩赫然看着上面盖有环保部门的大印章。那一刻，连李浩自己也恍惚。这是真的吗？可这个屋子百分之百不是环保部门。你说是假的吗？这一批文明天却能通行无阻。

隔了两天，李浩又为一档资料找上门，对方却挪了个地方。这回两人老朋友似的聊开了，还喝了多壶茶。李浩问怎么搬了？对方笑着说，还不是因为你？李浩大惑不解，我怎么啦？对方就说开了，原来上回要了李浩五百，担心李浩生气，一怒之下把他举报了，所以就连夜搬了个地方。李浩说，我不是那样的人。其实，我把你举报了，我自己也脱不了干系。一个买，一个卖；一个行贿，一个受贿，同流合污一样犯罪嘛。

这倒也是。对方说，不过，这不是第一次跟你做生意嘛，互相不知底。又说，往后就不同了，大家算是老朋友了，有需要的地方，来个电话，我可以上门服务的。李浩说，这一行，来钱是快，可毕竟有风险呀！中年人说，现在干哪一行没有风险？就说开出租车吧，客人上车就掏钱，来钱是快，可同样是风险不少，成天穿越生死线。早晨四肢健全出门，晚上说不定就缺胳膊少腿

回来。

李浩担心地说，魔术到底不能久用。久了，你知我知穿帮了，大家不是都知道了？那还有意思吗？对方说，这没什么，钱挣到手了就行了。既然想过吃饱就睡觉的猪一样的日子，那就得随时准备挨最后那一刀。再说，现在屠夫也讲良心了，杀也是钱，不杀也是钱，说不定见钱眼开，手下留情呢。

李浩张了张嘴。中年人笑李浩，书读多了，一切都按书本办，自己的脑袋却不用了。又劝李浩别怕，别说你，就是派出所也得找我帮忙呢！李浩双眼瞪得溜圆，那为什么啊？对方说，不知道吧——要走账呀，单位钱花了，总得找个名目去处理啊。

知道这些后，李浩突然感到一股凉意直透后背。他不知道是社会进步了，还是人类退化了。反正他发现了一个奇特的现象，人类越接近兽性，生产力越解放，社会越发达。反之，人类思想超凡入圣，社会则贫穷不堪。这也恰恰证明了另一种现象，人类的思想家和圣人，思想超前，但生前大都贫困。而成功的商人性格却往往充满狼性。

这次验厂如期通过了，李浩负责的资料，内容翔实，资料齐全，得到好评。而硬件方面虽有不足，如电梯报停，人家看见成品仓满仓的货物，就知道有假，还有消防应急灯，也有失灵现象，但这些都不足以影响大局。

验厂通过之后不到三个月，订单如雪片似的飞来。订单到了，不等于钱就到手了，得做出公仔来才行。但做工需要人手。工厂本来就人手很紧，这一来更显得捉襟见肘了。尤其是车工，为了追赶生产进度，才实行了三个月的新加班制，转眼就寿终正寝，成了废纸一张，弄得工人怨声载道。

老板娘王艳和她的弟弟王强，分别是负责生产的厂长、经理。货车不出来，日子也不好过。老五成天黑着个脸，一副要吃人的样子，有时忍不住就冲他们发脾气。他们也是憋了一肚子火，又不能学老五的样子向车间主管、拉长们撒，更不能向普通员工撒。而唯一的合适人选莫过于负责人力资源的保安队队长李浩。工厂缺人手，李浩是罪魁祸首，而改善目前窘境，李浩责无旁贷。

王艳到底是女人，黑脸唱不来，加上亲眼见过两个孩子把李浩当老师看，每每提起，比学校老师还好。辅导孩子，李浩也是尽心尽力，几个月来，孩子考试门门全优，在班上名列前茅就是最好的证明。孩子们还罢了，婆婆更是把李浩喜欢得不得了，就差宣布李浩是曾家老六了。公公是读书人，又当过校长，对有文化有水平的人有着一种自私的偏爱和欣赏，回回把李浩待如上宾。老五虽是老板，没读过大学，看李浩与其说是一个下属，不如说是一个门面，那是给自己脸上增光的东西，像古董似的珍藏，心血来潮了就要拿出来亮亮，养养眼。这样一个赢得全家好感的人，借一个胆子，王艳也不敢开罪了。

倒是王强，每天早晨，一个例行电话，催问招工情况。说催问是好听的，其实就是斥问。电话里，王强大喊大叫，有点歇斯底里的味道，快招人，快招人，不招人，还要你这个队长干啥？好看啊？

李浩听多了，就索性不吭声，就当王强是一条疯狗，只是狗咬人一口，人不可能咬狗一口啊。听不到李浩回答，王强感觉到了对方的轻视，吼得更凶了。你做不了，就痛快点，主动让贤算了，别占着茅坑不拉屎，连屁也不放一个。骂开了，王强便不顾颜面和道义了，寡妇脱裤子，一脱到底。

李浩是有修养的，本想回击一下对方，但转而一想，人家毕竟是经理是衙内，不看僧面看佛面，打狗还得看主人。招工又是分内的事，但手头没有尚方宝剑，纵使想做包公也枉然。往往这时，李浩就大吐苦水，我的王经理，招不到工，你急我理解，可你想想，你急我不急吗？说到底你是坐船的，我可是撑船的，这可是我赖以生存的饭碗。但如今的工人也不是傻子，在其他厂做得好好的，工资不比你少，待遇不比你低，条件不比你差，凭什么你招工，人家就得投奔你而来，脑袋进水了？末了又说，人往高处走，水往低处流，这个道理，曾风、曾雨都懂，你会不懂？

王强却说，这个我不管，也管不了，我只管要人。听到这话，李浩没好气地顶了起来，你愿意给优惠吗？愿意提高工资待遇吗？你给不了？你给不了你朝我吼什么吼，好听啊。声音大就有理了，雷声大就下雨了？老兄，你省省吧，一切还得从实际出发，有多少人做多少事，来多少客，做多少饭。一口吃个胖子，不怕撑死了？那边王强更火，这些我不管，你有理，你找老板说去。我只管要人！说完啪的一声，电话挂了。

挂就挂，李浩安抚自己，没有鸟叫，天下倒更安静了。但这样的电话还是天天有。所以，李浩一天也别想安静。

其实，招工难，不是李浩一个人遇到的问题，也不是湘南厂一家遇到的问题，而是整个深圳特区中小型企业普遍遇到的生存发展的瓶颈。要想拥有更多的工人，除了提高工资待遇，别无选择。但玩具这种行业，成本已经很高了，让利空间有限。除非老板不想赚钱，但不想赚钱的老板是没有的，没

有钱赚投什么资，还开厂干什么，脑袋被门板夹了。办厂不赚钱不如把钱放进银行，关起门来吃利息。

那天，李浩又去了曾家辅导孩子。去时，老五说，目前是工厂非常时期，辅导的事暂时缓缓，先把招工这一块儿搞好再说。李浩说，孩子们的学习也很重要啊。老五笑了，孩子们的学习有多重要，我非常清楚。我们老曾家的家训就是半耕半读。老五又说，但我的厂子更重要，厂子倒了，啥也没有了，什么重要性也谈不上了。你懂吗？

李浩看着老五的表情，知道这些老五一定是深思熟虑过的，像打豆腐，早已过了几遍渣了，要想挑毛病，那等于鸡蛋里面挑骨头。李浩就说，那也得向孩子们打个招呼吧，不明不白就不去了，孩子们会很失望，这样对孩子们没好处。老五就说，那也行，今天是最后一次。

到了曾家，孩子们还没回来，曾家倒是非常热闹，老校长身前系着围裙亲自蹲在地上择菠菜。而原本负责一家饮食的师母却改了行，领着一帮阿婆在剪着公仔身上的线头线脑。阿婆们边剪边拉呱。看来，厂子的重要性在曾家已经深入人心。老校长居然一改手不释卷的习惯，干起了伙夫。而师母更是全力以赴，冲在了第一线，做起了手工领班。

原来，师母那回在市场出了名后，果然认识了一帮阿婆、大嫂。混熟了，那帮阿婆大嫂得知师母的儿子是大老板，开着一家玩具厂，就问师母玩具厂有没有简单的工序发包，能挣几块算几块，不吃干饭就成。这些阿婆都是随儿子媳妇儿来深圳特区照顾孙子的，孙子们上学后，她们就坐在家中没事干。同样，那帮年轻的大嫂都是生意人家，老公外出后，她们更是闲得慌，成天泡在麻将桌上还输钱。

师母趁老五回来就说了这事。老五一听，担心说，年轻媳妇儿是没问题，只是那帮阿婆，她们能干得了？剪线头可要眼睛好使。师母说，剪剪线头有什么难，只要不是瞎子，我看都剪得来。你的衣服不也是我帮着缝扣子，我都这把年纪了。老五第二天回家，就带了几包公仔衣服，告诉母亲如何操作、如何发包，多少钱一件。

那帮阿婆再上门时，师母就拿了几只公仔衣服出来。大家一试，果然不难。师母说了多少钱一件，阿婆听后都乐了，说往后不用看媳妇儿脸色了，自己能养活自己了。就这样做开了。

消息传开后，来的人越来越多，家里挤不开了，师母就让人家拿回家去做，你一千、他八百领了回去。交货过来，师母当场一手交钱一手交货。这一来，上门来拿货做的人更多。师母说起这些时，脸上充满一种自豪、一种满足。李浩，别看我七老八十了，我还能赚钱呢，我现在还算是一个小老板呢。

李浩听了很感动，人的内心都是自强不息的，哪怕年纪再大，也为自己能自食其力感到分外荣耀。

李浩剪了几件，也说，这是个好办法，不光为阿婆们解决了就业，余热得到发挥，更重要的是解决了工厂人手紧的问题。简单工序发包了，年轻的工人就能腾出来做别的，完全拓宽了工厂的用工门路，可算一举两得。太好了，师母，你不光是小老板，你还是改革设计师呢。

老校长放下手头的活，手在围裙上擦拭，也高兴地说，不怕做不到，就怕想不到，人啊，哪能被尿憋死呢。

七

人啊，哪能被尿憋死，这话是老校长说的，却给了李浩以启示。回来后，李浩把招工方方面面想了一遍，一个司机，不能借口路面拥挤就不开车上路了。自己是队长，负责人力资源，工厂缺人手，说没责任，到哪儿都没人认同。是啊，时代不同了，生活好了，招工难了，但这些是问题，而不是借口。一个好司机，就应学会审时度势，眼观六路，耳听八方，正点平安把车开到目的地。

李浩连夜草拟了一个招工计划书，第二天一上班递交给老板。老五看了说，计划周密，但还须小心谨慎，别让人家逮住把柄。其实，计划书也不是什么高招，说白了，不过是派人出去挖人家墙脚而已。

没想到，半个月后，就见到了成效，一位派出去的女工，圆满完成任务，带回了六名熟练车工。老板当时正在食堂吃饭，听到消息放下碗，跑了出来。他亲自到大门口看了看，对派出的女工，大加赞赏，好啊，好啊，你是有功之臣啊。说这话时是对着女工说的，但眼睛看着李浩。李浩知道，那是老板对自己工作的一种肯定。

老板吩咐赶快安排新工人宿舍。保安把新工人带走后，老五对李浩说，由此证明没有办不到的事，只有想不到的事。同等条件下，也要杀出一条血路来。

　　这次共派出了五名老工人，分别到各家工厂去做卧底。临行前，李浩嘱咐他们要学会见机行事，不可蛮干，而且要学会发现问题，特别是对方的弱点，具体就是对方的生活不如我们的，我们就私下讲生活太差，吃的伙食连牛马都不如，还不如另找一家像样的厂子。以此类推，诸如工资太低啊、住房条件太差啊、交通太不方便啊。反正一句话，以己之长，攻敌之短。

　　现在其中一人带回了六名新工人，这个计划就是成功的。如果剩下的几名老工人也不辱使命，那这个计划就是高招，就是妙计良策。

　　又过了几天，派出的五名工人已回来四人，而且人人凯旋。转眼工厂平白增添了三十多号车工，足够一条半拉了，但也因此导致两个作坊式的小厂因工人流失而关门。那些老板还不知情，要是知道了李浩的作为，不生吞活剥他才怪。但李浩顾不得这么多了，不能因为猎物痛苦，就不吃肉。而要吃肉就得多上山打猎，就得付出更多的汗水甚至风险。他像个赌徒，已经赌红了眼，把自己的身家性命也押上了。他别无选择，打的是老板的工，让老板高兴，打工仔拿的那份工资才能心安理得。同样，老板高兴了，自己才能有好日子过。

　　现在还有最后一名男工没有回厂来，但也有了消息，虽然搞"策反"男工的天赋不如女工，但策反力度和效果，显然男人胃口更大。这名男工居然把一个小厂连锅端了。因为面临生死存亡，那家厂子的老板，不愿自然死亡，还在努力争取，说是争取，其实就像拔河一样，双方还在僵持着，看谁的脚下先动。

　　那家小厂的工人两天没上班了，工厂原想吓唬工人，就通告说，不上班就做旷工处理。工人一看，更气不打一处来。想想旷工两天就要扣掉六天工资，索性更不妥协了，何况旷工三天，就做自动离职处理，所有的工资没有了。那些工人岂肯善罢甘休。但也有少数几个工人担心这么一闹，真的会被扫地出门，而新厂子又不做任何补偿，到头来弄得得不偿失，情绪开始波动。

　　那名男工打电话问李浩，是不是找老五商量，多少给点补偿。只要有补偿，哪怕一半，这批工人下午就可出厂搬来。老五听了，断然否决。前面三十多名工人没有补，后面十多名工人再补，岂不弄得前功尽弃。

　　不出点血，怕是没有免费的午餐吧？李浩说。老五没有就此答言，却依着自己的思路说下去，这批工人的素质也有问题。什么理由也不讲，有人煽风点火，就跟着闹腾，他们今天造李家的反，明天就会造曾家的反。如果再补偿他们，他们一定会认为自己很了不起，很值钱，往后来工厂了也不好管理。

李浩没想到老五会这么看问题，在曾家的家训里没有让步一说吗？他就问，那怎么办？老五镇定地说，别急，现在他们已是骑虎难下，热锅上的蚂蚁，支撑不了多久了。工厂肯定不会让步，因为没步可让。他们是无理取闹，工厂没有退路。他们又不自愿妥协，最后的结果肯定是卷铺盖光手走人。

如果被另一家得知消息，捷足先登，我们岂不是空欢喜一场？李浩急得直搓手。老五却不这样看，说，这次战役，已经相当成功了，大大出乎我的预料。他们来了，更好，算是锦上添花。不来，也没关系，我们无伤大雅。

李浩不好再说什么了，毕竟老板才是战役总指挥。他想见好就收，手下可千万别画蛇添足。老五说，我们还是静观其变吧，兴许真能坐收渔翁之利呢。

后来的事情发展果然不出老五所料，那批工人还没到六点，就弃暗投明了。当那名男工打来电话，要求工厂派车去接时，李浩兴奋得摸不着自己的后脑壳。

李浩当即报告老五，老五却有自己的想法。他让李浩不要派车接，要接也不是现在，现在一去，人家工厂肯定知道。老五又说，那批工人如果知道是我们做的手脚，肯定要求工厂赔偿损失，所以，还是让他们自己上门来吧。羊已经离开羊圈，老虎还担心没肉吃吗？李浩笑了，老板，这样的生意岂不是无本万利？老五就说，谈不上无本，我们派出的工人不是成本？就算空手套白狼，也不是稀奇事，你以为没有吗？

世上真有这样的好事？李浩问。老五笑了，你别怪我说你。接着又不说李浩，而是转口说自己。你别怪我心太狠，我是商人，商人趋利避害，天经地义。

李浩想想也是。最后，老五还是退了一步，对李浩说，你让那名男工包个车，车费你私下给他，钱由工厂出，好吧。

工人招来了，订单也有了，老五说不出的高兴，给有功之臣李浩涨了薪水，又叮嘱李浩去辅导孩子的学习。还特意给了李浩一把小车锁匙，让李浩来去方便。

大学同学刘波找上门来了，刘波现在做上了老板，自己开了一间玩具厂，希望李浩帮忙弄些订单做。

工厂现在有大批订单，想弄些订单做是没有难度的。但李浩想起对方以往的种种不是，心里有些疙瘩。刘波自然是聪明人，就特意摆了一桌，把在深圳的同学都邀上，算是给面子也行，算是给老同学赔礼道歉也行。

李浩就不好太那个了。出来混世界，朋友不可太少，而敌人不可太多，最好一个敌人也没有才好。

席上，刘波感谢李浩帮忙，三句好话抵不上一个红包，大家都是明白人，也识得做。当中还有人指责李浩不够哥们儿，上次吃了饭后，就没音讯了。原来是找到了高枝啊。李浩自然不能说破对方虚伪，也不能实打实说自己曾打过电话但你们却关机之类的。他宁愿让人说他过河拆桥。过河拆桥说明你前途无虞；说人家电话关机则证明你是走投无路。

有同学又探听李浩的薪水、在公司的职务。听说是保安队队长，大家都大吃一惊，一个队长，能拿这么高薪水，贴身保镖也不过如此啊。

后来听李浩说，这个队长还兼管人事，其实就是人事经理。大家就说，这就不怪了，一个经理，这点薪水不算多，比起其他厂子，还是偏低的。

大家就暗暗佩服曾五锡，说曾家的人就是厉害，一个职务改变一下叫法，就可省下一笔薪水，厉害，真他妈的厉害。可见老板个个都不是省油的灯。

但李浩却不这么认为，商人嘛，趋利避害，高入低出，天经地义。只要有利可图，哪在乎他人看法。像老虎，老虎吃肉是本能。老虎吃人不能说老虎有多坏，而是在老虎的食谱里，根本没有蔬菜和大米，只有肉。老虎不吃肉就要自我灭亡。从某种意义上说，老虎绝了，羊就要泛滥成灾。

得到老板的赏识，李浩似乎不再奢望那个破公务员了，决心把打工进行到底，把所有的聪明才智都卖给老板算了，在建议挖人家墙脚而招来工人后，又向老五提出首位淘汰制。

那天，老板笑问李浩，如何能把蛋糕再做大点？李浩见老五心情不错，也就说话无顾忌，说如何把蛋糕做大，不是我的强项，因为我不管生产。但如何降低成本，把蛋糕少分点，却有个不成熟的想法。老五一听顿时来了兴致，催李浩，快说说看？李浩于是提出了首位淘汰制。

老五一听忍俊不禁，说别人搞末位淘汰制，你反其道而行之，说说它有何妙处？老五何等聪明，笑过之后，立马意识到这当中存在的巨大诱惑。

是的，这种玩具厂，属于劳动密集型，没有多少技术含量，大学生能做，小学生也能做，无须技术培训，只要有手有脚，是个正常人就行，一进厂就能上岗。而且刚进厂的工人跟做了三年五载的老工人生产能力没有什么差别，但他们的薪水却不可同日而语。随着工龄的增长薪水也随之水涨船高。老工人的工资比新工人多出一大截。也因为老工人的存在，常常弄得新工人眼红，新老之间闹不和，做同样的工，却不拿同样的薪水，新工人为此愤愤不平。

打老板工，不像国营单位强调工龄、资历、经验什么的。在这里这一切都算不了什么，老板看重的是你能否给他创造多少利润，而不是跟了他多少年。相反，抹布用得久了，资历再老，也该扔了、淘汰了。

李浩身为队长，为老板献计献策，无可厚非。但首位淘汰制一出，第一个伤到的却是跛子。这是李浩事先没有想到的。

跛子跟随老板多年，称得上是创业功臣。工资在工厂的工人中自然是最高的，处在金字塔的顶端。如今为了基座安全，必须扒掉最顶层，哪怕是再心爱的宝贝也只能忍痛割爱了。

跛子最近也真够倒霉的，人背时，嘴生疮，话都说不利索。先是老婆离婚，老婆跟一个大款跑了，之前还送了跛子一顶绿帽子。现在又要被工厂炒鱿鱼。跛子是车工，虽然找工作不存在问题，但一时要想找到这么高薪水的厂子却不容易。此前，跛子还在老家买了房子，是按揭的，现在突然断了工作，也就是断了资金来源，月供供不成了。但这些是跛子面临的问题，不是李浩能解决的，更不是老五要考虑的。

跛子被炒鱿鱼，本人反应不是特别大，一没哭二没闹，当场只是一脸莫名其妙的表情，像个孩子，从学校高高兴兴回家来，一进门却挨了一记耳光，原来早有人跑到大人跟前告了一状。

乔叔对跛子被炒鱿鱼很是不满，又一次觍着老脸跑去给跛子求情。这回老五没给乔叔面子，说这事是李浩在办，自己也不好插手。老五好像突然变得不管事了，做甩手掌柜了。乔叔一肚子明白，这是老五拿李浩当挡箭牌。主子不开口，再厉害的狗也不敢咬人，除非狗疯了。

末了，老五劝乔叔，工厂有工厂的难处，工厂的规定不是针对某个人的。还劝乔叔年纪大了，别太费神费力，干脆住到曾家去算了，陪两位老人说说话、打打拳，曾家可以养他一辈子的。

乔叔求不到情，对李浩大为不满，认为李浩没有帮忙，不够义气，后来又得知馊主意出自李浩，更气。

李浩赔着笑脸说，乔叔啊，我也是个打工的啊，不过一条狗呀，主子让我咬谁，我就是想躲也躲不掉啊。乔叔痛心疾首地说，孩子啊，你这是在断人活路啊，李平这一出厂，等于是雪上加霜啊。先是老婆跟人家跑了，如今又没了经济来源，那房子怕是买不成了，往后的日子咋过啊？

李浩也颇感内疚，但这时他也无力回天了。

乔叔又说，人不是牛啊，做久了，做不动了，老了，就要拿去杀掉。人是要讲感情、讲义气、讲良心的啊。一个人的良心不能让狗吃了啊。

这末一句让李浩听了内心十分不舒服，心中愤愤不平。他心想，我自己骂自己是狗那是谦让，你也骂我是狗，那就是你不识做，倚老卖老了。再说，你们乔家三代奴仆，那岂不是代代是狗。要是狗不护主子，主子早就翻脸把你赶出门了，你们乔家到头来也就成了丧家之犬了。

跛子成了出头鸟，接下来的问题就根本不是问题了。一对江西的夫妻，同样在工厂做了多年，是普工，为人老实，但年龄偏大，手脚自然慢点，总是做不够目标，但工资却不低，这次也在被炒之列。李浩去车间叫他们，正看见拉长在骂那位男的，训得像孙子似的。男的好坏不吭声，一脸难为情。李浩不忍，就退了回来。中午，在饭堂遇上那对夫妻，女的却在教男人如何做工，说的是家乡话。李浩听不懂，但打的手势，李浩却明白。

按李浩的想法本来算了，这回放过他们，因为这对夫妻的孩子还患有重病，月月需要钱，医药费是个大问题。但老五说，我是开工厂，不是办慈善机构。老五见李浩心慈手软，就站起来要亲自去炒人。李浩没有办法，只得抢到老五前面。当李浩宣布工厂决定时，那对夫妻当场就给李浩跪下了。他们说，我们老家的责任田都包给人家了，现在出厂，找不到工做，这个时候回去，又没田种，我的儿子真是没救了。李队长，你行行好，帮我们求个情吧。

李浩也是一脸泪水，对不起，老表，我也是打工的啊。我同你们一样，过了今天不知明天的事啊。老板今天让你们走，明天说不定就让我走，后天我就跟在你们后面走在一起了。

那对老实人哭着离开了工厂。李浩自己掏了两百元塞到了他们手上，心想这样自己也许会好过点儿。

但这毕竟是一个小插曲，是火车行进时车轮撞击铁轨的声音，虽然刺耳，但一点儿也不妨碍车轮滚滚向前。那段时间，李浩感觉自己脑袋特别好使，仿佛开了窍，而且一窍开了，窍窍都开了。老五问什么，他能答上什么，像一台电脑，随便按下一个键，都能给出需要的答案。

财务部会计是个中年妇女，姓梁。梁女士为人沉稳、精细，与数字打交道似乎特别有缘，从不出差错。也正因为如此，让老板抓不着她的把柄。但老板认为梁女士做得太久了，对工厂的底细了解太多了，不利于工厂运作发展，有心换掉她。但又不能激发双方矛盾，问李浩有没有好办法。

李浩想了想，说她从不出错，所以让人抓不着把柄，那是因为她擅长与数字打交道。对于这种专业人才，如果调动一下工作，调往其他部门。哪怕是提拔，过不了多久，她自己就得提出来走人。

老五依言把梁女士调任生产部任副总管，薪水也加了，看起来是提拔重用，让旁人好生羡慕。但没出半月，果然如李浩所料，梁女士天天嚷着要回原岗位。可会计位置早已去了新人，回原岗位是不可能了。梁女士对生产管理是门外汉，偏偏那些下属芝麻大点的屁事都来找她，弄得她晕头转向，成天一个头两头大，而且还吃力不讨好。老板、老板娘整天板着面孔。不得已，梁女士只好一纸辞职书递到老板手上。她原以为老板会顾念情义，给她换岗，没想到老板二话没说，当即给她结算了工资。梁女士方知上当，老五一块心病却除了。

李浩则春风得意，这回虽然职务没有提升，但薪水加了，更重要的是，老五配了一把小车钥匙给李浩，让他随时可以使用小车。曾家两个孩子又重新托付给了李浩，让他尽力辅导。李浩不光掌管了曾家的工厂，也把握住了曾家的未来。现在李浩随便一个点子，转眼就可能成为工厂的一项规定或行动。李浩花样百出，老五言听计从。作为打工仔，没有比这更痛快的感觉了。

晚上，李浩在走廊遇上王强。这小子不知又在哪儿打野食，腮上还印有姑娘家的口红，似睡不醒的样子，见到李浩，一个激灵，醒了。王强揶揄地说，哟，这不是次老板吗？李浩不想理他，想走过去。可王强不让，拦住他，你还不知道次老板的意思呢。就不想知道？李浩说，不想知道。王强拉着李浩，那为啥？李浩轻蔑地说，因为狗嘴里吐不出象牙来。

王强松开李浩，说，你这人真没劲，告诉你吧，先前你是左右手，现在成天跟在老板后面不是成了二老板吗？二不就是次吗？所以说二老板就是次老板。李浩反唇相讥，你是不是排在第三，三老板，是瘪三呢？还是小三呢？

王强非常生气，姓李的，你别嘴硬，告诉你，不要以为出几个鬼点子就能当家做主了。就算脑袋移植了，肩膀还在，小心血液不合，脑细胞坏死。李浩说，谢谢你的提醒，王经理，我也给你一句忠告，脑细胞坏死的情况最大概率是出现在猪身上，因为猪吃饱就睡，脑细胞运动太少。

李浩走过几步又回头说，我告诉你一个好法子，要想脑细胞不坏死，学学猪八戒，唯一的办法就是多去偷看嫦娥洗澡。说完转身离去。身后，王强大骂，你，你有什么了不起，再能干还不是替人家扶家伙的。

八

周末，老同学刘波打来电话，约李浩见一面，聚一聚。李浩说，不过年不过节的，老同学又有啥好事了？刘波淡淡地说，哪有什么好事？想你了呗。

这话要是放在几个月前，李浩听了会起鸡皮疙瘩，现在却不会了。遍尝了人间冷暖，遍看了各色嘴脸，他的心已被现实打磨，或者说被炎凉包裹，如今已不那么容易激动。他不知是自己成熟了，还是冷漠了。他现在凡事学会了打哈哈，不管赞成还是反对，先打一阵哈哈再说，反正笑脸不伤人。别人也不会无端伤你，伸手不打笑脸人嘛。

刘波把见面地点定在一家咖啡厅。里面灯光朦胧，斑影重重，像有无数幽灵在穿梭晃荡。这回刘波没有劳驾那帮同学们来助兴什么的，看来像有要事相谈。刘波现在大小是个老板，时间就是金钱这个道理他不可能不懂。一个老板不可能把下午见客户的好时光浪费在单纯的老同学叙旧上。

果然，刘波没有客气，开门见山地说，老同学，你要是愿意，我们俩合伙干吧。说这话时，刘波手里举着咖啡杯子，杯子遮着半张脸，像要掩饰什么。李浩瞪着眼睛看着老同学，你说笑吧？他以为对方在取笑自己。刘波却一脸认真，真的，我们俩合伙，一定会大有作为。李浩放下咖啡杯，摊开双手说，可我没有资金啊，就是有那个心也没那个胆啊，难道空手能套白狼？真套也不能向你老同学套啊。李浩又举起杯子，双眼看了看咖啡的成色，橙而不红，褐而不黄，咖啡原本就是咖啡色嘛。李浩内心笑自己画蛇添足，故作深沉。

还是刘波性急，一语道破了机关。他说，在老同学面前也不卖关子了，是这样，先前厂子有人没单，可搭上你这条线后，目前又变成了有单没人。你在工厂管着人事，关系广，有人脉，不妨弄些工人过来，扩大生产线，趁机把钱赚到手。我估算着，玩具至少还有几年搞头，往后就难说了，你现在不抓住，过了这个村就没这个店了。李浩听了为难地说，可我现在打着老板工啊，能干吃里爬外的事？刘波若无其事地说，这算不上吃里爬外，真把工人弄走了，你也不干他那份工了。真说起来也不过是另起炉灶，与老板分道扬镳而已。李浩紧接着问，可你还做着他的订单呢？刘波没看李浩而是双眼向窗外看去，街上车流如水，一片繁忙的景象。刘波说，你不知道，现在工人太少，一些大厂不愿发包，如果工人多了，生产线齐全了，自有订单找上门来。老话说得好，家有梧桐树，不怕没凤凰。

李浩说起了操作的难度，要想在老五的眼皮底下搞小动作，可不是件容易的事。老五是个精明人，不精明也发达不了这么快。不说别的，单单培植亲信、安插眼线就常人难及。记得有一次，深更半夜，老五突然把李浩从床上叫醒，让他去车站接人。李浩问什么人，老五说你去了就知道了。结果一去，李浩才知道从贵州来了上百名的学生。几个老板当场把人分了，大车小车往工厂拉，买猪崽似的。李浩事后都不知道老五从何处得到的消息，只是感觉老五这个人几乎无所不知、无所不能。李浩认为老五睡觉都是睁着一只眼睛的。过后，李浩再也不认为自己了不起了，真了不起的人是那些不声不响闷声发了大财的人，就像老五这样的。

刘波说，一辈子给人拿家伙，最多成为周仓。李浩心想，周仓不过一介武夫，充其量给关公背大刀。自己可是文化人，要比也该与张良、孔明比。这些天才都不是主子，却把主子使得团团转。这当中自有他的妙趣。但李浩自然不能对老同学如此说，否则有自不量力不知天高地厚之嫌。李浩私下想过，即便有一天离开老板，那也是好离好散，或者说自己翅膀硬了，要飞了，要自立门户了，但从没想过要背叛老五。毕竟自己走投无路时，是老五伸出了援助之手，要不然，自己也许现在还街头流浪。李浩姓李，那是树木的儿子。儿子大了，可以离开娘，却不是背叛，而是成长。他还想着有朝一日叶落归根，感恩报德呢。

这时，刘波问李浩，你不爱钱吗？

李浩说自己志不在此。

那你追求什么？

李浩说创作。只有创作，才配追求。

可书写出来最后不也是卖吗？卖出的结果不也是为了钱吗？而且钱的多少反过来不是又证明书的成功与否吗？

不一样，那怎么能一样呢？这样一比就变味了。

怎么不一样？我想不明白。

李浩想了想，问，生孩子是为了什么，难道说仅仅是为了传宗接代吗？或者说是为了养儿防老吗？

除了这些，还有其他吗？

当然有，生孩子的目的就是如何把他培养成人，再超越自己。我追求的

是一种成功带来的快乐。

刘波说不动李浩，失望而去。临别时，他说，老同学，你别把人想得太好了，特别是那些当了老板的人。现在不是在学校，更不比从前。说起来，我也大小算个老板了，但我从来没有把打工仔当知心人待过。

那是你吧。

所有的乌鸦都是黑的，你不知道。

可我相信，白老鸦也是有的。

老同学，你太理想主义了，为了利益，人是会变的，人性是会扭曲的，这种事例，历史上还少吗？李世民大闹玄武门，之前杨广弑父，之后武则天毒儿。他们哪一个不是手足相残？亲人相残？亲人尚且如此，何况他人。

李浩笑着反驳，不是还有桃园三结义吗？不是还有赵云单骑救主吗？不是还有曹操为了关云长三日一小宴？五日一大宴吗？刘波也笑了，呵呵，老同学，但愿好运伴着你，可别像韩信，受完胯下之辱还不够，到头来还难逃身首异处。李浩说，谢谢老同学的好意。刘波要走转身时又送上一句，老同学，你如此执迷不悟，总有一天你会后悔的。李浩说，真有那么一天，那也是命该如此。我认了。

老同学相聚，没想到最后闹得不欢而散。

李浩回到工厂，把卫生巡视了一遍，在发电房后，看见乔叔和老光棍儿聚在一起逗大黑玩儿。

乔叔自从跛子离去后，对李浩不冷不热，现在跟李浩几乎没有往来了。老光棍儿与乔叔一间宿舍，耳闻目睹，自然也站到了乔叔一边，对李浩颇有微词。

现在乔叔一有空闲，就与老光棍儿去逗大黑。大黑倒是长得壮实，腿子有女工的胳膊那么粗。乔叔想给大黑留个后，不知从哪儿弄来一只土狗，一身白毛，他们叫它小白。还不到季节，老光棍儿却要撮合两只狗的好事，让大黑霸王硬上弓。

乔叔双手抓着小白的两只耳朵，老光棍儿提起大黑的两条前腿，让大黑骑上去。不知是小白身子太单薄，还是大黑身子太笨重，老光棍儿手一松，小白的后腿就往地上塌。试了几次都不行。大黑没了兴致，小白也是不耐烦，尖着嗓子直叫烦、烦。

李浩径直走过去，乔叔和老光棍就各自松开了手。李浩装着没看见刚才的一切，问，乔叔，你们逗大黑啊？乔叔答非所问地说，大黑了不起，分得清楚好坏，不是一类的，打死也不要呢。李浩知道乔叔怒气未消，就又向老光棍儿点儿头示意。老光棍比乔叔更直截了当，不光没搭理，鼻子还轻轻哼了一声。老光棍儿对乔叔说，大黑不过是一条狗，可重感情，谁对它好，它就向谁摇尾巴。

李浩落了个无趣，就回到自己办公室，一时不知干啥，手在抽屉里乱翻。他扪心自问，我做错了吗？我打的是老板的工，难道不应尽职尽责，一切为老板着想吗？老板投资是要回收成本的，我拿了工资，同样需要付出。天下没有白掉的馅儿饼。谁也不是施主，见佛就撒钱。一个合格的打工仔，什么才是他的本分和底线呢？

工厂有了人事变动，老板娘王艳回家做了全职太太，唐莲任代主管。国庆黄金周，老五带领全家出外旅游去了。工厂放假三天，其间，由李浩全权负责。小舅子王强是个花花公子，自然不堪重托。

唐莲升了职，李浩开玩笑让她请客。那天在厂门口，李浩驾着老五的小车正要出厂门，看见唐莲与一帮打工仔开着玩笑。李浩摇下车窗，喊，唐主管，你在干什么哪？唐莲反问，你去干什么哪？唐莲身上还穿着厂服，厂服是大号的，显得臃肿。唐莲原本一副好身材，人长得也俊俏。

李浩邀唐莲，想出去遛遛吗？有打工仔就说，唐主管别上当，李队长这是黄鼠狼给鸡拜年呢。唐莲笑得前仰后合。

李浩也笑了，讥笑她道，你还笑，人家这是骂你呢？

唐莲一怔，瞎说，哪有啊？

李浩正色，他们骂我狼我无所谓，骂你是鸡你还笑得出来？

唐莲闻言变色，柳眉倒竖，狠狠刮了李浩一眼，但很快又恢复原状，过程相当短。到底是做了主管，有气度。李浩也意识到自己的话有点儿过头伤人了。守着和尚骂秃子，非君子所为。李浩转换话题，不去就算了，怕请客，还是请不动你啊？唐莲就说，去就去，谁怕谁。然后说让李浩等一会儿，自己回宿舍换一身衣服。转来时，唐莲果然穿得漂亮，手里还提着一个包。一帮打工仔眼睛都直了，惊叹，哇噻。

有打工仔又说，唐主管不怕老公多心？唐莲看着打工仔们说，放心吧，我老公才不会像你们这么小气呢，平白无故吃飞醋呢。他呀，皇帝身边的红人，见惯了大场面。

李浩打开车门，唐莲猫腰钻进汽车，屁股一落座，就伸手捏了李浩一把，还文化人呢，看你乱说话。李浩忍痛，但又不好在车里打闹，方向盘一打，小车拐出了厂门。

李浩笑唐莲，你这是走亲戚呢，还是去相亲呢？唐莲催李浩，开你的车吧，你知道什么？车里李浩问，你说你老公是皇帝身边的红人，什么意思？唐莲脸一红，接着又笑开了，还是大学生呢，慢慢猜吧就。李浩想到脑壳痛也没眉目，就随便找话说，老五一家旅游去了。唐莲说，他们游他们的，我们游我们的。他们旅游还要花钱，我们还不用花车费呢。

看来唐莲心情不爽，对老五一家出行没有邀请她而生气，毕竟她对老五做出过巨大牺牲，别人不知道，李浩是一清二楚的。可人家毕竟是家庭聚会，一个外人到底不能进入私生活圈子。

李浩在市区包了一间歌房，他知道唐莲好唱，嗓子也不赖。唐莲对这种安排显然非常满意，一上来就唱了一首《明明白白我的心》。李浩也唱了一首《我想有个家》，但唱得不好，就不敢再唱。接下来几乎成了唐莲的专场演出。

唐莲唱累了，两人又去吃饭。唐莲说由她来请客。李浩说算了吧，你下次吧，今天是我邀请你的，可别弄成是我敲你竹杠。唐莲就说，随你吧，吃你一顿也不会吃穷你，让你做回大男人。吃完饭，唐莲说累了，大大方方提议开间房休息一下再回去。李浩说好，内心却不知唐莲打的啥主意。

进了房，唐莲说，你不洗洗？李浩就去洗了一下，也不过是洗把脸和手。唐莲去洗了很久，出来时，一身睡裙，白色透明。李浩心想原来她包里放的是这个，那么说她早有准备。李浩一阵激动，眼睛不敢看唐莲。他对女人虽然不陌生，而且与杨英也有过肉体接触，但对唐莲，虽说是同事，但到底是人家的老婆。母狗不塌腰，公狗岂敢上背。

唐莲倒是非常自然，说，到了这种地方，还忸怩啥子。说着便上床展开了身子。李浩慌里慌张地问，要戴套子吗？

唐莲一惊，你有吗？

李浩说没有。

唐莲气恼地说，我还以为你早有预谋呢。

李浩说，我哪有那个胆。

快要进入时，李浩有些担心。唐莲说，放心吧，你迟到了，排不上队了。

虽然是第一次，但做得非常成功，像两位好学生，几乎门门表现优秀。

平躺下来，唐莲满足地说，我够本了，你是我第二个男人，而且还是个正儿八经的大学生。

李浩不解，问，我是第二个，怎么可能呢？除了你老公，那冈田呢？

唐莲神秘地说，谁是第一个，你想烂脑壳都想不到。

难道不是你老公？

他呀，哼，皇帝身边的大红人，有名无实。

什么意思？

太监呀，只配做看客。

那冈田呢？

小鬼子不过是个未遂的小偷儿。

李浩又是不解地看着唐莲。

唐莲笑着说，在外面转悠了半天根本没进门。

那会是谁？

他呀，告诉你吧，是老五。

李浩全身一抖。

唐莲把李浩握住然后含进嘴里，慢慢吸吮，并且发出鲤鱼吸露水的声音。李浩感觉自己像一团雪，被人捧在手里，慢慢开始融化，变成涓涓细流。这个女人太会来事了。现在看来，自己当初挑中她去公关，简直是独具慧眼。她一举成功，自己也得以站稳了脚跟。那次事后，她从来没有对自己产生抱怨，并一如既往地帮助自己洗衣服，仿佛那一切就不曾发生过。

李浩双手捧着唐莲的头，唐莲的头发散开来，披散下去，覆盖了半个白皙的后背。李浩又一阵冲动，双手紧紧地抱住唐莲的腰。

唐莲发出幸福的呢喃，浩，你轻点，你弄疼我了。

李浩囫囵不清地说，嗯。

浩，我怀孕了。

啊，是谁的？

当然是老五的。

李浩僵在那儿，有种骑虎难下的感觉。

你为什么不早说？这样很危险的。

没事，都有几个月了。唐莲安抚李浩。李浩却无法释然，突然想到的却是一个打工仔勾搭老板的姘头，一旦东窗事发是很危险的，而唐莲误以为李

浩是担心她怀孕的身体。

李浩没了兴致，事后也是忐忑不安。老五旅游归来，李浩居然不敢去见他。

王强却没闲着，坐在老板办公室给李浩上眼药，说李浩天天驾车在外面玩儿。

老五不以为意，我不在，车就是留给他用的嘛。

可天天开，油得耗多少？

李浩不是贪小便宜的人，他自己掏钱加油的。

王强不甘心，又说，这几天李浩天天和唐莲在一起。

那有什么，大家是工友，再说，人家老公都没意见，你操什么闲心？

我看不惯。

老五正色说，算了吧你，你的做法人家就看得惯？老五摆出了老板的派头。

我怎么啦？

我问你，这几天放假，工人休息得好吗？有什么反映你知道吗？

不知道。

我知道你不会知道。你除了打牌睡女人，你还能知道什么？

我，我……王强没想到拿李浩的事来告个状，是想拍拍姐夫的马屁，到头来却是自讨没趣。

老五意味深长地说，我之所以没叫你一块儿去旅游，是想让你帮我看着点儿厂子，你是我小舅子啊，我不相信你，还能相信谁。可你呢？

老五又说，一个大男人不要太小肚鸡肠。李浩是有他的长处，别人学是学不来的。

王强起身告辞，老五讥讽他，说了半天，你还没醒神儿吧？

王强不解。老五说，你看看你眼角的眼屎。

王强走后，老五心中不快，在心里骂，成天打牌睡女人，我还能指望你？不成器的东西。你要是有李浩一半儿能耐，我倒可以去睡大觉了。

九

　　李浩发现了一个天地的秘密，天亮是从天际开始的，这没有错，但天黑却不是从天际开始的，而是从地头开始的，确切地说，是从山头开始的。

　　傍晚，夜幕降临，地开始变黑了。这种黑不是一下子黑的，不像变天那样子，突然间乌云密布，暴雨倾盆，天地不存在了，人淹没在巨大的黑窟窿中，透不过气来。这种黑是慢慢变化的，像一位大师在泼墨。站在山头，居高临下，起初只有浅浅的线条、淡淡的轮廓。接着加重笔墨，线条由细变粗，轮廓反而逐渐模糊了，最后变成混沌一片。

　　如果有月亮还好，至少还可以分清东西南北。倘是月亮消失了，你就连回家的路也找不着了，迷失在无边的黑暗中。

　　如今，李浩最怕夜晚来临。黑夜不光给他带来寂寞，也带来恐惧。

　　因为唐莲老公请假回来了，这小子消失不过十来天，仿佛病情加重了，动不动小两口就爆发战争，有时动口，有时动手，隔壁房里没有一夜安静过。唐莲脸上就时不时留下打斗的痕迹。先前全厂公认的母老虎如今变成了一只病猫，上班的时候，缩头缩尾，遮遮掩掩，生怕别人看出破绽。

　　李浩替唐莲担心，不光是她老公蛮不讲理，有朝一日伤了她，也不是自己与唐莲一夜情暴露了。而是唐莲本身，眼看着肚子一天比一天见长见圆，这可不是闹着玩儿的。妻子怀孕了在别人家是喜事，到了她家说不定是悲剧。唐莲老公本来就是小心眼儿，老婆跟人家说笑几句，尚且不悦，打翻醋坛子，要是老婆怀了别人的骨肉，那还不得白刀子进红刀子出。

　　如今，唐莲仍然帮李浩洗着衣服。李浩认为唐莲身体不便不让洗了。但唐莲说，做惯的事情，突然中断，自己不习惯，而且旁人也会起疑心。这个旁人当然主要是指唐莲老公。

　　李浩就无可奈何了，有时就劝唐莲，得赶快想办法解决，否则真到藏不住捺不住的时候，一切晚了，一切也就麻烦了。话可以撒谎，但孩子一旦生下来了就无法自圆其说，那可是铁证如山。

　　唐莲倒是非常坦然，说车到山前必有路。李浩说老五是个当事人，也是干大事的人，应该让他拿个主意。唐莲说孩子生下来不是给老五的，所以一开始就没想要惊动他。李浩说老五不是个无情无义的人，他对乔叔尚且这么好，

要是知道孩子是他的骨肉，还不得把你捧到天上去。

唐莲就笑话李浩太天真，你以为现在还是学雷锋啊。屠夫就是屠夫，喂猪不是为了让猪长得好看，而是为了吃猪肉。李浩也笑了，说，那不一定。猪八戒长得不好看，可也没人愿意杀他，更没人愿意吃他，连妖怪也不吃。唐莲也笑了，只有杨英是那个妖怪，连猪肉也不吃。

提到杨英，李浩心里一抖，这个女孩离开后，就再也没有联系了。

唐莲问，有她的消息吗？李浩不吭声，只是摇了摇头。

这种女孩真少见，难得，像一朵云。唐莲突然说。李浩不解地看着唐莲。

唐莲就富有诗意地说，当你闷热的时候，她会张开巨大的绿荫，带给你一片阴凉；当你烦躁的时候，她会消失得无影无踪，让出一片蓝天，使你心旷神怡。李浩笑了，有这么好，你作诗吧你。唐莲说，不是吗？爱你就给你自由。没几个人做得到，尤其在付出之后。

李浩听了连脸都紫掉了，赶紧转换话题，又提起乔叔，说乔叔虽然人忠厚，但并不迂腐。再说乔叔穷得只剩一个人，能有什么好东西值得别人惦记的。

老屋啊，唐莲石破天惊地说，乔叔住着的可是曾家的老屋。

那也是土改分下的嘛，又不是乔叔抢的。

你真迂腐，曾家的老屋可不是一般的旧房，那可是侯府，曾经名震一时的天下第一家。

老五难道想住回侯府，尝尝做侯爷的滋味？

不住人，就没有别的用途了？唐莲说，用途多着哪，现在时兴开发名胜古迹，单是用来做个旅游景点，就是一本万利的买卖，不亚于天上掉馅儿饼。

老五有这个想法，你是怎么知道的？

男人的心思，只有在最得意的时候，最容易暴露出来。

李浩明白了，就不再问了。难怪老五一家待乔叔如上宾，原来是冲着老屋去的，而不是什么祖宗三代在曾家做过仆人，东家念旧情之类。

事情果然如唐莲所说，过了几天，老五把李浩叫到办公室，在座的还有王强。老五走过去关了门，回头不紧不慢地说，叫你们来也没有别的大事，你们用不着紧张。

老五说着抬眼看了一眼王强。李浩看出王强和自己一样，也是被蒙在鼓里的老鼠，只听鼓响，不知鼓样，还被吓得四处乱窜不停。

老五看过王强，又看了一眼李浩，终于把话挑明了，因为两位老人年岁大了，思念家乡，希望有生之年回到曾家祖屋住一住。可曾家老屋土改时被分给了十几户群众，现在白拿回来当然不可能，如果花钱赎回来，群众要是同意，曾家也愿意花几个钱。毕竟乡里乡亲的，抬头不见低头见。再说肥水不流外人田，肉烂在锅里，也谈不上谁吃亏谁沾光。本来，这个事应由老五亲自去谈比较合适，可老五现在走不开，工厂太忙，很多事情离不开他。老校长当然也可以的，可年岁大了，好要面子，怕乡亲们不给他这个面子，自己难堪。老五最后说，想来想去，只有你们俩最合适了。

老五如此说，他们自然没敢多言。老板的话就是圣旨，理解要执行，不理解也要执行，只要摸清老板的底线就行了。临行，老五又吩咐，这回是王强牵线、李浩搭桥，真诚团结，把事办好。王强算是本地人，自然熟门熟路；李浩上过大学，一切问题他拿主意。

李浩其实非常愿意出这趟公差的，一则是回湖南，趁机可以回家看看。虽说谈不上衣锦还乡，但到底是白领，月薪几千元哪，比普通打工仔可是强多了不说，就是内地的县长一个月又能拿多少工资。二则离开工厂，也就暂时摆脱了唐莲。与唐莲发生关系后，唐莲不光还像往常一样帮他洗衣服，而且还热情送来宵夜，甚至有时大胆进入他的宿舍，趁他不注意时，伸手捏他。他经过了几个女人，自然不傻，女人的动作内涵和外延他一清二楚，尤其这种事，心里想什么，手上就表现什么。只是唐莲太大胆了、太主动了。女人太大胆太主动，男人退到了从属地位，也就失去了主观能动性，成了真正的木偶、傻子。

唐莲自然不满，甩着头发，叹着气消失在门外。李浩认为把唐莲对付过去不容易，对付唐莲老公更得小心谨慎。跟别人的老婆睡觉，无异于做贼，再大胆的贼也是害怕风吹草动的。

这回出公差，终于可以安静一段时间了。没想到，比李浩更高兴的是王强。王强离开工厂，仿佛鸟儿离开了笼子、蛟龙回到了大海、老虎回到了深山，一路上有说有笑，看见山，就喊李浩，快看啦，那山。其实，山并不特别，山上除了树也没稀奇的东西。看见桥也大喊大叫，好像没出过门的孩子。本来，他跟李浩不对路，谈不到一块儿，李浩也不想理他，坚持桥归桥、路归路，从前怎样处，现在还是怎样处。可命运开了个小玩笑，鸡鸭同笼，不面对也要面对了。何况这回二人身负使命，即便国共激战正酣，可面对日本鬼子，就必须调转枪口，一致对外了。

　　当然他们的谈话不是什么冰释前嫌，而是互相挖苦。王强说李浩，堂堂一个大学生，打老板工完全是大材小用，可惜了，要怪只怪老天不公啊。

　　李浩也讥讽王强，大老板的小舅子，还打什么工，干脆求姐姐帮忙，同样做个老板算了，免得人前人后，让人指指点点，沾了什么裙带的光。真要沾光就索性沾一回大光，一步到位得了。

　　王强没讨到便宜，就转头睡去，不再多话。李浩内心喊阿弥陀佛，自己乐得耳朵清静，好看一会儿书。车到衡阳，王强耍起了性子，硬要留下来住一夜，说坐车太累人了，再折腾非骨头散架不可。李浩拗不过他，只好陪他下了车。车钱虽然重要，可完成任务更重要。而这个任务还非得王强帮忙才行，得罪了他等于得罪了一个向导。自己人生地不熟，说话没人听，说不定连门都进不去，怎么完成任务。倘若王强中途撂挑子到头来还是王强，小舅子的身份决定一切不会改变。可李浩完不成任务就不是李浩了，甚至有可能就此留在湖南了。

　　找好宾馆才开房住下，王强却不喊累了，说要去南岳看风景，顺便替老板烧把香，保佑生意兴隆、全家吉祥。李浩就说要去你一个人去吧，我倒真的累了，晚上回来一起吃饭就行了。

　　王强并不真想邀李浩一同去看什么风景，他是要去车站接人。由于火车晚点，一直等到天黑，王强才看见两位姑娘走出车门。王强把人带回宾馆，李浩认出是自己工厂的两个打工妹。

　　原来王强早有打算，所以中途下车等人了，也难怪适才开房时，一口咬定要开两间房。李浩以为王强不愿与自己一间房，所以就依了他。只是没想到王强原来是想玩儿双飞，又一想，自己与他们不是一路人，四人住一起的确不方便。

　　吃饭的时候，王强让两位打工妹轮番敬李浩的酒，说感谢李队长的帮助。李浩没想到平时在工厂十分普通的姑娘一离开工厂像王强一样有了脱胎换骨的变化，穿着露肉，说话更露骨，而行动表现更是天上地下。见李浩敬酒不就范，居然要和李浩喝交杯酒，嘴对嘴互相灌。李浩曾经为自己挖掘唐莲而自鸣得意，今天见过这两个打工妹后，不禁汗颜了。真是人心隔肚皮，知面不知心。

　　李浩耐着性子吃饭，王强却向一位打工妹递眼色。接着就有一位姑娘移过屁股，坐到了李浩大腿上，双手环抱着李浩的脖子，开始发嗲。李浩侧眼看见王强双手伸在打工妹的裙子里，闭着眼睛满世界找嘴巴，一口醉话令人

156

作呕。

李浩推开了身上的打工妹，想到自己身为工厂一级管理，与普通的打工妹不清不楚，太掉格了。何况眼前的姑娘是王强招来的，这个雁过拔毛的家伙，不用说早已染指过了。

李浩站起来告辞。王强生气了，破口大骂，你一个大学生就了不起吗？实话告诉你，深圳的大学生比狗还多，真真假假，鱼龙混杂，分都分不清楚。从前的大学生那是百里挑一的人才。现在的大学生，是个人都可以。你还优越什么劲儿呢？李浩没有回话，跟一个疯子理论，那是另一个疯子该做的事。自己头脑清楚，立场坚定，决不让王强拖下水，授他以柄，往后由他摆布。

王强留不住李浩，索性这晚真是一个人玩儿起了双飞，把两位打工妹一左一右抱进了房间。

李浩躺在床上，越想越恼火。想到那两个打工妹看他的眼神，仿佛屠夫看顾客，希望迎面走过来的不是穷光蛋，最好是大款，不嫌肉多只嫌肉少，最好是照单全收。

还有，那个风流成性的王强，你算个什么东西，就敢教训我，我再怎么着，也是大学生，不是狗，就是狗现在也不吃屎了。狗不吃屎难道不是一种进步吗？不是一种质变吗？你为什么要嘲笑我，没有跟你同流合污，还是不像你粗鄙不堪。我在工厂拿的薪水是凭能力，不是靠关系。你呢，不过凭裙带关系，当个经理，却在工厂啥活儿也不干，照样拿高薪。谁服你？就算你拿高薪是沾了你有个好姐姐的光，是你命好，但你吃喝嫖赌，也是命好吗？谁给你这种权力？就算吃喝嫖赌是你个人的私事，是你的自由，但支撑你这种自由的不是工人的血汗钱吗？你不过是一个不劳而获的寄生虫，还有脸说别人，一头猪还敢骂主人太懒吗？

李浩溜出房门悄悄用公用电话打了110。没过一会儿，李浩就听见对门有响动。李浩装作什么也不知道的样子跑出去看稀奇，结果就看见王强和两位打工妹个个衣衫不整地被警察带出了房间。三人手上都上了铐子，见到李浩都把头低到了胸脯里去了。

李浩拉着一位警察问，这是咋回事？为什么抓我的同事？一位警察没好气地说，三人一起嫖娼，违反社会治安管理条例。

违反治安条例够不上犯法，不用判刑，最多罚款了事，李浩完全清楚。有解决的办法吗？李浩明知故问。

一位警察对李浩说，既然你是他们同事，明早带罚金来派出所赎人。

要多少？李浩问。

每人三千。

这么多啊？

警察看了李浩一眼，就催促着王强三人走了。王强嘴硬，到最后都没有向李浩求情。倒是两位打工妹吓得全身发抖，快下楼梯时，回头大喊，李队长请你救救我们。

通常情况下，这类事情连夜就可解决，只要给钱。但李浩想让王强吃点儿苦头，长点记性。闷热的夜晚，待在黑屋子里可不是好熬的。天热不说，蚊子也不会轻饶他们。

<h1 style="text-align:center">十</h1>

第二天早晨，李浩到派出所把三人赎了出来。四人一离开派出所大门，王强就大发雷霆，责怪李浩没有连夜去派出所捞人。李浩说，这种情况可以当夜处理吗？警察不是交代早上才去吗？

听了这话，王强更是破口大骂，警察让你吃屎你吃不吃？两位打工妹竟都抿着嘴偷笑。

李浩毕竟心虚，就谨慎地说，王总，在打工妹面前要讲文明，别口出污言，有辱斯文。

别跟我来这一套。王强说，你那套假文明哄哄三岁小孩子还差不多，来哄我，差远了。

你什么意思？李浩问。

自己做了什么自己清楚，还要人说。

你别信口雌黄。

两位打工妹看看李浩，又看看王强，说，李队长不是这种小人吧，他会出卖我们？

出卖不出卖也无所谓了，反正钱是工厂出。王强摆出一副流氓天不怕地不怕的架势，豪气冲天地说，怕什么怕，偷人还怕卵子大呀？

李浩知道王强铁定自己报的警，再解释没什么意义。但自己大大方方应承下来也不好，好人难做。何况做这个好人是出于私心，公报私仇。但对两位打工妹编编故事没有害处。就说，如今这世道，哪个警察没有眼线能办案，说不定我们前脚刚到，后脚就被人盯上了。

两位打工妹也说，是啊，是啊。

王强也添油加醋地说，他们是一伙，我们帅哥靓妹也是一伙。说着又伸手去姑娘屁股那儿捏了一把，引来一阵尖叫。

回到房里，李浩与王强商量对策，要让那帮穷人让出老屋，可不是一两句话就能解决的事。

李浩坚持一家一家做工作，话说透了，道理讲清楚了，补偿也到位了，事情是可以办成的。王强笑他太天真，你当是老师找同学训话，一切都是有理有节的，循序渐进，层层善诱的？等你那套程序过一遍，黄花菜都凉了。依王强的意思，单走上层路线，老百姓最怕官，从古到今都是这个理。民不与官斗，只要把当官的搞定了，一切就都解决了。两位打工妹也赞同王强的做法，认为李浩的想法太落后，秀才遇上兵，有理讲不清，到头来吃力不讨好，还弄得鸡飞蛋打。

双方谁也没有说服谁，最后还是李浩妥协了。他心想，工作才开始，双方就把脸撕破了不太好，接下来还怎么合作？再说当着两个打工妹的面，两个男人争什么强弱？最后李浩采取了折中的办法，分工合作，双管齐下。王强又提出，公事分工合作，私事互不干涉，更不能拆台。王强显然对宾馆的事还耿耿于怀。李浩却没有那份兴致了，心想，你那点儿臭事，看见就心烦，想起来就窝心，说出来又脏口。为了把三人赎出来，花去了九千元，这回出差的钱是有上限的，加上又多了两个打工妹的生活开支，再折腾一下，到时连回厂的路费都没有。李浩在付餐费时，故意放慢节奏，一副为难的样子。王强到底是公子少爷派头惯了，不肯在女人面前丢脸，当即打电话给王艳。王艳心疼弟弟，二话没说，就拿一万元打进了账号。

有了钱就有了底气，四人直奔曾家而去。李浩原以为自己人生地不熟，离不开王强引路，到了才知道这种担心纯属多余。别说村里，就是镇上，听说在深圳发了大财的曾五锡曾大老板派得力助手回来了，要在乡里考察投资项目，镇长亲自出马迎接。镇长出动，下面又是一帮随从，场面隆重热闹。

当晚，镇里还特意为他们接风洗尘。令李浩大开眼界的是，如今农村也讲公关了，陪同镇长来作陪的不光有镇上的女干部，还有伶牙俐齿能说会道

的学校女教师。

席上，王强风头尽显，向镇长介绍两位打工妹时，撒谎说是两人的秘书。镇长都没有秘书，感觉不爽，就问王强和李浩在公司的职务。王强说，我是经理，指着李浩，又说，他是队长。

镇长知道经理，不知道队长是什么官，就问，队长是什么职务？有什么讲究？李浩想说自己就是保安队队长，但王强一心想把谎撒到底，抢先说，我们这个队长，可不是你们的生产队队长那么简单呵。

那是什么啊？一位女教师来了兴趣。王强说，这个队长就像电影中演的那样，什么洪湖赤卫队队长、平原游击队队长啊之类的官。总之，是个有实权的大头头。

那个实权有多大啊？女干部是个年轻人，说话也不考究。王强就说，有多大，你问有多大？这么说吧，除了老板，就是他了。

啊！一桌人都惊奇地看着李浩，私下猜测，你是小舅子，又是经理，难道还不如他一个队长？

不相信啊？王强盯住大家惊奇的目光说，这回我们四人就是李队长为首，一切他说了算，成与不成，就看他的了。

李浩本想声明，可又一想，这王强把自己推到老大位置，难道他别有用心，为完不成任务打脱身？可事实上，自己是想脱也不能脱身的，毕竟临行时老五发过话，王强牵线，李浩搭桥，只要能把任务完成，爱怎么说就怎么说吧。

一桌人又转头敬李浩的酒。那些当官的、做教师的，酒桌上的话说得顺溜极了。他们起身敬你酒，说是欢迎远道来客，你要是起身同饮，他们会一把拉住你，说你越权了，要听主人的。客随主便，不能喧宾夺主。他们一个个轮番敬你，那是尊重你，你要是推辞，那就得罚酒。一个人不可能敬酒不吃吃罚酒。你要是想少喝酒，一杯回敬一桌人，那是万万不能的。一杯酒只能敬一个人，怎么能敬一桌人呢。总之到了这里，喝酒不是讲礼貌，而是拼酒量。到了最后，有人从酒席上滑了下去，爬到桌子底下去了，才称得上功德圆满。

说起来，两位打工妹也是见过世面的了，但还是敌不过在座的女官员女教师。上来的菜不光叫不出名儿，就连喝酒也不是对手。两人喝不过，就纷纷上厕所，不是呕就是拉。那两位女官员女教师偏偏想出她们的洋相，到最后，一对一玩儿单挑，在众人的玩笑声和起哄声中直把那两个打工妹喝得连连求饶才罢休。

酒也喝了,玩笑也开过了,刺激也刺激过了,终于言归正传了。镇长没开口,女书记就向李浩探问,李队长,这次回乡考察,主要倾向哪些项目?李浩不知对方用意,就慢条斯理地遣词造句,这个,这个……

还是王强爽快,项目嘛,倒是有好几个,但究竟落实到哪儿,还是先考察完了,写出报告,由老板亲自敲定,我们说了不算。这时,李浩看了王强一眼,见他撒谎并没有脸红,而且一本正经的样子,心下倒是佩服得很。

女书记就说,现在的年轻人都往外跑了,头脑灵活的农村根本留不住,只有屎眼扒田螺的还没出去,但他们又成不了事,所以共青团的工作难做了。加上镇上又没有什么像样的厂矿企业,拿不出钱,我这个书记也是巧妇难为无米之炊。倒了一大堆苦水,她的目的只有一个,希望在外发了财的老板,都能慷慨一下,支持支持团委的工作。能引来投资或赞助,别说喝酒,就是别的什么,也是可以考虑的。

听完女书记的发言,李浩心情沉重,他很想帮忙,但他只是个打工的,老板不给钱,他说什么都是废话。何况此行的目的与所谓的投资南辕北辙大相径庭。

王强却热情地问,搞个活动需要多少经费?女书记说,一年下来,简单点,有个万把块就够了,热闹些的也不超过两万元。王强就说,才两万元钱,包在我身上好了,我一年给你三万。女书记听后千恩万谢,说王经理就是痛快,真是干大事的人。

接下来就是女教师诉苦了,她话说得缓慢,但声音动听,抑扬顿挫,很有感染力。她说,早就听到几位老板在外头发了,还要回到家乡来投资,为家乡做贡献。校长恨不得亲自来抬八抬大轿把几位老板抬到学校看看。我们学校校舍年久失修,很多都成了危房,时刻都有倒塌的危险。要知道那里面坐着的都是十岁上下的孩子啊。遗憾的是,你们回来了,校长却病倒了。临来他特意叮嘱我,为了孩子们,就是跪也要把资金跪到手,把校舍修一修,让孩子们上课时不再提心吊胆,能安心听讲。说到这儿,女教师流下两行热泪。

李浩的老家也在湖南,他知道学校的情况差不多,由于缺钱,很多校舍是危房,坐在里面上课,跟矿工下窑没什么区别,按老家的话说,埋掉了还没死。

王强又接过话说,修好校舍,需要多少钱?女教师扳着指头算了算说,

百八十——看见李浩瞪圆了眼睛，那个万字咽了下去，改口说，估计要个几十万吧。王强饶有兴趣地问，几十万？三十，五十，还是九十万？女教师沉思了一下说，有个五十万，差不多也能成了。王强拍着胸脯说，五十万就五十万，少一分拿不出手，多一分也没有了。女教师顾不上体面，跑过去抱住王强说，我代表孩子们谢谢你，王经理，你是孩子们的救星啊。说完放开王强，女教师又转身抱住李浩，这回代表的是没到场的校长。

轮到镇长了。镇长到底是一级领导，没有看见石头就当菩萨，更没有见到菩萨就磕头。他提出，先让老板经理们考察考察再说。考察好啊，毛主席说过，没有调查就没有发言权嘛。多了解才知道事实，也才有发言权嘛。又说，像投资办学啊、架桥修路啊，都是功在当代利在千秋的大好事，不妨多多考察。当然，我们也不会让老板的钱白打水漂。总之，一切按市场规律来，不搞行政命令。曾老板要回乡投资，造福乡里，我们热烈欢迎，并且保证一路绿灯。你们说，好不好，李队长、王经理？

李、王两人忙点头赞许。

其实，镇长还有一层意思，眼前来的这两位不过是开路先锋，真正的大爷没到场，再好的意向也是意向。要想成为事实，还有很多事情要办，所以点到为止。王强就说，好好，就按镇长的指示办。

李浩想到此行目的并非投什么资，而是替老板收回老屋。他本想在桌面提出来，转而一想，老屋不是这些人住着，那些当事人没来，跟这些父母官是讲不清楚的。再说，自己和王强原有约定，兵分两路，双管齐下。

王强也没给李浩机会，趁机拉着镇长书记去跳舞了。李浩就打了个脱身，告辞出来，在屋外给老五打了个电话。老五听完李浩汇报，给了一条底线，不管是上层路线，还是下层路线，把事办成，不得超过一百万。李浩心想，有了这一百万，那些住户，平均可以拿到五六万的补助，别说旧屋，就是盖套新房也蛮够了。

但令李浩没想到的是，当他找那些住户一聊开时，顿时乱成了一锅粥。有的说，卖了旧房，我们全家住哪儿？有的还哭了起来，说，在没看到新房前，旧屋打死也不卖的。有的说，现在的旧屋是过去的侯府，也是古董，蛮值钱的。李浩说，什么古董啊，不过是老房子而已，吃过的饭就成了屎，离过婚的堂客还能当黄花姑娘嫁吗？李浩本想活跃一下气氛，可大家根本不笑。李浩才知道这会儿什么笑话都没有钱有感染力。李浩又说，这还是曾家后人有了钱，要是没钱，你们想卖都没人买。那些有钱人会买这旧屋吗？有这钱不会到镇上盖洋房子住？一楼还可以开铺子做生意。李浩就提出各家两万元，他想先把底价压低些，让对方慢慢加。可人家听说才两万元，根本谈都不想谈。李浩就说，现在不谈，以后想谈都没机会了。李浩想吓唬一下大家，又说，这房子本来是人家曾家的，当初政府分下的，现在买回去，不过是图个祖屋，让祖宗地下安息。你们硬是不卖，人家也会有办法。要是拿个十万八万把上面走通了，一纸命令，公家收回，你们想不同意都不行，到时两万元没捞着，连一点儿人情也没有，哭都来不及了。

但大家还是不松口，说，公家要收回也要给个说法。第一回合，李浩空手而归。想到王强走上层路线，说不定，还能成，自己和当事人面对面解决，却比登天还难了。睡在床上，李浩绞尽脑汁，临天亮那会儿，脑子突然灵光一闪，不如采取零敲打牛皮糖的办法，化整为零，各个击破。

第二天起床后，他挨家挨户做工作，先找那些没有儿女的五保户。这些人没了后人，也就没了后顾之忧，人一死，一切都是别人的。如今能卖个两万元，再找个地方盖两间房，也不过万把块钱，余下的钱还能让自己过几天好日子。

李浩上门找人谈，专挑人家吃饭的时候，他倒不是去蹭饭，而是让人家难堪。这些住户，大多数并没有富裕起来，少数甚至还没脱贫，自然吃饭时桌上是不可能有七个碗八个碟的。但农民又极好面子，吃根萝卜条也把嘴巴咂得山响，住在隔壁不知者还真以为人家家里在吃山珍海味呢。李浩来了，手里还提着大包小包的圆圆扁扁的吃食，往他们饭桌上一放，真有鹤立鸡群的动感。再加上不懂事的孩子嘴馋得哭着闹着喊着马上要吃糖果，一点儿也不顾大人的颜面。而孩子是个宝，家家大人都是倍加珍视的，只好觍着脸当场打开包裹，边拿东西边数落孩子，上辈子没吃东西啦？看孩子的吃相难堪，为了掩饰就说，还不快谢谢李叔叔。

李浩就说，不用谢，不用谢，小孩子嘛，谁也做过小的啊，何况你家孩子这么聪明，一看将来就有大出息。人家就说，农村孩子能有什么出息，长大了还不是耍泥巴。哪像你啊，大学生，你家爹妈培养你吃过不少苦吧？

谁说不是呢，李浩说。接着就讲开了大道理，什么再穷也不能穷教育，再苦也不能苦孩子。孩子的培养是大事啊，放松不得。可培养孩子，样样得花钱啊。没有钱，孩子天资再好也是可惜了。李浩又劝人家拿到两万元，先

盖套新房子，余下的供孩子上学，这样学费一点儿都不用发愁了。

不要说李浩话说得在情在理，就是这么面对面一谈，那些住户也放松了警惕。加上人怕面对面，对面之情让他们难以回绝。何况老屋本来是曾家的，如今曾家后人发达了，出钱来赎，岂不是好事。从前的地主可以摘帽平反，分掉的财产可以收回，还不是上头一句话。外面已风传镇长都发了话了，曾家老五要回乡投资是大好事，一路都要给亮绿灯呢。再者李浩又会来事儿，提着一大包礼物登门的。这些小农意识的农民，在心理上就被震住了，一切只听李浩说，谁也不想做恶人，平白无故得罪人。很快李浩就拿下了三家，双方都签了意向书。只等钱到手，他们就腾房走人。

看见有人同意了，跟着那些住户就都不想做恶人了，都自己找上门来同李浩来谈，来签。他们还在心里打起了小九九，说，要是老五将来回乡投资，用个工什么的，他们希望能得到优先照顾。这种许诺并不难，李浩都是满口应承。心想，老五不回乡投资，他们没话说，倘若真回来投资了，用人是肯定的，到时用谁不是用呢。到后来，只剩乔叔一家了。乔叔在外不用说，乔叔的弟弟乔二是个二百五，自己拿不定主意，一切都听乔叔的。跟李浩商谈时，借李浩的手机给乔叔打了四次电话。次次是当着李浩的面打的，每次最后都是一句现话，我哥说不卖，卖了我们就啥也没有了，到时连狗都不如了。狗还盘一个窝呢。

李浩把情况向老五介绍了。老五说，真有你的，王强向我一开口就要一百万，又是修桥、又是修学校什么的。现在照你这个办法，五十万绰绰有余了。不用急，拿下了其他住户就基本成功了，只剩下乔叔，这个工作我来做。

然而到了下午，老五打来了电话。李浩正在上厕所，手机没带在身上。电话打给了王强，王强正跟两个打工妹在外面游山玩水，接到电话，手机几乎都掉地上了，原来，乔叔掉进化粪池淹死了。王强把事情告诉了李浩，李浩打死都不相信，说，怎么可能呢？我们离开时，乔叔还好好的。再说，这几天乔二还跟乔叔通过几回电话呢。王强说，可人就是死了，这种话老板会乱说吗？末了，王强代老五通知，一切停下来，先回厂再说。

十一

当李浩他们风尘仆仆地赶回工厂时，乔叔的遗体早已经运走了，冷藏在殡仪馆。乔叔的女儿乔孝男也来了。乔孝男人长得很漂亮，戴着一副墨镜，靓丽极了。李浩看见老五亲自陪着她出出进进，虽是沉默不语，但看不出有多少悲伤。和她同来的还有她的男朋友。一个瘦削的年轻人，同样戴着一副墨镜。

乔叔的女儿乔孝男还差一年就大学毕业了，此前，据说她的学费生活费和零用开支，基本上都是老五出的。乔叔那点儿工资只够她每月的电话费罢了。但乔叔对内情并不知道多少，他一直认为是自己省吃俭用，在供女儿上大学。

乔孝男来了半个月，一直与老五出双入对，形影不离。她并没有向老五讨什么说法，更没有打官司的打算。但私下有人说，老五承诺她往后的生活费他包了。如果她愿意，大学毕业后，她还可以来厂子工作，薪水当然非常高。这些不知真假，老五不说，李浩也不便打听，毕竟这是人家的私事。

乔叔死了，工厂的一切却并没有恢复往日的平静。相反，工人私底下在传说乔叔的各种死因，一说乔叔是累死的，一个清洁工，起早摸黑地忙，忙完了工厂，还要忙老板的私事。一个老人体力是有限的，哪经得起这么折腾。还有的说，乔叔是被老五逼死的。乔叔女儿上大学花了老五很多钱，老五要乔叔还，乔叔还不起，只好一死了之。更有的说，乔叔的死，赖老光棍儿。老光棍儿的姘头常来厂里过夜，有时，也给乔叔带一个鸡婆来睡觉。乔叔多大年纪了，睡过一夜，第二天干活自然头晕眼花，掉进了化粪池子。

但这种说法没有多少人信服，而且很快遭到更多的人反驳。乔叔都六十岁的人了，哪还能干那种事儿。既然干不了，自然不需要鸡婆陪睡，何况鸡婆陪睡是需要钱的。乔叔为了女儿上大学恨不得一个子儿分两半花，哪还有余钱剩米去嫖赌逍遥。

工人最相信的是乔叔是被老五逼死的。有人说得有鼻子有眼，说亲眼看见老五与乔叔谈话，谈着谈着，两人就起了争执。乔叔泪流满面，老五却一声比一声高。

李浩不大相信这种说法。他了解老五的性格，放个屁还要看看前后有没有人，他怎么会在公开场合与乔叔争执，那不是老五的做派。即便与乔叔有隙，

也会把乔叔叫到家里或办公室，私下商讨，决不会公开红脸。

至于说乔叔是累死的，更不合情理。乔叔搞清洁是脏点儿，但谈不上有多辛苦，因为他可干可不干。也就是说，他的工作根本不存在任务和压力。何况他亲眼看见曾家把乔叔待若上宾，一个客人怎么会累死在主人家呢？

要说乔叔是嫖娟而死，李浩更认为是无稽之谈。乔叔的年龄摆在那儿，乔叔的家境摆在那儿，乔叔的为人更摆在那儿。

但李浩的想法不能代表所有的工人，工人中不光流传各种说法，还带着各种情绪。而这种情绪直接体现到工作中，生产效率明显降低了，原有的目标数达不到了，而且还产生过多次品。人人心中都揣着一把柴，遇到火星就会烧起来。特别是与乔叔私交不错的老光棍儿，对李浩说他完全知道乔叔的死因。李浩问他知道些什么。老光棍儿说，乔叔百分之百是被老板逼死的。李浩要他拿出证据。老光棍儿就说乔叔生前讲过，老五想要赎回旧屋，乔叔不答应。

老五打老屋的主意先前听唐莲说起过，这次自己又与王强的湖南之行，目的就是赎回老屋，可见不是什么空穴来风。李浩怕老光棍儿在外面乱讲，就严肃地说，说话要有根据，老五就是想赎回旧屋，也不会逼乔叔，他完全可以花钱搞定，又不是没钱，犯得着害条人命吗？再说老板对乔叔那么好，怎么可能逼死乔叔？但老光棍儿不相信李浩说的话，反说李浩见利忘义，为了自己的饭碗，连友情也不要了，甚至连起码的良心也不讲了。以前是昧着良心炒掉跛子，现在又睁着眼睛说乔叔瞎话。

李浩并没有把老光棍儿的话告诉老五。但老五非同一般人，似乎觉察到老光棍儿也算半个知情人，就把李浩找去问老光棍在外头都说了些什么。李浩装作若无其事的样子，说没有呀，老光棍儿能说什么，再说一个连老婆都讨不上的人说出的话谁会信呢？老五笑笑，我想也是，不过，老光棍儿与乔叔要好，身上就有乔叔的影子，他如今天天在我面前晃来晃去，睹物思人，何况老光棍儿是个大活人呢，看见他，就会让我时不时想起乔叔来，心中难过，干不了工作。再说，凭老光棍儿的为人，多少会感情用事，说话会口无遮拦。一个老光棍儿无所谓，但不知情的人会受到误导，影响工作。我看乔叔现在已死了，老光棍儿也许会不想干下去了，不如成全他，让他另谋高就吧。

李浩还想替老光棍儿争取。老五说，我不想再节外生枝了，死了一个乔叔，难道还不够吗？

李浩找到老光棍，说出意思，末了又感叹说，人无千日好，花无百日红，天下没有不散的宴席。这回老光棍儿不傻，当即会意，说，不用你们赶我走，我自己早就想走了，老五心黑得要死，这个鸟厂，不是人待的地方。

李浩就问老光棍儿出厂后打算做些什么。老光棍儿说，从前都没饿死人，现在更不会了，放心吧，实在找不到工作，我捡破烂也能混日子。老光棍儿就这样出厂了。李浩却并没有觉得轻松。与他同病相怜的人还有老五。

乔叔死后，老五备感压力，但又无可奈何，口水能淹死人。一张嘴巴再伶牙俐齿，以一敌百甚至几百，再有能耐也是枉然。就算一头老虎，面对周身都是白花花的羊群，它不被踩死也要被累死。过去他自认为精密无误的处事方式，居然也有失算的时候。想静静不了，真是树欲静而风不止。安插的亲信，每天不再过来报告，相反私底下还搞着小动作，要替乔叔打抱不平。本来就对工厂不满的几个刺儿头，觉得这会儿是天赐良机，似乎要振臂一呼，应者云集，大闹一回天宫。

转机是出在乔叔死后的第十七天，工厂发现要走柜的公仔突然少了不少。有人向老五透露，少掉的公仔是被工人拿去火化给乔叔了。这还得了，造反也不是这么个造法，有理讲理，拿工厂财物出气算什么事？

老五严令李浩在全厂统查。老五过去常常口头挂着一个静字，认为以不变应万变，从来就是奇谋妙招，无往不胜。现在当他真的面对威胁时，也不说静了，手脚并用，一顿乱打，欲做困兽之斗。

李浩知道工人不满，拿去的公仔自然不敢放在宿舍，不是烧了，也是扔掉了。但他知道老五这么兴师动众，无非是想在全厂树立权威，工厂还是我老五的工厂，这里还是我说了算。

李浩组织保安，并牵着大黑出动。大黑在乔叔死后两三天，似乎也感应到了，不吃不喝，瘦了一整圈儿。但虎死不倒威，威风还在。不熟悉的人，把它看作原子弹一样恐怖，仿佛随时随地就要毁灭地球。其实不是，它是很安静的，只要不去碰它，它是不会随便爆发的。

大黑看到李浩，乖巧地趴在李浩脚下。李浩伸手拂了拂大黑的背。前段时间，大黑绝食，经过李浩精心呵护，它才停止绝食。李浩很感动，有时就破例松开它脖子上的铁链，让它到花园跑跑。大黑也很感动，见到李浩就尾巴摇个不停，还伸舌头舔李浩的裤脚。

这次李浩想发挥发挥大黑的长处，他松开大黑脖子上的铁链，带着它挨

个宿舍一间间查过去。果然不出所料，宿舍里根本没有发现一只公仔。但大黑在一个工人的床底叼出了一包东西，有十几克重的样子，打开一看，众人惊呼，是白粉。

李浩怕大家弄错，就让大家再仔细看看。有个保安是退伍军人，当过边防战士，缉过毒。他说，队长，这是千真万确的白粉，经过我手的少说也不少于十几斤，我一眼就能认出来，保证错不了。

毒品是在工人的床底下找到的。这个工人是云南人，名叫莫奇，绰号叫黑鬼。其实他一点儿不黑，相反脸白得很，像层纸一样透亮。现在看来，原来这家伙在吸毒。

怎么办？李浩难住了。工厂发现毒品还了得？老五不在，打手机又关机。那名当过兵的保安说，队长，处理这种事的最好办法就是报警，让警察来处理，我们又不用得罪人。李浩觉得有道理也就没有多想，他害怕自己报警报晚了，会揽上包庇罪，当即打了110。过了十几分钟，警察就到了。警察再次把房间搜查了一遍，确认没有遗漏后，就拿走了毒品，还从车间带走了当事人莫奇。李浩身为保安队队长，自然也要前往派出所协助调查。

晚上，李浩回到工厂，莫奇则留在了派出所。李浩来到老板办公室，把情况向老五做了汇报。老五听后一点儿也不怪李浩先斩后奏，并肯定李浩的做法没有错，处理得及时。只是不明白为什么在工厂里居然藏着一个吸毒或贩毒分子这么久。

但李浩高兴得太早了。莫奇没回来，他的那帮老乡却认为工厂落井下石，见死不救。而且他们上班时，别的地方的人都有意无意躲避他们，生怕与他们扯上关系。在湘南玩具厂，云南人有好几十个，他们终于决定不干了。与他们一同不干的还有别省的人。别省的人不是声援云南人，而是担心工厂不安全。工厂里今天发现毒品，明天发现枪支怎么办？那可不是闹着玩儿的。话这么一说出来，一传十，十传百，内心的担心被放大了，变成了恐惧，结果全厂有上百人要求辞职。

李浩一个房间接一个房间去找工人做工作，对云南人说，一人犯法一人当，现在又不是株连九族的时代，何况你们只是同乡。对外省人说，毒品不是毒药，更不是枪，莫奇不是毒贩，只是吸毒，说起来也是个受害者。你们怕什么呢？又说，即便有工人不慎吸了毒，工厂还要负责赔偿呢，轻者要负责治好病，重者还能拿到一大笔钱呢。也许你们打一辈子工也赚不到那么多钱，怕什么怕？

有工人就说，我们当然怕，万一吸了毒，想戒都戒不了。要是死了，拿再多的钱有啥用？队长，你还是放我们走吧，我们不为难你，急辞工行不行？

不放工人走，工人不上班，而上班的工人一天也是坐在那儿装模作样，活没干多少，工资却一分不少。计时工资制就这样，工资是照卡算钱的。货期又紧，老五一天到晚在外面找工厂帮忙，却没有成功，现在是生产旺季，家家厂子不缺货。

李浩找老同学刘波帮帮忙。刘波还笑话他，说工厂又不是你的，皇帝不急太监急什么？说完，刘波又不好意思地自嘲开了，看我这比方打的。李浩反而泰然地说，没什么，我不是太监，但干的的确是太监的活儿。

老五被逼得没招儿，最后让李浩把那些不上班的工人全部按急辞工处理走了，看起来工厂是赚了一笔，因为急辞工是要扣工资的。其实工厂损失更大，要是不能如期出货，厂子倒闭都有可能。老五急得一嘴泡，接下来，就怪罪李浩做事欠思量，这么大的事怎么不等他回来处理。工人吸毒又怎么啦？当官的、当明星的也有吸毒的嘛。他吸毒就让他吸好了，发现了，就悄悄让他走得了，报什么警呢，嫌工厂太安静了？老五一顿数落，李浩半句话也不敢回。先前，老五还肯定他的做法及时，现在却怪他添乱了。

李浩这时才认识到自己太不成熟了，也深感打老板工的艰难。果然没几天，老五就让那位最先提议报警的保安走了，说工厂工人少了，没必要还用这么多保安。其实这是意料中的事，老五怪他多嘴出了馊主意。又过了几天，王强找李浩来拿车钥匙，用过后，就再没还过来。李浩去催，王强说，不好意思，车钥匙还给老板了。

李浩当然不会去找老五拿。老五还对李浩说，现在工厂太乱，你应该全力以赴，处理工厂事务，接下来，你会很忙，所以，辅导孩子的事暂告一段落。李浩试探性地说，孩子的学习耽搁不起。老五轻描淡写地说，我知道，真需要我另外找人吧。

李浩不知老五会如何处置自己，天天提心吊胆的，就像六月门外晒着谷子，时刻防备下雨，可那雨又始终不见下来。有时李浩偷偷观看老五的脸色，希望能从上面读到什么。但老五太忙，天天在外跑，偶尔看到，那脸也是黑的，不知是心情糟糕，还是太阳晒的。

有回李浩上去问好，老五没有吭声，只是点点头。说是点头，其实头并

没有动，只是动了一下眉毛，眼睛一挑，像看见了稀奇古怪的事物。当时是在饭堂就餐，很多工人都在场，老五的脸仿佛凝固了，像一块晒干的抹布。李浩当时的一颗心却像一块豆腐，不经意间被抹布扫了一下，虽没有破，却扫掉了一角。老五对李浩这么冷淡，连瞎子也能感觉到黑夜将要降临了。李浩的处境不妙了。

果然，这一天终于来了。老五的处事方式很特别，老五是打发小舅子王强过来传话的。王强说，让李浩兼任保安一职。王强又说，这是老板的原话，工厂现在人手太紧，一个萝卜一个坑，所以要从保安中抽调人员上车间帮忙。李浩是队长，上车间不合适，但兼任保安则是名正言顺的事。相信李队长会深明大义，顾全大局。李浩没想到老五用自己曾经的建议来整治自己了，是以其人之道还治其人之身。

老五这是丢卒保车，还是断尾求生呢？事实上，老五还没到生死存亡的时刻，这么做无非是小题大做，迁怒于他。李浩想不通，一个公民发现不法之事时，难道不应该在第一时间报警吗？难道跟你商量后，这个警就可以不报吗？能瞒得住吗？倘若事发了怎么办？自己岂不成了包庇犯？届时，你老五能承担责任去坐牢吗？也许到那时真要丢卒保车了，我李浩还不是替死鬼一个。李浩发现这件事情无论如何处理，都不会圆满。自己都是那个倒霉蛋。因为牵扯的双方势同水火，无法调和。自己有点儿像岳飞，踏破贺兰山，迎回徽、钦二帝是死；兵败贺兰山也是死；除此之外，莫须有也是死。死是唯一的选择。谁叫你是岳飞呢！

李浩还有一种选择，他可以选择离开。所以，他把自己的简历按照工厂的具体地址分别投去，但没有回音。轮换到夜班时，他白天就在外找厂。有一次，他向一位负责招工的文员自报姓名，对方一听名字，好像听到了魔鬼两个字一样，条件反射地问，李浩，哪个李浩？李浩以为对方嫌自己普通话不标准，就拿出身份证给她看。小姐看过，又悄悄拉开抽屉看了一眼，然后，两个指头夹过来证件，礼貌地说，对不起，李先生，我们已招了人了。李浩反问，可你们大门外明明还写着招聘启事嘛！小姐说，是吗，那一定是疏忽忘记去掉了，对不起。李浩看着那张好看的笑脸，无论如何也发不起火来了。只是小姐的某些动作让他心生疑虑。更让他疑虑不断的是家家厂子验过他的身份证后，几乎都改口说对不起，招了人了。

李浩找到老同学刘波。刘波边泡茶边听李浩倒苦水，完了疑心地说，你是不是进入黑名单了？

什么黑名单？

招工黑名单！

啥意思？

刘波吃惊地说，你是队长，又是负责人事的，连这个事情你都不知道？

李浩一脸无辜地说，我真的都不知道，还能骗你吗？快说说，究竟是怎么回事？

还能什么，也就是各公司把自己不称心如意的员工汇集到总公司，然后打印出来一个名单，由各公司的老板或经理亲自掌握，招工时把关，拒绝此类人员进入自己的工厂。

原来是这么回事，名单你这儿有吗？

我哪有，我还不够档次，你们厂应该有一份。

可我从没见过。

这就是你们老板对你不信任了，早就留了一手。

临别，刘波劝李浩，实在不行，继续来合伙。

李浩笑着说，还是原来的规矩，我负责招人？

刘波摇摇头，不光招人，还得投资金。我现在手头资金周转困难。

李浩饶有兴趣地问，那得多少？

起码二十万。

二十万，我哪儿去弄，抢银行还是印假钞？

刘波叹口气，那就没办法了，我爱莫能助了。

李浩握了一下刘波的手，自嘲地说，老同学，真的有一天，你在街上遇见我捡破烂，请不要吃惊。

你拉得下那张脸吗？一个堂堂文学学士。

比起活着，什么都是次要的了。

你好自为之吧。

十二

李浩转过去上着夜班，白天招工就由王强代替了。待李浩从夜班再转到白班，王强就对站在面前的李浩说，李队长，门卫室那边也离不开人，你就去那边吧，招工就由我来做。王强说这话时，眼睛瞪得大大的，屁股坐在椅子上动来动去，仿佛下面有针扎屁股。那把椅子可曾是李浩的专利，现在在王强的屁股底下，怕是发起了反抗的吱吱响。

李浩回到门卫室，越想越寒心，突然又相信宿命的说法，人从不可知的地方来，最后又回到不可知的地方去。过去我们推翻"三座大山"，现在我们又接受新的老板和东家。乔叔三代曾为曾家干活，最后，乔叔死在曾家。自己曾为老板不遗余力地献计献策，可到头来作茧自缚，自食其果。地球是圆的，所以一切都可以按圆的来解释。生和死、出和进、天和地，看似对立，其实是圆上的两点，只不过面对面距离最远罢了。

李浩似乎成了专职保安了。有好几次，他想找老五好好谈谈。可老五回绝他，说你看我忙的，有什么事以后再说吧。言下之意，他今天之所以这么忙，全拜你李浩所赐。我没兴师动众挤兑你，你还有脸过来谈什么心？

吃饭时，李浩走过去看工人打饭，工人排两行纵队慢慢向前移动，后面有个男工人嫌速度太慢了，说着就不满地直接挤到了前面。他当着李浩的面公然插队，显然是没把他这个队长放在眼里。后面的工人也起哄，一方面不服别人不守规矩，另一方面也笑话李浩无能，像个摆设。

现在的李浩不是早前的李浩，这事发生在早前是不可想象的。那时，别说他开口喊一声，就是一个眼神，工人都乖乖的。但今非昔比，虽说他还是队长，但他已被流放了，一个罪臣是没有权力的，没有权力也就没有威望。他去请那名工人回到原来的位置。那名工人骂他，你算什么东西，你叫我去后面我就去后面，你当你是谁啊。队长，我怎么没见你去写字楼开会呢？

李浩被挤到了死角，本来，现在自己处境不好，人背时，嘴生疮，说什么都没用，犯不着跟这帮家伙一般见识，那样太掉价。最好的做法就是夹着尾巴做人，不要与人为敌。但人家硬是把你推向对立面，你接不接招呢？

他谦让地说，即便我不是队长，就是一名保安，也有责任维护大家的权益，你这种做法，不光是藐视我，更是无视大家的存在，损害大家的利益。李浩这番话是想激起大家的公愤，心想这么多人，总有人还有正义之心吧，对不平之事，难道会无动于衷？可过了一会儿，并没有人出头声援。那名工人就更嚣张了。

瞧瞧，他还要维护大家的利益呢，我看你还要维护国家的利益呢。可我就不明白，你怎么越维护，工人就越流失了，工厂会越小了，我们都快被你害得累死了。这话倒激起了大家的共鸣，果然，有人跟着说，李队长，你是队长，就快点去招工吧，多招点人，我们也好轻松点。

这回李浩被工人铆上了，队伍没有前行，相反围成了一个圈，人人都想看落难的队长的笑话。与李浩一同值班的保安小张，气不过，就跑去门卫室把另两名保安叫了过来。他们仨气势汹汹地跑过来，老远就说，是谁这么牛啊，要插队打饭，那得先看看你的能耐再说。三个保安都当过兵，胳膊像小腿一样粗，喊一声，饭堂的桌子都要抖动。

三名保安来到那名工人面前，对李浩说，队长，对付这种鸟人，说好话没用，看我们的。三人一合力，抬着那个家伙就往队伍后面扔了出去。队伍像蛇一样突然摆开了尾巴。

那名工人从地上爬起来，三个保安又冲了过去，将他按倒在地。李浩担心出事，就拉住他们说，算了算了，到此为止。三名保安还意犹未尽地问，还有谁要插队打饭的，现在站出来，让我们见识见识。没有人再起哄了。李浩内心感激不已。

下午，杨英突然来了，她在消失了两年多后，又出现了。她的出现还引起了不小的震动，因为她还带来了一个孩子。那孩子一岁多了，会说话了，还能在地上四处走了。

有人假惺惺地问杨英，孩子的爸爸是谁？其实，大家一眼就看了出来，那孩子太像李浩了，简直是李浩的缩影。

杨英看见李浩坐在门卫室值班，以为他替人值班，便问，谁请假了，要你亲自代班？李浩看了一眼杨英不禁苦笑，哪里是有人请假，我现在被发配到这儿充军了。

杨英不解地问，怎么会这样？

李浩说，习惯就好了，这没什么。

还没什么，这分明是欺负人嘛。

谈不上欺负不欺负，工资又没少你的。

就那点儿工资把你买断了，你怎么不走？

我能去哪儿？李浩难过地说，你以为我不想吗？接着他就把找工的经过说了一遍。杨英明白了，就气愤地说，还说不是欺负，这分明是把人往绝路上赶嘛。

李浩走过去抱起孩子，问杨英，你结婚了？这小家伙好漂亮，他爸爸是干什么的啊？

他爸爸没出息，跟你一样，看门的。李浩脸一红，不再吭声。

杨英反问，你看他像谁？需要验血吗？

又有人过来逗孩子，看热闹。李浩便没有往下说。

晚上，在李浩的宿舍，杨英一本正经地说，这孩子是你的，你打算不认吗？

李浩内心的猜测得到了证实，仍然不免大吃一惊，这怎么可能呢，才一次。

有什么不可能，亏你还是大学生。

杨英把自己这两年多的经历细细说了一遍。李浩发了愁，我现在这种情况，迟早得走人，往后，我拿什么来养活孩子？

你有手有脚能饿死你？杨英说，先离开这儿，再多待一天，你就得多受一天欺负。

那去哪儿？李浩傻乎乎地问。

天下这么大，就容不下一个你？杨英生过了孩子，人也仿佛多了主见，那时，为了保住自己的饭碗，还以为李浩能帮上忙，不惜使用美人计。

李浩在地上垫上报纸，与孩子一起坐在地上。小家伙扑进李浩怀里，伸出小手摘他的眼镜。杨英看着孩子与李浩这么亲热，激动地说，俗话说，父子天性，这不是假的吧？又说，出去后，你一时半会儿没工作不要紧，就带着孩子，我进厂做工也能维持三人开支。

李浩就流下泪水，那样我就成了吃软饭的了。

现在还是从前啊？你别大男子主义了。杨英说，女人工作，男人守家多的是，很正常。

夜里，杨英去上厕所，转来问李浩，隔壁的唐莲呢，怎么没见人？

早搬到别处去住了，和老公离婚了。

她没在这儿做了。

给老五生了一个孩子。

杨英笑了，自嘲地说，我们女人就剩下生孩子了。

李浩辞工了，辞工书放在老五的桌上。老五看都没看，就提笔在上面签了字。那一刻，老五的神情告诉李浩，他等这一刻已经等了很久了。老五自然也不会说，等我找到人接替你再走的客气话，而是当即让财务把李浩的工资结清了。

　　李浩去看大黑。大黑似乎也老了，双目无神，眼角昏黄，举止迟缓。大黑吃的是工人餐桌上扫下来的剩菜剩饭，还有猪骨头。大黑吃得少，食盆里剩下的饭菜就多，有两只老鼠在盆里边吃边吱吱叫，大黑坐在旁边一副事不关己的样子。这会儿，见到李浩，它爬起来舔了李浩的裤脚和鞋子。李浩蹲下身子，摸了摸大黑的头，轻声说，大黑，就要再见了，往后，你多保重。

　　大黑听懂了李浩的话，嘴巴轻咬李浩的裤脚不放，抬起头来。李浩分明看见它眼角流出泪水。李浩就猛地抱住大黑的脖子，自己也禁不住热泪盈眶。大黑，我会想你的。李浩放开大黑，头也不回地走了。大黑在身后把铁链扯得啪啪响，嘴里不停地叫唤，浩，浩。

　　李浩在外租了一间房子。杨英真的去上班了，在一家制衣厂做车工。李浩不知她什么时候学会了电车。杨英上班了，李浩自然留在家看孩子。

　　杨英的工作很辛苦，天天晚上加班到十二点，有时甚至更晚。那时，孩子早睡觉了。李浩去接杨英，又担心孩子一个人在家突然醒来哭闹；守着孩子，又担心杨英一个人路上不安全。李浩劝过杨英，在工厂弄一张床，加班晚了，就住厂里别回来了，中午也有个地方休息。扣点住宿费就扣点好了，安全是最重要的。但杨英不听，住宿费要扣六十元，都快够半个月的房租了。他们为了省钱，只租了一间房，一家三口挤在一起。李浩没有收入，可不敢大手大脚乱花钱。

　　当然杨英借口想念孩子，一天看不到，心里发慌。其实不仅仅是孩子，现在因为有了孩子，他们自然而然地住到了一起，过起了正常的夫妻生活。老公老婆的叫得顺溜，尽管没有领结婚证，但那不过是一张纸，根本阻拦不了爱情的攻势。

　　有一次，李浩去接杨英，都夜里十二点半了，还不见出来。李浩担心儿子一个人在家睡觉中途醒了哭闹，双脚就往回走，才走两步，又担心杨英马上就出来了。那一刻，李浩恨不得自己有分身之术，一半给儿子，一半给杨英。最后，他还是往家赶，远远地就听到儿子的哭声，儿子嗓子都哭哑了。他刚抱起儿子，杨英后脚也到屋了。两人听着儿子的哭声，都流下了泪水。

李浩想改变现状，就又拿起了笔，重新开始文学创作。有时写得入了神，孩子就在地上睡觉了，等他发现，孩子都冻病了。杨英为此说过他几回，你写就写好了，但先要安顿好孩子。有一天，杨英工厂停了电，工厂临时决定放假一天，她就回来了，一进门，却发现孩子拉了屎，地上抹得到处都是，孩子手里也抓着屎。李浩却坐在床边进入了忘我之中。杨英生气了，走过去扯开李浩垫在床铺上的稿纸，顺手一甩，愤怒地说，我让你写，你能写出米来，还是能写出油来？

李浩仿佛黑夜行路，突然从后面挨了一记闷棍，吓了一跳，人也从座位上弹了起来，你干什么啊？快把稿纸给我。

杨英偏是不给，还走过去踩了两脚，冲李浩说，你就死了那份心吧，作家是那么好当的吗？好当的话你早当上了。

李浩曾对杨英说起过自己曾因为创作，女朋友离他而去了。杨英一定会拿这说事。

果然杨英说，别写来写去的，把一切都写没了。写作重要，还是亲情重要？

亲情固然重要，活着也是必须的，但人活着就仅仅是为了活着吗？不谈理想和奋斗了？李浩知道现在跟杨英谈理想奋斗之类，显得搞笑、矫情、作秀。

现在大家只谈实际的东西了，除了钱，其他一切都是虚的。只有钱可以让你活得滋润舒适。一个挣不来钱的男人，说什么都是假的、空的。但李浩曾经也是一切从实际出发的，他放弃理想，专心赚钱，他把自己依附在一棵大树上，像一只勤劳的蚂蚁，爬上爬下，但现实是，大树摇了摇，他就掉落了，人也心身俱伤。

李浩没想到杨英这么奚落自己、看死自己，心中的塔倒塌了。原以为自己再没出息，至少在一个女人心目中很重要。现在看来这一切都是假的。那座塔不过是海市蜃楼、水中月镜中花。那座塔是建在李浩有出息上的。李浩想起杨英对自己改变看法是一天天积累的。最初杨英回来吃中饭，李浩为了让杨英多休息，就抢着洗碗。开始杨英还觉得不好意思，拒绝了。后来，李浩一抢，她就不再坚持了，说不好意思，辛苦你了。再后来，李浩一伸手接碗，她慢慢就习惯了，顺理成章了。再再后来，吃完饭，一句我累死了，就撂下碗睡去了，一句客气话也不再说了。李浩就成了真正的家庭妇男了。

李浩洗着碗，想到自己如此窝囊，想到经济地位决定政治地位，想到经济基础决定上层建筑。一个不会挣钱的男人在工厂没有立足之地，在家里也没有发言权。

　　杨英在清洗着孩子身上的脏物，边洗边流泪。她一定是后悔了，也为自己心中的塔倒塌难过，而那座塔是她曾经亲自搭上去的。

　　李浩已经没有怒火了，他难过地垂下头，痛苦地说，我们这是为什么啊，这是人过的日子吗？

　　杨英也委屈，抬起头来，看了李浩一眼，你受不了了，我更受不了了。我又是为什么啊，忙了外头，还要忙家里，我就是跟了一条狗，它还向我摇摇尾巴，我就是嫁根木头，累了还能让我靠靠。

　　吵架就是这样，吵开了，就没有结尾了，有了第一次，第二次也会跟着来。接下来的日子，两人争吵不断。

　　李浩窝在家里回想起自己近来的生活，发现很不值。从一个大学生到保安队队长，再到保安，如今成了无业者，连工作也找不着，真的不走运。说起来，他读过大学，还是高材生，按理应是花朵一般，前程一片光明灿烂。可这朵花生的不是地方，背阴，而且很小，偶尔伸出头露一脸，那不过是一次点缀，过后啥也不是。如今连点缀一下也不用了，像过年摆的金钱橘，春节过后，就过期了，就该扔了，一扔扔到了角落。

　　这是一个讲究实际的时代，一切以经济为中心，打工要替老板挣得到钱，做老公要养得起老婆孩子。说几句笑话，写几首小诗，那不过是要点儿小聪明，虽然能博一笑，但到底换不来钱，去哄哄小孩还差不多。如今的小孩也认钱了，大人派差打酱油，也会明码标价伸手要跑路钱。你的价值连小孩也糊弄不了，还能做甚？就不要怪老板心狠，也不要怪杨英无情，老板是商人，钱是一分一分挣的。杨英是女人，钱是一分一分花的。

　　老板有再多的钱，也不会平白无故拿钱白养人，要花那钱，还不如去做慈善，至少还能上电视登报纸，显姓扬名一番。把肉埋在饭里给你吃了，那不是肉包子打狗了？老板不傻，傻瓜能挣钱当老板吗？所以当老板决定让他去做兼职保安的时候，他就知道自己的队长当到头了，再赖下去已没有意义。一个文学学士，应该知道形象对人物的重要性，那是关乎生命力的。老板这一调动，目的是让他走人，这是他曾经献给老板的锦囊妙计，现在用在他的头上，百分之百管用。他突然觉得自己像一道小菜，被人端上桌子，品评欣赏一番后，才被一口一口吃掉，最后，被当作脏物排泄干净。

　　杨英是女人，女人找男人原本就是想找个依靠，鸟儿飞向梧桐树是想攀上高枝,可不是到这儿来遭受风吹日晒的。他曾经无数次在内心问自己,杨英爱自己吗?答案是肯定的,否则,杨英不会悄悄怀上你的孩子并把他生下来。但爱情不是汉堡包,也不是柴米油盐,爱情可以激发精神,但喂不饱肚子。当爱情的浪漫退去后,一切都回到了现实,留下了脏污丑陋的滩涂。一个连肚子都喂不饱的人还奢谈什么爱情?终于有一天,李浩忍不住对杨英说,我们分手吧。

杨英也没好气,分手就分手,谁稀罕。

但他们又没能分手,因为谁都不愿放弃儿子。生活依然一天接一天继续。

有一天,杨英突然发现李浩在逗孩子时的怪异现象,儿子笑一下,李浩也跟着笑一下。从前可不是这样,那时是李浩笑一下,儿子笑一下。杨英走过去,把儿子拧了一把,儿子负痛哭了起来,接着李浩也跟着哭了起来。杨英傻眼了,问,你是疯了吗?

李浩就真的疯了。他哭开了,就没有停下来,他走出了门。杨英拦也没拦住。

其实,你不必哭,也不应该哭。你是个打工仔,不过是随处可见的一只蚂蚁,四海为家,随遇而安。那是你的本分。茫茫天地中,你能一天天活下来,没有被踩死,那是你的侥幸。夹缝中求生存,虽然处处受制,但习惯了也是苦中有乐,至少你没失去自我。

你有的只是勤劳,趋利避害是你生存的绝招,因为你有超凡的触角和它所具备的出神入化的感应。一有风吹草动,你便最先得到信息,举家逃亡,连眼皮也不眨一下。

你四处为家,自然没有所谓的故乡。没有故乡,自然没有留恋的地方。因此,也用不着衣锦还乡,自然用不着立牌作坊,万古流芳。

漂泊是你的宿命,你为漂泊而生,也一定为漂泊而死,你的生命最后一定倒毙在漂泊的路上。

后来,有人在街上看见这么一幕:一个大男人边走边哭,样子很伤心。身后跟着一个孩子,那孩子蹒跚地走着,不时跌倒在地,但他很快又爬起来,跟上前面的男人。孩子伸着小手,想握住什么……

之四　生产主管唐莲

一

　　唐莲和老公认识的时候，还没来现在的厂子，是在布吉的一家工厂做工，也是生产玩具公仔的厂子。唐莲那时是普通的车工，老公是车间主管。

　　一次，拉长派唐莲去仓库领生产配件。这是唐莲第一次出公差，唐莲非常高兴。车工一般情况下是不能随便离岗的，出次公差可以活动活动身体，还可以到别的部门逛逛。机会好，还可以碰到老乡聊上一会儿天。打工的生活太死板太苛刻了，像一塘死水。要是往里扔一块石子，都有种石破天惊的味道。

　　唐莲领好配件后，也没碰到熟悉的人，也没聊成天，但她并不气馁，毕竟自己活动够了，算是赚到了。只是配件太多，装满了一大筐子，重得很，这是她没想到的。

　　搬重货可以走电梯，但唐莲从没坐过电梯，更不知道电梯的使用方法。她怕自己进不去，更害怕进去后出不来，闹出笑话。她招呼一名仓管搭一把手，帮自己把筐子扛到肩上去。心里埋怨自己高兴得太早，也埋怨拉长整人，这么重的货就应该派一个男工来。

　　好在这天她的运气还不算坏，才到楼梯口，就遇到了救星，一位男士正往楼上走，唐莲一眼看出是生产主管，这名主管也管着唐莲这条拉。

　　主管很年轻，圆脸，皮肤很白，剪着平头，这个年头的男生剪平头的很少了，可见这人有性格。主管认得唐莲，见她扛得十分吃力，就说，快放下来，

我帮你抬。唐莲半开玩笑地说，那就恭敬不如从命了。

两人合力抬着，主管说，这么沉的，怎么不走电梯啊？

是啊，怎么不走电梯呢？唐莲掩饰着自己的窘态，看我一忙，就什么也忘了。

往后可记得呵，搬这么沉的东西可不是闹着玩儿的。主管望了一眼唐莲，又说，这么漂亮的美女，压坏了，有人会心疼的。唐莲一脸绯红，哪有啊？

这算是他们第一次交往。

后来一次是在街上。唐莲上商场买日用品，回来时，被主管看到了，硬是拖她去吃大排档。那次，唐莲夛着胆子问，你这么年轻就做主管了真了不起，你是哪个学校毕业的？主管笑了，我哪是什么学校毕业的，跟你一样啊，农业大学。唐莲摇头，谁信啊，骗人，一定是骗人。

骗人不骗人对你很重要吗？主管说。

唐莲听话音有股别样的味道，心中一阵慌乱。可出口又成了一句蠢话，那你工资一定很高吧？

哪里啊，混口饭吃呗。主管似乎意识到什么，又补充说，你放心，就放开肚皮吃吧，请一顿饭钱还是有的。

饭后，主管直截了当邀请她做自己的女朋友。她想都没想就同意了。

主管喜出望外，说定了，可不许变卦呵。她抿了嘴笑。接着他们还孩子气地拉了钩，发誓坚持一百年不动摇。

唐莲父母没有儿子，只有唐莲三姐妹，在村子里三姐妹被称为三朵金花。两个姐姐出来打工后，都没让父母操心，自己找的对象。两个姐夫也成器，都很优秀，如今都置了房，买了车。唐莲最小，长得也最漂亮。人人都认为唐莲应后来居上，将来不是找个白马王子，就是美国大亨。

但唐莲不这么想。出来打工几年，她发现钱非常重要，人人都在赚钱。但钱多了也不是什么好事，家庭解体的大部分是有钱人，穷人却往往相依为命共渡难关。所以她不求大富大贵，只求平平安安。她宁愿过普通人的生活，像无数的打工妹那样。

那些普通的打工仔打工妹生活很简单，要求也低，但过得似乎都快乐，做什么都是成双成对，出出进进也是有说有笑。早晨，他们起床，洗脸，漱口，忙而不乱。一人去排队打早餐，另一人一定是去打卡。当打卡的回到饭堂，打早餐的一定及时送上热腾腾、香喷喷的面包或油条。接着双双挤在一起坐着，屁股贴着屁股，要多恩爱就有多恩爱。其实，他们的工资并不多，一个月下来，除了寄回家养大人和孩子，手中剩不下几个零花钱。偶尔上街，却能带回来大包小包的东西，瓜子啊、糖果啊，抑或商场处理的便宜水果，然后满宿舍散去，人人有份。那样子仿佛从国外旅游归来，大方得不得了。

晚上下班后，又是另一番景象。一人洗澡，另一人就麻利地洗衣服。衣服混在一起，不分男女，自然也不分衣裤。泡在一只大胶桶里，撒上洗衣粉。男人洗女人内裤也没什么丢人的，女人当众往铁丝线上晒套子也不会落人笑话。

那些有钱人哪会这样。就拿老板来说吧，走南闯北，一个月难得回来一回，有时半年也不见影子，要跟老板娘这么做，肯定做不到。所以老板娘就只有泡在车间里不回家。有人说，老板娘跟某个打工仔有染，也不知真假。夫妻关系弄成这样，有钱还有什么意思？

那些打工仔就不同了，别说夫妻，就是老乡，也能分个东南西北亲疏远近来。如果有老乡被欺负了，大家就纷纷找上门去论理，不管对错，只管输赢。无理也要究三分。要是小两口就更不用提了，一人受到伤害，另一人就是打破脑袋也要出头了。所以唐莲给自己定的目标就是这么简单。

恋爱是幸福的。一天早晨，唐莲刚打了早餐坐到桌边，正准备吃包子，这时，背后伸过来一个包子。唐莲一回头，发现是主管站在自己身后。主管笑眯眯地对唐莲说，尝尝我们的吧。

唐莲轻轻地问，给我吃，那你呢？主管说，我吃过了。

早餐每人分两个包子，一个大男孩只吃一个哪行啊。唐莲就从自己碗里拿出一个递给主管，你也尝尝我们的吧。旁边有人就起哄，唐莲偏心，包子只给主管吃。

主管笑了，坐到唐莲身边问唐莲，包子好吃吗？

你们的就是不一样，包子里面有肉馅。

那当然，这是天津有名的狗不理包子。

狗不理，狗不理。怎么叫这么个怪名？唐莲不解地问主管。接着，她又说，那我不成了狗了。主管说，才不是呢，你理就不是狗了，你还算聪明，刚才没有拒绝我和我的包子。唐莲不解地看着主管。主管笑着解释说，要是拒绝你就是狗了。

狗不理，唐莲嘴里嘀咕，突然说，上当了，上当了，我上当了。主管吃惊地问，怎么啦？唐莲迫不及待地说，你想想看，连狗都不理的东西，我们

却理了,岂不是连狗都不如了吗?给包子取这么个名字的人心真坏。主管笑了,这倒是新鲜话,别人都说这名字够幽默。

两人吃完早餐一起向工房走,主管说,下回吃包子,我还请你。

好,我也请你。唐莲就盼着下一个星期三早点到来。

星期三在唐莲的盼望中真的来了。唐莲一进饭堂,双眼就寻找主管的身影,却发现主管坐在小饭堂,并没有过来的意思。唐莲就鼓足勇气往里走,可她脚刚走几步,就发现老板娘已坐到了主管对面。唐莲的脚好像火灼了一样麻利地抽了回来,但唐莲的双眼再也离不开主管了。

有一天,她有事去办公室,却发现主管坐在老板办公室里。见了她,主管轻轻招了招手。这是唐莲第一次进老板办公室,才知道原来还有像客厅那么大的办公室。而办公室的摆设又像有钱人家的卧室,什么都有,里边连厕所也配了套。唐莲说,这里倒舒服。主管骂了一句他妈的,又说,这就是有钱人和穷人的区别啊。

过了几天,主管趁下楼梯时,悄悄塞了一把糖果放进唐莲口袋里。唐莲没舍得吃,回到宿舍分给了室友。同宿舍的大都是老乡,平时吃人家的也不少,该还还人情了。

有一位大姐当即开起了玩笑,哟,这么快发喜糖啦。唐莲显得不好意思忙解释,哪是喜糖,是主管随手给我的。那位大姐问唐莲,唐妹子,你真的要跟主管拍拖吗?唐莲忸怩了一下,这事,怎么说呢?大姐说,这有什么不好说的,男大当婚,女大当嫁。天经地义呀。唐莲想了一会儿,对老乡如实说出心中的担忧,只是还不大了解,心里有些七上八下。

对头喽,对头喽,谁说不是呢,婚姻不是儿戏,做错了可以重来。另一位室友插进话来。唐莲对室友点了点头,我也是这么想,所以想多了解了解才定下来。

大姐不无赞许地说,你能这么想就对头喽。其实这话也不该我来说,只是大家出门在外,又是同乡,所以大姐我希望妹子多长个心眼儿不会错。唐莲困惑地问,大姐听到什么了吗?大姐就坐到唐莲床上来,几个姐妹也围了过来。大姐轻轻说,听人说,主管是我们老板娘养的小白脸呢。唐莲一听脸都吓白了,学着广东话一屁股站了起来,有没有搞——错。

你别嚷嚷嘛。其实仔细想想也不是没有问题,主管啥都不会,只会一点点车工技术,其他不会裁不会缝,更不知道怎么做主管。跟老板又是非亲非故的，人家凭什么给你做主管？又拿那么高的工资？大姐说开了就竹筒倒豆子起来。——还有每次开新货，都是老板娘亲自排工序的，主管只在一边看着。老板娘排一道工序，问一下拉长，明白了没有，其实是在教主管怎么做。——还有每次老板娘来找主管去办公室，主管一去就是半天。——还有老板娘每次找主管手里都提着一只公仔，有人说那是他们之间的暗号，明是谈工作，暗是幽会呢。

不可能，老板娘年纪那么大，主管年纪那么小。唐莲争辩。大姐却笑了起来，就是小，老板娘才要，不小还不要呢。这时，又有室友插话说，那只公仔迟早要变成他们的私生子了。

唐莲想到了老板那个大办公室，还有那个厕所。难道那里真是藏污纳垢的地方？别说了，我不信。唐莲说完冲出门外。大姐冲着唐莲的后背骂了一句，爱信不信。真是狗咬吕洞宾不知好人心。

恋爱中的女人是愚蠢的。但唐莲却没有被爱情冲昏头脑，她一直坚守着最后一道防线。有几次，主管都向她提出性要求，但唐莲都拒绝了。她好言安抚主管，说迟早都是你的，你又何必急在一时。主管可以抚摸她的背，捏摸她的胸，还有屁股，就是不能进犯神秘之处。有一次，主管生气地把她放倒在一块草地上，身子猛地压了上来，然后对她手脚并用。当时，她怎么也掰不开主管的手，情急之下，她张嘴咬住了主管的手背。主管不堪痛楚，最后松开了她。她哭着说，你是爱我整个人呢，还是单单我的身子？

接下来好几天，她不理主管。直到有一天，主管趁无人之际，突然跪倒在她面前，请求她原谅。她才饶恕了他，再次与他重归于好。

主管说，我们结婚吧。

结婚？我还没恋爱够呢。

可我想结婚，只有结了婚，心才能定下来，才能更好地工作。

唐莲突然说，别人都说，你和老板娘关系不一般，有这事吗？

这是造谣，是恶意中伤，你别信。主管一副信誓旦旦的样子。唐莲盯着主管的双眼，说，无风无影的事，能让人说得活灵活现？

主管想了想说，打个比方，如果你是老板娘，你愿意不惜丢掉巨额财产和一个打工仔不清不楚吗？唐莲想了一下，便摇起头来，这么说全是捕风捉影的事了？主管一脸真诚，就是风和影都没有的事，你相信我。

唐莲想起有几次下班的时候，有位女工故意拖在后面，看见主管下楼梯时，

就突然走过去搭讪，不是借口脚麻啦，就是腿酸啦，身子一副弱不禁风的样子，肩膀靠向主管。但主管并没有来者不拒趁机揩油，而是把身子往边上靠过去。女工眼里便满是幽怨。唐莲就想，那些传闻一定是吃不到葡萄的狐狸说出来酸人的，自己几次考察，主管并不是那种拈花惹草的人啊。

后来，唐莲就把与主管交往的事告诉了家里，家里要求唐莲把人带回去让亲人看看。唐莲对主管说了家里的意见。主管说，先见见亲人是没错，好丑都要见公婆面的。只是，他们不大了解我，万一不同意我们之间交往怎么办？

有我在呢，结婚是我和你，又不是他们。

那样会闹得不愉快啊。

你说咋办？

干脆，我们先结婚，再回家。

先斩后奏不好吧，大人会有想法的。

太顾及大人的想法，我们到头来会弄得鸡飞蛋打。

几天后，唐莲和主管举行了简单的婚礼。他们在厂外临时租了一间房子，邀请了几个老乡。大家在小房里热闹了一番，吃了点水果。按唐莲的本意，是想大小操办一场的，至少到酒店请大家撮一顿。但主管说，那样不好，一来，我们没有多少钱，还要留些钱回家孝敬大人。二来，工友们也没啥钱，请了人家，人家肯定得送礼。送少了，我们不划算；送多了，人家心里也不舒服。我们结婚是喜事，到头来弄得大家不开心，何必呢。唐莲觉得有道理，说，省钱的想法是好的，那也不必弄得偷偷摸摸吧。最后二人折中，就请几位相好的工友来吃点儿喜糖，算是做个证婚。

工友们散去后，新房里就剩下一对新人了。主管再也无法控制住自己了，君子风度保持得太久了。羊皮一脱，就露出了狼性。他把新娘扔到床上，一双手就伸过来宽衣解带。这时，门外响起了保安的叫喊声，主管，老板娘叫你马上过去一趟。

啥事啊？主管脸上很不高兴，但手上动作却没停。

老板娘说了，要你务必马上赶到，否则后果自负。保安在门外说。

自负个屁，老子请了半个月假呢。主管说这话时，声音很轻，只想让唐莲听到而不想让保安听到的样子。

唐莲抓住主管的手，安抚主管，既然老板娘叫你，一定是有急事，你还是去看看吧。

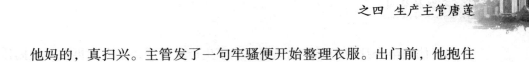

他妈的，真扫兴。主管发了一句牢骚便开始整理衣服。出门前，他抱住唐莲轻轻地吻了吻，说，宝贝，我去一下就回来，你等着。

去吧，早点回来。唐莲也送上自己的吻。

主管出门前还回头向唐莲笑了一下，两个大拇指还做了一个相亲的动作，逗得唐莲脸一红便捂着嘴笑起来，跑过去把主管往外推了一下，你快去吧。

二

那晚，唐莲独自坐在新房里，左等右等不见老公回来。这当中，她还趁机熬了一锅鸡汤，鸡汤里掺了桂圆和人参，新房里弥漫着一缕清香。实在无聊时，她又随手翻看了一本医院免费赠阅的杂志，上面登载着有关婚前性知识。她看了几行，感觉心口跳得厉害，就不看了，来到门前，向工厂那边张望。

通向工厂的路上，没有行人，也没有路灯。朦胧的月光下，不知是树叶还是小纸片，被风吹得在路面上翻滚，沙沙响个不停，后来落到了旁边的水沟里去了。这条路是新修的，只完成大部分工程，扫尾工作还没完，显得冷清。晚上单个女孩子是不敢从上面走过的。

唐莲想去厂里看看，但她害怕走那段夜路。可抬头看看天上的月亮，已经下沉了，她再也忍不住硬着头皮往厂里赶去，到了厂门口，却远远看见老公躺在地上。她跑过去扶起老公问，你怎么啦？

老公脸上有血，说，是老板打的。

老板不是出差了吗？

突然回来了。

老板怎么随便打人呢？

我——是生产出了问题。

那也不能随便打人啊，还把人打成这样。唐莲气愤地说，不行，我们报警吧。老公拉住她的手，别报了，报了也没用，老板派出所有人。

唐莲想到上回工人罢工的事，派出所的人赶来不分青红皂白，把几个为首的工人抓走了。当时老板还公然说，看你们谁还闹事，就同这些人一样的下场。

那几个工人被关了一天后，从派出所出来了。老板当场就炒了他们鱿鱼，还扣了他们半个月的工资，说他们影响了生产。过后，工人们再也不敢搞什么动作了。

唐莲不甘心地问，难道我们就这样算了？

我们，我们先回去吧。老公说。

唐莲把老公扶回家，打来热水给老公洗了脸，又扶他上床休息。唐莲还不甘心，又问，究竟生产出了多大问题，老板要动手打人呢？

退货了，他说是我把货搞砸了。

什么货，我们怎么不知道？

他说搞砸了只是借口，就是不要我干了呗。

这么说，你还被炒掉了？

是。

他这么黑心，我们还跟他客气什么？我们这就去报警。

没用的，就算上面来人调查，他一口咬定我们不是他工厂的人，上面也没办法。

我们不是签了合同的吗？

那算啥合同，只有一张纸，又是在工厂的手中，他随时可以销毁。

唐莲就哭起来，我们怎么这么倒霉。

老公安抚唐莲，对不起，都怪我没用。

不，不怪你，只怪他们心太黑。这一晚，一对新人就在哭泣中度过。

第二天早晨，保安把老公和唐莲的工资送了过来。保安说，你们拿着钱去别处吧，告也没用。你们的档案已经销毁了，也没有人为你们做证。老板已经封好大家的口了，谁要是为你们做证，一定叫他吃不了兜着走。

唐莲送保安出来，保安把唐莲拉到一边悄悄说，别怪我多嘴，你知道吗？昨夜你老公和老板娘的事，让老板撞见了。

啥事？唐莲困惑地问。

男女之间，你说还有啥事？保安觉得唐莲问得多余。

不可能。唐莲说，老板娘怎么会看上一个打工仔呢？

保安气恼地说，你能看上，别人就看不上？何况你老公平头白脸，很多女孩子都喜欢着呢。

我不信。我不信。

那就当我是放屁，好不好？保安说，我还要告诉你，昨晚老板踢了你老公一脚，你老公往后也许会有大麻烦呢，我亲眼看见他双手抱着自己下身痛苦地倒在地上打滚儿。

有这事？他回来没说啊，我还只以为打了脸。

只当我提醒你，谁叫我们都是打工的呢。但有一点，我不会给你做什么证，因为我也上有老下有小，经不起折腾。

唐莲心想，法律写得非常明白，重在证据。可证据有时不在自己手里，一个普通人又如何去寻找证据洗清自己的罪名或指证他人有罪呢？公检法有时威风得像裁判。但这个裁判不是满场奔跑的足球裁判，而是坐着一动不动的网球或乒乓球裁判。即便是足球裁判也会有错判、漏判，甚至黑哨。作为运动员，有时只有忍气吞声的份，稍有微词或唠唠叨叨，就有可能面临被逐出场外的风险。唐莲感觉自己吃了一个哑巴亏，就像被人错判了一个点球，尽管不满，但也得吞下最后的苦果。

保安走了，唐莲回到房里。老公从床上坐起来，问，怎么去了这么久？

没啥，顺便去了趟厕所。唐莲考虑要不要跟老公直说呢，可看见老公伤得很重的样子，话到嘴边又咽了回去。

你怎么啦？老公看见唐莲闷闷不乐的样子，说，你别担心，我很快就会好的，到时，我们再找个工作。除了他们厂这世界就没别的厂子啦？

唐莲心想，既然已经结婚，不可能马上就闹离婚，那会让人笑死，也会把自己看扁了。既然不能离婚，那抓住那件事来说又有什么意义呢，不是在夫妻间制造矛盾吗？以后的幸福还要不要？只要老公和自己离开了这个是非之地，一切都可以从头来过。唐莲打算独自吞下那枚苦果。

夜里，唐莲温柔地躺在老公怀里。老公只吻了一下唐莲就借口说身体不适，对不起了，过些天好吗？唐莲就转过身子，向里而卧，眼泪就唰唰地流了下来。

老公抱住唐莲的身子说，对不起，老婆。

过了几天，突然一天夜里，老公兴奋地爬了上来。唐莲也是一阵激动，温柔地配合。然而老公在紧要关头却停止了，趴在唐莲身上痛苦地说，怎么啦？我这是怎么啦？唐莲再也忍不住，哭了起来，保安都告诉我了，一定是让老板踢到了，明天去医院看看吧。

我不去，丢死人了。

你怕丢人，就不怕自己后半生吗？

第二天，唐莲硬是拉着老公去了医院。医生检查完后，说，这种情况，

一般结果有两种，一种可以痊愈，一种也许终生无望。唐莲急着问，那我们这种情况呢，会是哪种结果？

医生笑了笑，又严肃地说，其实，我刚才已经说得很清楚了。这种情况谁也没法保证结果，只有努力配合治疗，按时吃药，心情开朗，不要做繁重的体力活。另外，做妻子的要尽力安抚丈夫，不要给他压力。

两人从医院回来，老公一路走一路说，我完了，我这一辈子完了。唐莲就劝慰老公，医生不是说了吗，是有治愈的可能的。老公难过地说，才结婚就让你守活寡，我还不如死了算了。老公说着就把头往路边的电线杆上撞过去。唐莲忙拉住老公，说，还没到那步，你配合医生好好治疗，我不会离开你的。

老婆，你说的是真的吗？

唐莲点了点头，是真的。

老婆，你真好。老公拉住唐莲的手，用劲儿捏了捏。

本来请了半个月婚假，房子也就只租了半个月。现在两人都被工厂辞退了，白耗下去已没意义，所以现在当务之急是必须尽快找到工作。

湘南玩具厂正在招工，车工倒是大量招聘，但职员只招一名拉长。老公说，不招主管，拉长也行，先进了再说。

他俩被人带进了工厂。唐莲考车工，被带到车间去了。一位主管走过来，递给唐莲两片裁片，唐莲很快就车了出来。主管说，看样子你是老手了。

不算老手，我只车了两年。唐莲笑着说。

车两年就这么厉害，好，我给你最高工价，当场就拿来一张表，让唐莲填了。完后，主管在上面打上了工价，也就是日薪多少。

唐莲告辞出来，主管还追过来叮嘱唐莲最好尽快来上班。唐莲点了点头。

唐莲找到老公，老公是在一间办公室里，但里面除了老公没另外的人。老公在里面走来走去，看样子等得不耐烦了，见唐莲进来就问，你考上了吗？

唐莲说，考上了，还叫我尽快上班。你呢？

我被带进来，说让我等老板亲自面试，可我等了这么久，也没见到老板的影子。唐莲就劝老公，别急，那就再等等吧。唐莲见桌上放着一只公仔，就顺手拿起来看了看，心里一股脑儿琢磨，难道工厂现在正车这款货，那得好好看看才行。

老板终于出现了，此时已是下午六点了。唐莲见老板还很年轻，心里就想，难怪人家架子大了，小人得志啦。

老板开口倒是客气，对不起，有事耽搁了，让二位久等了。

两人都回老板说，没事，没事，不要紧。

老板就笑着说，我只招一名拉长呀，你们两位是谁应聘？

唐莲笑着说，是他，我是来考车工。

那你考了吗？

考好了。

是嘛，很好，老板抓起桌上的公仔问唐莲老公，你说说看，这款公仔一条拉一天可以生产多少成品？

唐莲老公一听慌了，反问，这，这，考拉长要考这个吗？

老板笑了，你说说看，那该考什么啊？

我以为考车一只公仔。

车一只公仔，那太简单了。老板说，在我们这儿，稍为工龄长一点儿的都会车。那你排排工序吧，这款公仔流水作业需要多少人车？

唐莲见老公急得抓耳挠腮，就忍不住说，老板，他太激动了，一时回答不上来，其实，这款公仔不难。

老板转过头问唐莲，那你说说看，美女。

唐莲就说，以一般工人的素质技术，有二十人一条拉可以排完所有工序。

那目标呢？

一个小时，大约生产八十到一百个。唐莲慎重地说。

是吗？

应该是。

你不用做车工了，从明天开始，你来我这儿当拉长。老板当场拍板。

那他呢？唐莲问老板。

他嘛，愿意来做车工我们欢迎啊。老板爽快地说。

没有别的职位可以安排吗？

看他以后的能力再说吧，美女。他今天的表现可不怎么样啊，来了办公室大半天，什么也没看，就会走来走去，连走马观花都不会，他能管好一条拉吗？你这么帮他，他是你什么人啊？

是我老公。

你结婚啦？

是。

那就欢迎你们夫妻来我们厂了。我这里只招一名拉长，对你们家来说，你们夫妻谁做都一样嘛，但对工厂来说就是另外一回事了。老板伸出手来，唐莲握着老板的手，对不起，老板，我还不知道老板贵姓呢？

老板笑了，是我失礼，忘了自我介绍，我姓曾。

两口子告辞出来。在路上，说起这个曾老板，老公骂道，什么玩意儿，不招就不招呗，偏要说肥水不流外人田，反正拉长出在我们家，谁做都一样。那你的老板咋不给你老婆做？真是的。

唐莲就笑话老公，没做成拉长，就气成这样，我看也不能怪人家，谁叫你在办公室里走来走去，啥也没琢磨。老公说，别高兴得太早，我担心你啊，辣椒汤没喝过以为好喝，喝了我怕你到时受不了，闹肚子呢。

谁说的，不试哪里晓得？这之前谁也不敢妄下结论。

真做不下了，看他姓曾的咋办？

你就那么希望看我的笑话，唐莲生气了。就兴你做主管，就不兴我做个小拉长。

我没这意思，我是担心他黄鼠狼给鸡拜年没安好心。

你小瞧人家了，人家年纪不比我们大多少，说啥也是正儿八经的老板了。

回到家，唐莲熬好药汤，让老公喝。老公说，现在我把药汤当饭吃了。

那怪谁呢？唐莲想到保安的话，就觉得生气。但她还是忍住了，麻利地收拾几件衣裳提到门边洗起来。

老公喝了药汤，就从后面轻轻地抱住她的身体，轻柔地说，老婆，咱们试试吧？

你感觉行吗？

不试哪里晓得。老公学她刚才的口气。唐莲笑了，就把手在衣上擦了擦，走到床边开始解衣扣。

老公三下五除二，脱光了自己，眼睛看着唐莲。唐莲想让老公看见自己的胴体，就没有钻进被窝，而是赤身裸体躺在被面上，一双眼睛闪泛着迷人的光。老公喉咙不停地响动着，呼吸也急促起来。唐莲就势拉了一把老公，两人就滚到了一起。

唐莲摸索着想用手试探老公那儿，但又害怕另一种结果，又把手缩回来绕在老公脖子上。老公见唐莲双眼迷离，胸腹起伏，就翻身上去。然而试了几次，还是不行。唐莲分明感觉到了，但她闭上眼睛劝慰老公，别急，慢慢来，你一定行的。老公挣扎了一下，终于垂下了头颅，绝望地说，我完了，我真的完了。唐莲从老公怀里抽出身子，迅速穿好衣服，见老公还光着身子趴在那儿一动不动，就顺手扯过被子盖在老公身上。自己躲进厕所，泪水像决堤的河。她怕老公听到哭声，加重心理负担，影响治疗，就用纸巾使劲儿捂住自己的嘴。

再次回到宿舍，唐莲对老公说，去退房吧，明天，我们就搬过去上班。

老公在床上动了一下身子，要退明天退，晚上退了，人家就要你搬走的，你打算晚上搬吗？唐莲说，那就再住一晚吧，明天一定搬。

三

唐莲第二天就上班了。工厂一时没有夫妻房，她和老公分别住到男女集体宿舍。唐莲是拉长，境况要好些，一个宿舍只有四个人。老公就差远了，集体宿舍住了十二个男工。老公从前做主管，一人住一间宿舍，舒服惯了，猛地一下从天上掉到地上，脑子一时转不过弯来，就生气不上班，说要休息休息。唐莲就说，那你好好休息吧，一上班就辛苦了，到时想休息，怕是不好请假了。

唐莲昨天来面试考的是车工，今天一上班，主管却让她带一条拉，有些工人就没弄明白，都低下头相互掐耳朵。唐莲就笑笑，让人家对自己评头品足个够，自己从前也这样说过别人，别说来了一个拉长，就是随便一个工人，那几天都是说个没完的。

上工第一天，唐莲拉上有一个男工欺生。当唐莲走到他身边时，他故意把腿伸到了过道，唐莲没有注意，就打了个趔趄，人险些摔倒。那名男工还说，你怎么走路的，把我脚都踩扁了。

唐莲脸上一白，马上又换成微笑，对不起，是我没注意。

你看，我下面的货也让你弄坏了。那名男工如是说。很多工人就笑起来，那笑声透着怪怪的味道。

唐莲脸上一红，但她仍然微笑着弯腰把放在男工脚边的胶筐移了移。其实胶筐里并没有什么。但男工那样说，显然是在耍流氓。她不会让他得逞。接着，唐莲并没有马上走开，而是站在男工身边看了看他车的货。也许是他

故意的吧，反正车出的货，都不合格，点位没有对好；头与脖子没有对齐，向一边歪去了，像一位不满的人正歪着脑袋看着自己。唐莲就低头对那名男工说，注意点位对齐一点儿，好像有些偏呢。

我从来就是这样车的，也没见退过货，那名男工说。

也许偶尔搭帮人家不严格吧，如果碰到挑剔的客户，就难说了。

那你车得好，你车给我看看呀。不等唐莲同意，男工自己先站起来了。唐莲悄悄看了一眼四周，工人都在盯着自己，就是主管也在远处观望。他们的眼神都很明确，就看你的了。

内行的人都知道，合头是在车玩具公仔中一道最难的工序，一般女孩子手劲儿不够，是车不好的。但唐莲坐了过去，她深信这个难不倒自己。她调好坐姿，一连车了三个，一名检查员马上走过来验看，提起来捽着手中的公仔说，三个完全合格，像这样车就再也没有返工的了。我们也就轻松了。

也许是你没留意，唐莲对那名男工说，先得把点位对齐了再车一定没问题的。那名男工红着脸坐了下去。

唐莲抬起头来，拉上的工人都低下了头，埋头车货。而远处的主管向她伸出大拇指。唐莲轻轻摇了摇头。

经过三天观察，唐莲发现工厂的生产方式不科学，决定向老板提建议改改，可去了几回老板办公室也没见着老板人，晚上去找老板，又怕别人多心，就一直拖着。眼看拉上就要换货了，这天老板随意来到车间，唐莲马上迎过去说，曾老板，我有话跟你说。

什么事？老板最怕工人在车间提建议加工资了。

我要提个建议。

哦，曾老板走近了点，小唐，你刚来，有些情况你还不清楚，千万不要——老板果然以为她说加钱的事。

曾老板，我说的是有关生产的事。

是吗？那好，去我办公室谈吧。说完曾老板自顾自朝前走了，唐莲跟在一米开外，余光扫过去，工人似乎都在说，这个新来的拉长是个疯女人吧。

办公室里，曾老板亲自为唐莲倒了一杯水，放在唐莲面前，小唐，有什么好建议，请说吧。唐莲说，我想改改目前这种流水作业方式。

如何改？你说。只要有利于工厂，有利于生产，我一定举双手支持。

现在拉上采用的是一窝蜂的生产方式，也就是说，无组织无管理，一款新货下来了，工人蜂拥般过去乱抢，谁都想车简单的工序。待简单的工序车完了，再向难的推进。看起来很合理，像我们读书考试一样，先易后难。但是，这中间却造成技术资源的浪费。简单工序谁都会车，技术好点的也去车，为的是图个容易啊、舒服啊。这明显就是浪费了，大材小用了。而难工序呢，技术一般的又车不来，可车不来也要车，硬赶鸭子上架，结果又生产出过多次品，因为没简单的工序可车呀。

嗯，你说得有道理。老板问，那如何改呢？

很简单，各拉由拉长统一安排，技术好的车难工序，技术一般的车简单的，形成真正的流水线作业。

好是好，可有个排工序的问题。

技术好，薪水也高，薪水高自然应该车难货，反过来，车难货的自然薪水高。这样谁也没话可说。

对头，猫不吃辣椒，得想办法，抹点辣椒放在猫屁股上行不行，猫嘴巴怕辣，屁股就不怕辣吗？

曾老板，你的话好深奥哟。

这话可不是我说得出来的，是伟人说的。

那就是说你同意了？

行啊，曾老板双手拍了拍桌面，这样吧，小唐，先从你们拉上开始试行，反正你们就要在这两天换货了。如果效果好，往后全厂都改过来。

好，谢谢老板支持。

是我应该谢你才对呀，小唐，工厂就需要你们出谋划策呀。曾老板站起来还摸了一下她的头。唐莲飞快地离开了老板办公室。

过后，唐莲就在本拉实行自己的创意。果然效果非常好，目标一下上去了。车同样的货，比别的拉每小时要多出四分之一的成品。曾老板看过日报表后，当众夸奖唐莲出了个金点子。

唐莲得到老板的鼓励，似乎脑袋也一窍通了百窍也通了。她随之又向老板提议，工人目标达标后，应该鼓励工人生产更多的货。

老板笑问，又有什么好办法？

增设超产奖，唐莲绘声绘色地说，工人完成了应完成的生产数量，超出的部分，工厂应给予奖励。这样一来，工人生产积极性会更高，工厂效益也会更好。而且工人每月薪水明显增多了，看得见实惠，也会安心工作。管理

员也减轻了工作压力，不用整天跟在后面喊快点快点，硬赶鸭子上架了。

老板答得非常爽快，就依你，减轻管理员压力，也是减轻工厂压力嘛。不过，这当中存在一个技术操作问题，也就是说怎么奖？奖多少？

这就是老板你的事啦。唐莲笑着说，你想多赚点，就多奖点，你想少赚点，就少奖点。老板哈哈大笑起来，小唐，你这话才叫深刻呢。

唐莲接二连三向老板献上金点子，却引起了老板娘王艳的不满。这很让唐莲想不通，心想，我的建议不是为我个人多得钱，而是给工厂带来明显的效益，你老板娘应该感谢我才对，为什么还不高兴呢？

原来，王艳的弟弟王强在工厂担任生产经理，老板好几次要求小舅子开动脑筋，提高生产效益。可小舅子不把姐夫的话当一回事，一天除了到车间报个到，就悄悄溜到外边打牌去了。老板一天为了接单、收款忙得两脚不落地，很少有时间在工厂，更顾不上工厂生产管理的事。工厂全权交给了老板娘王艳，但王艳是个马大哈，一切听她弟弟的。现在唐莲来了，就把工厂搞得风生水起。这让王艳弟弟王强很不高兴，就找到姐姐说些不着边际的话，姐，你要小心点儿，那个小妖精，看来不是个省油的灯呢，一个小拉长位置怕还是放不下她呢。

王艳开始不以为意，她还能怎么着，想当你这个经理？还是我这个厂长？

王强撇撇嘴说，我看还不止这些呢。王艳正了正形，但语气却轻描淡写地问，那她还想当啥？

王强就认真地说，还能当啥？当老板娘呗。王艳一脸不屑地说，瞎说，人家有老公。王强见姐姐不为所动，就在屋内走来走去，末了，猛地一句，有老公怎么着，现在这世道，陈世美、潘金莲到处都是。

听了弟弟的话，王艳就有些害怕了。王艳不怕自己失权，但怕自己失位，更怕失宠。这个厂长她早就不想当了，太累人了，简直比当了孩子的老妈子还累。有人想当，她愿意让出去，张三也好，李四也好，王二麻子也好，随便哪一个，就是唐莲也行。但唐莲有当老板娘的想法就不行，哪怕有一点儿苗头也不行。她得找个机会让那个小拉长见识见识谁才是真正的老大。

那天，王艳在车间里转了几圈，来到唐莲那条拉，顺手从一个车位上抓起一只公仔，大呼小叫地喊，拉长，唐拉长，你过来。

唐莲正在前面车位指导一名车工，听到老板娘喊，就丢下公仔跑过来，小声问，老板娘，你叫我？

是啊，你听不到吗？王艳板着面孔。

唐莲又问，有事吗？

怎么？没事不能叫你？你好大的架子？

唐莲见老板娘风头不对，就立马不言语了。

你看看，你们拉车的什么破货？王艳说着把一只公仔摔在唐莲面前，唐莲拾起公仔看了一会儿，也没发现哪里有问题。唐莲赔着笑脸问，老板娘，这只公仔？

亏你还是拉长，这都看不出来，难怪工人车次品了。王艳抢过公仔，你仔细看看，这上面的针距太密了，都像你这个车法，我赔都赔死了，还想赚，赚个屁啊。

工人们笑了起来。王艳又把公仔扔到唐莲手中，转身离开，走了几步，又回头说，以后，多花点儿心思在拉上，管好自己的生产，别净整那些花花哨哨的东西。

唐莲看着老板娘的背影，真想狠狠地吐她一口。但她还是放下公仔对旁边的车工说，先停一下，叫机修过来调调针距。

晚上，老公来到唐莲宿舍，一开口就说，晓得了吧，热脸贴到冷屁股了吧？

唐莲瞪了老公一眼，没好气地说，你晓得个屁，王艳是王艳，老板是老板，老板是个晓得好歹的人。

可人家是夫妻，这厂子是他们家的。

那又怎么样，我又不贪他们的厂子。

以后，我劝你还是多一事不如少一事，图个轻松自在，别净出馊主意了。

可我这点馊东西只能卖给喂猪的，卖给别人，别人也不要啊。

人家赚再多的钱也不分你一分。

谁说的？老板不是给我加了一百元薪水了吗？

那也是九头牛和一根毛的事。

可我知足了。

这么说，你还不会死心，以后，还要出馊主意？

只要有人要，我就出。

老公气得脸都红了，我看你当官当成迷了。

唐莲就把熬好的药端给老公，趁热喝吧。这时，同宿舍的一名拉长回来看见了，打趣地说，啥补品呀？对老公这么好？唐莲笑着说，哪是补品，他

胃不好，熬了点药。

老公喝完药，冲唐莲说，你让我说你什么好呢？唐莲接过碗，催促说，那就啥也别说，快回去休息吧。她们都回来了，人家要冲凉了呢。

第二天上班时，唐莲在车间楼梯口碰到老板，随口喊了一声，老板。

老板回头看了一眼唐莲，笑着说，昨晚没睡好吧，眼睛这么红？

哪有呀。唐莲那会儿想到在车间无端受到老板娘的窝囊气，与老板现在的亲切问候，有如冰火两重天，她差点儿想哭了。

没事就好，老板说，我平时比较忙，工厂有什么事，要记得随时跟我说哟。

唐莲笑了，那当然。

你记住了，小唐，你这个拉长可是我这个老板亲自招进来的，别给我丢面子呵，我可是看好你的。

真的吗，老板？

我是老板，是商人，谁帮我赚到钱，我就记住谁的情，过后，我一定要还他的情，不说加倍吧，起码要让人家感觉到我这份心意。

这我倒相信。唐莲向老板道了一声谢谢。因老板给自己涨了一百元工资。

最近有什么好想法没有？老板问。

好想法没有，意见倒有一个。

说说看。

老板，减少点加班时间吧。

这恐怕不行，以前，我们比现在加得还晚呢。

我知道，其实，老板你仔细算一算账，就明白了。

你说说看。老板把唐莲领到办公室。

唐莲说，工人每天都加班到晚上十二点，像一头牛一样，牛累了还要躺在田里打个滚儿呢，可工人不行。其实，按这种劳动强度，工人超过晚上十点，精神根本不能集中了，硬把他们按在座位上车货，他们也没办法，只好坐在那儿装样子，磨洋工，耗时间。这一两个钟头，车不出啥货，只好拿白天超产的部分来顶。这样一来，工人少赚了钱，但老板你呢，白白浪费了电费，还有加班费，而且加班费又高。因为那些货是在白天就车出来了的。

这我倒没有想到。真是轻快轻快，一天三块，蠢压蠢压，一天块八。你这不是意见，简直又是一个金点子啊。

算金点子啊，那不是又有奖了？唐莲乐了。

老板认真地说，我是商人，赚钱是第一位的，但必要时该加班还得加。

那是你老板说了算。唐莲告辞而去。

四

唐莲上班时没见着主管，就悄悄问身边的跛子，你晓得主管去了哪儿吗？

你不晓得吗？炒鱿鱼了。跛子看了一眼周围，没见着别人才轻轻说。那样子跟做贼一样。

谁炒的？

还能有谁？老板又不在。

母老虎王艳？

除了她谁有这么大权力？

唐莲有些生气了，说，主管做得好好的，凭什么啊？她的声音有些大，拉上有几名工人也回过头来看。

跛子吞吞吐吐地说，还有啥？怪她多事呗。

早几天，唐莲把主管拉到一边说，主管，我向你提个建议。主管笑着说，你的金点子该找老板去说啊。

不用，这件事，你主管就能处理。

说说看。主管说。

取消上厕所的时间限制吧。唐莲说。

这个？主管听后沉思良久，不置可否。

工厂担心工人上班偷懒，借口上厕所，故意拖延时间，所以规定了一次一拉只准去一人，时间不得超过八分钟。

但唐莲算了一笔账，一个上午四小时有二百四十分钟，一人八分钟，可以轮完三十人。但一条拉不过二十多人，其实，当中有人可以去两趟。自从唐莲建议在工厂实行流水线作业后，特别是实行超产奖后，工人的积极性普遍提高了，上厕所一般不会超过时间。而且，他们也没法超过时间，因为耽搁太久，工位上会堆满待生产的货，下道工序也会跟着停下来。还有去得太久，自己不管不顾，拉上别的工友也会有意见，因为人家得等你回来才能去厕所呢。所以这个规定既是多余，也显得缺乏人情味，让工人产生抵触情绪。

　　听唐莲这么一说，主管觉得有道理，便也想试试身手。毕竟这段时间，唐莲在老板那儿太得宠了，担心自己沦为摆设。老板不在，主管认为这点小事自己拿捏得下来，就没有请示老板娘王艳，自己在黑板上写了个通告。

　　老板娘来上班时，看到这个通告，还问了主管为啥要写这个。主管把唐莲说过的理由重复了一遍。王艳问是谁的主意，主管就说是自己的主意。

　　王艳就来火了，一开口骂了起来，你们都把自己当老大了，眼里还有没有老板，还有没有我这个老板娘？主管还想据理力争，但王艳气呼呼地走了。这一幕唐莲没有看到，她当时正好在上厕所。她出来时，王艳下楼去了，只看见主管一脸通红，还向她做了个鬼脸。她以为主管笑话自己在厕所待得太久。也就没在意。

　　没想到主管就这样被炒了，唐莲安排了一下拉上的工作，就去了老板娘办公室。老板娘正在接一个电话，声音大得很，好像是在与朋友谈打牌的事，这两天没空，我家老公外出了，我得留下看厂子呢。哎呀，别提了，如今的工人难管死了，稍为放松点儿，就想飞上天呢。老板娘突然见唐莲进来，就手捂住话筒问，你有事吗？唐莲轻轻点点头，有一点儿，你先忙。

　　老板娘就对着话筒说，我这儿有点事，改天跟你联络，等他回来，我再找你们玩儿他个三天三夜，好吗？放下电话，老板娘问唐莲，什么事？

　　唐莲直突突地问，主管是被炒了吗？

　　是呀。有什么问题吗？

　　取消上厕所的时间规定是我说的，要炒炒我，与主管无关。

　　怎么，你以为我不敢炒你吗？

　　你是老板娘，工厂是你的，你有啥不敢的？

　　唐莲，唐拉长，我说你别给脸不要脸。王艳气得站了起来。

　　那你就炒我呀。唐莲说着从身上拿出工卡，给，我工卡也带来了。

　　王艳见了工卡又坐了下去，不行，你说炒我就炒呀。你实在要走，你写辞工书啊，急辞工也可以的。

　　你要炒就炒，我真要交辞工书，也找老板交。唐莲说完就往门口走，身后老板娘大叫，死八婆，你气死我了，还没见过你这号打工的。唐莲站在门口嘴角笑了一下，轻声说，气死你活该，二百五一个。

　　当天晚上，老板就回来了，把唐莲找去办公室，问，你要辞工？唐莲没好气地说，是的。

198

为什么？老板一惊。做得好好的，为什么要辞工？

不为什么。

不对，我离开没几天，怎么弄成这样？老板说，你告诉我，是什么原因好吗？

还用我说，唐莲气呼呼地说，你没发现人少了？

谁，老板困惑地问，少了谁？

主管，老板娘把主管炒掉了。你会不知道？

有这事？

不信，自己去车间看呀！

好，这个事，我会问清楚，但是你，不能辞工，你得留下来帮我，明白吗？说完，老板问，你知道主管的电话吗？

她又没有手机，哪有号码？

真是的，成事不足，败事有余，净给我添乱。老板发着牢骚，也不知是指谁。

第二天，老板又把唐莲叫去，从抽屉里拿出一部新手机送给唐莲。说，你拿着，以后，有什么事，直接给我电话。

我不要。唐莲推辞。

别怕，这是方便工作，这回我买了两部，一个给你，另一个给了队长，不会有人说三道四的。

可这太贵重了。唐莲还想推脱。

不贵重我还拿不出手呢，老板说，我说过，谁为工厂做了事，我就要奖赏他。再说，万一哪天趁我不在，你跑掉了，我去哪儿找你？唐莲知道老板是担心他不在工厂，老板娘借故把她炒掉了。如果是她自己真要走，送个手机有什么用，不开机，或不接电话，同样找不到她。

老板，你开玩笑。

去吧，给我好好干，我可是要回收成本的呵。老板对主管的事只字不提。倒是让唐莲夫妻搬过去住单房。

下班后，唐莲在宿舍里捣鼓手机，邻宿舍的姐妹都好奇地围上来，大家争相传看着。有人说，这点点大的东西，居然能通话，想想以前那种大哥大，真是难看死了。

有人说，难看的东西早晚被淘汰的。又有人接了上去，是呀，我们老太婆了，早晚也是要淘汰的喽。到时，就剩下唐拉长啰。

唐莲就佯装生气地说，说手机就说手机，扯我身上干吗？

有人说，也只有唐莲配带手机，人长得漂漂亮亮，把手机往耳边一放，嗲声嗲气地喊，喂，你哪位呀？

我是老板呀。有人又接了一句。

有啥事呀？有人学唐莲的口气。

生产公仔呀。有人又学老板的声音。唐莲就掐了对方腋窝一下，看你瞎说，我撕烂你的嘴。几个姐妹相处得不错，平时搞惯了，所以话出格点儿也没什么。

这时，唐莲老公就进来了，哟，这么热闹。

去去，这里是女人的世界，没你的份儿。有人站起来故意推了一下。

唐莲把屁股往旁边挪挪，让出一个位子给老公坐。老公拿过手机，哇，真漂亮，谁买的？

不是你买给唐莲的啊？有个姐妹逗乐子。

我哪有啊？这东西贵得很，随便一部要几千块呢。唐莲老公说。

那你就完了，有人送你老婆手机了。

唐莲若无其事地说，别听她瞎说，哪是送的，是老板发给我的，队长也有一部呢。

呵，老公把手机还给唐莲，想不到我们老板还真大方。

你更大方，有个姐妹说，唐莲知道对方接下来会说，你把老婆都可以送人。虽然是开玩笑，但到了她老公那儿，未必不多一层心思。他们夫妻之间的事，外人不知道，有时会守着和尚骂秃子。不等对方说出，唐莲就站起来说，不说了，我们先出去吃夜宵了。唐莲就陪老公走了出来。果然老公说话带酸味了，老板就送你们俩？

唐莲说，这么贵的东西所有人都送呀？

就单单送你们两个，老公说，说不定队长也是跟着沾了光的。

你想说什么呀？唐莲生气了，要说就说明白点儿，别酸溜溜的，我听不懂。

真让我说啊？

是啊，男子汉大丈夫，有话就说，有屁就放。

老公见唐莲真生气了，他又缩了回去，到嘴边的话生生给咽下去了。

早晨上班时，工人在三三两两议论什么。唐莲以为是手机的事，一打听，原来工人们在说老板接了一个一百万的大单，工厂要做三个月，这一来，加班要加死人了。才改了加班时间，怕是又要改回去了。

老板带着老板娘出去了。这天车间由老板娘的弟弟王强一整天值班守着。那小子，说是生产经理，但很少管生产，平时也不多话，但一肚子坏水，尽在他姐姐面前挑拨离间，而且为人又好色，常揩打工妹的油水，吃打工妹豆腐。有人说，一到夏天，那小子就往车间窜。夏天，女孩子穿得少，穿得短，可以尽饱眼福。有时，还故意挤落女孩子身边的裁片，并热心帮人家捡起来，一弯腰就半天不起来。当人家谢谢他的时候，他说，不用谢，真要谢，也应我谢你才对呀。

后来，有人就说开了，那小子低头捡裁片时，是在偷看女孩子的腿裆。

后来，车间还传开了某某女孩子没穿底裤，气得那女孩子大哭大闹，赌咒发誓。过后，再也没有女孩子敢穿裙子上班了。见到他来车间，所有女孩子如见瘟神，而且把腿裆夹得紧紧的，生怕走光。

只有唐莲例外，该穿裙子时，绝对穿裙子，她是拉长，站着的时间多，也不用担心走光。

老板不知从哪儿得知此事，就对小舅子半开玩笑地说，你别有事没事往车间跑。那小子早想偷懒，这一来，不让进车间，正中下怀，何乐而不为。

晚上加班时，老板和老板娘很早就回来了。老板黑着脸，从车上下来，也不看谁。老板娘一下车就往办公室跑。唐莲当时正站在车间窗口后面，见到这一幕，知道这回订单遇到了麻烦。

唐莲去厕所时，遇到跛子从男厕所出来。跛子对唐莲开玩笑说，母老虎这回怕是碰了个硬钉子，说不定要发威了，你要当心点。

我怕什么？唐莲说，我做我的，她做她的。我又不惹她。

跛子笑了笑走了。唐莲从厕所出来，队长李浩来车间找她。唐莲问，有事吗？你可是无事不登三宝殿啊。

队长说，我天天都想上车间看美女，可是皇上有旨，闲杂人员无事不得进入后宫。

现在看够了吧？

队长扫了一眼车间，说，果然是春色无边啊。

有什么事就说吧。唐莲就催促。

队长看了一眼周围的工人，想了想说，这里哪是商量大事的地方，还是去我办公室吧。说完转身就往前走了。

什么吗？搞得这么神秘。唐莲也跟着往楼下走。

进了办公室，队长给唐莲倒了一杯蒸馏水。先喝点水，压压惊。

快说吧，你真是能折磨人。

现在我奉旨向你宣布，从明天开始，唐莲女士代理生产主管，本拉工作同时兼顾。

就这事呀，唐莲笑了，老板怎么不直接跟我说？

唐小姐的意思是说我这个队长不够格吧？

哪里，你队长是红人，像从前的钦差大臣，见官大三级的。

钦差大臣再大，也大不过你这美人娘子啊。

谁是美人？我都老太婆了。

徐娘就是半老，也是风韵犹存啊，何况唐小姐风华正茂，国色天香。

不跟你贫了，唐莲放下水杯，说，谢谢你的热情招待，我上去了。

慢着，队长喊住唐莲，我这里还有第二道圣旨没下呢。

那又是什么呀？

明天下午两点，唐美人准时陪圣上参加一场宴会。

什么宴会？

这个只有圣上知道。

我又不会喝酒。

那请去对圣上解释。

知道了。唐莲回头向队长招了一下手。

等等，还有。

还有第三道圣旨？唐莲站住了。

算是吧，明天必须穿最漂亮的衣服，要把你女人的身材、美感全部体现出来。

要去相亲啊？唐莲笑了起来。

第二天下午，老板早早叫人把车洗干净了，停在楼下。见唐莲过来，老板打量了一番，问，你就这套好衣服？

是啊，不好看吗？唐莲脸上一红。

也不是不好看，只是——

要不，我回去再换一套。

算了，上车吧。老板坐了进去。唐莲绕过车后，坐到副驾驶位置上。

车子开出厂门，老板望了一眼唐莲，队长都跟你说了吧？

说什么呀？唐莲侧头问。

今天出差的事啊。

队长什么也没说，只说是宴会，我问他什么宴会，他说只有你知道。

这个队长，还大学生呢，平时口若悬河，没想到见到美女，也是赶鸟一样。

赶鸟一样？唐莲不解地问，什么意思啊？

老板笑了，你没赶过麻雀吗？试一试。

唐莲就哦哦地喊了两声。

这下明白了吧，哦哦就是我，我，我嘛，结巴呀。

嘻嘻，唐莲对老板说，老板，没想到你还挺幽默的。

告诉你吧，今天是带你去见一个客户。只许成功，不许失败。

可我不会喝酒啊？

酒对女人不起作用。

那对男人就起作用啦？

那要看女人的本事大小了。

车子开到一家时装店门前，停了下来，老板径直往里走去。唐莲略略停了一下。老板回头问，咋啦？唐莲说，脚蹭了一下。

不要紧吧？你可别关键时刻给我掉链子啊。

没事。放心吧！

老板把唐莲推到前面，对一位小姐说，帮我参谋一下，给她挑选一套最合适的时装。

服务小姐回说，好的。侧头叫唐莲，太太请跟我来。

唐莲忸怩一下，不好吧？

老板眼睛瞪了一下。唐莲就跟着小姐去了。

过了一会儿，唐莲穿戴整齐出现在老板面前。老板顿时感觉眼前一亮，笑着说，真是三分人才，七分打扮呀。

小姐开起了玩笑，先生，你太太穿上这套衣服，走在街头，回头率保证百分之百。

好，就这套了，老板掏出钱包，对小姐说，不是衣服值钱，是小姐你这张嘴值钱呀。

小姐笑了，谢谢先生夸奖，又对唐莲说，也搭帮太太身材好。

重新坐回车上，唐莲不经意地笑着说，这是平生第一次听人叫我太太呢。

那也高兴呀，不过是小姐身子丫鬟命。

你看不起人。

开玩笑的，我没有看不起谁，当年我刚出来时，比起你现在风光的样子可是差远了。

又哄人了。

以后有机会慢慢说给你听，你就知道是不是哄人了。

突然唐莲担心地问，参加宴会的人多吗？

不多，只有一个客人。

才一个客人，要搞得这么隆重？

客人不在多，请一只老虎和请一百只羊，哪个更轰动？

我有些紧张，老板，我该注意些什么呀？

你只要记住一点就行了。

哪一点？

对客人说的做的，你只能回答"是"就行了。

那又是什么呀？我不懂。唐莲说。

慢慢学吧，拿出你女人的撒手锏，可别像有些人一样，提起来一大串，放下去是一大摊。

那是什么东西啊？

猪大肠啊！

真损。

没办法呀，老虎要吃人，我总得想个法子吧。

我还是怕，不会搞砸吧？

不要怕，从现在起，你不是我的工人，是我的妹子，知道吧，是我亲妹子，我是你亲哥，五哥这回就拜托你了。

老板，你——

别叫我老板，叫我五哥。你只要帮五哥拿到那张合同，往后吃香的喝辣的，五哥会好好报答你的。

五

唐莲跟在老板后面，进了兰亭，里面坐着一位削瘦的老头，一头白发，两只三角眼，满身珠光宝气。唐莲看他颈上那根项链，粗得可以拴狗。

唐莲在心里说，就这么一个糟老头子，真像老板说的那么有钱吗？

老板向唐莲介绍，这是冈田社长，又对冈田说，社长，这是我表妹，唐小姐。

冈田抬起头审视了一眼唐莲，嘴角揶揄地说，曾总，货不对板呀？

老板看了一眼唐莲，便走到冈田身侧，贴着耳朵说，社长，中国的青葡萄带点涩，我给你带来了可以媲美日本的红富士，佳品呢。

哈哈哈，曾总真会说话。冈田侧头扫了一眼唐莲。

唐莲故作骄矜地说，欺负人，欺负人，你们两个大男人欺负人，偷偷说我坏话。

冈田笑了，唐小姐，你有坏话给我们说吗？冈田一口流利的中文，令唐莲惊讶不已。

唐莲很是大气地说，社长，莫须有的罪名，自古就有，谁都会说啊。

哇，冈田兴奋起来，喊了一声曾总，你这表妹可是才女呀。

过奖了，过奖了，老板满意地看了一眼唐莲，意思是表现不错。

老板问一声，社长，你看是先吃饭呢，还是先跳舞？

冈田说，饭天天有的吃，跟美女跳舞可不是时时有呀。

好，那就先跳舞。老板打了一个响指，马上有侍应生过来调出舞曲。唐莲没有听过这曲子，闭上双眼感觉像一湖水向身上漫了过来，水把自己托起了，身子随之轻了许多。冈田很绅士地走到唐莲面前，做了个请式。唐莲把纤纤玉手放进冈田掌心，身体就势扑向冈田怀中。冈田见好就收，一点儿也不讲客气了。这时，一位侍应小姐来到旁边，老板也有样学样，请了那位小姐。两人作为伴舞跟在旁边转。一连跳了三支曲子，冈田说，休息一下吧。

唐莲撒娇地说，再跳，我就要散架了。吹气如岚，娇态妩媚。冈田适才跳舞时，一只手自始至终，放在唐莲臀部那儿，而且一直没安分过。这会儿不跳舞了，但总觉得那手没地方放似的，就一直牵着唐莲的一只手。落座后，老板恭敬地请示冈田，社长，你一定饿了，是不是上菜？

冈田这会儿倒问唐莲，唐小姐，你说呢？

好啊，唐莲爽快地说。

老板做了个手势，菜就陆续上来了。唐莲借口太热，脱了外套。这一来，她那本来就够美妙的身材显得更加美轮美奂。连老板也没想到自己身边的一个打工妹，身材居然如此出色，看来是自己走眼了。唐莲用眼神瞟了一眼老板，心想，现在后悔了吧？

冈田更是看得两眼都直了，特别是唐莲胸前那一对奶子，高大挺拔，奶沟深陷，白如雪凝。冈田毫无顾忌大饱了一回眼福后，另一只虫子在心里挠得他坐卧不安，恨不得快快结束饭局，好去成就好事，就催菜上快点。每上一道菜，老板和唐莲就轮番敬酒。但唐莲借口不胜酒力，只是略略抿一口。冈田就不满了，大喊，不行，不行，这样不公平，我喝一杯，唐小姐什么也没喝。

老板就说，表妹，既然社长这么豪兴，你就舍命陪君子吧。

唐莲侧过身子，靠近了冈田，轻柔地说，社长，要我喝可以，我们换一种方法行吗？

冈田想都没想地说，行呀，只要唐小姐喝酒，你喝多少，我就喝多少。

说话算数。唐莲加了一句。

那当然，你们中国有句俗语，一言既出，驷马难追。

社长，你看好了哦。唐莲端起面前的一杯酒，轻轻地喝了一口，然后伸过嘴去，一双手搂着冈田的脖子，嘴贴着嘴，用舌尖把酒输进了冈田的嘴里。

老板没想到唐莲会来这一手，他看得也是热血飞奔。想到有人曾说过，每个女人都有做娼妇的潜质。现在看来，这话经典。只要条件场合合适，再贤淑的女人也可以做出出格的事来。关在笼子里面的老虎不是老虎，只能叫猫，再出格，不过叫三声春。只有放回森林里面的老虎才是真的，尤其是母老虎，威风凛凛，足可以横扫千军。

冈田知道自己上当了，并发自内心地说，曾总，我现在终于想通了，当年，我们为何战败了。

是吗？老板饶有兴趣地问。

原来中国随便一个女孩儿都是足智多谋呀。冈田揭开了谜底。

唐莲用这招很快征服了冈田，一连三瓶白酒，冈田终于举手投降了。这时，老板的手机响了起来，老板说了声"不好意思，我接个电话"。说完便要离席。冈田结结巴巴地说，曾总，你有事你先忙吧。合同的事就由我跟唐小姐搞定算了。

那好，老板关上手机，礼貌地说，社长，我暂时告辞。转头又对唐莲说，表妹，你留下陪好社长，一切全看你的了。

老板一走，冈田的两只手就伸了过来。唐莲任其在胸上揉了几把。冈田色眯眯地说，唐小姐，你真漂亮。

社长，更漂亮的你还没见过呢。

是吗？冈田一听更是心花怒放。

来，再喝三杯，我让你见识见识。

好，好，我都等不及了。冈田三杯酒一下肚，头就趴在桌子上打起了呼噜。

唐莲轻轻地推了一下冈田，说，社长，你醉了吗？

冈田嘴里喃喃地说，我没醉，我没醉。

唐莲按铃招呼两名侍应生进房来，让他们一左一右把冈田架回 808 号房。那里是老板为冈田特开的大套房。侍应生告退后，唐莲把冈田扶上床休息。冈田拉着唐莲的手，唐小姐，花姑娘，你的别走。

唐莲温柔地说，我洗洗就来。她轻轻地抽出手来，然后向电梯跑去，边跑边打电话，老板，你在哪儿呢？

老板紧张地说，我还能去哪儿，合同没拿到手，我哪儿也没去，就在楼下车里。

你没走啊？唐莲兴奋地说。那你等我一下。

合同拿到了？

有那么容易拿到手，你还用得着费这么大劲儿？

那你怎么出来了，到底有什么事？

见面再说。唐莲跑出大门，见到老板的车就停在一旁僻静的地方。周围树木林立，显得郁郁葱葱。唐莲拉开车门窜了进去。不等老板反应过来，她就扑进老板怀里说，来吧。

老板不解地问，干啥？唐莲羞怯地说，我不想便宜那个日本鬼子。老板生气了，说，都到这份儿上了，你想打退堂鼓？唐莲也不高兴了，你心里就想到你的合同！

老板大概怕唐莲临阵撂挑子，弄得煮熟的鸭子飞走了，就劝慰说，好妹妹，你就忍一忍，眼一闭，合同就到手了。五哥说过的话是算数的，到时，一定不会亏待你的。

唐莲把身子躺倒，双眼迷蒙地说，别跟我提你的破合同。说完又一把撩开裙子，你究竟要不要？老板似乎明白了，原来唐莲不是打退堂鼓，而是趁机要挟自己一把，就说，你结了婚，又何必多此一举呢？

你要不要，不要，可别怪我把事儿给你搞砸了。

真搞不懂你。老板只好顺着唐莲的意，把手伸了出来。两人抱在一起，老板又担心地问，你出来这么久，冈田不找你？

放心吧，困得跟死猪一样了。

当进入时，唐莲猛地咬住老板的肩膀。老板忍着痛，但还是喊了一声。唐莲松开嘴了，但双手却抱得更紧了，指甲深入到老板的后背肉里。

完事后，老板打开车内顶灯，却看见唐莲下身是血，惊奇地问，怎么回事？唐莲骂了一句，蠢猪，然后用底裤擦拭身上的血，但大腿两边却留下些血印。然后，把底裤团进一只包里。做完这一切，唐莲打开车门，回头说，我去了。看见老板把头埋进双手里，不敢看她。唐莲说，你回去吧。

我留在这儿等你。

今晚，你不回去，明天，我们怎么向全厂解释？

回到房里，唐莲站到床边，看见冈田在床上继续打着呼噜。唐莲把底裤拿出来塞进被窝，搬过冈田的身子，也把冈田脱得一丝不挂，然后自己脱光了也钻了进去，双手紧紧抱着冈田。

早晨，冈田从梦中醒来，抱着唐莲亲着嘴。唐莲被弄醒了，娇嗲嗲地问，社长，你醒啦？

宝贝，想死我了，说着又翻身压上来。唐莲双手挡住了，社长，你就怜香惜玉一回，好不好？唐莲揭开被子，翻身坐起来。冈田瞪大眼睛看见唐莲身上的血，问，原来你是——

唐莲哀怨地说，让你弄得痛都痛死了。说着，把她那件底裤往一旁扔过去，脏死了哎，我得洗个澡。唐莲冲进浴室，打开水，洗了起来。

冈田跟到门边，还要往里进。唐莲撒娇地说，社长，昨晚，你还没看够，人家冲凉你也要看呀？冈田不好意思退了回去。唐莲冲好凉出来，冈田已经穿好衣服，坐在一旁喝茶。唐莲坐到冈田身边双手抱着冈田的脖子，社长，现在该你啦。冈田放下茶杯，好，好，美人，我说话是算数的。他边说边打电话，只一句，你们带上合同书上来吧。

过了一会儿，两个男人敲响了门，唐莲过去开了门。两个男人向唐莲打了声招呼，便毕恭毕敬地站到冈田面前。

冈田说，跟这位小姐把合同签了。

唐莲看完合同底稿提出，社长，能不能在付款方式一项做些修改？

怎么改？

边交货边付些加工款。

没办法帮你了，这是我们早跟曾总说好的。

这样太苛刻了，我们会很难做的。

如果可以那样办，小姐，就轮不到你们这家小厂了。一位刚进来的高个子说。

你们太厉害了。唐莲参着胆子在合同书上签了字，又从包里拿出印章盖了。冈田伸出手来，唐小姐，希望我们合作愉快。

谢谢社长。唐莲收好合同告辞而去。在厕所里，唐莲又麻利地换好衣服，穿上自己的那套。回到工厂，唐莲直接进了老板办公室。老板问，回来啦？辛苦你了。唐莲脸上一红，说，总算不辱使命。老板接过合同从头到尾看了一遍，连声说谢谢。

唐莲问，付款方式太苛刻了点，你不担心吗？

富贵险中求，怕什么，我本来就是个穷人，大不了回家去种田。

真要到时候他们赖账呢？

前怕狼后怕虎，啥也别做，老板说，躲在家里抱孩子好了。又说，出门就有车子，到处是交通事故，人们为什么还要选择出门？

唐莲转身要离开，老板站起来，过去把门关了，然后回身抱住唐莲轻轻地问，你那是咋回事。你不是结婚很久了吗？唐莲泪水就下来了，说，他是个后宫男人。老板十分困惑，后宫男人？啥意思？

除了皇帝，后宫还有谁呀？

老板笑了，你真刻毒。

还说我呢，不是彼此彼此吗？

对对，痞子，痞子。老板松开唐莲，叮嘱她回去好好休息，明天再上班。

唐莲扭了一下肩膀，就这丁点儿奖励？

还要什么呀？大奖励还在后头呢。说着老板就在唐莲屁股蛋上拍了一巴掌。唐莲就扭着屁股奔向门边，到了门边，她又停住脚步，拉了拉身上的衣服。

中午，老公回到宿舍与唐莲吵了起来。当时，唐莲正在睡觉，还没有起

来吃饭。老公见邻宿舍没人，就冲唐莲冷嘲热讽，哟，昨天潇洒完终于回来了？唐莲不在意地说，潇洒啥？车了一天板，累都累死了，你还说风凉话？

这么说，还要向你表示亲切慰问？

那倒没必要。

那货呢，接回来在哪儿？

人家说我们要价太高，没谈成。

要价也要看看自己的料，以为自己是谁呀？

唐莲从床上爬起来，穿好衣服，说，你别阴阳怪气的。谁惹了你了还是怎么着？

这时，邻宿舍的室友吃完饭回来了。唐莲叫上老公往外走。到了厂外的草坪。老公说，当我是三岁小孩呀，什么看货车板，不是跟老板一起出去的吗？

他送到就回来了。

我不信。

你爱信不信。

那你能证明吗？

什么证明？

让我看看你那儿。

你神经病，这青天白日，人来人往的。

不敢了吧？告诉你，女人睡过男人，一看就知道，做得再干净，总会留下蛛丝马迹的。

你不用在这里作报告、讲经验，我早就知道，做这一行你是老手了。

你说啥？

还要我说穿吗？你跟从前那个老板娘的事，只怕全天下的人都知道了。

你这是猪八戒的撒手锏——倒打一耙。

还有呢，当场被人撞见了，结果让那老板踢了一脚。那一脚够要命的，把你踢得男不男、女不女了。

那你还跟我结婚？

我可怜你。

我不用可怜。

是吗？那好，我们离婚吧。

你终于说出这两个字了。

都是你逼的。唐莲一生气回了宿舍。到了下午上班的时候，门外突然传来一阵大吼大叫的声音。唐莲感觉发生了什么事，但又不想起来。这时，邻宿舍的一个工友进来说，唐莲，你快出来看看，你老公爬到楼顶要跳楼呢。

他那是发神经，唐莲骂了一句，就穿上衣服站到走廊上，往对面厂房一看，老公果然趴在护栏上。楼底下，已黑压压地站满了人。有人在忙着打电话报警，有人在楼底下铺垫棉被。女工们吓得捂住眼睛，可好奇心又驱使她们不时拿开捂住眼睛的手，时开时合的。还有几个男工在指指点点，相互争执，说什么胆小鬼，我量他都不敢跳之类的话。

有人说，要真跳了呢？

又有人回答，有那胆，早找情敌拼命去了，还用得着在上面演戏？

队长在楼下指挥工人把棉被铺宽点、铺厚点，又仰头劝着，那里危险，你先下来，有话好好说。

你滚开，老公在上面吼着，把唐莲叫出来，我有话要跟她说。

你就跳吧，吓唬谁呀。唐莲气得退回宿舍，重新睡到床上去了。两行清泪就不由自主地流下来了。

六

唐莲老公还是不肯下来，老板闻讯从家里火速赶了过来，听过队长汇报后，就向上面喊话，我是老板，你有话好好说，你先下来好吗？

我知道你是老板，可我不想见你。

那你想见谁？

我要见唐莲，我要见我老婆唐莲。她要跟我离婚，我要她当众回答是不是真的。

唐莲呢？老板问队长。队长说，刚才有人看见她出来过，在走廊上站了一会儿，看了一眼又回去睡觉了。

真扯淡，老公都要跳楼了，她还能睡觉。老板就气呼呼地快速往唐莲宿舍走来。

这时，110也到了，几名警察从车上冲下来立即投入救援工作。有人向楼上喊话，有人忙着在地面铺气垫。

　　老板走到唐莲床边，恼火地说，快起来，都火烧眉毛了，你还在睡觉？

　　别管他，他耍疯想吓唬谁呀？真跳下去才好呢。唐莲同样没好气地说。

　　老板见宿舍没人，就坐到床边温柔地说，好妹妹，别说气话了，不管怎么说，你们到现在还是夫妻。唐莲僵在床上不肯起身，啥夫妻？这种日子，我受够了。老板好言相劝，那也得找个机会处理啊，把人逼上绝路，总不好吧？唐莲非常生气，回敬老板，那把我逼上绝路就好了，你们男人都这样，只顾自己。

　　老板并不气恼，还是一如既往地说，别扯远了，我们就事论事好不好？你先起来好言好语劝劝他，让他安全下来，这是当务之急啊。唐莲说，你放心吧，他不会跳的，真跳了，我还高看他一眼呢。唐莲又说，他要真跳了，我跟着跳就是了，反正一辈子跟了这种老公也算完了。

　　别说气话好不好，那万一真跳了呢？老板神情显得不无担心。唐莲说，没有万一。好妹妹，什么事都有万一，你找来找去，最后找到他，他又是这种情况，你事先想到过吗？这不是万分之一又是什么？老板见窗外有人走动，就说，起来吧，真跳下去了，我们一辈子谁也别想安生过日子了。你不为他想，也该为我为你自己想想吧！

　　唐莲终于起来了，她站在走廊，冲老公喊了一声，你别发神经了，谁要跟你离婚了？老公说，你先前说的。唐莲哭笑不得，对老公说，那是气话，你下来。老公就在上面说，大家都听到了吧，帮我做个见证，我老婆没有要跟我离婚。这时，一名警察从后面冷不防地抱住了他。唐莲老公说，放开我，我老婆答应不跟我离婚了，现在有人推我下去我都不下去了。

　　众人大笑起来。唐莲回头又跑回宿舍。老板看了她一眼，就走了。

　　唐莲跟老公要离婚的事成了第二天的主题新闻，至于老公因此寻死觅活要跳楼的事却不过是一道花絮。大家说得最多的是，女人不能比男人强，女强男弱，婚姻纸薄。从前唐莲是工人，老公是主管，唐莲人长得漂亮，但老公也帅气，平头白脸，很合时髦。所以唐莲不顾一切要嫁给他。现在反过来了，老公成了工人，而唐莲变成了主管，而且眼下成了老板身边的红人，还有上升趋势，所以婚姻不稳了。婚姻最佳配对就是做爱的佐证，男上女下，如今变成女上男下，男人不翻船才怪呢。

　　还有好事者又发布独家消息，说自从唐莲和老公来到这家厂后，两人分别住进各自的集体宿舍，就再没同铺过。年少夫妻，这是绝对不可思议的。

　　有人又从旁加以证明，说唐莲住在职员宿舍，从没去找过老公。而老公每回来到职员宿舍找唐莲，唐莲也是不冷不热的。老公坐不上几分钟，唐莲就借口同宿舍的工友回来了，把老公赶出门外。

一句话，这个摇晃的婚姻主要问题出在唐莲身上，这是无可争议的事实，足可以盖棺定论，甚至可以板上钉钉贴上封条。

对于众人的飞短流长，唐莲倒是泰然处之，依然是照常上班，照常到饭堂吃饭，有时还跟大家说说笑笑。但她老公却做不到，认为自己是个男人，一个男子汉被人说来说去，仿佛被人当众扒光了衣服。女人被扒光了衣服还能够得到同情和声援，男人被扒光了衣服，收获的只有嘲笑和耻辱。

唐莲老公那天下午就请了假，独自上街逛。老公请假休息，唐莲是知道的，因为老公就在她所管的拉，而且她现在又是代主管，老公的请假条须得经过她的手批准，方能生效。

但老公请假后干了些什么，唐莲自然不知道了。其实，这天，老公一请假，就被别人盯上了。唐莲老公自己都不知道，意外的桃花运将降到了他的头上。

唐莲老公在街头转悠了半天，感觉没啥意思，就想往回走。这时，在一家店铺门前，他遇上了同厂的女工。女工年纪比唐莲她们大些，长得丰乳肥臀，宽背厚腰，派头风骚，被人私下里叫大骚（嫂）。大骚有两个孩子，老公搞基建，从来没来工厂找过她，她也从来没去看老公。大骚说，老公在别的省份，夫妻想见一次面，得花掉两个月工资还要多。老公开玩笑说，与其花那冤枉钱，还不如各自就地解决算了。

大骚看见唐莲老公就开起了玩笑，帅哥，晚上住冷板床不好受吧？唐莲老公也回敬对方，乌龟莫笑鳖，你也不比我好得了多少。大骚说，我是没办法，牛郎和织女。你就不同了，守着现成的，却是烫手山芋，难得吃到嘴里哟。说着，大骚还请唐莲老公喝了一瓶汽水。唐莲老公喝完汽水，道了一声谢准备告辞。大骚说，客气什么，不过一瓶汽水，你想喝酒吗？

你请啊？唐莲老公笑着说。

大骚显得十分豪气，我请就我请，今天我请你。下回碰到，你请我就行了。就这么说定了。唐莲老公就过去买啤酒。大骚又买了两样凉拌菜，说，喝光酒没意思，也容易醉。唐莲老公看了一眼大骚，夸了一句，还是大嫂想得周到。大骚说，这大街上喝酒也不舒服，索性开间房喝吧。唐莲老公有点作难的样子，说，大嫂，下回吧，我身上没带那么多钱。大骚说，说好我请你，哪要你掏钱？唐莲老公假意推辞，那怎么好意思？大骚爽快地说，你就跟我来吧。

两人进了房，这是一间简单的出租屋，屋里除了一张床，只有桌子和凳子。大骚对唐莲老公说，我身上也没多少钱，要不然应该开间套房。

算了，凑合吧。唐莲老公说，打工挣点钱不容易。

大骚说，你真是个好男人，我就不明白，你家老婆有你这种好老公，为什么身在福中不知福呢？

唐莲老公一口气喝完了一瓶酒，就说，大嫂，你还说什么好的话，我在她眼里臭狗屎都不如呢。

真的啊，她就那么了不起。大骚也陪着喝了一瓶，接着借口太热随意把身上衣服往下一脱，恰恰露出半只丰满的乳房。大骚的头却陷在衣服里一时出不来，就喊，帅哥，帮我一下。

唐莲老公看见那奶不比老婆逊色多少，一双手就情不自禁地伸了过去。大骚就顺势倒在他的怀里。旁边就是床。大骚很熟练地脱着唐莲老公的衣服。唐莲老公本能地拒绝着，担心自己露了馅，让人笑话。但还是挡不住诱惑，很快被大骚扒光了。

大骚趴在唐莲老公脚头，撅着屁股，头埋在腿裆那儿，双手轻握，温柔地说，你别紧张，大嫂会慢慢把你的小弟弟舔起来。果然，她张嘴含住了。唐莲老公感觉到特有的刺激，便也脱光了大骚身上的衣服。大骚还在边舔边温柔地说着。唐莲老公突然感觉到自己雄起，便一把掀翻大骚，身子狠狠地压了上去。大骚还在安抚他，你别急，时间还早得很呢，大嫂一定让你玩儿得尽兴。

唐莲老公终于再次回到男人的阳刚酣畅，紧要关头，他还表演了百下不泄。大骚在身下兴奋地叫着，老公，我要，我要，老公。唐莲老公也不停地喊着，老婆，老婆，你真好。完事后，唐莲老公把头埋进大骚怀里，动情地说，谢谢你，大嫂。大骚却毫不在意地说，谢啥，我们不过是相互帮助。

临别，唐莲老公掏出钱塞到大骚怀里。大骚生气地把钱扔了过来，你有没有搞错，我又不是卖的！

那你早开好了房？

我是特意在那儿钓鱼。

那还不是为了钱？

不是的，只是一种需要。我收了钱，不但污辱我自己，也玷污了我老公和孩子。

还有这种道理，我不明白。

说白了，你是我老公的替身而已，谁叫我们是打工的，两地分居呢。

过了几天，车间传开唐莲老公与一位女工好上了。唐莲对此嗤之以鼻。要说太阳从西边出来了，我还会相信些。她心想，老公真能与一位女工好上才好呢，那至少证明他的病治好了，他不是个废人了。所以唐莲对传言没放在心上。就在这时，她却发现自己怀孕了。早几天月经没有按时来报到，她就有所怀疑，便偷空去医院做了检查，发现尿液呈阳性，医生说这是怀孕的表现。她当时又惊又喜，毕竟自己也可以做妈妈了。但想到老公那道关卡难过，她又犯起愁来。

自己怀孕，别人不会怀疑什么，因为自己是有夫之妇。但老公是绝对不会相信孩子是他的。就在唐莲进退维谷时，老公回到宿舍，他似乎还沉浸在男人雄起的兴奋之中。待唐莲下班后，他喜滋滋地把唐莲约了出来。两个人来到楼顶，楼顶上有一个水塔。老公激动地对唐莲说，告诉你，我感觉病治好了。

唐莲半信半疑地问，真的吗？

不信啊？要不要试试？

就在这儿？

当然了，这儿没人来，很安全，还够刺激。

唐莲不再说什么，心想，要是老公能成功，倒帮了自己一大忙了。唐莲任由老公脱掉她的裤子。在脱她的衣服时，唐莲说，衣服别脱了，万一来人穿不及。

楼顶虽然无人，但楼顶没有做垫的东西。唐莲就着围栏，双手撑住了，让老公从后面进入。但老公尝试了半小时也没有成功，唐莲就忍不住说了一句，真扫兴。说着，就拉上裤子。老公恼怒地说，你是个魔鬼。

什么意思？唐莲不解地问。

谁见了你都矮一大截。

唐莲没有理会老公，就下楼来了。那天上班时，她悄悄躲进厕所给老板发了一条信息，本想打电话的，但担心隔墙有耳。信息很简单：我想见你。

老板回了一条信息：来办公室吧。

不行，这事不能在办公室说。

老板回信息：好吧，你到幽梦咖啡屋等我。

唐莲先一步去了咖啡屋，选一僻静处坐了，不一会儿老板悄悄走进来，问，

什么事吗？搞得这么神秘？

我怀孕了。

你讲梦话吧？

现在是白天。

可白日也有做梦的。

唐莲就拿出化验单递了过来。老板看了，顿感惊奇，怎么会呢？就那么碰巧？

你现在相信了吧？

怀孕算是真的，可这孩子是谁的？当天除了我，还有冈田啊。

告诉你吧，冈田根本没有碰我，他当天晚上睡得像一头猪一样沉。

老板更加惊异了，这是真的？

孩子生下来，你可以做血液化验呀。

你还打算生下他？

那当然，我想做妈妈。

你疯了，他是个私生子。

我不管私生子、公生子，我只知道他是我的孩子。

不行，马上拿掉。

这回我不会听你的了，哪怕你炒我鱿鱼。

一码归一码，这跟工作扯不上关系。

可我跟工作扯得上关系，从某种意义上说，孩子也跟工作扯得上关系。

你什么意思？

他的妈妈就是为了工作才去跟人睡觉的。

老板一听这话，顿时软了下来，我们都别激动，好不好？先冷静想想，好不好？从长计议，好不好？

就是想上一万年，我也要把他生下来。看起来唐莲这回铁了心。

七

老板见硬的行不通，又来软的，把唐莲叫去办公室，宣布从即日起，工厂要重用唐莲，让她正式担任生产主管，"代"字去掉，成为真正的主管。其实，任命一名主管，以前差不多都是队长过来宣布的，即便生产主管这种重要职位，也不过是经理或厂长到场宣布。而现在老板亲自把当事人叫去办公室先期宣布，可见是十分重视了。老板问，对于这一任命，你还有什么想法吗？

唐莲并没有表现出特别的惊喜，因为在她看来，代主管和主管没有什么区别，做的是同样的工作，薪水也没有高到哪儿去。在车间，工人早就叫她唐主管了。工人自然也不会叫她唐代主管，当然背后叫唐代主管那是另一回事了。

既然老板要把此事看成提拔或奖励，她也不能冷了老板的心，当即回说，谢谢老板了。

老板见唐莲如此宠辱不惊，倒是有些意外，怕唐莲过后对工作不重视、不用心，他便说了许多主管职位的重要性，什么管理是一门科学，也是一门艺术；兵熊熊一个，将熊熊一窝；千军易得，一将难求；等等。

唐莲轻描淡写地说，老板你放心，从前，我是怎么做，往后，我还是怎么做，何况上面还有厂长老板娘呢。

老板这时显得严肃地说，我忘了告诉你了，老板娘王艳不再担任厂长了。

那她去做什么？唐莲话一出口，又后悔不已。人家老板娘做什么不做什么，难道还要征求你一个打工仔的意见？但话已出口，覆水难收。

老板倒没在意，而是认真地说，王艳去做全职太太了，你要把工作搞起来。

那我也不用担心，不是还有王经理吗？唐莲说完瞟了一眼老板。

王经理也不再过问生产，他专门负责行政方面的工作去了。说完，老板嘴角轻轻动了一下。

那也不用怕，不是还有老板你吗？

往后，我主要接订单，与客户打交道，生产我是没时间过问了。

我知道了，你是要我母子两个去挑千斤重担嘛。

所以说，你的工作太重要了，你是没时间生孩子的。

那也不怕，从前千斤重担只有我一个人扛，如今我可以和孩子分担了，一人只有五百斤了。这样说起来，我还轻松了一半呢。你说是不是？

你别开玩笑，我看还是把孩子拿掉吧，真想当妈妈，以后可以再要嘛。

唐莲笑了起来，老板，你说了半天，绕了一个大弯子，目的就是拿掉孩子。

你觉得生下来合适吗？说到底，他是个私生子。

如果工作和孩子要我选择，我宁愿不要工作。

你就这么任性，对前途不管不顾了？

真到那一步，那也不过是塞翁失马。

唐莲回到车间，还在偷偷地暗笑自己怎么一下子变得这么世故圆滑。先前和老公结婚当晚，得知老公有外遇时，自己居然进退失据。宁愿把自己当聋子，宁愿当那事根本没有发生过，宁愿当是别人造谣中伤。现在为了腹中的孩子，自己居然能兵来将挡、水来土掩，不失分寸。

老板并没有炒唐莲鱿鱼，相反，还悄悄塞给唐莲一笔钱，说是奖励她工作出色，成效显著。

事实上，唐莲的确为工作费了一番心思。过去，因为自己不过是一个小小的拉长，有什么好想法也无权施行。后来，代了主管，但因为上面有老板娘和经理，自己也是夹缝中求生存。现在身边没有了障碍，倒能很好地施展拳脚了。

何况自己现在是主管，全权负责生产了。所以，她一上来，又是一番改革。考虑到从前流水线作业中出现的问题，现在终于可以剔除了，她兴奋不已。

流水线的优势就像流水一样顺畅，只有顺畅，才能出效益。但是中间如果出现阻拦，水流得不顺畅，那流水作业的优势就荡然无存了。以前，她考虑一条拉生产是需要好差搭配，因为工序有难有易。而实际工作中，却发现好坏搭配是一个致命伤，因为差的往往拖了好的后腿。如同三驾马车，相同的马拉车，车才能跑得顺畅，也才能跑得快。可如果是三匹不同的马，结果不但跑不快，甚至还会翻车。

她把员工按技术优劣，重新进行了一次优化组合，像车子分道行驶。慢车进入快车道会成为拖水鸭，快车进入慢车道会变成英雄无用武之地。现在让快的集中到一起，技术稍次的分到一起，结果，效果十分明显。好的一条拉，不光技术相近，大家拼命追赶，更重要的是分到好的拉，荣耀使然，不使劲儿干，就会有被淘汰的危险。而差的拉，大家也要努力工作，争取早日进入好的拉去。结果是好的更好，差的也要好，形成了良性竞争，因为工资是与技术挂钩的。像考大学一样，分数低自然进入不了好大学。而进入了好大学，自然会有好的结果。

老板来车间看了一回，内心十分满意，但表面不动声色，对唐莲说，你大胆地干吧，我这个厂就是你袁隆平的试验田。你只要搞成杂交水稻，我就要授予你科技大奖。不过你的身体是本钱，没有本钱，我怕你难以拿到大奖。

那次，老板给她一笔钱时，说了一句，这只是零头，往后就看你的了。唐莲说了声谢谢，回来后就把钱存起来了，准备孩子出生后，做母子二人的开销。她心想，你升我官，给我加工作量，我就把工作做得更好。你给我钱，我正好用来培养孩子。男人是靠不住的，没钱的男人靠不了，有钱的男人更靠不住。男人没钱光棍一条，看得见，不顶用。男人有钱又像泥鳅，滑溜得很，抓不住。往后，就要靠孩子了。

　　唐莲的肚子一天比一天大起来。最初，她紧勒裤腰带，现在再怎么勒，也不行了。而且，勒紧了对孩子也不好。她就常常穿裙子上班，以此掩饰隆起的肚子。她以前穿惯了裙子，别人也不会瞎猜疑。只是裙子没穿多久，天气转凉了，再穿裙子不合季节了，何况裙子的功能也有限，遮得了一时，遮不了长久，遮得了肉体，遮不了形状。别人终究看得出。其实，别人看得出也没什么，她结了婚，怀孩子很正常，可老公那儿说不过去。

　　现在自己住了单间，老公也就跟着妻贵夫荣了，也搬进单间来住了。虽然房事还是一次没有成功过，但老公夜夜要在身上爬上爬下，毕竟很危险。

　　老公毕竟曾经是个正常人，对女人也多少了解，日子一长就发现了问题。他发现问题的方式很特别，不是看她的肚子，而是在厕所里。突然有一天，他上厕所时，看见垃圾桶里依然干干净净的，里面没有唐莲用过的卫生巾。他感觉唐莲月经该来了，为什么迟迟没来呢？

　　晚上躺在床上，他问唐莲。唐莲说，你一个大男人怎么关心这事？老公话说得冠冕堂皇，因为我是你老公。唐莲想搪塞过去，随意说，大概是这个月错期了吧。不行，明天我陪你去医院查查看。老公表现得特别热心。唐莲说，不用了，要去我自己去，你一个大男人的。老公不爽快了，你是担心我知道什么吧？唐莲反问，你想说什么呢？是怀疑我有身孕了？可你想想，你自己那样子，我能怀上吗？老公毫不掩饰地说，我不行，难道别人也不行吗？唐莲怔了一下，装作若无其事地说，你什么意思？老公没好气地说，我怀疑你有了身孕。唐莲闻言反倒释然了，那又怎么样，我是跟你学的。唐莲心想既然说开了，索性敞开了说反而更好。这事瞒是瞒不住的，迟早要公开的，既然无法避免，那迟来还不如早来好些。老公终于发飙了，你个臭婊子，敢给我戴绿帽子。唐莲揶揄老公，绿帽子是男人戴的，你是男人吗？老公恨恨地说，你偷人还有理呢，你个臭鸡婆。

　　唐莲不怕男人讲歪理，就怕男人动粗，那样会伤及腹中的孩子，便转守

为攻，你就别理直气壮了，你以前做的那些，我全知道，这都不说了。你现在的所作所为你以为我不知道吗？也要我说出来吗？其实唐莲根本没有证据，有的也不过是捕风捉影道听途说，而那些她自己却压根儿没相信过，只是情急之下，讲出来试探一下，就像落水的人，哪怕抓住了一根稻草，也认为有了救命的希望。

果然老公气焰消减了一半多，但还是嘴硬着，你说呀，我有什么好说的。

算了，还是给各自留下一点面子吧，你有脸听，我都不好意思说。我只想告诉你，给别人背后一脚，迟早会当面吃人一掌。

那好，你说你没怀孕，现在我就要你证明。老公脸上是副恶毒的表情。

怎么证明？唐莲装作没事地问。

我要跟你做爱。

好啊，只怕你不行。

那就试试看，老公很快又把自己脱光了。唐莲轻轻撩起裙摆，双手撑在床沿上，屁股向后挺着。

老公烦躁地说，不行，我要正面的。

不行，你要就快点儿。

为什么？

我不想看到你丑恶的嘴脸。

好，那就让你看看我凶狠的嘴脸。

但老公在后面折腾了很久，最后以失败告终。唐莲忍不住说，你还是算了吧，不行就是不行。

这时，有人在楼下叫老公。老公回头还要威风，你等着瞧，这事儿不算完。

唐莲坐在床上松了一口气，想想这样拖下去不是办法，离婚老公要寻死觅活，不离婚自己如坐针毡寝食不安。她又想，老公这么晚会去干什么，便悄悄跟了出来。老公来到厂后的一片树林里，吹了三声口哨。这时，从树林里走出一个女人。月光下，唐莲认出那是本厂的一名女工。心想，原来是工厂有名的大骚。看来传言有时也是真的。唐莲趴在一土堆后面，大气不敢出。

老公靠在一棵树上，对大骚说，她怀孕了。

大骚奸笑着，那恭喜你啊，要当爸爸了。

老公说，那孩子不是我的，是个杂种。

怎么可能呢？大骚满腹困惑，你们天天在一起的。

老公不以为然，做这种事需要很久吗？

那倒也是，就像你现在一样，借口撒泡尿都可以出来会情人。

他妈的，我到现在还不知道谁给我戴了绿帽子。

你说孩子是杂种，你如何证明孩子不是你的？

你不知道的，我和她在一起，从来就没有成功过。唐莲紧张得捂住了自己的嘴巴。

有这种事？你不是讲梦话吧？

这种事我能骗你？

可你和我在一起很生猛啊。

我奇怪的就是这——也许她是个扫把星，谁和她在一起谁倒霉吧。

大骚挨着老公站到一起，两人迅速拥抱在一起了。大骚说，别想了，她能生孩子，我也能生的。

你说的是真的？老公兴奋起来。很快两人滚到了草地上。

唐莲禁不住发出一声尖叫，接着连滚带爬地离开了树林。

这晚，老公没有回来住。唐莲以为老公露了馅，不敢三头对六面了。但一连三天没有回来，而且连班也没有上，突然人间蒸发了。与老公一同蒸发的还有那个女工大骚。

唐莲断定老公与情人私奔了。当老板问她是否需要报警时，她淡然地说，与情人私奔了报什么警？

老板也是满腹茫然，他是那种情况，会有女人跟他私奔？

太监就没有相好？不是说李莲英和老佛爷还有一腿吗？唐莲说过后连自己都笑了。

你看这事儿弄得，一个正常人倒被废物摆了一道。

唐莲不能再上班了，她就向老板辞职。但老板不允，并且亲自为她租赁了房子，让她住到厂外去了。老板要求她待产期间，好好学习经营管理，以后好回厂做厂长。

但唐莲对此并不热心，她一心想着孩子能顺利出世，便常常看些有关胎教的书。

之五　老板曾五锡

一

从接到一百万订单那一刻起，曾五锡睡觉就开始做梦了，梦中数钱数到手痛。这话是曾五锡对老婆王艳说的。有好几次，老五在梦中呢喃，还发出笑声。这是老婆王艳告诉他的。

曾五锡排行第五，人称老五。他当时揶揄王艳，真的吗？还笑呢？没哭就托你洪福了。

王艳是老五高中时的同学，谈恋爱时是王艳倒追的老五。老五的老爸是小学校长，有几个中学老师曾是父亲的学生，因此对老五非常关照。老五不时出入这些老师家，就像在自己的家里一样。这很令不少女生羡慕，王艳就是其中一位。王艳长相不算漂亮，但皮肤白，笑起来，两腮还有两个深深的酒窝，这使她平添了不少韵致。就这，老五对王艳也没有特别的感觉。

王艳人不算差，但脑袋少根筋，说话不过大脑，常常闹出笑话。有一回，参加同学生日派对，老五兴头上喝高了，醒来，却发现自己赤身裸体地睡在旅馆的床上，身边还睡着一丝不挂的女孩。他仔细一看，认出是同班同学王艳。王艳见老五醒了，当时就哭了起来。老五当时没说什么，吓得连滚带爬跑出旅馆。这事本来只有他俩知道，可消息第二天就传遍了全校。

老五接受了这个事实，过后，就一心一意与王艳好上了。因为谈恋爱荒废了学业，双双大学没考上，毕业不久，两人就闪电完婚了。婚后几年，两人都不想要孩子，后来经不起别人冷嘲热讽，才不得不怀上。王艳肚子还争气，生了一女一男，自从儿子生下后，王艳就像三年媳妇儿熬成了婆，成了皇后娘娘了。家务事连边儿都不沾，让几位妯娌很有意见。要不是老五后来发达了，还真不知道关系会闹得怎么样呢！

那次去接这个百万订单时，老五就带王艳一起去公关。没想到，这单差点儿坏在王艳手上。

订单是日本的一家公司的，董事长叫冈田，都六十岁的老头了，但保养得极好，从外表看不过五十来岁。冈田是个中国通，会说一口流利的普通话。他见面就夸王艳长得漂亮。王艳当时还喜欢得不得了。

可喝了几杯酒后，冈田的本性就露出来了，一双眼睛色眯眯地盯着王艳看。老五怕闹出不愉快来，就不时提醒冈田，董事长，这是小王，我爱人，再让她敬你一杯酒吧。冈田带着醉意地说，我知道，中国有句名言，朋友妻，不可欺。老五就竖起大拇指夸奖冈田，董事长对中国典故真是了如指掌，令我佩服得五体投地啊。冈田狡黠地说，可中国还有一句名言，你们知道吗？说完冈田望着在座的人，众人面面相觑。冈田说，没人知道？事实上中国的名言多了去了，大家不知冈田要说哪一句。好在冈田并不真要大家猜，就自己揭开了谜底，那就是有难同当、有福同享啊。

在座的人都觉得太那个了。其实这话要是单看，并没什么。可联系冈田先前说过的话，就很是不雅。王艳平时脑袋不灵光，这回却特别管用。她突然站起来，愤怒地说，同享个屁，你个臭日本鬼子。说完拂袖而去。老五追上几步也没拦住，回来对冈田一迭声地说，对不起，对不起，董事长。

冈田意犹未尽地问，曾老板，我说错话了吗？大家都说，没有，没有，董事长。这一晚，协议自然没签成，但冈田提出了更加苛刻的要求，必须要原装货，否则一切免谈。

老五回到家，把王艳好一顿数落，他说享就真的享你了，你当你是谁啊？张曼玉啊还是刘晓庆啊。

你个软蛋、草包，老婆被人欺负了，你反过来还骂我。王艳一说开就不管不顾，又说，放在从前，日本鬼子要你命的时候，你还不得把我送给皇军了。

咦，你好了不起，成事不足，败事有余，难怪别人说你二百五一个。

谁是二百五？谁说的？你告诉我，姑奶奶我这就找他算账去。

还有一回，几个朋友私下聚会，大家各自带了老婆。席上，大家说到打牌赌钱，说着说着，就比起谁能输得多、输得起。王艳好歹不说，开口一句，

有人说，十亿人民九亿赌，都是败家子一个，中国早晚还不得被他们败光了。

真是一棍子打翻一船人，当时大家都拉下脸不说话了。

还有一回，一位朋友上门来了。吃饭那会儿，王艳直直地问人家，听我老公说你生意做得大，一个月怕是能挣几十万吧？朋友听了，脸红一阵白一阵，不知如何回答女主人的问话。

事情到此为止也就罢了，可王艳见对方沉思不语，又自作聪明地说，这话问不得，问不得啊，这个是商业机密呀。谁会说自己赚了多少钱呢？多赚钱要多交税的啊！其实那位朋友生意正做得不顺，上门来是想找老五转转弯子的。

最搞笑的一回是给一位朋友的奶奶祝寿。一见面，王艳握着老奶奶的手，热情地说，祝奶奶生日快乐，身体健康，长命百岁。

这话听上去更没错，但事实上却错大了。老奶奶当时就幽默地说，闺女啊，记着，明年的今天，你就吃不到我的长寿面了。原来，老奶奶已满九十九岁了，家人图个吉利，特意提前做了百岁寿宴。王艳的话明显是在咒人家，难怪老奶奶生气了。

事后，当时出席宴会的一位熟人问老五，你那天带的小姐是谁呀？我后到的，没听到来宾介绍。老五不解地问，怎么啦？朋友说，她人看起来挺漂亮的，可精华全长到脸上了，一点儿人情世故都不懂，纯粹二百五一个嘛。

这不是守着和尚骂秃子吗？但老五并没生气。这位朋友的确没见过王艳。老五解释说，对不起，她是我爱人王艳，让你见笑了。

啊，怎么会是这样，对不起，对不起，曾总。朋友歉然而去。

从此，老五有一个二百五的老婆在圈内出了名。老五再也不敢带王艳出门应酬了。王艳就留在工厂当厂长，再后来连厂长也当得不耐烦了，就索性玩儿起了麻将。日子一长，就像瘾君子一样，见到白粉身子就往上扑。

但场面上有时又必须有女人。老五让管人事的保安队队长李浩在工厂物色了一遍，最后决定关键时刻带唐莲去。

唐莲长得漂亮不说，身上更有一股女人成熟的风韵。上回拿回的那个大订单就是靠唐莲最后补救的。

只是没想到的是，唐莲在献身冈田之前，把一个处女身子送给了自己。那夜，晚风习习，有些凉，唐莲借故离开冈田，窜进车里，不由分说把自己扒了个精光。老五还没明白过来，唐莲却在不停地催促他，你到底要不要，不要就真的便宜鬼子了。就这样，他们没有过多的铺垫，仿佛一对考生，为了抓紧时间，一上来就直奔主题。

完事后，老五才知唐莲居然还是处女身子。也在那一刻，老五才知道唐莲的老公原来是性无能。

当唐莲离去，看着她曼妙的背影，老五内心百感交集，在心里发誓，往后一定不能亏待这个女人。

后来，这批单在工厂一连做了三个足月，眼看就要收网了。冈田却把货期提前了。可眼下还有一点儿尾数必须清完才能装柜走货。清尾数就得留下人来擦屁股。放假的消息早传开了，留下谁都不是易事啊。

不过，老五想想也就释然了。这能难得倒谁呢，我老曾家的人什么风浪没见过，祖上可是大清的名臣，对付几十万"洪逆"都不在话下，到了后代，岂能连几百个小伙计都对付不了？

老五深信"有钱能使鬼推磨"这句话，那些乳臭未干的毛头小伙子、那些见钱眼开的丫头片子都是不谙世事的孩子，好对付，吓一吓就搞定了。只是那些老谋深算的管理员不易对付，没点甜头恐怕行不通。

老五立马叫来唐莲。唐莲自从那件事后，就一直埋头做工作去了，偶尔遇上老五赶紧躲开。在她看来自己是女人，送货上门的事做一回就行了。接到老板电话，唐莲心中一阵忐忑。

唐莲走进老板办公室时，第一眼就看到了桌上的一堆钱。老五坐在大板台后面眼睛看着唐莲，示意她关上门。

唐莲不知底细，问老板，你这是？

叫五哥。老板站起来为她倒了一杯水。

五哥。唐莲轻轻地喊。

近几个月辛苦了。

应该的。

你还好吧？

还不错。

老板就指着钱对唐莲说，周日要放假，可冈田又要求尽快出货。没办法。只好麻烦大家加个班了。

那点货，也用不着这么多人啊？

所以就麻烦你来安排了。

这钱，什么意思？

你拿去，给留下来加班的管理员分分。

这么多钱，怎么分啊？

你看着给就行了，我只有一条原则，货必须明天做完走柜。

留下来的工人呢？

告诉他们，加班工资算平时的双倍。

老五把钱装进一个胶袋，站起来送唐莲出门。当唐莲要开门的时候，老五一把从后面抱住唐莲，在她耳边轻轻说，等出完这批货，我请你吃大餐。

唐莲身子就势倒在老五怀里，泪水就禁不住下来了。

周日这天，老五一进车间就惊呆了，全厂工人都来加班了，连跛子也在其中。大家干得很起劲儿。老五在车间寻找唐莲的身影，唐莲正从厕所出来，见到老板调皮地吐了一下舌头。

老五则悄悄地还以她一根大拇指。唐莲感动得眼里又有泪水在闪光了。

二

那天，当父亲对老五说，再把你四哥弄来做点事吧。老五顿时就来火了，爸，你还有完没完啊？我这是工厂，不是收容所，更不是慈善机构。父亲从没见过老五发这么大脾气，当时也拉下脸来反唇相讥，哦，当个小老板好了不起呀。

你不知道，爸，外面都在说我搞家庭作坊了，什么老公是董事长、老婆是厂长、小舅子是经理，什么地方都安的是家里人。

那有什么不对吗？亲帮亲，邻帮邻，刘备帮孔明。有什么错吗？

真是书生意气。

书生怎么啦？

没怎么，老五气呼呼地说，在心里却想起那个保安队队长说过的话，他说，书生治国，就会乱套。当时自己不明白还问了为什么。

保安队队长说，书生做事是凭良心的，可良心有时又讲不得。他还举例说，一位老妪的儿子犯了罪，你治不治？治了，老妪会老无所依；可不治呢，那法律就成了摆设了。你自己也就丧失了立场。书生们就常常为此而烦恼，也因此常常搞得进退失据。但这些不能对面前这个老书生说。老五嘴角轻轻地笑了一下。

老娘看不惯老头多事，但也不满儿子的无礼，在大是大非面前就站到老头子一边了。老五，你不弄就不弄，向你爸吼什么？转而又说老伴儿，你也真是，有机会，老五自己会打算，你多什么嘴嘛，不会留下口水养牙齿。

老五平时对工人颐指气使惯了，对爹也就那么回事，但对老娘却特别敬畏。现在见老娘出了头，他就轻轻说，我又不是不帮。你们说乔叔可怜，要把乔叔弄来，我二话不说依了你们。你们说大哥崽多不养爷，要弄来，我二话不说就把大哥大嫂都弄来了。现在又要弄四哥来，你也不想想，四哥是吃这碗饭的人吗？不要说上班下班刻板的生活他受不了，就是让四哥坐在那儿安安稳稳待上八小时，你让他试试看？

那就先不弄，算我没说。校长自动放弃了争执。毕竟当过校长，跟儿子吵嘴不是书生行为，更不是老曾家的习惯。

见爹挂起了白旗，老五火气也消了，就说，爸，有机会，你就是不说，几位哥哥我都会帮的。我连乔叔都帮，你说我会不念手足之情吗？只是现在我一来不是李嘉诚，没有雄厚的资本；二来不到时候，工厂还吊在半天云中。看是好看，可走钢丝一样的表演，也蛮危险的。其实，老五知道父亲的心思，认为老五现在有钱了，应该带几位哥哥共同富裕，最好是把几位哥哥都弄到深圳特区来，这样父亲就实现人生的目标——一家父子团圆了。可老五也有自己的人生目标，只是这个目标还很模糊、很遥远，还不能对人说。别说父亲，就是对自己他也不能说。

父亲是个书生，做什么都是考虑影响后果什么的，放个屁也要瞻前顾后看看周围有没有人。如果自己按他那样做，早就玩儿完了。

这就对了嘛，爷崽之间有什么话当面锣对面鼓，面对面说清楚，不是蛮好？父子两个又不是别人。娘感到宽慰。

老五转而对娘说，妈，你也放心吧，啊！老娘对老五说，妈知道，你按自己的心思做，别被你爸搅晕了头。我知道。老五进了冲凉房。娘跟在后面。老五说，妈，我要洗澡。娘笑着说，妈知道，妈又不老糊涂，我来帮你洗衣服。老五说，丢在洗衣机里转几下就得了。娘说，洗衣机坏啦。妈，那也不能要你洗啊。老五推开娘，让我自己来吧，要不留给王艳明天洗，她反正没事。娘似笑非笑地说，你就别指望你老婆了，她现在打牌比上班还有劲儿呢。娘把衣服放进桶里提到门外来。

说曹操，曹操就来了。这时王艳开门进来，做了一个鬼脸，觍着脸说，手气不好。

你是回来拿钱的？老五问。

王艳没有吭声，进卧室捣鼓一阵又要出去。人站在门外说，今晚要通宵，别等我了。校长当时脸就黑了下来，手中的书重重地甩在桌子上，但嘴里什么也没说。娘就说，安排这个，安排那个，连自己的老婆都没安排好，那么多工作，就没有她做的？

老五无奈地说，她的厂长位子还留着呢，可你看她会做吗？一做事就出错退货，一说话就出洋相丢人，去了只会添乱，帮倒忙。不去还让人省心些。那就这么养着？校长说。老五无奈地说，不养还怎么着？又不能杀了她。谁要你杀人来，校长说，当堂教子，枕边教妻，这都不会，你书白读了。老五在门里说，前世欠她的，就当养一头猪吧。娘没好气地说，我孙子孙女可别像王家人。

老五走出澡堂，看娘快把衣服洗衣好了，就说，妈，辛苦你了。又对二老说，你们不知道，上回那个百万大订单，差点毁在她手里了。

她回来同我们说起过，就事论事，那回不能怪她。校长说，是那个日本人太过分了。

可你知道那是一笔多大的订单吗？老五的嗓门高了八度。

做生意也要讲原则和底线的，为了生意，连老婆都可以送人，我活这么大，还没听说过。校长说，这一点，我倒赞赏她，还有点中国人的骨气。

还骨气呢？别晦气就不错了。

不说她了，校长转口问，你乔叔还好吧？

好得很，老五边穿衣服边说，乔叔身子硬朗，又做惯了，哪闲得住？他一来，大嫂倒轻松了些。

那就给你大嫂换个轻活路。娘说。

我想好了，大嫂年纪也不小了，索性别干活了，专开一家小店算了。

开小店，在哪儿开？校长问。

就在我工厂里呀。我看在门卫室旁边搭建一间铁皮房，开间店子，绰绰有余的。

那还不错，在厂里开，又不用交什么税。娘又问，那你大哥呢？

大哥做厨房也上手了，明年干脆让他包了算了。

228

他做得来吗？娘问。

我看不难，再说大哥做总比别人做放心些，大哥不会坑我的。

你就喜欢你大哥大嫂。娘看了一眼老五。

妈，我更喜欢你啊。老五冲娘撒起了娇。

你呀，就嘴甜。娘洗好衣服，站起来捶着大腿对老五说，我搓好了，你自己晒吧。

妈，我早说过，让我来，你不信，你都这么大年纪了，还不服老。

我担心我死了，你的日子怎么过？讨个这样的老婆，从早到晚脚不落屋。

你瞎操那份闲心干吗？校长说着老伴，又自个感叹起来，儿孙自有儿孙福，莫为儿孙做马牛。又说，当年我们老曾家的侯府多风光，现在呢，还不是别人在住着。

老五就说，那老房子人家住就让他们住吧，有什么好？我们将来盖栋别墅住。

其实，老五这么帮大哥一家是有原因的。

那一年，父亲突然被关进了牛棚，母亲也病倒了，老五只有五六岁的样子。这时，几个哥哥闲不住了，天天出工回来，晚上躲在家里开家庭会议。说是家庭会议，却又不让娘参加。娘虽说病倒了，可耳朵不聋，嘴巴不哑，为什么不让娘知道。会议开了好几晚，也吵得很凶。有一晚，老五贴到门边听动静，才晓得没了爹的工资，没了娘的劳动，一家人大锅饭吃不成了，大家庭维持不下去了，哥哥们吵着要分家单过了。只是娘和老五、满妹不好安排，大家因此就吵得不可开交。

他先是听到四哥说，与其绑在一起饿死，还不如救一个算一个，给老曾家留一条根。

大哥问，怎么救？

四哥说，干脆把老五送给别人养算了，其他人分开各过各的。

不行。大嫂首先反对，接着就数落四哥，谁都知道你年轻，有一身力气，又没讨亲，没有拖累，一个人养自己一个人当然轻松。

这不行，那不行，干脆把两个小的都送走好了。四哥发起了脾气，反正娘现在是泥菩萨过河自身都难保了。

大嫂说，老五我和你大哥养了，娘和满妹你们几个负责。

我们哪还有那能力养娘和满妹？二哥三哥说。二嫂三嫂也跟着附和。

　　把满妹送走也不行，爷娘就这一个闺女，到老了那天，哭都没人哭。大哥是个没性格的人，一团线抓在手里也不知头在哪儿。

　　还是送走老五吧。四哥坚持自己的主张，这瘦猴子，才五六岁，人小鬼大，比猴子还精，留着也不是个省油的灯。

　　老五不能送，我们养。大嫂说，你们几个看样子都到头了，说不定将来这一家还要靠老五来撑呢。

　　说来说去大嫂的意思就是要送走满妹嘛。二哥三哥说。

　　我没这么说。大嫂说。我这样说了吗？你们谁听到了？

　　一枪也是痛，两刀也是痛，干脆，把两个都送人算了，一了百了。四哥吼了起来。

　　听到这里，老五躲在门边泪水就下来了，心想，你们为什么不要我了，我又不吃很多；你们嫌我吵事，我往后不吵就是了；怕我惹烦恼，我把自己的手脚绑起来总可以吧。这就是老五当时的心声，但他不知如何表达出来。

　　娘在那边终于听不下去了，在床上吼起来，你们不要吵不要闹，你们一人一份给我，我一份三人吃不算过分吧？

　　这天夜里，老五却破天荒起床厮尿，喊了一声"妈"。没听到回音，他就爬起来穿上衣服。夜里很冷，他的身子瑟瑟抖着。跳下床来，他第一时间没有找到鞋子。他弓身爬到床底摸出鞋子穿上，鞋子穿反了，但他自己不知道。他回头看了娘一眼，娘还在睡觉，身子没有动弹。他从娘脚头抱起满妹走出门。门外没有月光，还刮着风，树木在摇晃，发出呜呜的声响，有些吓人。他想打转身回屋，脚却离门越走越远了。走了一阵，他感到满妹的身子很重，他快抱不动了，想放下来歇气，可找不到干净的地方。天下过雨，路还没干。他就在心里说，你们都不要我和满妹了，我和满妹就躲起来要你们找不到。

　　他不敢抱满妹去树林子里，前几天那里刚埋了死人的棺材，新垒的坟墓上还插着白幡。他就往大院子（街市）走去，从家里出来到大院子不远，不过半里路。这会儿，大院子里很冷清，家家都睡下了，窗子上也没有灯光露出来。他找不到躲藏的地方，就抱着满妹坐在人家台阶上。他想，娘醒来，看不着他和满妹，一定会叫大哥大嫂来寻他们的。满妹睡得很香，小嘴巴还在笑着的样子。坐了好久，来路上也没听到声音，也没人来找他们。老五为了引起人家注意，就冲满妹的手背咬了一口。满妹痛得一声尖哭。哭声在夜里很怕人。老五吓得丢下满妹躲藏到一边去了。这时，一家马戏班收场回来

路过，老五看见一位大叔走过去抱起了满妹，转身向周围喊了两声什么，接着就走了。他想跑过去告诉人家这是他的满妹，不能乱抱，可害怕人家把自己也抱走了，就不敢出来。就这样，满妹被人抱走了，老五长大后只记得满妹去了马戏班。

当晚他跑回家，见娘还在睡觉，没醒，便衣服也没脱就睡到娘的身边，身子冷得瑟瑟发抖。

早晨，娘没见满妹却当什么事也没发生一样。四哥问起，娘说，我把满妹送人了。

大嫂责怪一声，娘你真狠心。娘就落泪了。老五吓得躲在一边身子瑟瑟地抖动。大嫂害怕娘哪天再送走老五，当晚就把老五领过去了，夜里让老五睡到她脚边。

可没人想想娘病在床上是下不了床的，如何能送走满妹呢？也许没人这么想过吧，反正要送走一个，至于送走老五还是满妹现在已不是重要的了。各人有各人的命吧。

后来爹从牛棚回来问起满妹的去向，娘说，她养不起送人了。爹落了泪但没有怪娘。

当爹提起让四哥来工厂时，老五就非常恼怒，也许与童年的记忆有关。如果不是大嫂，也许他现在就不姓曾了，但爹怎么了解呢。只是娘却一直遮掩着这事，并承担了骂名。如果娘当时喊一嗓子，几位哥哥会把他吃了，在他们看来，满妹要比老五可爱得多。

娘为什么不自己抱回来呢？娘下不得床走不得路，但完全可以让他去抱，让哥哥们去抱。如果娘让他打转身他不敢不去，可老五回到屋娘还没睡醒觉。

妈，你是怎么想的呢？这是老五的心结，其实这也是娘的心结。难道娘被自己五六岁的儿子的举动吓到了。可娘又分明不是没见过世面的人，否则，她怎么能在没有家庭顶梁柱后依然从床上爬起来，推动那个摇摇欲坠的大家庭继续前行。

老五晾好衣服，这时手机响了。他接完电话，对娘说，妈，你和爸早点睡，我去厂里看看。有什么事吗？娘担心地问。老五安抚娘，妈，没什么事，工厂明天要出货，我不放心，去看看。爹在屋里说，有你小舅子在还不行吗？

为了不让二老担心，老五说，我这个小舅子干得不错，比他姐能干多了。老五从桌上抓起车钥匙。路上慢慢开车。娘叮嘱着，把儿子送到门边。爹站

在门后说，你看看你儿子，现在做成点事脾气就成这样了，话都不让人说了。

他们兄弟之间的事你少插手。娘说。

老五在门外停了一下，听爹说，真是奇怪，同是一母所生，回回提到老四，他就火冒三丈得不得了，可对大哥大嫂比对爹娘还好。现在还打算让大嫂开一间小店。这让其他几兄弟怎么想？娘就数落起来，你懂什么？老五是个有情有义的人，他吃过大嫂的奶。

老五来到工厂，大嫂正在大门边看着人搭铁皮棚。大嫂还不到五十，可因过分操劳，显得很老。看见老五的车子进来，她就直直地过来，笑眯眯地说，老五，吃夜宵了吗？

还没呢。老五走下车。

那大嫂给你做。快说，想吃点什么？

就吃荷包蛋吧。

我就知道，人喜欢的东西一辈子改不了。大嫂笑眯眯地说。

大嫂做的荷包蛋香、甜，好吃呗。

是啊，只有你要求高，小时候吃荷包蛋非闹着要放白糖，可那会儿到哪儿去给你弄白糖。

老五绕着铁皮房转了一圈，说，大嫂，一个工人晕倒了，我先过去看看，等下过来吃。

你要去多久啊？做早了还好吃吗？

老五去了车间，车间灯光一片明亮。工人们见老板来了，都埋头车货。老五平时不说工人，一切交给各级管理员了，见了工人面也只是点点头。工人摸不清老板的底细，反而增添了老板的神秘，而神秘又滋生出权威。老五要的也是这个效果。

唐莲走过来喊了一声老板。这种场合，当然不能叫五哥了。

人呢？老五问。晕倒的工人呢？

早送去医院了。唐莲说。

没什么大问题吧？

唐莲放低声音说，看样子是加班累的。

瞎说，只有饿死人的，哪有累死人的。老五偷换了概念。唐莲说累倒人没说累死人。

加班的确晚了点。唐莲又跟在身后小声说。

不加怎么办？你又不是不知道，刀架在脖子上，缩也是一刀，伸也是一刀。

这时，小舅子过来说，医院催着要先交钱，才看病。

这点事你都处理不了，还来问我，那笔加工费呢？

人家叫苦连天，没钱给。

工厂那边还有多少钱？老五问。

姐夫，小舅子靠近轻轻地说，只剩预备的伙食费了。

先拿去垫付，回头我再想办法。

好的。小舅子说完走了。

唐莲说，我看还是减少点加班时间吧？

我也想啊。可减少加班，明天进医院的就轮到我了。

有那么严重吗？唐莲看着老五。

还有比这更严重的呢，出不了货，就不是单单进医院，而是进火葬场了。

你别吓我！

不信，那你试试看？

唐莲听了吐了一下舌头也走了。

老五处理完事情，回到大门口。大嫂还在等他，见了他就责备起来，怎么去了这么久？

老五说，大嫂，大哥呢？

睡下了，明天清早要起床买菜呢。

嘀，他倒舒服。

有事吗？要不要叫醒他？

没事，开店的钱够了吗？

还差一点儿，你大哥说想找你转转手。

我知道。可现在，大嫂，开店看来要往后拖拖，行吗？

出什么事了吗？老五。

也没什么大事，只是现在货款还没收回来，刚才又有工人晕倒，去了医院。

那就往后拖拖，大嫂说。店子迟开晚开没事的，它又跑不了，厂子是大事。

谢谢你，大嫂。

说什么谢哪，现在我和你大哥不都是靠着你。

大嫂，你真好。老五眼里有了泪水。

你这孩子，大嫂像娘一样说了一句。她以为老五说的是吃她奶的事。可

老五记着的是另外一件一生也挥之不去的阴影。

大嫂很快把荷包蛋端了上来。

老五大口吃着。站在身后的大嫂问,好吃吗?

好吃,香。

想吃就过来,大嫂给你做。老五偏开头,不让大嫂看见脸上的泪水。

老五,大嫂轻轻地说,你手头紧要不要把你先前给我和你大哥的钱拿出来先垫垫?

不要,老五停住手中的筷子,断然地说,那钱,是给你和大哥养老的钱。天塌下来都不要动。

可你现在火烧眉毛了!

还没到那一步。放心吧。

外面看起来你开了厂好风光的。

我是马屎面上光,旧屋墙上贴瓷砖,只图好看嘛。

老五放下碗,站起身说,大嫂,我走了。回头看见乔叔在铁皮棚里收拾,就喊了一声,乔叔,还没歇哪?

乔叔直起身,说,快完了,你走啊?

大嫂说,乔叔做惯了,闲不住。

老五听后笑笑,没说什么。

老五,车子路上缓点开。大嫂叮嘱说。又伸手拍拍他的肩膀,好像要弹灰尘,其实衣服才换过。

老五坐进车里,拍拍方向盘,心想车子好坐,但得有那个命才行啊。买车时爹是不赞同的。现在回头一看,自己买了这台车,的确把工厂拖紧了。

又一想,大嫂适才的叮嘱与娘说的一样,这让他感到一阵温暖。他的生命现在已经不是他一个人的了,他是这个大家庭的顶梁柱,不能倒。从前是爹,现在就看他的了。

三

曾五锡就是曾五锡,到底是老曾家的后人。现在能拥有这份产业,不是一夜暴富,天上掉馅儿饼,也不是滴水成河,慢慢汇集。按他自己的话说,海纳百川。此外，还靠一股韧劲儿。遥想当年，老祖宗凭一介书生挂帅，横扫洪秀全百万大军，靠的是什么，就是一个韧字。一股咬定青山不放松的劲头。

其实，此前，老祖宗几乎被大清弃用了，流放了，窝在老家荷叶塘大门不出小门不迈，憋屈得很。而冤屈又无处伸，人就病倒了。这种病不是来自身体，而是来自内心，一颗报国无门的心。

要不是风云际会，洪流汹涌，哪会有老祖宗再度出山，成就一番功业。也许就此终老林泉，一生默默无名也不一定。

曾家把半耕半读当作家训，是挂在嘴上、贴在堂上的。其实，一个"韧"字，才更是老曾家的真传，是藏在心里、流在血液中的，是只可意会不可言传的。

现在回想起来，如果没有这个韧劲儿也就没有曾五锡的今天。记得刚离家的时候，爹和娘是蛮不同意的。爹是小学校长，退了休，但仍然手不释卷。也许参透了人生真谛，认为在家千日好，出门时时难，担心儿子出门在外，找到着落还好，没有着落，容易误入歧途，到时毁了一生的幸福，也毁了老曾家的清誉。留在老家，有田种，有书读，饿不死人，也误不了人。

娘更是极力阻拦。儿行千里母担忧。老五虽然成了家，但到底从未离开过娘的眼皮底下，现在要一去千里。娘哭着劝，儿啊，你想吃口热汤热饭都难了。留在家里，好歹热饭热菜热炕头。

老五却不这么想，他活着可不是为了仅仅吃饱肚子。他得活出个人样儿来，即便比不上老祖宗，也要无愧于老祖宗。

听说老五要去深圳，妻子王艳吵着也要跟去。她说，嫁鸡随鸡，嫁狗随狗，你去哪儿，我也去哪儿。

娘说，王艳，老五自己都还没着落，你跟去好看啊，两口子要饭可不是人做的。爹只说了一句，跟去就跟去，把两个孩子也带上一起去。王艳就不敢嘴硬了。

临行，王艳哭得泪人儿一般。爹娘却千叮咛万嘱咐，要老老实实做人，扎扎实实做事。给人家打工，那就是做长工，东家喜欢的是腿脚勤快的、嘴巴紧的，乱说话可不行，手脚太懒也不行。

老五就对爹娘说，我知道了，要像乔家人从前在我们家一样做事做人肯定受欢迎。

到了深圳，老五就在内心嘲笑爹娘，你们那一套是从前管用，现在谁还认你那一套。现在老实人、勤快人能发大财吗？一头牛比得上老鼠吗？牛累

得半死也只能吃草，老鼠可不这样，专挑好的吃，就是吃萝卜也不吃皮的。

那回出来，在广州火车站，又遇上两个同乡，一男一女，是一对姐弟。姐姐叫陆明，弟弟叫陆亮，岳阳人。三人结伴直奔深圳。陆家姐弟大包小包带了很多行李，还有被子。看见老五只随身带了几件衣服，就说老五是来深圳做客的，转一圈儿就要回去。因为家中有老婆啊、孩子啊，舍不得啊。老五就对他们说，谁转一圈儿回去，现在谁也说不准，等着瞧吧。

陆家姐弟一到深圳，就马不停蹄地找厂，连找个旅馆安顿一下都不同意，说住旅馆要花钱。老五反正没有多少行李，就陪他们四处找厂。陆亮人太小，力气薄，走累了，就老喊歇气。其实他的行李大部分都让老五背着了。老五对陆亮说，你这么小，就不应出来，而是要留在家里好好读书。

陆亮说，读书没劲儿，我们班上的同学原先有六十名现在都快走光了，大家都想到深圳来挣钱，挣大钱。陆明也说，我劝了，爸妈骂也骂了，打也打了，没办法，风气不好，不是陆亮一个人的错。

深圳到处都在招工，但只招女工。即便要招男工也是限定有技术的熟练工，碰巧了招个把男普工，也是内部招了，要靠关系的。

陆明人长得漂亮，进厂倒是容易，但她担心弟弟一个人在外。她向人家人事主管求情，说帮帮忙，多招两个男工吧。

人家把眼皮一翻，说得轻巧，招进来不要开伙食、不要付工钱啊？两个男崽进不了厂，陆明也不进。老五劝她先进厂，先安顿一个是一个。至于陆亮，他带着去找厂，没关系的。陆明还是不放心，说弟弟太小，我得看着他。老五直说，你是不放心我吧？怕我把你弟弟拐卖了？陆明不好意思地笑了，看五哥说的，你就是要卖，谁买啊？这么大个人了，还养得亲吗？谁愿做那个冤大头。

没有找到工作，夜里三人就窝在立交桥下。下半夜，天气凉，陆明看老五一人抱着行李龟缩在一旁，就说，过来三人挤挤吧。陆亮也随姐姐口气说，五哥，过来挤挤吧，暖和。一床被子三人挤在一起。陆亮左右看看老五和姐姐，就咧开嘴笑了一下睡着了。

第二天，三人继续同行找厂。老五发现家家厂子招工条件都差不多，对女工遍地绿灯，对男工却很苛刻，必须是熟练工人。可他们不想想，这些从内地刚出来的农民，哪有什么技术，内地又没有培训学校。

陆明终于找到了一家工厂。她提出要带两名男工，这回人家看了两个男生，没有一口回绝，而是商讨地说，看你面上，就招一名男工吧。

陆明为难了，显然，她希望姐弟在一起，可老五这个老乡人也不错。通过这两天的接触，她认定老五是个正人君子，将来会有出息，她要帮他。人家招工的也嫌陆亮个头太小，身体太单，重活干不了，也想招老五。但老五志不在此，他决心饿死都不进厂了，进厂做工无非是长工短工之分。乔家人在老曾家打长工，一代接一代，代代是长工，到死了，还得东家发善心帮买棺材。他可不愿走他们的老路。老五拒绝了，他说，我对搬运工没兴趣，你招他吧。

陆明当即就眼红了，轻轻地对老五说，谢谢你，五哥。陆家姐弟进了厂，也没忘记老五这个老乡，把随身带来的被子留给了他用。陆明说，我们进了厂，找老乡随便凑合就能住，你在外面可不能冻着。

后来，老五身无分文的时候，还去找过她们姐弟，但她们进厂不久还没开工资，拿不出钱来。姐弟俩偷偷把饭菜各减一半用塑料袋装了，提出了厂门。那时各工厂工人的主食是定量的，由厨师亲自分饭，而且规定在饭堂就餐。不像后来工人主食可以随便吃，饭也可以打回宿舍或厂外。

老五背着门卫吃完饭，陆明又从口袋里拿出两元钱，递给老五，说，五哥，你口干，就去那边买瓶饮料喝吧。老五泪水在眼眶打转，但他强忍住了。陆明就笑他，你是朱元璋落难，今天这碗饭日后是要回报的。

但陆明姐弟并没有要他的回报。老五发达后，在湖南老乡中有了名气，按理，她们一定知道他。但她们姐弟并没有上门来讨好。一次老五特意去从前那家厂子找她们，门卫告诉老五，陆家姐弟一年前在回乡过年时，路上出了车祸，双双遇难身亡。闻言，老五痛哭不已。

人生就像竞技场，决不能让自己输在起跑线上。老五经过一段时间的阅历，发现了一个门路，既然这些玩具厂、制衣厂、手袋厂，厂厂都招车工，他就来做这个输出车工的生意行不行。车工需要培训，而培训需要场地和电车。但这些都需要钱，可他身上这时已一文不名。

那天，他饿得发晕，双脚走向路边的垃圾箱时，突然发现了幸运女神。这个女神就是一块路障，上面写着：前面施工，禁止车辆通行。

他跑到前面看了看，见路面差不多已经补好，上去踩了踩，觉得完全干透了，估算着车子压上去应该没事了。这是一条单行线，车子一进来必须往前走。想到这儿，他就像看见鱼儿成群结队上钩了一样兴奋得又唱又跳。今天是星期天，他恶作剧也没人管。他回身把路障往后撤了几十米，又跑到厕所，扯下自己的红内裤，绑在手臂上，做起了临时的交通协管员。

果然，不一会儿，就有车子开过来。他站在路障边，拦下车子，让司机掉头。司机急得满头大汗，讨好地对他说，这是单行线，抓住要罚款的，请高抬贵手让我过去一回算了，我愿谢你几包烟钱。

后面又有车开过来了，还按着喇叭。他假惺惺地过去看看路面，又踩了踩，回来，对司机说，好吧，下不为例。

司机立马掏出五十元，塞到他手里，他把钱往口袋里一塞，腰杆更硬了。就这样，不到半天，他全身口袋都塞满了钱，还不到天黑，路灯还没亮时，他就撤下路障，扯掉红短裤，胜利大逃亡了。回到桥下，他一数，居然挣了两千五百元。天啊，这可是自己当农民一年的收入。

那些养路工一天才挣多少钱，他却利用他们的劳动成果，轻轻松松就赚了两千多。从这一点就证明，赚钱靠的是脑子，不是手。一个金点子，可以创造成千上万的财富，一个好智谋，能胜过百万大军。所以才有刘备为了拥有诸葛亮宁可三顾茅庐，也不在乎关张二弟的反对了。

有了钱，就好办事了。第二天，他就租了一间铁皮房，又到针车行买了几台旧电车，也没请人，自己敲敲打打忙了一天，装好了。之后，到垃圾房捡回一袋破布料，关起门来自学电车技术。五天后，他自认出师了，于是，打开大门，一张电车培训牌子挂到了门头上。门旁，又用红纸写明各种价格，学习分临时和长期。如临时学一个钟头，收五块钱，包学会收二百元。

当天，就来了两位学员，是一对夫妻，从四川来的，男的双脚还有高低毛病，但学电车没问题。老五就收下了这对夫妻成为自己的第一批学员。也是开张的第一批顾客。

自从那次当了半天冒牌交通协管员，赚了一笔钱后，他就得出结论，深圳这个地方，赚钱的最好办法就是打擦边球。别人想做又不敢做的事情，就是最来钱的事情，当然，只要够不上犯规，你就尽管擦边好了。所以他的培训班招牌一直挂着，其实，里面都在正常生产了，他也没把培训牌子撤下来。那是有天受到学员跛子的启发，跛子说，天天车这种破布，哪能进步。

他问跛子，那车什么才能进步？跛子说，如果也像工厂一样，能车车公仔或配件，就知道自己达没达到要求了。

老五有天在外碰到一位同乡，这位同乡在一家玩具厂做生产主管，一说，对方就说可以帮忙。后来，老五就通过同乡从工厂接出一批批配件，诸如网袋啊、T/C布内袋啊，拿回来给那些熟练的学员车。果然，又是个一举两得的事情。原先收取培训费就以为不错了，可当他把第一笔加工费拿到手时，才觉得这个世界赚钱有太多的门路了，想都想不完。

才半个月就拿到了五千元加工费，这五千元不过是十名培训车工的劳动成果，而他们不光为他劳动，为他赚钱，还得向他交学费。原来老板就是这么做的，才投资了不到两千元，转眼就连本带利翻了一番。难怪人人打破脑袋都想当老板了。

现在要是有人提出要他放弃做老板，把那五千元拿出来与那批学员分了，他肯定不干。他认为那是自己的劳动所得，至少是投资所得。尽管他的投资来得也是名不正言不顺。

尝到了甜头，他就不轻易松口了，培训牌子就一直挂着。他知道，培训牌子和工厂牌子完全是两回事，那是治病与救人的区别。治病是要收钱的，而救人有可能是无偿劳动。

钱找上人后，人反过来就更要找钱了，牛郎找织女一样，再艰难险阻，再银河相隔，也要架鹊桥飞渡。

夜里睡在床上，老五满脑子都是钱，琢磨这前前后后半个月当中，除了跛子夫妇，先后还有八名培训车工。由于电车数量有限，很多年轻人来到门口看见没有车位可学又走了。所以，错过了他们那二百元培训费不说，还损失了他们无偿劳动所带来的利润。

老五心想，如果同时拥有十名车工生产呢？也许就不是五千元，而是一万元了。倘若增加到二十名呢？那半个月就是两万了，一个月下来就是四万，一年下来就是近五十万。看来，所谓的百万富翁，也并不遥不可及嘛，而是近得很，只有一手之遥，伸出手就能抓到，就看你伸不伸手了。

老五发现了一条金光大道，所以一夜不曾合眼。早晨起来，两眼通红，但他也顾不上了，牛一样奔了出去，一口气买回了十台旧电车。他本还想多买一些，只是钱不够，所以不得不放慢奔向百万富翁的步伐。原来跨越式发展也是需要成本的。

电车装好后，就剩下招生了。为了扩大生源，他不可能上电视登报纸做广告，他没那个钱。他打印了一百张招生启事，四处张贴，桥墩下，围墙上，还有人家工厂门口。满以为广告一贴，就有人来，因为中国人太多了，十三亿哪，

外国人说，只要中国人一起跳起再同时落下，地球都要脱轨。

过了两个小时，果然有人上门来了，令老五没想到的是来者不是学员而是城管。一行三人气势汹汹地上门了，斥责老五没有社会公德，到处张贴破广告，破坏城市美容建设，而且一开口就要罚款一千元。老五哪见过这阵势，赔着笑脸，说自己刚来深圳，两眼一抹黑，不知深浅，保证以后不再犯了。末了，一人送上一条万宝路。三个城管离去，老五送出门，见三人很高兴，其中有一个人还边走边用对讲机向同伴报喜。

老五以为这事就算了了，但到了天黑，一下子来了六个城管，人人手中抓着一张老五张贴的广告，坐在电车后，兴师问罪。老五又是赔着笑脸，说同样的话，并送上同样的烟，才把他们请走。正在学习电车的学员，见老五被城管弄得这么狼狈，既生气又同情。跛子夫妇更是恨恨地说，这跟从前的土匪还有区别吗？但老五不这么想。他想羊毛出在羊身上，深圳的钱在深圳赚也在深圳花。他从湖南可没多带什么钱来。

当然城管走后，老五也陷入了沉思之中。原来老板也不是那么好当的，一个城管部门就这样了，还有公安、消防、税务、工商及地头蛇呢？往后要弄一个厂子，哪个衙门都要面对。在深圳这儿玩儿这个，没有靠山不行。别说办厂子，就是摆个摊子，还得有把伞罩着才行。

要想蓄水养鱼，就得找好靠山，平地筑坝哪成？

四

老五打电话回去向爹求援，让爹告诉他苏副市长的电话。苏副市长是爹的学生，那年回乡特意去拜访过爹。其实爹不过是苏副市长的小学老师，但苏副市长说，人生的启蒙老师更重要。这话堂而皇之。但知情人都知道，苏副市长在小学是调皮大王，几乎要被学校开除了，是老校长力排众议，留下了他。

为摆个摊子，就要去惊动一个堂堂市长。爹在电话里骂老五没脑子，自然不愿把电话号码告诉老五。老五急得几乎要哭出来了，说，爸啊，你怕惊动市长，你就不怕你儿子被震倒吗？电话中老五把城管上门敲竹杠一事说给爹。娘在一旁听了，也急了，劝道，你就告诉老五吧，管不管用再说。爹还想坚持，这事太小了，去求人家，反而让人家看不起。再说，人情也是有限的，用一回少一点儿。娘说，先别顾那么多，帮老五过了这关再说后面的。

爹说出一串号码，老五听完，觉得那不是普通的电话号码，而是决定胜负的一串密码。挂了爹那头的电话，老五就拨通了这个号码。电话是秘书接的，老五解释了半天，秘书才把电话转给苏副市长。老五又报了一次家门，苏副市长却一口官腔，要他依法办事，做生意也要遵纪守法。老五一听凉了半截。孙悟空过火焰山遇到了铁扇公主，扇子没借到，还得先做一回龟孙子。老五心想，不打这个电话，至少还有个想头，现在打了电话，反而死路一条了。就像晚期病人看医生，不看，还有信心往下撑，看了，知道了结果，反而只有天天等死了。

其实，老五多虑了，领导人办事是不动声色的。过后，果然没人来找麻烦。他不知是市长帮了忙，还是自己运气好转了。

通过这一回，老五了解了官场的利害，也知道了官的妙用。但市长太高了，不能芝麻大点儿的事就去烦他。爹说过，人情用了一回就少了一点儿。再说芝麻大点儿的事就找人，也会让人看轻了，觉得你这人太没能耐，是个扶不起的阿斗。

老五决定找个靠山。一打听，当地派出所副所长是个湖南人，也很讲老乡观念。虽说所长还是个副的，官有点小，但再小也是一尊神。是神就有自己的权力和地盘，就会有人烧香进贡。我的地盘我做主，所以在他那一亩三分地，说话还是管用的。

老五把副所长约了出来，聚了聚，喝了酒，吃了饭，又塞了红包。这关系算是定下了。副所长也交了底，一切都好办。打个擦边球，那是技术高超。怕出界，就什么也别干。

有了苏副市长和副所长这两把保护伞，老五的胆子更大了，步子也更快了。他留下了跛子夫妇，做培训老师，自己一天到晚在外接货、送货及应酬。

两年后，老五搏一搏，单车变摩托，鸟枪换炮，办起了湘南玩具厂。自然，这其中少不了副所长的帮助。厂房是副所长帮找的，房东还是当地的村长。厂牌是副所长帮办的。从执照到招牌，都是副所长一个接一个电话搞定的。

厂牌子挂起来后，夜里通上电，"湘南玩具"四个大字红亮亮的，一里多路远都看得见。老五觉得那不是牌子，而是自己的脸面。男人有了脸面，也就有了底气。男人的底气足了，脸上也就更加风光了。牌子没挂起来时，他

还是黑户，现在不用了，挂了牌子，人和钱会自动送上门来，可以人财两得了。

老五有时走在自己的厂子里，内心感慨不已，也为自己的选择惊叹不已。当初，自己硬是坚持不进厂，不去做那个破杂工，是何等高明、何等卓越、何等深谋远虑。想陆亮还为自己得以进厂，对他感激涕零的样子。还有那些从北方来的男工，为了进厂，省吃俭用给人送上一份厚礼。还有陆明那帮女孩子们，见家家只招女工不招男工，就自以为高人一等了，就以为别人是癞蛤蟆，自己是白天鹅了，手一张会飞了，一双灵巧的手就等于是两只翅膀了。告诉你丫头片子，赚钱不是靠手，而是靠脑袋。能赚钱的脑袋让你双手数钱都数不过来。

厂子现在终于开起来了，爹娘在家听说了，既高兴又担心，打电话给老五，问要不要人手，打仗亲兄弟，上阵父子兵，老曾家就是这么发达的。老五告诉爹娘，厂子才刚刚起步，安太多的亲人不好。兵太少，将太多，到头来个个会弄成光杆司令。

那也不能一个帮手也不要吧？这话是娘说的，你一个人忙里忙外，忙得过来吗？累坏了身体，那就不划算了。爹就提出让王艳先过去，一则可以帮忙看厂，二则——爹没有往下说。但老五知道爹的意思——王艳是妻子，小两口分别两年多了，该见面了，好歹该团圆了。

老五就依了爹的意思，只是两个孩子要让爹娘受累了。娘就说，照顾孙子应该的，我还等着你发财了，接我和你爹去享几天清福呢。

过了几天，王艳来了，她还带来了小舅子王强。老五对这个小舅子没有好感，一个好吃懒做的家伙。但人来了，也不好多说什么，就先安顿了。

两年不见，王艳明显瘦了，也变黑了。老五知道农活的辛苦，很怜惜妻子。王艳进去冲凉，老五就再也忍不住了，那个精虫像精灵一样搅得他在房间来回走动，很想找人打架，但又不知往哪儿下手。

等到王艳出来，老五两眼血红，像吃人的狼，他不由分说，抱起老婆就扔到了床上，嘴里喊，我的姑奶奶，你在里面洗蛆啊。王艳被摔到床上，夸张地喊，哎呀，看你把我屁股摔成两半了。王艳人不聪明，说出的话没水平，但这一句，却让老五少有地兴奋。他说我看看，我看看，两人滚到了一起。六月的雨似的，来得快去得也快，两人都没尽兴。

老五让王艳做厂长，负责工厂生产。王艳说，我只会莳田、割禾，哪会当什么厂长？老五就说，谁也不是天生的，你不当谁当，请人当，一个月工资几千块，你舍得付？

听说一个月要付几千元工资，王艳真舍不得了。老五又让王强暂时专管饭堂，负责买米买菜。对于这个肥差，王强高兴得咧开嘴，笑得没合拢。

安排了王艳，老五还是不放心。他管理工厂，自有一套自己的办法。生产上，当然归王艳管，王艳是厂长嘛。厂长以下，还有主管、拉长，这些人也需要管管。但自己一天不可能二十四小时在工厂盯着。于是，老五在工厂另设了一个影子眼线。这些影子就是专门用来盯各级管理员的，否则，自己一旦离开，这些管理员就会成了山中没有老虎的猴子。

老五在管理员身边安插了眼线，但又不让做眼线的人自己觉得老板特别信赖自己，有种目中无人的感觉。

老五既没有专门培训他们，也没有特别交代过他们，只是偶尔遇上了，叫住他们随意聊上几句。话题没有主旨，内容自然无关痛痒，只是一些饮食起居、安全作息之类的东西，公开讲得，私下也讲得。但从片言只语之中，老五得到了自己需要的东西。这些眼线都是不谙世事的孩子，问一句，最近怎么样啊？让他们想破脑袋找答案。因为他们不知这个怎么样是指天气还是指伙食。老五就把范围缩小点，启发他们，你们拉上有什么新闻？

新闻的含义就明确多了，不管好事坏事，让人感兴趣的都是新闻。于是他们就净挑有趣的事说。老五当然不能耽搁他们太久，就猛地一句，主管、拉长，对这事怎么说？终于画龙点睛了。眼线就一五一十说开了。老五听完，装作打哈哈的样子，原来这么有趣啊。

老五统领这些眼线很特别，既不发奖金，也不发补贴，而是随时随地，一片西瓜或半包香烟。碰巧了，偶尔还有一个本子，或一支笔。本子和笔都不是办公室用的那种，那种东西，只要跟文员要，也可以得到。老五的本子和笔是专买的，拿在手里，就有种特别的感觉。

老五说这些是我开会得到的纪念品。人家也信以为真，其实，这年头开会，哪还发什么本子和笔，而是发卡或购物券了。但老板这么一说，本子和笔就有了特别的意义。老板把心爱的东西送给你了，你还能不替老板好好干吗？

由于有了眼线的存在，工厂就充满了神秘，有点东厂、军统的味道。但谁也不知谁是老板的眼线。工人中，特别是那些拿着高薪的管理员，上下班就显得特别小心谨慎，生怕说错话做错事，让人背后打了报告。老五要的就是这种效果。他希望自己有没有在工厂，工厂都能正常运转。老五有时故意

耍个小聪明，鸣着喇叭把摩托车开出大门，几分钟后，他又掉过头来，把车停在厂门外，悄悄回到车间，查看那些管理员在干什么。

那些自以为老板出了工厂的人，从厕所出来突然见到老板就在对面，吓得一溜烟儿地回到了岗位上去。凭这一套，老五把工厂治理得有点白色恐怖，却行之有效，工厂的利润月月攀升。现在老五做梦都为自己当初的决定喝彩。一个好的决策，就是一次成功的会议，是能够关乎生死存亡的，带有转折性的，具有历史意义的，可以载入史册的。

但老五对王强这个小舅子没有什么好感，只是碍于亲情，又是创业阶段，用人之际，才忍了他。

各部门都是新人，没有自己的人，还真玩儿不转。自己的人虽然不尽完美，但至少不会造自己的反。这如同早期革命一样，好人坏人一窝蜂，吹笛子拉眼，打旗喝号，样样需要人。拉队伍就得大，是队伍自然就有拖水鸭。

王强不光懒，还好贪点小便宜。叫他负责饭堂，他就在买米买菜时做手脚，不光以次充好，还虚开发票。

有回老五特意去市场转了转，打听了各种菜的价格，晚上查看王强的收据，居然十之八九弄虚作假。

夜里，老五把这事说给王艳。王艳却当没事一样。她还说，他挣点就挣点，又不是外人，肥水没流外人田。老五说，就因为不是外人，我才信任他，才把买米买菜这么重要的事情交给他去办。王艳说，交给他办，就放手让他办，伙食费标准我们反正是那么多，他赚点也不是赚我们的，是赚工人牙缝的，你急什么急？老五听后生气了，这么说，他还有理了，伙食搞得太差，工人都跑光了，到时你开什么厂？放心吧，王艳说，我相信王强是心中有数的，明天我再抽空说说他。

老五转过身子睡去。王艳在背后安慰他，别生气了，反正肉烂在锅里，他不赚点钱，真没钱花，你还不照样得给他。

那不一样，他贪我的和我给他的，性质是不一样的。

有啥不一样，还不都是钱。

就是钱也是不同的，一个是心甘情愿的，一个是心不甘情不愿的。

王艳说着也来气了，你这么说，那你明天就换个人试试看吧，看换个人就不贪你的钱了，说不定心更黑呢？

老五想想也是，资本的逻辑就是这样，你不让他赚那一块钱，那你一百元也别想赚到。所以才产生吃回扣、拿提成的事情，无利不起早，这些都是笼络人心、激励人性的法宝。而工资，不过是正常的米饭，吃饱肚子而已。而外快却是美酒佳肴，既令人赏心悦目，又令人胃口大开。

老五担心王强吃蛇不留脑壳，第二天，就安排办公室文员天天去厨房过秤。原本以为有人监督了，王强会收敛些。没想到只规矩了两天，王强又耍起了花招。那天，王强特意买了几斤泥鳅。女文员过完秤，低头看数字，王强就双手捧起泥鳅往盆里放，见女文员穿着短裙，上衣也不够长，背后露出白色的股沟。王强就装作不小心漏出几条泥鳅，有些就掉到了女文员的后背。女文员突然觉得后背一阵凉，慌忙起身，见是泥鳅，有一条还窜进了裙内，吓得一阵尖叫。王强扔掉手中的泥鳅，一边说对不起，我没注意，没想到这东西这么滑溜，一边伸手就去人家裙内抓泥鳅。一旁的厨师也笑起来，吓得女文员慌忙跑回宿舍。

王强追到女生宿舍，一个劲儿地向人家赔不是。女文员觉得那东西还在身上，身上冰凉滑溜溜的，本想回宿舍关起门来找找。可王强又不离开，女文员急得都哭了，说，王总，你走吧，我不怪你行不行？

王强就对女文员说，我只是想告诉你，老板叫你过过秤，也不过是做个样子，你还真当真啊？女文员抬起好看的脸看着王强。

王强又说，就算我搞点小动作，又怎样？老板是我姐夫，老板娘是我亲姐姐，他们还能炒我鱿鱼不成？

女文员想想也是，说，我不过是例行公事，没办法，老板的安排。你贪不贪是你的事，他们炒不炒是他们的事，我只是做好我分内的事。

那你就不能做做样子？王强说，真要弄僵了，看看是你走还是我走。

女文员听到这儿脸就更加僵住了。后来，女文员再去过秤时，王强还要起了流氓。女文员找到老五哭诉，说什么也不去厨房过秤了。

老五问为什么，女文员慢吞吞地说，王强耍流氓。老五安抚她，衣服穿在你身上，他还敢明目张胆扒你衣服不成？又说，你不去，谁去，难道让我去不成？

女文员走了，看着她的背影，老五在心里骂，这就是女人，一个个鸟一样，离她远点，她在那儿搔首弄姿叽叽喳喳，叫个不停，一走近，又扑着翅膀尖叫着要飞走。令老五没想到的是，不久，就听说女文员与王强好上了。还听说，王强每天买点好吃的，送给女文员，一来二去，两人上了床。

又过了一段日子，有一天，王艳告诉老五，王强把女文员的肚子搞大了，问怎么办。老五没好气地说，还能咋办，他们一个未娶，一个未嫁，两人结婚呗。

可王强不同意结婚，嫌那女的不是处女。

不愿结婚，他搞什么搞，老五生气地说，这种破事我不管，我一天到晚忙都忙死了，哪还有闲工夫管这些破事，你自己看着办吧。

后来，还是王艳出面，好说歹说，劝女文员把胎儿做掉了。之后，又赔了人家一点儿钱，把人家炒掉了。老五对小舅子的不好印象又加深了一层。

五

那段时间是老五最艰难的日子，先是爹打来电话，诉说两个孙子孙女不听话，夜里哭闹，难带，磨人。娘在电话中也说，两个孩子身体也不好，这样下去，肯定不行，问他怎么办。

他能怎么办？工厂的事已经弄得焦头烂额了，从接单、下料、生产到出货，哪样都得他亲力亲为。王艳不过帮看着生产一环，就天天大倒苦水了，夜夜回来摆脸色给他看。那样子他要是再不把厂子收了，她要像老虎一样把他吃掉。

小舅子王强啥忙也帮不上，就知道捞油水。这还罢了，更气人的是把人家女孩子的肚子搞大了，还不管不顾。他坐车倒要姐夫来买票。

可老五现在哪有多少余钱，做出的货，都一时收不到加工费，先是说好三个月结数，到期去收，又改口要六个月。虽说合同写明了的，可人家一脸困难，你也不能落井下石。要是按合同办，天天有打不完的官司。老五担心自己厂子没办起来，把人都得罪光了，便只好自己忍着。但别的好忍，气好忍，痛好忍，没钱却没法忍。没钱就没法运作，工厂要日常开支，打开门就是要一笔大钱，电费、水费和房租，必不可少。工人的伙食更是雷打不动，铁板钉钉，差不得分毫。更难办的是工资，眼看就要出粮了，可钱还没有落实。

老五急得满嘴是泡，娘却还来烦他孩子怎么办。王艳接过电话说，爹当过校长，还管不了两个孩子？娘一听火了，说，老五能管一个工厂，咋就管不了你呢？

王艳不敢跟娘顶嘴，因为孩子还得爹娘看着，就把电话扔给老五，还不忘对娘说，你跟你儿子说吧。把自己撇得干干净净。

老五不跟娘谈孩子的事，却把工厂的困难再放大了一倍向娘诉说。言下之意，爹娘要不帮他撑着，他有可能最后弄得人财两空。

电话里，老五带着哭腔。娘一听发慌了，急着说，老五，儿啊，办个厂子比生孩子还难吗？实在不行，就别硬撑着了，回家来吧，好歹还有田种，饿不死人。天下又不是你一个人当农民。

爹抢过电话却是另一番口气，老五，别听你娘胡说八道，女人头发长见识短，一听风就是雨，一有困难就打退堂鼓，那还能成事吗？做什么事没有困难，生个孩子还要到生死边儿上走一趟呢。经不得磨难，就成不了大事。老曾家从前的辉煌可不是白捡来的。样样都从苦中来，从死边来，富贵险中求嘛。老曾家的人也不是软蛋、草包。你是老曾家的人，爹相信你也不是软蛋、草包。

爹的话很有煽动性，也很激励人的斗志。但要落到实处，还得一个字：钱。爹和娘在电话中都答应帮老五想想办法，到兄弟们中去筹些钱。老五提出方案，算他们借也行，入股也行，按银行付利息也行，总之钱越多越好。

过了两天，爹把四万元打进了老五的账户。娘告诉老五，这当中有两万元是爹娘的养老钱，还有两万元是你大哥大嫂拿给你的。你大嫂说，老五将来有钱就还，没钱就不还，连借条也不用打的。

老五很受感动，抹了一把眼泪，说，我一定会加倍还。他知道大哥大嫂在老家开着一间小杂货店，这钱可是一分一分积攒下来的，张张带有汗味儿。他问娘，四哥呢，他不是跟人挖黄金，挣到了钱吗？

娘说，谁知道挣没挣到钱啊，我和你爹也晓不得，反正成天跟一帮朋友上馆子、赌牌九，半夜落不了家，你就别指望他了。

那二哥三哥呢？老五不甘心地问。

他们两个守在家里种着田，能有什么钱，有点钱也要留下买农药肥料啊。娘担心地问，老五，这四万元还不够吗？

老五急忙对娘说，够了，足够了。老五只能这样安慰娘，能对娘说这四万元不过是杯水车薪吗？能对娘说，工厂一天的伙食费就上千吗？能对娘说，发一次工资就得上十万吗？这些数字，哪一个都是炸弹，不爆炸就算摆个样子吓都把娘吓死了。

老五原指望四哥能助自己一臂之力，满以为四哥能拿出十万来。现在一分也不拿，这是老五没想到的。四哥从来看不起自己，不拿这么多钱给他自

然在情理之中了。只有大哥大嫂，打小就疼他，不光把他当弟弟看，更是当儿子养的。老五心想，就冲大哥大嫂这段情，自己就不能倒下，他一定得活出个人样儿来，让大哥大嫂没有看错自己。放下电话，王艳问，四哥不拿钱吧？

老五随意说，一个好赌成性的人，手头能有几个钱。关键时刻，你还能指望一个赌徒救世？老五回到宿舍，他想一个人好好静静。坐在办公室，根本没有清净的时候，这个找，那个喊，还有隔着玻璃窗，看见工人有意无意的眼神。老五似乎都明白工人也感觉到了老板山穷水尽，步履维艰。

但工人不担心厂子垮台，而担心工资打了水漂。眼下最好是有好心人突然从天而降，拿出一大笔钱让他开支，那真是皆大欢喜了。

老五为自己不切实际的想法大笑不已。当然还有一个办法也可解燃眉之急，那就是尽快找到现金单。做一批货，出货就能拿到加工费，这样工人的工资就落到实处了。工厂也能正常运转了。

但谁能帮这个忙呢？老五试探着给副所长打了个电话。副所长说自己人在平湖，再说，他对玩具行业不是很熟，爱莫能助啊。副所长最后对老五如是说。老五原本也没有指望他，只是人一遇到危机，抓住稻草也喊救命。

转机出现在第三天，在村里组织的企业会议上，老五认识了一个姓洪的老板。洪老板是香港人，在内地也设有玩具厂。听过老五的困难后就说自己有一批现金单，问老五愿不愿意做。老五哪还敢说不愿意，一个叫花子还好意思嫌糯米？散会后，老五就随洪老板去了他的工厂。洪老板的工厂很有规模，有上千人生产，货柜车把厂区都挤满了。

进了办公室，洪老板拿过来一只黑色熊仔，问老五单价。老五觉得熊仔是最好生产的公仔，加上是现金单，就不敢开价太高，就说，我只负责加工，有一元就可以了。

洪老板笑了，曾先生人很实在，这样吧，初次打交道，我也不占你便宜，给你一只一元港币。老五一连声说谢谢，要知道一元港币是可以换到一元一角人民币的。洪老板不但没有杀价，相反还加了他一毛钱。这一毛钱就是百分之十的纯利润啊。订单数是二十万，一个月货期。一手交货一手交钱。当场老五就同洪老板签订了合同。

洪老板告诉老五，料要三天后备齐，届时别忘了过来拉料。

之后，老五诚挚邀请洪老板出去坐坐，说感谢洪老板雪中送炭。洪老板谢绝了，说来日方长，喝酒有大把机会，先把这次合作成功再说。

老五告辞出来，走在路上，兴奋得直想唱歌。他想打电话告诉爹娘，自己遇上贵人了，但想到事情才八字刚有一撇，别沉不住气。又想到沉得住气的人才能办大事，老五也就没有把喜讯第一时间告诉王艳。一个人在街上漫无目的地走着。心情一放松，人就变得慵懒。到夜里十点的时候，王艳打来电话，说厂里的货只够生产两天了，接下来的新单何时到料。

从前王艳在家种田，满嘴都是插秧莳田，现在当了厂长，便一口新名词了。老五隔了一会儿告诉王艳，新单要三天以后到料。王艳语气显得焦急，那还是接不上，中间还多出一天，做什么好呢？老五爽朗地说，明天是星期天，就再放一天假吧。王艳听了觉得为难，原先规定一个月休息一天，这个月都放了三天假了，再休息一天，工人肯定要有意见了。老五心情好，说话就幽默，说你不会想想办法？我能想什么办法？王艳在电话那头问。老五知道王艳头脑不好使，那种事肯定想不来，就说，要是市电停了，不就是生产不成了。老五怕王艳做得太过，让工人看出破绽，就特别交代让王强清早悄悄拉闸停电。然后宣布临时放假一天。王艳听了这种安排，又发起了牢骚，开个厂这么难，还不如回家种地呢。老五心情不错，不想跟王艳争论，就说，先这样吧，我挂了。放下电话，老五在心里说，你懂什么啊？老婆，开口闭口回家种地。地你没种过吗？一年到头，人累得要死，你得到了什么实惠？遇到困难就想过舒服日子，可你不想想，没有钱，那个舒服从何而来？

老五鼓励自己，不管狂风暴雨，我自岿然不动。再大的困难，也要迎难而上，决不后退，决不妥协，决不为外界因素所动摇。这个厂子一定要开下去，这是中心，一定要坚持。坚持了这个中心，再抓住钱权这两个基本点毫不动摇，一百年也不动摇。否则，没了这个厂子，一家人过苦日子不说，他曾五锡还是曾五锡，一生的运行轨迹就是小曾，老曾，曾老头。而有了这个厂子，一家人过上幸福日子不说，他曾五锡就有可能成为曾生，曾总，曾老板，曾董事长，直至曾老。一个人好端端人不做，要做猴子，有沙发不坐，要去蹲树桩子，那不是有病吗？既然想发财，就不怕走夜路。也不能因为几只鸟叫，就不窜树林了。

这天夜里，老五在外面溜达到十二点过后才回去，他想看看自己到底沉不沉得住气，是不是拿到了一份现金单，就像范进中举一样疯起来。

回到家时王艳已睡下了，她有自己的工作，不是家庭妇女，自然用不着等他。王艳四仰八叉地躺在床上，连澡也没洗，身上一股味道，这就很不好了，很不好的。一个女人可以不吃饭，可以不打扮，但不可以不洗澡。因为床是爱情的圣地，你不洗脸，也不洗手和脚，邋邋遢遢就敢来朝觐圣地，是很不敬的，就不怕玷污了神明，何况圣地还有另一个同伴，除了你还有老公。不洗澡明显是不把老公放在眼里，更不放在心上，明摆着是臭他嘛。

王艳睡相也很不雅，嘴角还流着口水。老五摇醒了王艳。她睁开惺忪的眼睛，问，回来了，吃了吗？说完不等老五回答，转身又要睡去。老五说，你快去洗洗吧，一身都臭死了，你没闻到？

洗什么洗，累都累死了，再说洗了干什么，又没人闻。王艳发起了牢骚。

老五才明白老婆早有想法了，只是自己整天为订单发愁，为资金发愁，对房事早没放在心上了。现在手头有了订单合同，仿佛怀里揣着钞票，心情自然不错。老五说，去洗洗吧，回头告诉你一个好消息。王艳不愿动身，撇了一下嘴角，能有什么好消息？是中彩了？还是天上掉馅饼了？就是不想洗澡。

老五就没法了，本想告诉她好消息，现在看来没有这个必要了。这个女人本来就不是头脑灵光的那种，想调情，你算是找错了对象。老五感觉自己总想找个地方发泄一下。因为身上涌动着某种东西，像一只兔子在身上乱窜。老五爬上了王艳的身体，虽然气味不好，但王艳的身体还不算老，皮肤很白。当初跟她好上，也是爱她这一身白。太阳底下的白瓜，如何晒也晒不黑的那种白。

老五在上面威猛了一回，下来也四仰八叉地躺着，侧头看女人，却发现女人睡着了，发出轻微的鼾声。原来适才做爱，她根本就没醒。他还以为她是受用而闭上眼睛呢。这个女人，简直就是一头猪变来的。自己磨刀霍霍，她却埋头睡觉。老五跳起来往洗手间跑，他感到自己往后再也不想碰她了。

洪老板的货如期发料到厂，老五决心亲自到车间追赶目标，争取二十天把这批货赶完，拿到加工费发工资。工人中早已传开了这是现金单，做完出货就有钱拿，所以干劲儿也特别足。先前还担心工厂资金运转不灵，现在这个担心是多余的了，原来有点杞人忧天。

老板整天待在车间，那张脸就是晴雨表，工人个个是天气预报员。老板不用出门，证明订单没问题；老板一张笑脸，证明工厂运转顺利。

老五要调动工人积极性，就组织两条拉开展生产竞赛，自己和王艳一人负责一条拉，胜方发放奖金，还有水果，负方就没有奖金，只有水果。不分胜负就只能共享一份奖金和水果。工人都是年轻人，血气方刚，谁也不愿服输，何况还有奖金。

老五担心工人只顾追目标了，不注重质量，就手里拿着一把小尺子，不时抽查公仔止口宽窄。老五要向工人证明，数量重要，质量同样重要。数量是寿命，而质量是生命。没有数量的生命是不幸的，而没有质量的寿命则是空洞的。

这两样他都想要的，这不是贪，而是游戏规则。既然要玩儿，就得遵守。还有工厂这么多人，这么多张嘴巴，开门就是一笔开销。这开销不是从天上落下的，也不是地里长的，而是人工一针一线做出来的，丝毫马虎不得。没有效益，李超人也玩儿不起。老五还要让人觉得，钱就是老板的脸，有了钱，老板的脸就是数钱的样子。没了钱，老板的脸一定是被贼偷了的模样。

竞赛开始的时候，王艳在那儿来回疯跑，跑累了，又坐下来帮着车起货来。老五不知她何时学会了电车，车得还像模像样。工人见老板娘亲自车货，自然受到感染，那电车就被踩得呼呼疯转。一个个埋着头，双手往前推进，推进，旋转，再旋转，倒针，像一只贪嘴的蜂蜜，盯住花朵，贪婪地吸吮。偶尔抬起头来，也是一脸醉相。

老五虽会车，但他不车，一杆好枪可不能错当棒槌使用了。他像将军一样在拉上来回巡视，一个个车位看过去，像检查一个个要塞关口，发现告急，便手指头有力地一点。那帮剪线工也不赖，立刻会意，像机动部队一样，带着物资往那儿驰援。一时间，剪线工就成了几只调皮的小燕子，满车间飞奔。而熊仔的各部位，头啊、手啊、脚啊、尾啊什么的，在人们手中传递，最后汇集到一起，变成了鲜活的公仔。这劳动的景象让老五分外受用，快要陶醉了。

一天下来，两条拉居然难分伯仲。老五兑然自己的诺言，当场发放了奖金，还让王强买来葡萄和香蕉，趁下班前五分钟分发下去。工人手里拿着奖金，嘴里吃着香蕉、葡萄，别提多开心了。

吃葡萄那会儿，气氛特别轻松、喜庆。一天的忙碌结束了，突然得到了休整，紧张的神经松弛下来，人就显得特别活泛。就像弹簧，绷紧了，生搬硬套，放开来，便一张一弛。有位打工妹吃葡萄很有讲究。人家是剥了皮吃，她不，她把葡萄轻轻含入口，门牙轻启，就挑破了皮儿，舌头像狡猾的狐狸，往前一探，美味就进了喉咙。再红唇微张，一颗完好无损的葡萄皮就被她吐到了手心，不细看，还真看不出上面的齿痕。

有人想东施效颦，却学不来，不是把葡萄皮咬得稀烂，就是吐出来的葡

萄还剩小半个，浪费了，也贻笑大方。

有人又开起了玩笑，说老板娘王艳厉害，无愧巾帼，一个女人居然带领一条拉没有输。但更多的人则是说还是老板更行，天天不在工厂，一上来居然出手不凡，外行不输内行。最后，老五自我感叹，还是你们厉害，害得我出了力气，还掏钱买葡萄。工人就起哄，老板就是抠，赚了大钱不说，花点小钱还心疼。

临散时，工人个个憋足劲儿，决心明天再比高低。

这批货果然如老五所期，在二十天内做完。送完最后一批货，老五亲自去见洪老板。洪老板也挺高兴，当即给老五结完了加工费。还说老五的工厂管得好，工人有军人的作风，敢打敢拼。老五拉着洪老板的手，连说感谢人民感谢党，感谢伟大的洪老板。

洪老板又问老五接下来还有一批更大的单，也是现金单，做不做？老五早被洪老板的信誉倾倒折服，想都没想就说，做，哪有钱不赚的，那不是傻子吗？

这后一批订单是五十万，是一只白猫，工序比熊仔要难些。洪老板自己开口说一块二毛，老五也没异议，认为洪老板不愧玩具界前辈，处事公道，当即又签了合同。

签完合同，老五要答谢洪老板，请洪老板驾步。洪老板依然说，来日方长，喝酒的机会多的是，又一次谢绝了。

但谁知道，就是这一批订单几乎坏了老五的好梦呢！

六

洪老板的第二批货是五十万，做了足足两个多月，同样。老五守在车间寸步不离，诸事亲力亲为。到最后一批走柜，全厂都松了一口气。然而谁也没料到，到收取加工费时，洪老板突然不见了。

阴沟翻了船，没人相信能发生。老五打洪老板手机，却发现关机，派人去公司蹲守，也不见人影。问谁谁也不知情，回过来的话也是五花八门。有说洪老板去美国旅游了，有说洪老板人在香港，还有的说洪老板在内地考察项目。

老五相信一个真理，只要洪老板没死，人就绝不可能人间蒸发了。他也相信洪老板这么大的产业还在内地，人就一定会出现，他那六十万想跑都跑不掉。问题是，洪老板躲得起，他拖不起，他那厂子早晨种树，晚上要乘凉的。真要拖上一年半载，他的黄花菜早凉了。

　　老五采取一个笨办法，守株待兔，派人二十四小时不离洪老板公司蹲守，里外都派人。有人去办公室候着，有人在公司四周转悠。一旦发现洪老板车辆和人影，第一时间通告老五。

　　老五也把这事跟副所长说了。副所长说这不是打架斗殴，也不是杀人放火，这是经济纠纷，派出所不好出面。还说经济问题经济法庭管，实在不行，可以上诉。

　　但老五心想，起诉不是一个快捷的办法，一个官司打下来，一两年拿不到钱，赢了官司输了钱的事有大把，他可不愿做那个二百五。再说，现在又不是人家不给，也不是想赖。只是不见了人，起诉的理由不充分，真打官司，你还得帮着法庭先找人。

　　跑得了和尚跑不了庙。老五心想，只要庙在，和尚总有一天要回来念经的。老五天天就是这么安慰自己。

　　但安慰归安慰，一个病人吃了药不见病情好转，说再多的安慰话也枉然。人一急，就像热锅上的蚂蚁，没了主见，又像无头苍蝇，满世界乱飞。

　　听说老五六十万要打水漂，爹和娘都慌了神。娘哭得死去活来，爹再也沉不住气了，不顾年迈，打车来到深圳，亲自坐镇指挥，一面安抚儿子和儿媳，一面厚着老脸拨通了学生的电话。

　　苏副市长听说恩师到了深圳，一再说对不起，自己在北京开会，还要几天才结束。并一再说，一定要老师在深圳多玩儿几天，待他回深圳再好好答谢恩师。

　　过后，苏副市长担心老师多心，特意委托一个市政府干部提着礼物上门来探望，并一再致歉。

　　但老五病倒了，躺在床上，一副有气无力的样子。王艳坐在一旁哭个不停。工厂虽说还在上着班，但车间的气氛很不好。老校长也坐不住了，他想自己再不行动，别说工厂保不住了，也许连儿子也搭进去了。老校长叫上王强陪着，来到洪老板的公司。站在公司门外，看着规模宏大的厂房，老校长感叹，这么大一间公司，怎么会赖老五六十万块钱呢？

门卫不让老校长进去。老校长从身上拿出一个药瓶，对门卫说，后生，你别拦我，冤有头，债有主，这事跟你无关，你别惹火上身。

门卫看出那是农药，吓得后退一步，老校长与王强就窜了进去。来到办公室，老校长对一位女职员说，姑娘，麻烦你通报你家洪老板，五分钟不给我答复，请他替我安排后事。

女职员看见老校长一脸斯文相，不像是个蛮不讲理的人，就劝，老先生，有话好好说，请放开药瓶好吗？

不好，老校长把药瓶打开来，一股刺鼻的农药味，充斥着整个办公室。

王强悄悄打电话告诉老五，老五吓得从床上翻滚下来，嘴里骂王强不晓事，怎么带爹去那个地方。

王强一肚子委屈，说，伯父硬要我带路，我也没办法嘛。

老五就交代王强，一定不要让爹乱来，更不要喝下农药，我马上就到。老五担心事态失控，又打通了苏副市长的电话。苏副市长听后，也很生气，骂了一句胡闹。过后，又问了洪老板公司的电话号码，并叮嘱老五立即赶过去，有事好商量，切莫胡来，更不要拿生命开玩笑。

老校长坐在沙发上，嘴里数着数字。这时，桌上的电话响了，女职员接过后，轻轻说，请稍候。然后走过去敲了一下里屋的门，从里屋走出一个人来。王强认得他就是洪老板，就对老校长说，伯父，他就是洪老板。

老校长身心俱惫地说，洪先生，你可总算出来了。

洪老板示意老校长稍候，自己先接个电话。电话是苏副市长的秘书从北京打来的，过问了一下事情经过，并转达了苏副市长的指示，妥善处理，大事化小，和谐为重。

苏副市长是市委常委，在市长中排名第三，前面只有市长和常务副市长，说出的话还是有分量的。

洪老板放下电话，却满不在乎地说，还真行啊，这么点破事，连副市长都惊动了。

老校长说，在你那儿不算回事，可在我这儿那就是天塌下来的事了。洪老板，你这么大的家业，又何必作弄一个才刚刚起步的后生呢？

洪老板似乎还在想着电话，又说，副市长又怎么啦，吓得倒谁啊？一把手让他立正，他不敢稍息。内地官场，我还不知道？官大一级压死人的，我怕冰果（谁）。言下之意，洪老板的后台更硬，不是书记就是市长了。

老校长见洪老板还没拐过弯来，心里还在为官大官小争风吃醋，就说，洪老板家大业大，自然豪门似海，谁敢不敬三分，只求高抬贵手，不要难为我们好了。

洪老板没回过神来还罢，回过了神，处理事情倒也爽快，有点快刀斩乱麻的意思，他说，老先生，你这是何苦呢，跟你无关嘛。

老校长笑了笑，怎么跟我无关呢？你的钱不给，工厂就没了，工厂没了，我儿子也没了，儿子没了，我还活得成吗？怎么能说没关系呢？

那你老也不好这样吓人的。

你洪老板见多识广，能是吓大的？

洪老板也笑了，便吩咐，老生先你先回去，我这就让人去取钱，完后，让你儿子晚上过来结账好吗？

老校长站起来，收好药瓶，边往外走边说，我相信你洪老板一定是个一言九鼎的人。

王强陪着老校长来到门口，老五骑着摩托车也到了。一见面，老五埋怨爹，爹，你这是何必呢，你要是有个三长两短，会让我无地自容的。

老校长说，爹老了，没大能耐了，只能想到这个土法子。

老五让爹坐后座，老校长摇了摇头，只让王强搀扶着走，步子走得非常艰难。老五心疼地问，爹，你没事吧？

老校长说，我没事，我没事，我能有什么事呢？

夜里老五如约前往洪老板公司。洪老板这回倒讲信用，坐在办公室等他。洪老板的办公室挺宽敞，大板台足有一张席梦思大，老板椅也很特别，立起后背可以依靠，放倒了还能仰卧。更让老五惊奇的是，洪老板办公室供着一尊神像，香炉里正燃着三炷香，三丝轻烟，袅袅升腾，一缕香味飘散满屋。老五不知那尊神像是谁，既不是关公，也不是财神，看样子，虎虎生威，是员虎将。想到洪老板不同一般人，自然有非常人的地方。

但老五没有兴趣研究过往神仙，只想赶快拿钱走人。洪老板泡好了一壶茶，客气地请老五品味。老五从前喝惯了白开水，对茶没有偏爱，只是到了广东后，经常与人应酬，才慢慢喝上了。但喝归喝，分不出高低。在老五看来，铁观音和菊花茶是一样的茶，都能解渴，只是味道略有区别，如是而已。

老五喝下一杯茶，起身恭请洪老板结账。他说，洪老板，我人也来了，茶也喝了，还是请你帮帮忙，我曾五锡会感激你一辈子。

见洪老板无动于衷，老五又说，我还得赶回去，工人明天还等着出粮，今夜还有很多工作要做。

别急，年轻人，洪老板慢慢品着茶，说，听我给你讲一个小故事，耽误不了你多长时间。

是吗？老五笑了，原来，洪老板还有这雅好，会说书。不过今天太晚了，还是留着下次吧，下次我请你。

不，下次我怕没机会了。

怎么会呢？不打不相识。往后，我们还可以继续合作嘛。

你不怕我黑你。

这回没有，下次更不会有。你洪老板不是那么小气量的人。

我是什么人？那要看对方是谁了。

但我相信你洪老板不是无事生非的人。

你也别老是恭维我，还是听我讲讲吧。听完了，你就明白了。

老五知道今晚要拿走那钱不会这么轻而易举了，但还是不甘心地问，真要讲啊？

可不，只请你把心放到肚子里，让我快点讲完，你也可以快点拿到钱回家去。

好吧，恭敬不如从命，我只好洗耳恭听了。

洪老板说，有一年，一位农民由于不满朝廷的腐败和暴政，毅然决然地带领一帮贫苦农民起义造反了。农民军很快把朝廷的军队打得落花流水，鬼哭狼嚎。农民军个个英勇善战，朝廷节节败退。不久，农民军占领了半壁江山，并建立了自己的朝廷。就在这时，朝廷却派来了一支部队，同样是农民组成的。为首的统帅老谋深算，他不与农民军正面交战，避免硬碰硬，不是声东击西，就是围而不攻。

由于城池被困，加上农民军内部发生了内讧，士气低落，战斗力大减。结果不用说，你也猜得到，农民军失败了，城池被破，为首的农民领袖也身首异处。到此，一切本来就该结束了，既然是战争，自然有输赢，谁生谁死，各安天命。只是朝廷在清查战俘时，发现农民领袖的独子在逃，于是节外生枝，四处搜查。这名独子很不走运，也被捉住了，结局同样悲惨，斩首示众。你知道吗？这个独子，还是个没成年的少年，是个孩子啊，能有什么罪？他们为什么不放过他，而要赶尽杀绝呢？

老五听了，有点似曾相识的感觉，便问，你讲的是不是——不等老五说出名字——洪老板接上说，对，我讲的就是农民领袖洪秀全洪天王。而他的死对头就是那个曾屠夫。

老五迷惑了，他说，洪老板，这都是陈年旧事了，跟我们没有关系啊。

当然有关系，我姓洪，我把洪天王尊为先人，而你偏偏又姓曾。

老五终于明白了，不禁觉得这个洪老板真是个古怪又可笑的家伙。但又不敢明讲，就敷衍说历史也是人写的，在今天看来，他们之间，难分对错。你又何必耿耿于怀，替古人分忧呢？

难道滥杀无辜就对了？难道没有天理了？洪老板生气地问老五。

当时都是为了各自的立场各自的主子，试问，太平天国可以造大清的反，湘军就不能造太平天国的反吗？

这么说，反倒是我没理了？

洪老板，太平天国覆灭很大程度是内部原因造成的，也可以说是历史的必然，已经是不可更改的，这些往事，我俩就不要评判了吧。

不行，洪老板引着老五来到一尊神像前，指着神像说，这就是洪天王，你现在下跪，向他谢罪。

我要是不呢？

那就对不起了，你今天别想拿到半分钱。

你说话不算数。

算数是包括谢罪在内的。赢利是要成本的，谢罪也是一项成本。

老五僵持着，心想给历史上的人物磕个头不算什么，可这事要是传出去就会成为笑柄，我还怎么在深圳待下去啊。但不磕头，今天肯定拿不到钱，没有钱，明天工人怎么出粮？出不了粮，工人肯定要闹起来，那这个厂子就此毁于一旦了。刀把子捏在人家手里，一个上门的叫花子是没法与拿棍子的主人讨价还价的。再说历史自有公论，自己不是历史学家，犯不着替别人浪费口舌。

你好好想想吧，年轻人，通常情况，脑袋比脸重要。做商人的应该学会核算成本。洪老板一脸得意地独自喝起了酒来。

老五盘算了许久，最终还是妥协了。

老五走过去拿起三炷香，点燃了，双腿跪下，干干脆脆地磕了三个头。

老五站起身，看着洪老板。洪老板大笑不止，说，没想到曾老板这么爽快，

哈哈，说着又喝下一口酒庆贺。

老五看着洪老板，生怕他再生枝节，就两眼血红地说，洪老板，杀人不过头点地，我希望你兑现承诺。

没问题，年轻人，洪老板说，我现在明白了，曾老板能屈能伸确实不简单！

洪老板叫来财务，把钱给了老五，一大堆现金。老五打电话通知王强叫一台的士，并带来两名保安押车。

把钱装上车后，老五回头发现洪老板还在那儿独自喝酒庆贺，嘴里不停地念叨着什么。

王强和两名保安不知实情，困惑地望着这一切。

老五轻轻说，走吧，洪老板在说醉话。

出得门来，老五再也想象不出世上比这更难堪的事情了。那一刻，他真想找条地缝钻进去。要知道，为了钱，他曾五锡居然给人下过跪。这事要传出去，他在玩具界就声誉扫地了，在深圳也别想混了。头脸都灰掉了，一个连脸面都没有的人，还能见人吗？

特别是爹，他是把礼义廉耻看得最重的老知识分子，要是知道儿子做出这样没格的事，肯定会气得疯掉。想到这些，老五内心在淌血。

但是第二天，报上却登出一则消息，一位香港籍富商，醉酒驾车，不幸身亡。

看到这则消息，老五正在跟爹谈论太平天国与曾国藩的功过是非、恩怨情仇。原本想向爹透露一点下跪的事，好让爹有个心理准备，现在看那不过是多余的了。随着洪老板化作一缕青烟，老五心中的痛也随之烟消云散了。

但是为了求得心理平衡，老五突然跪在爹的面前，说，爸，谢谢您老。

老校长慌忙起身扶起儿子，老五，你这是干什么啊？男儿膝下有黄金啊。

老五就哭着说，为了钱，我连别人都可以跪，还不能跪跪生我养我的爹？

老校长明白了，说，老五啊，你啊！

七

用了三四天时间，老五把工厂的一切都安顿好了，生产交给了老婆，财务交给了爹。自己腾出身来，决定回家一趟，都两年多了，还没有看见娘，还有两个孩子。

这趟还乡，谈不上风光，但也不输体面，老五新购置了一台小车，花了二十万。买车的时候，爹极力反对，认为眼下经济并不宽裕。但老五认为车子很重要，那是自己的一张脸，出门在外，也可以说是一张名片。别人不知道你兜里有多少钱，但知道车子值多少钱。有了车，出门办事，就能顺风顺水。所以说做老板没有座驾不行，座驾不光代步节省体力节省时间，更重要的是那是老板的门面。二十万哪，那是一套流动的房子。

爹听了老五一大套冠冕堂皇的理由，不得已妥协了。

老五新考取的驾驶证也才拿到手，他把车开得很慢，此去湖南上千公里，一人驾驶，可不敢胡来。

本来小舅子王强也会驾驶，他本人也很想回家看看，又是新车，驾驶它那就是关公骑上赤兔马。但老五有自己的盘算，多带一个人回去，就得少带一个人上来。

通过最近这许多是是非非，老五明白了一个道理。在这个世界上，最值得自己信赖的不是老婆，也不是兄弟，而是生养他的爹娘。

老婆看起来最亲，爱情至上，但最经不起推敲折腾，像一对同林鸟，稍有风吹草动说散就散。所以才有圣人留下的话，夫妻本是同林鸟，大难来时各自飞。这一回，王艳没有飞，算她还有自知之明。

兄弟更难以信任，只有在喝酒吃饭时，才像是一家人。一旦入不敷出，那一定会恨爹娘少生了两只脚。

唯有爹娘，从血液里，从骨子里，透出的都是对儿子的爱。如果可以替生死，爹娘眼睛都不会眨一下。爹当了几十年校长，很好面子，这回为了他，居然驾步来到深圳，不惜以命相搏。这份亲情是可以感天地、泣鬼神的。娘就更不用说了，成天以泪洗面不说，还跑到南岳烧香许愿。南岳那是多高的山啊，年轻人抬头看一眼都要掉帽子，徒步上去，十个有九个要打退堂鼓。娘年老不说，何况身体又不是很好。

老五懂得了家有一老就是一宝的道理，别说他家有二宝了。所以这回回家，娘是第一个要接出来的人。除了娘，两个孩子自然不能落下。

小车虽小，因为有孩子，所以坐上六个人没问题，现在已有四人，余下两个座位，老五也心中有数了，决定留给大哥大嫂两个。

小车到家的时候，已是傍黑了，娘正在吆喝给两个孩子洗澡。两个小猴子玩儿心重，与奶奶躲着迷藏。听到喇叭声，娘颤巍巍地走过来，看见从车

里走下的是自己的儿子老五，两行眼泪就流下了，老五啊，你可回来啦。

老五啪地跪在娘面前，心碎地喊，妈，是我回来了。

娘心疼地扶起儿子，老五，你这是干什么？娘又没死。

老五站起身握住娘的手，妈，你老还好吧？

好，好，只是眼睛不好了，看什么都是重影，看见一台车开过来，我还以为是一台大汽车呢，老五，你买乌龟壳啦？

是，妈，现在这车不叫乌龟壳，叫小轿车。

一样一样，娘很高兴，又问，花不少钱吧？

不多，妈。老五领着娘从车后备箱卸下不少吃食。这时，两个小鬼头战战兢兢地走了过来，看了看老五，又胆怯地往后退去。

娘就骂孙子孙女，反了反了，见到爸爸也不会叫了。其实娘高兴得糊涂了，曾风丫头才六岁，曾雨这小子也才三岁多。老五离家两年多了，所以出门那会儿，他们根本没多少记忆。曾风也许记得点，但她是女孩子，或许天生面怯。

其实，老五结婚不算晚，高中毕业就结婚了，按理，儿女不止这个岁数。只是老五刚结婚前面那几年，小两口爱好房事，有时不管不顾，把种子搞坏了。后来，想要时，地里又不肥了。爹娘急得像什么似的，以为老五这辈子怕是要绝后了。听人说，南岳的菩萨灵验，娘就悄悄去了一回，烧了一炷香。回来后，也没告诉任何人，没想到突然有一天，王艳说自己有喜了。娘就感叹，菩萨果然灵哪。王艳这回没说谎，十月怀胎，生下一个丫头。虽是丫头，到底也是亲骨肉，老五还是喜上眉梢。王艳后来像开车太快，一开动就刹不住车，两年后接着又生下第二个，这回更是大丰收，生了一个带把儿的。有儿有女，儿女齐全了，老五满足了。王艳也不想再生了，就想关了门。但这门不是想关就能关上的。再同房时，老五照旧不管不顾，派出的兵将径直而入。这可苦了王艳，不是吃药，就是动手术，弄得王艳发誓来生就是做猪，也不做女人了，做女人太遭罪了。

老五亲热地拉住一双儿女，又蹲下身一左一右抱着他们。自己禁不住热泪盈眶。突然想到自己的厂子要是那回倒掉了，这一对好儿女也许就要从此流落街头了。

老五亲了亲孩子，放开姐弟俩，孩子们就好奇地围着小车打转。娘又说开了，别乱摸乱抓，把车壳子弄花了。老五安慰娘，妈，没事的，让他们玩儿吧。娘又对孙子孙女说，先去洗个澡，回头让你爸带上你们玩儿。

老五陪着娘提着东西进屋。娘问老五，才说工厂困难，要东挪西借的，咋转眼工夫，又买上了小车子。老五笑开了，妈，这就是做老板的特点。潮涨潮落，大起大落，生意做好了，十万八万地赚，要是那天倒霉了，一夜之间就成了穷光蛋。娘说，那还是不当老板的好，天天提心吊胆的，一家人不得安宁。还是当农民实在，吃不饱饿不死，平平安安。

曾风、曾雨打开了两瓶八宝粥，边喝边数粥里面的花生米。娘看见了，就数落起来，看你们的馋样子，八辈子没吃过好东西似的，前回奶奶还买了雪糕的嘛。老五知道，娘怕他多心，以为委屈了孩子。其实娘是节俭出了名的，老五经营困难，一个接一个电话催借钱，她哪里还舍得给孙子孙女买雪糕，能吃饱饭就不错了。

乡邻听说老五发了财回家来了，都挤过来看稀罕。老五就从身上掏出好烟散开来。烟是红塔山，正宗名牌，在深圳是流行的香烟，可到了荷叶塘不过尔尔，有人抽了一口，就笑着说，这是名牌，怎么味道跟乔叔抽的红薯叶差不多啊，还没有旱烟带劲儿。旁边有人就笑，你那嘴吃什么都是一个味儿，给你一坨狗屎，你还会说这糍粑怎么馊了呢。众人就哄笑开来。娘热情好客，让大家进屋，她要烧茶待客。

娘拿来糖果点心摆上，都是老五从深圳带回的新鲜货色。有人剥开巧克力，一看又笑了，说黑色的糖果还真像狗屎呢。娘就拍了那人的背，乱讲话，深圳带回来的，是狗屎都是香的、甜的。又说，尝尝，看甜是不甜。

老五也不生气，大家乡里乡亲，关系好，说话才随便。闹了一阵，众人就离去了。

老五突然问起了大哥大嫂，自己回来了，大哥大嫂怎么不露面呢？

娘告诉老五，你这回把大哥大嫂害苦了。看你这个情如何还。

不待老五细问，娘说，大哥大嫂把两万元借给了你，自己的小店没钱进货，不得已关掉了，两个人没事做，只好又去种田了。娘看了看天，说，怕还在田里没回来。

正说着大哥大嫂进屋来了。大哥比以前更加削瘦苍老，大嫂也更黑了。大哥说，看见车子开过来，你大嫂硬说是老五回来了，她闻到老五身上的气味了，吵着要收工。我还不信，没想到真是我兄弟。老五从凳子上抬起屁股，转身跪在大哥大嫂面前，大哥大嫂，你们受苦了，请受老弟一拜。惊得大哥大嫂也要下跪，娘拦住了，老五跪你们是应该的，长兄当父长嫂当母啊。

大嫂拉起老五,老五,你不要这样,这会折了你大哥和嫂子的阳寿啊。老五说,听娘说,大哥大嫂把钱借我了,连小店也关门了。大嫂说,不是那回事,老五,是小店没生意,年轻人都去了外头,家里几个老人和孩子能花几个钱,所以生意不好做。守着那间店铺还烦人,所以叫你大哥收了。这不关你事,你别放在心上。

老五要留大哥大嫂吃饭,让娘多做几个菜。娘说,你都两年多没回来了,索性把一大家子都叫过来吃餐饭。老五说好。大嫂就不回去了,帮娘下厨,大哥也是忙惯了的人,在一边帮忙洗菜。娘就让曾风去通知二伯三伯他们。老五想了想,说,妈,还是我去吧。就顺手提了两袋礼物,走出了门。

老五离开后,娘就给孙子曾雨洗澡。曾风守着大伯一起择菜,问这问那,嘴巴说个不停,像一只快乐的百灵鸟。

老五把二哥二嫂三哥三嫂都叫上了。到家来时,大嫂很快把饭菜摆上了桌。老五问,四哥呢,怎么不见人?娘说,别等他了,不到半夜十二点是不会拢屋的。

四哥还没娶亲,都三十多快四十岁的人了。老五是弟弟,自然不好说什么。

一大家人把桌子围满了,连曾风、曾雨也坐上了。老五举杯先敬了娘,然后就给三位哥哥敬酒,感谢他们的帮忙。

大哥没说什么,二哥三哥想到自己当初没有拿钱,这会儿都恨上了自己的老婆。是堂客们阻拦他们,怕老五借了钱,还不起,自己的血汗钱打了水漂。现在好了,看老五坐着小车回来了,平地把一个活财神爷得罪了。大哥大嫂这会儿被老五待如上宾,心中那个气啊,恨不得找七个孔出了。

老五敬了三位哥哥的酒,又来敬三位嫂嫂的酒。嫂嫂们平时根本不沾酒,但老五盛情敬酒,不能不给面子,就都意思了一回。也就是老五喝一杯,嫂嫂们则随意,酒沾了嘴巴就行了。老五回头再敬三位哥哥,二哥三哥说什么也不喝了。老五知道,三位哥哥还真数大哥酒量好点,就乐得一意和大哥对喝。

当大哥不能再喝时,老五自己也醉了。他口齿不清地说,大哥大嫂以前开着店子,把种田的事也弄生疏。现在店子没了,再回过头来种田,一定难得好收成。所以,我这次回来,就请大哥大嫂跟我一块儿上去,你们帮我做工也行,继续干老本行开小店也行。

娘听了,连说,那就好,免得留在家受气。老五明白,侄子们当初一定怪大哥大嫂心太好,把钱借给了五叔,也不给他们花。

大哥是厚道人,说,老五,我们去了不会为难你吧?要是做难,我们还是种田好。反正我们本来就是农民，农民种田天经地义嘛。

大嫂更是心疼老五，从来把老五这个小叔子当儿子看的。五弟，我和你大哥还是别去了，年轻时没出过外面，老了老了，还能做什么，不是平地给你添乱？

二哥三哥就劝，既然老五有这份心，你们跟着去就是了，老五小车都坐得起，还能饿死你们？

老五又说，二哥三哥以前田就种得好，今年还是先把田种完，后面的事以后再说。

老五心里怪哥哥们太软弱，被老婆管得太死。一个被女人拴在裤腰带的男人，能有什么大作为，套住的牛自己还能找到吃的吗？

但两位哥哥听了也稍感安慰，虽说没得到实惠，但到底还是留了点希望。人情就是这样，一礼还一拜，谁叫自己当初做得太过，一毛不拔呢。

令娘想不到的是，老五对老四的未来提都不提。

散了席，哥哥嫂嫂们都走。老五却突然说，妈，我们今天还忘了一个人了。娘问是谁。老五认真地说，是乔叔啊。我们怎么忘了乔叔呢。爸在上面老是提起乔叔，还说要把乔叔弄到深圳去。娘担心地说，把乔叔弄去当然好，只是乔叔年纪大了，弄过去做什么呢？重活干不了，轻活干不来。不要紧的，妈，老五说，别的干不了，可以守大门啊，开门关门乔叔还不会吗？那敢情好，娘说，现在你乔叔的女儿考上了大学，正愁钱呢。看个门，也能有点经济来源，好歹让女儿把大学读完。

老五说，这个事先这么定了。只是这回去不了，下回再说了。第二天，老五提着一包东西去看乔叔。

乔叔住在老曾家从前的房子里。房子是土改时，政府分给了十几户贫苦农民。乔叔一家从前在老曾家打长工，突然有一天住进了东家的房子，有点鸠占鹊巢的味道，前头好几年都不习惯。乔叔的爹好几次要求退房，是老校长劝住了，分给你你就住嘛，你不住别人也得住进去。反正老曾家的人是没福分住了，给别人住还不如给你住。

老五来到乔家，乔叔不在，门上铁将军把门。老五内心不爽，怪自己做事不周，莽撞，应该先打听了再来，初次上门，就撞在大门上，是一个不好的预兆。乔叔的弟弟乔二刚从地里回来，告诉老五，说哥哥送侄女上大学去了。说这话时，乔二面无表情，脸苍白得像一张纸，看不出血色。

　　乔二是个地道的农民，农民通常都有一股牛脾气，乔二也是。乔二只会种田，他便一心一意种田。乔二说，当农民种田是天经地义的，当农民不种田，那才是不务正业，放在从前，是要斗争的。就是耕地的牛从前也是宝，现在纯粹是饭桶，越穷越不光荣了。乔二从前也许可以获得五一劳动奖章，但现在只配靠边站。偶尔露一下脸，也只是一个小丑。老五心想，乔二也许是中国最后一个地道的农民了，但既然是末代，往往难逃宿命。

　　乔二要留老五喝茶，便吩咐老婆烧开水。他老婆也才从地里回来，双脚泥巴，手上也是。她顾不上洗洗，双手在衣服上擦擦，就从缸里舀水。乔二家的灶头还是泥土糊的，被烟熏火烤，黑得像一块巨大的铁疙瘩。家里也没有像样的家具，除了木制的，根本见不到现代化的新玩意儿。

　　老五哪喝得下去，谢了乔二夫妇，就起身告辞，说既然乔叔不在，下回再来看他。老五把礼物一分为二，送给乔家兄弟俩。

　　老五出得门来，回头看着自己的祖屋，内心无限感慨。从前也来看过，但没有今天的别样感觉。那时，他只会发出惊叹。觉得大院宏伟、气派、辉煌，想到老祖宗，也是满腹敬意。

　　老五又在四周走了走，高嵋山还在，涓水河也还在，山还青着，水也还绿着。但找不到田园风光的感觉。不远处，也盖起了几幢洋楼。白瓷片镶墙，阳光下白得晃眼，与侯府相衬，那是另一种辉煌。

　　现代化的脚步如滚滚的车轮，那是任何力量也无法抗拒的。荷叶塘也要风起清萍之末，人人都希望过上好日子。但有人却做过一个统计，要是人人都过上美国人的生活，那还得增加几个地球，资源是有限的，而人的欲望是无限的。弄到底，只有凭力量解决，弱肉强食是自然法则。动物生下来，抢不到奶就得饿死，拖水鸭是没有指望的。人也是一样，最后还得遵守游戏规则。

　　回到家，老五看见娘已在收拾行李了，他说过只在家里待两天。先前听说老五遇到困难，娘恨不得去深圳，现在儿子回来接她了，她却打起了退堂鼓。在娘随了去深圳的事上，工作做了好久，惊动了好多人。等娘想通了，她又担心她那些坛坛罐罐来，扔了可惜了。还有喂养的十几只老母鸡，老母鸡可以带走，坛子里的酸菜也可以打包。可长在屋前屋后的树呢，是没法搬走了。到了果熟时节，树树挂满果子，桃啊，梨啊，李啊，还有橘子，打下来能卖好多钱。从前，那可是一家的油盐钱。人说走就走了，树说不要就不要了。只好托老二老三代管了，自然果子归他们所有了。看娘一脸嘴馋吃亏的样子，老五劝娘，妈，那也值不了几个钱，再说送给哥哥嫂嫂，又不是外人。你老想吃水果，那太容易了，深圳满街头都是，龙眼、荔枝、香蕉，还有苹果，哪样都比桃子、李子好吃。

其实不说娘也知道，桂圆大补，送人情走亲戚，那是拿在手上的上等礼物。可那毕竟是人家的，要吃就要花钱买，哪有自家的桃李方便实惠，想吃就打下来几颗。爹毕竟当过校长，听娘舍不得动身，就在电话中说，深圳是大世面啊，可比荷叶塘强多了，能看一眼大世面，别说不吃桃李，就是不吃饭也划算啊。

又说，树木只是让儿子媳妇儿们代管，又不是白送了，有朝一日回去了，还是你的，心疼什么啊？

村里听说老五回来了，还是坐着小车回来的，村长就传过话来，说要来看看老五。老五吓得慌了，倒不是怕父母官，而是怕吃大户。自己才刚刚有所好转，可不是当慈善家的时候，就催娘还是快些动身的好。

老五去向兄弟们辞行。在两个哥哥家却发现了另一番景象，屋内一片狼藉，显然才开"火"不久。老五知道，哥哥们有想法了，眼见大哥大嫂要随了自己一块儿去深圳，明摆着是还人情。当初他们听老婆的，才落到如此不亲不疏的境地，心里憋了一团柴，所以一点就着。老曾家的男儿最后那点血性让他们把老婆揍得鼻青脸肿，个个熊猫一样。

老五到底兄弟情深，内心歉然。他安慰了哥哥们，回头又安抚嫂嫂们，说只要厂子不倒，接哥哥嫂嫂出去那是迟早的事。这回去不成，是因为小车小，座位太少，先让大哥大嫂去，也是长幼有序，不是别的意思。老五知道自己这番话冠冕堂皇，到底掩盖不了此地无银。但也没办法，只能这么说，人情是讲来往的，不让哥哥嫂嫂感到疼痛，往后一旦大限来时，又是各顾各。

老五一家终于成行了。老五叫过大哥，说大哥体大，坐到前头去，后排就让娘和大嫂带着两个孩子。小车开动时，老四不知从哪儿突然冒了出来，说什么也要随了一块儿去。老五不让，说要去以后再说。娘问老五，能不能多坐一个，两个孩子就坐四伯的腿上？老五说，妈，坐车是有规定的，超载要罚款扣车的。娘就说，那这回让老四先去，我下次再去也行。说着娘就要下车，老五一把拉住娘，妈，你别让我难做好不好？娘哭了起来，那你四哥咋办？他光棍一条，没天没夜的。老五想了想，对老四说，那就自己打了车去深圳。老四说，我没有钱。娘抹着泪水，惊得问，你的钱呢？老四说，全

输光了。老五生气地说，你这么好赌成性，生在荷叶塘不委屈了？去深圳也不适合，你应该上澳门去。老四一听就火了，你才当上老板几天工夫，就摆架子教训人了。老五回敬过去，那要怎么说话？老四说，我又不是你弟弟，你神气什么？老五不再说什么，摇上车门，把车开动了，反光镜里，娘已是两行泪水涟涟。

八

娘到深圳不到半个月，就不习惯了，吵着要回去。老五知道这是娘有些水土不服。换句话说，是娘不适应深圳的现代生活习惯。

那天是星期天，老五的工厂没有放假，他和王艳都得去厂里上班。早晨，老五出门时，对爹娘说，爸、妈，曾风、曾雨来深圳也有好几天了，还没去过什么地方，二老就带他们姐弟两个出去走走吧。

老五说这话时，爹娘都在忙着。爹有晨读的习惯，手里有本书，那是孙猴子被五指山压住了，雷打不动的。娘在拖着地板。娘是讲究卫生的，爱干净，从前在家，锅啊、盆啊，那是洗得锃明瓦亮的，能照出人影。吃过的碗是快吃快洗，决不耽搁到下餐。家里的窗子不是玻璃窗，只是用薄膜粘了粘，就这，也让娘整得窗明几净，一尘不染。到了深圳，房子虽是租的，但毕竟是自家过日子，娘便把地板砖擦洗得走上去几乎打滑。为此，王艳还少有幽默地说过一个笑话，妈，你再把地板擦洗，我在家里都不敢穿裙子了。

娘没懂媳妇儿的意思，就愣愣地看着王艳。王艳指了指地板，妈，这地都能照出人影来了。娘就明白了，也笑了，那怕什么？家里又没外人。说归说，娘还是照洗照擦。

王艳对老五说过几回，妈是不是生下来有洁癖？老五问，怎么啦？王艳说，妈自己用过的毛巾，洗脸前都要一闻再闻的，然后再洗脸的。老五说，那是怕毛巾馊了吧，是爱干净，是一种好习惯嘛，难道要学某人睡觉前不洗澡就好了。

王艳知道老五这是说她，就不跟老五理论了。她没好气地说，就你妈干净，说完甩门而去。她不明白男人为什么老是提起这个，哪壶不开提哪壶。其实，男人就这样，善于抓住事物的弱点，死缠烂打。只要让他们抓住了一回小辫子，

266

那就不会轻易松手的。王八咬手指，别想再松口。

老五听着王艳的脚步声，在心里骂，一个臭堂客，到深圳这么久了，还是土包子习气。你要像我妈一半，我就烧高香了。我妈才来深圳几天，就开始学深圳的规矩了。

老五夫妇走后，老校长就和老伴带着曾风、曾雨出门了。在小区的大榕树下，围着一堆人，远远就听见有人在大声喊，杀呀、杀呀，你干吗不杀他。娘听到要杀人，吓得赶快拢住孙子孙女，喝住老校长，老头子，别过去了，那边是在打架吧？

老校长笑老伴少见识，大清早的，打什么架？人家那是在下棋。娘长吁了一口气，吓死我了，下个棋，也喊打喊杀的。老校长就说，别看是下棋，下棋也是打仗一样，要分个你死我活的，自然打打杀杀了，你懂什么？娘就说老伴，你们男人没一天正形的，从前打老婆，现在不兴打老婆了，可手还是痒得很，只好放到下棋这里过过瘾了。

老校长在家也下棋，棋艺还挺高，同转少有对手。来深后，由于没有熟人引见，已经很久没过招了。这会儿棋瘾上来了，就领着一家老少走过去看看。娘拗不过，就一左一右拉着孙子孙女跟上，但提出了一个条件，只看一盘就走。

行，行，老校长小跑着。棋盘在一个树桩上，细看又不是真正的树桩，而是水泥糊的。楚河汉界两岸，分别是两个年过花甲的老头。两人已交手一回，胜者沾沾自喜，输方不依不饶，硬要再杀一盘。这第二回合，自然是输方走先。只见棋起处，就是一当头炮。围观者就笑了，看来，大家多少懂点棋艺。因为有句俗语，走棋无礼貌，先架当头炮，说的就是这步棋。

对方自然立刻拍马赶上，罩着大门。老校长见双方气势汹汹，杀气腾腾，就知道都是急性子。好像张飞遇到了李逵，恨不得转眼扭到一起，把对方生吞活剥了，好见个真章。这种舍命搏杀的下法，老校长认为无助于棋艺的提高。通常的做法是，应该避实就虚，声东击西。消灭敌人，保存自己。至于同归于尽，不是智者所为，那是蛮夫的选择。果然棋盘上，你来我往，杀了几个回合，双方就没剩几个棋子了。这种不顾一切的搏杀，自然是兑子的多。又过一会儿，棋盘上已见不到猛将，只剩老弱病残护住主帅。在前方，也只有几个毛头小卒。

眼看谁也攻不上去了，双方要塞关口，有兵把守，谁动谁死。棋成了细棋，双方谁也不敢轻举妄动了。围观者就催促，走啊，走啊，怎么不走了？

当最后一个小卒命归黄泉时，棋盘上已没了可用之兵。谁也无法捣毁曹

营了。

这时，原来的胜方露出失望的表情，唉的一声长叹，大概是悔不当初。而原来的输方却是沾沾自喜了，自视打平即胜。

老校长兴味索然，不慎打了一喷嚏。娘就在一旁责怪，看看你，起什么早头，受寒了吧？老校长不在意地说，一点感冒怕什么，大惊小怪的，又不是流行感冒。说完却见围观者纷纷捂了鼻子离去。下棋的两个老头也抬起头来很不友好地看着他，似乎嗔怪他冲了大家的雅兴。

娘是细心人，拉着老校长转身就走，别看了，人家根本不欢迎你呢，还看不出来？老校长也是一脸难堪，本来也想坐下去杀上一盘，一个喷嚏把人都吓走了，就戏说，一个喷嚏的威力比原子弹厉害呀。娘生气地说，这是什么人哪，都成了纸糊的了。

马路很宽敞，地扫得也干净，就是人太多。走在人行道上，几乎人挤人，肩挨肩，脚踢脚。娘怕两个孩子走散了，就让老校长拉住曾风，自己则捏住孙子的小手，另一只手还揽住孙子的肩膀。

两个孩子吵着要吃巧克力，说上回爸爸回家，买的巧克力可好吃了。曾风说这话时，还不停地咂着嘴。老校长说，巧克力有什么吃头，就是甜。可甜的东西容易生虫子，而虫子又蛀牙齿啊。曾风到底大些，听到吃巧克力会蛀牙，就怕了，提出买苹果吃好了。

但曾雨不怕，硬要吃巧克力，他奶声奶气地说，牙齿蛀了就蛀了，再长新的，好天天有新牙齿吃巧克力。娘就拍一下孙子的小脑壳，你当牙齿是韭菜啊，割了又长。老校长赞许地说，曾雨嘴巴馋是馋，脑壳倒是聪明。娘就扯了一下孙子的嘴，这个小嘴巴越吃糖越能说话了，像他爸。

曾风拉着爷爷的手，突然问，爷爷，我爸爸很聪明吗？老校长想了想说，是的，你爸爸很聪明。曾风又问，那我妈妈呢，她聪明吗？老校长不敢在孙女面前说儿媳的不是，就说，你妈妈也聪明。

娘听了，就回击一句，聪明个屁，我希望我孙子孙女可别像姓王的。老校长就责怪老伴，说话没有场合，你是做婆婆的，要有做长辈的样子，在孩子们面前，就不要动不动揭儿媳的短处。

一家人进了超市，曾风、曾雨就忙着抢挑自己喜欢的东西。老校长担心孩子们欲望太大，就限定，每人不得超过两样。曾风说爷爷小气，上回爸爸回家买的东西何止两样。老校长说，那回是那回，那也不是专门给你们两个买的。再说了，你爸爸好久没回家，人情自然重些。曾风噘着嘴，爷爷，你也没天天带我们上街啊。

娘怕寒碜了孙子孙女，就说，曾雨，你说说，要买几样啊？曾雨伸出小指头，要三样。曾雨到深圳后，就读了幼儿园，能从一数到一百了。娘就说，好，就依曾雨说的，三样。曾风就跑到奶奶身边，拉着奶奶的手说，奶奶，还是你好些，比爷爷疼我们多些。老校长就骂孙女，真是有奶就是娘。

这句话立马遭到曾风否决，爷爷说错了，不是有奶就是娘，是有吃就是奶。

老校长被孙女逗乐了，对对，爷爷说错了，还是我家曾风说得对，有好吃的就是奶奶。

按两个孩子的要求，每人买了三样吃食，姐弟都挑了巧克力。老校长不明白，巧克力怎么就这么对孩子们有吸引力。也许就是一个甜味在作怪吧。

买好东西出来，娘想起还应该买点小菜带回去。老校长说，就在超市买点算了。娘说，超市蔬菜干净是干净，但货是货，钱是钱，一分货一分钱，价钱贵死了。路边小摊上的小菜是从地里直接来的，虽说脏了些，但价钱便宜，省钱是第一位的，脏点不怕，脏可以洗。钱却用一个少一个。

一家小摊前，坐着一个小男孩，看样子比曾雨大不了多少，衣服很脏，脸上还挂着鼻涕。他看见曾风、曾雨姐弟俩吃着巧克力，就一脸馋相。娘过去塞给了孩子一块，问小孩，满崽，妈妈哪儿去了啊？孩子伸手向马路对面指了指。街对面是一座公共厕所。娘笑了，原来你妈妈去茅房啦，满崽好聪明。娘伸手摸了一下孩子的脸，就走开来，在另一个摊位上买菠菜。这时，老校长看见一个妇女，走到孩子面前，厉声地斥责孩子，这东西是哪儿来的？小朋友指着不远处的正在买菠菜的娘说，是那个阿婆。那妇人看了一眼娘，伸手抢过巧克力给扔了，再回手又给了孩子一个耳光，骂道，早跟你讲过，不要吃陌生人的东西，你就是不听，快吐出来。孩子不吐。妇人又伸手到孩子嘴里去抠，弄得孩子大哭。娘看见了，心中有气，要过去理论。老校长一把拉住了，劝娘，你就别再多事了。娘说，那孩子好可怜，糖没吃到，还挨了一巴掌。都是你惹的祸。老校长埋怨老伴。娘不解地说，我给的是糖，又不是毒药，她干吗打孩子啊？人家打的是自家孩子，你上去问罪，师出无名嘛，还是走吧。老校长硬是拖着老伴向远处走。曾风、曾雨则走一步回一下头，不知是非常心疼那块巧克力，还是特别同情那个小朋友。

娘气呼呼地回来，一屁股坐在沙发上，这是什么人哪，怎么变成这样子嘛，

分不出好歹了吗？老校长知道老伴今天被人打了脸，心里不好过，就让她发发心中的虚火。

过了一会儿，娘的气似乎消了，抬头从窗户上看看天气不错，就抱了被子，到小区下面去晒。

小区划了一块地方，拉了铁丝，专门供住户晾晒东西的。娘看见那里已晒了不少被子衣服，怕与人家弄混了，就在一个角落把自家的被子抖开晒了。到正午时，天气却突然变坏，一团黑云压了过来，小区顿时黑了，像一个洞子。娘就赶紧去收被子。那里的东西快收完了，娘抱起被子往回走，却发现一床被子无人来收，就喊，那被子是谁家的呀，天要下雨了啊，还不收被子啊？喊了几遍，无人应声，娘就转身把被子一块儿收了，回头告诉了保安。

回到家，老校长看见多出了一床被子，问娘怎么把别人的被子也收回了。娘说，这床被子晒在那儿没人收，天要下雨了，打湿容易发霉的。老校长想起糖果的事，心中担心，说，还是不要多管闲事的好，这里不比老家。娘不服，帮收床被子也惹麻烦了？我跟保安说过了的。

雨停了，一个年轻妇女在保安陪同下，找上门来，说被子是她的。年轻女人很洋气，说话也轻声细语，双手从娘手里接过被子时，还弯腰道了谢。

他们走后，娘高兴地说，看看，还是有好人嘛。老校长摇摇头，不与老伴争论，又埋头看自己的书去了。

到了下午，娘带着曾风、曾雨下楼倒垃圾，却意外发现那个洋气的年轻女人已把被子重新洗过了，正往铁丝上晒呢。娘不解，心想，那被子明明没有打湿过啊，怎么还要洗一次呢？

晚上娘把这事说给老五，老五怕娘寒心，就说，妈，现在时代不同了，过去帮人才称好人，现在只要不害人就是大大的好人了。以后这种好心好意的事就少做点儿。

老校长没有答言，却侧着耳朵听儿子和老伴论理。老五就打个比方，妈，我说个笑话给你听，一个老人走在马路上，被车撞了，这道理本来好简单，车子撞了人，赔钱就是了。可官司打到法庭那儿，人家却说是老人故意碰瓷的，人白被撞了。

什么碰瓷？老校长来了兴致，放下书走出门来，不解地问儿子。老五就向爹解释，就是人家调查老人家家里很穷，所以老人是故意拿命到马路上来撞车，打赖皮官司讹诈人家钱财的，土话说就是要赖。

娘就伤心了，穷人的命还不如一条狗了？王艳立马回敬娘，妈，你还真别说，你要是碰巧了，压死了富人家的一条狗，说不定赔的钱比穷人的一条命还多呢！娘自言自语地说，我这是做的什么嘛，给人家糖块，人家怕有毒；帮人家收被子，人家怕细菌；你爸早上不小心打了一个喷嚏，吓得一堆人跑得精光。

妈，这就是深圳啊！老五和王艳一块儿说。

一天夜里，邻居上门来了。这个邻居在街边摆着个小摊，专卖瓷器文物，自然是假的多，但生意还过得去。就说，现在的人不管真假，只管好看。

有客人上门来，一家人热情接待邻居，娘还泡了茶。邻居说，他家有个远房亲戚找上门来了要寻事做，问老五的厂里要不要人，随便安个事做。

老五工厂正缺人手，招工牌子天天摆在大门前，但这会儿老五却卖起了关子，问，你家那亲戚人老实吗？邻居说，就是人太老实，才混得不好。

那人可靠吗？老五说，我们工厂生产玩具，那可是出口外国给人家洋人孩子玩耍的，不可靠的人可要不得。邻居说，曾老板你放心吧，人不可靠，我也不敢上门来给你添麻烦。邻居又说了一大堆好话，老五才松口同意，那好吧，看在邻里分上，明天就让他到厂里来吧。

邻居千恩万谢去了。娘怪老五摆谱，工厂明明需要人手，却装作千难万难的样子。老五只笑了笑，没有与娘过口。

过了几天，邻居带着那位亲戚上门来了，还送来一条烟、两瓶酒。娘推辞不掉，就收下了。

邻居走后，娘不停地感叹，反了，反了，伙计还得给东家送礼了。旧社会都不是这样子的。老五轻描淡写地说，那有什么，他给我打工，我付了他工资的，他又不是白干。我给他解决了工作，也不能白干。他感谢一下，原本也是应该的嘛。

娘总觉得过意不去。这天家里煮汤圆，带芝麻的，就添了一碗给邻居送过去。当时，王艳拉也拉不住。说汤圆又不是什么稀奇东西，送什么送嘛？

邻居热情地把汤圆接过去了，可第二天，娘在垃圾桶里却发现了倒掉的芝麻汤圆。娘心疼得想哭，说，这是浪费粮食啊，是要遭报应的啊，你不吃，可以还给我的嘛。王艳没好气地说，妈，现在晓得了吧？好心好意当成驴肝肺了吧？这就是深圳，你当是荷叶塘啊？

荷叶塘不好吗？娘自豪地说，我送人家一碗豆花，第二天人家会还我一

碗猪血。我给人家一把花生，人家会还我一捧瓜子，大家都活得好好的，没人说脏。这里打个喷嚏吓死人了。在老家哪会这样子？人家真得了传染病，还要快去帮人家忙呢。要不然，大家都躲不掉。

王艳就说娘说话真幽默。娘来了兴致，又说，哪家能得来，有人从远方回来了，带回的稀罕，那是逢人就散的，大人小孩都有份，没有谁怕有毒，你散不均人家还恼你呢。这么说，还是荷叶塘好啰，王艳顶真。那当然。娘看着儿媳。王艳突然不轻不重地说，那怎么人人都来深圳，不去荷叶塘呢？

娘被儿媳堵住了，恨恨地说，没人去荷叶塘，我自己明天就回去。娘说完，就真的去收拾东西。吓得老五忙拉住娘的手，妈，王艳那不过跟你抢理，又不是吵嘴，你回啥子荷叶塘嘛。

这里我不习惯，娘说。习惯是慢慢培养的。妈，你就慢慢来吧，慢慢就习惯了，你看我爸，不是过得有滋有味的嘛。

九

老校长最近喝上了早茶。早晨，把曾风、曾雨送上了校车，他就径直往茶楼去了。茶楼里，也多半是他这类上了年纪的老人。手里一壶茶，面前一两个点心，再三三两两地坐一起，各吃各的。完了，各付各的账。中间，则是不咸不淡地聊，聊儿女，聊孙子，聊这个斑斓纷纭而又变幻莫测的世界，那就是他们的童话，比安徒生的童话还要精彩。

最初一两次，老校长还不觉得它的妙处，分明没有在大树下杀个你死我活来得痛快。小小棋盘，浓缩了广大无边的人生舞台，所以才有棋如人生一说。人活到老了，学到老了，年纪上来了，但心境却回去了，有点返老还童了。儿童可以追追打打，打闹不休。但一把年纪了，是老人了，再追追打打不成体统，就把快活放到棋盘。棋盘是别样的追追打打，所以才有那么多的老人迷恋棋盘，徘徊在楚河汉界。那都是另一类顽皮的儿童，好扎堆的。

后来，有棋友约上来到茶楼，坐上几回，就发现这是另一个世界。如果说，棋盘是关老爷的舞台，精彩，刺激，分寸必争，那茶楼则是陶渊明的桃花源，祥和，雅趣，众皆乡邻。

茶的作用也很多，也很微妙，慢慢喝上，清胃解脾，解了渴，还顺带清洁了口腔。喝多了，全身贯通，一种感觉飘然了，有到云端的意思了。要是喝醉了——喝茶也能醉的，那比喝酒醉要好得多，不伤身子，也不难堪。

久坐茶楼又是另一种历练，好动的孙猴子被压在五指山下的境界。猴子是坐不住的，只有师父才能盘腿打坐，所以修养深不深，一看坐姿就明了。

老校长明白了它的妙处，有回就把老伴叫上了。同样一壶茶，几样小吃，娘边喝茶边心疼，说，就这么点东西，还要好多钱，还不如杀只鸡，炖在锅里，一家老少都有份。老校长怪老伴没情趣，这不是钱不钱的问题，这是一种境界，吃的不是东西，而是享受这种气氛。气氛有什么好享受的？吵都吵死了。娘到底坐不住，喝了茶又老往厕所跑。老校长才明白，想享受还得有那个命才行，猴子是坐不成沙发的。

出得门来，老校长取笑老伴，到底是猴子，毛毛躁躁，修养不深啊。娘一时不明白，反问，什么意思？没什么。老校长含糊其辞。娘生气了，我晓得，你是怪我呢。老校长说，哪有啊。娘更生气了，别以为我听不懂，乱揭别人短处、伤疤，就是有修养了？老校长高深莫测地说，那要看是谁了。娘急着问，谁啊，谁有这么能耐？老校长就揭开谜底，医生看病，不就是揭伤疤的吗？

娘到底说不过，就挂免战牌，不跟你说了，说是一肚子墨水，其实一肚子坏水。

老校长与老伴茶喝不到一块儿，接下来，在饮食方面也大相径庭了。娘还是老家习惯，碗碗菜放辣，几乎是无菜不辣、无辣不菜。老校长到深圳时间长些，生活习惯有所改变，现在喜欢清淡。即使放辣，也不过是少许，调点辣味罢了。用不着麻辣，更不必毒辣。

两人就常常争吵，一块水豆腐，娘做成香干豆腐，炒上干辣椒，吃得个个汗爬雨流。老校长很有意见，说，水豆腐就是水豆腐，水豆腐煮鱼最好，放点辣椒，有点辣味，去去腥味就很好吃。让你弄成香干子，炒上干辣椒，纯粹是舍本求末、本末倒置了。

老校长看了眼孙子孙女，又说，饮食决定性格，性格决定命运。两个孩子还小，这种饮食习惯，将来会造就他们火暴性格。娘不服，说吃点辣有什么不好，不怕冷，还舒服，胃口也好，能多吃饭。只有多吃饭，孩子才长得快长得好。

这种斗争深入且持久。双方还引经据典。

老校长说，长久吃辣，性格一定火暴。娘似乎找到了更大的论据，加以反驳，以前，还听你说过，吃辣椒出大人物呢。现在到了广东，到了深圳，吃辣不灵验了？

其实娘说的也是毛主席曾经说过的笑话，意思是吃辣椒的地方，能出革命家。对此，老校长何尝不知道。

娘除了与老校长争执，有时还与王艳起冲突，根源是教育孩子的方式。王艳想学新潮，曾风六岁了，应该学习自立。有时换下的衣服，就叫过曾风自己洗。曾风一脸不高兴，嘴巴噘得老高，眼睛恶毒地看着妈。但又敢怒不敢言，一副牛不喝水被人强按了头的样子。娘不忍心孙女受累，有时王艳走了，就叫停曾风，自己过去帮着曾风洗好衣服。王艳看见了就说娘，妈，你这样唱白脸，我这个黑脸白唱了。娘不理这个碴儿，嘴里却嘀咕，孩子才多大点啊，就能自立了。她能自立了，还要你这个妈做什么？王艳说，妈，你这样宠她，不利于她成长。娘说，我不管什么成长不成长，我只晓得孩子是要爹娘照顾的、心疼的。一只小鸡生下来，还要老母鸡呵着呢。

有了奶奶这个靠山，曾风有时就学懒，也不把王艳的话放在耳边。王艳就更生娘的气，几次在床头说给老五。老五心里觉得王艳没有错，但娘似乎也没有不对。才是小孩子嘛，就真的可以撒手不管了？她们真能自立了那天，你倒又舍不得撒手了。

这一天，对于老五全家来说，是一个大喜的日子，深圳市副市长苏大伟同志要来看望老校长。秘书打来电话时，全家慌成一团。早听说苏市长要来，但就是没来，真要来了，反觉得什么准备也没做。老五还和爹商量在哪里接待苏市长好。老五想安排在工厂，工厂宽敞，气派。但老校长反对，说人家是来看望我的，不是视察，公私应该分清楚，再说接待客人理应在家里更合乎礼仪。

父子最终统一意见，就定好在家里。那边秘书也说，好。

苏副市长是下来到区里出席一个会议的，时间紧，所以只有半小时逗留。秘书的意思很明白，希望主人尽挑重要的话说，到时间也别拖着市长，因为市长是讲师生之谊的，怕到时碍着情面脱不了身而耽误了重要会议。

老五也把意思跟爹说了，提醒爹，人家虽说是学生，但到底是领导了。老校长说，这个不用你招呼，我又不是老糊涂。

市长要下来，下面自然要接待，不用老五家行动，小区已是乱作一团。清散无关人员，封锁路口，两三个小时内只许出不许进。现在形成了一股风气，升官是上面说了算，但待遇是下面说了算。一个处长下来，可以享受到厅级待遇。一个厅长下来，可以享受到省长待遇。要是哪天省长来到村里，那绝对是总统级的。

老五的房东是村长（村主任），正忙着指挥闲杂人员撤离。见到老五，竖起大拇指说，厉害，曾总，真是厉害，曾总。村长又说，你那回租房只叫来一个副所长，你要是叫来市长，我连房租都不收你的。老五也开玩笑，要不现在就改改合同？村长也笑了，说笑了，说笑了。村长很忙，那边有人叫他了，他向老五点一下头就走了。

苏副市长车子开到的时候，大家才发现苏市长轻车简从，只有两辆小车开进小区。老校长和老五早已守候在小区大门口。见到老师，市长硬是坚持在大门口下了车。老五看见苏副市长身长脚长，真是人如其名，高大伟岸。苏副市长看见老师满头银发，也是两眼泛红，一走近，就要执学生之礼。吓得老校长一把扶住，说，可不敢哪，市长。苏副市长便开起玩笑，孔夫子说过天地君亲师，学生跪拜老师天经地义啊。老校长说，那是从前，你现在是父母官，在过去那就是知府大人，见了知府大人，倒是草民我应该三跪九叩才是。

苏副市长便双手抱拳作揖，又向四周行了礼，然后一行鱼贯而入。进得门来，苏副市长又向娘问好，拉着师母的手嘘寒问暖。早有人把礼物拿过来，说这都是市长亲自花钱买的。送给老师的是一本书，细看封面，才知是线装的《红楼梦》。送给师母的是一条黑色的围脖，说深圳不比湖南，早晚有别，早冷晚热，冷起来没有感觉，所以一条围脖圈在脖子上早晨出门就不怕冻了。

说得娘一脸泪水。苏副市长又指着一堆吃食，还有烟和酒，诚恳地说，这些东西都是别人送到家里的，所以我拿了来，请老师师母不要嫌弃。

落座后，话题也是家常的。但老校长到底搞教育多年，三句不离本行，就说，现在有股不好的风气，孩子们上学学费贵不说，还没学到东西。

苏副市长淡淡地说一声，哦，老师细说说看。

老校长就说，外地人的孩子到了深圳，出的学费是本地人的两倍，这些不说了。更气人的是老师，课堂上不讲课了，却要求学生下来补习。这个补习可不是无偿的，是要收取补习费的。这不又是巧立名目，加重家长负担吗？

苏副市长想了想说，改革开放以来，我们取得了重大成就，但正如小平同志说过，也有失误，而最大的失误是教育。

老校长又说，从前，我们被称作臭老九，我们不服。现在想想，别人有不对的地方，我们就真的十全十美吗？

秘书在一旁不时地看表，老五明白，爹的话匣子一打开就别想完，而且说的又是这种不合时宜的话，显然难为了领导，就走过去招呼，苏市长，你若还有点时间，就请到工厂视察一次吧。

苏副市长看了一眼秘书，眼神是询问的，秘书也很识趣，就悄悄点点头。于是一行向老校长告别，苏副市长祝老校长健康长寿。老校长笑着说，放心吧，不看见你当省长，我是不会走的。众人击掌大笑。

接着一行人驱车直奔工厂。

老五陪着市长在工厂转了一圈。市长赞赏地说，很好，很不错，最让我印象深刻的是工厂的环境卫生搞得好，到处干干净净的。全深圳要是都像这里，早评上卫生模范城市了。市长又对老五鼓励一番，说后生可畏，前途无量，政府的政策没有变，继续扶持企业家没有变，让老板发大财也没有变，你就大胆地干吧。

老五连声道谢，多谢领导的扶持，并让人拿来几只公仔，送给市长，说这是工厂生产的，不成敬意。苏副市长很豪爽，吩咐秘书收了，还一再道谢。眼看市长的视察结束了，这时，从车间的窗户后，露出一批脑袋和年轻的面孔。工人们都冲市长喊，市长好，欢迎你。苏副市长很是感动，说，你们好。

苏副市长一行离开后，老五特别开心，从现在起，自己的工厂上了不止一个档次。市长到过他的工厂，他的部下，马上就会把这儿当成市长的据点。以后各方面都会加以关照。

现在市长来过了，就等于市长认可了，验过了，没有问题了，甚至可以说成为样板了。那些部下会很识趣，不会再来没事找事，多此一举。

市长的到来，还有另一层收获，间接地安抚了打工仔打工妹，也震慑了那些不安分的工人。他们会认为，老五有料道，有后台，有靠山。在这里做工会很安全，不用担心工资拿不到，也不用担心没得订单做。自然，更不能跟老板作对，跟老五作对，就是跟市长作对，跟市长作对，那就是自找没趣、自不量力，自己活得不耐烦了想找死。

苏副市长来家看望了爹，到厂里又视察了一回。市长之行，给曾家带来了无上荣光。而且不光留下了荣耀，也留下了实惠。老五发现，过去没法办成的事，现在只要一句话、一个电话，或者一个手势，很快就能搞定。深圳电力紧缺，政府采取了限电措施，很多工厂有苦难言。那回供电局的人过来抄表，老五随意地说，别的都好，就是停电次数多了点，影响了生产。

这不过是老五随意的一句话，或者说是一句牢骚，要是搁早前，人家会说，不满意可以走啊，没人拦你。现在却不了，过了几天，就有人过来拉了一条专线，并悄悄告诉老五，这是民用电，只能停电时才使用。

老五这才发现市长的力量、权威的力量。其实，老五并没有对市长说起过这事，即使说了，市长也未必当真因此破例，缺电的多了，要用电的地方多了。

但权威就是这样，像无声无息的一个磁场。进入了磁场，一切就被吸附过来为你所用。

老五自然识得做，没有心安理得地摆谱，而是特意请了相关的人痛快地消费了一回。完后，又给每人留下一个信封。

老五请了别人，自然也有人请老五，是村长。村长是老五的房东，厂房就是向村长租的。村长在市里有房子，平时住在那边。他驱车来工厂请老五。老五说，反了，反了，客人倒请起主人来了。

村长纠正说，要说客人，你们这些外来户才是真正的客人。村长又说，我可是深圳的土著居民，正儿八经的主人。今晚你就乖乖地听我的吧。

老五想了想，就同意了。这帮当地人，那就是地头蛇。现在他们摇身一变，个个成了一条龙。手里有了钱，身上就有了王者之气。王者说话自然是说一不二了。

老五现在虽说搭上了市长这条线，但真正能解燃眉之急的还是这些土地公。他们要让你舒服，你就天天能快活顺景；他们要是想找你麻烦，你就会二十四小时坐卧不安。

村长不让老五出车，说，替你省点油钱吧，油很贵的。说完，村长自己也笑了。老五就坐上村长的车，村长的车是奔驰600。看来村长是嫌自己的车有点寒碜了。

驱车直奔酒楼，这是一家三星级的，在当地算是高档的了。进入房间，发现里面早有客人在座。老五心想，这顿饭怕是村长拉自己来打秋风的了。果然，来者是村长夫人的一个远房亲戚，江西人，有些土气。见到村长如见首长，正襟危坐的样子，说话不很利索。

老五没记住对方的姓名，开始在心中盘算这顿饭的目的，是不是鸿门宴？

但一想，自己无职无权无地盘，没有求取之处。又一想，难道是村长看上了自己与市长的这条线，可真是那样，就不该有外人在场。权力这东西是很隐秘的，得悄悄运作，知道的人越少越好，有点像地下工作的味道。

村长如此大鸣大放，显然与此无关。倘若村长这个远房亲戚想进厂做工，也用不着求自己。深圳到处招工，家家厂要人。自己的工厂薪水并不高，凭村长一句话，他的亲戚想弄高薪不是难事，显然没必要金窝不去要来狗窝。

老五左思右想，不得要领，便索性不想了。既来之，则安之，以不变应万变好了。论财力，村长比自己大得多；要求权，权在市长手里，村长想要得通过自己去拿才成，所以今晚是安全的、无忧的，放开肚皮大撮一顿也没关系的。

也许是替亲戚省点钱，也许是山珍海味吃腻了，村长做主点的菜，大多是家常菜。但家常菜有家常菜的好处，环保，卫生，健康，没有大鱼大肉，倒是有色有香。

第一杯酒，村长要敬老五。老五哪里肯，说这个行不通，第一杯应该我敬村长才是。

村长要让老五说个理由，老五说，就凭你是我的房东，过往自己来到深圳，两眼一抹黑，全仗村长帮忙，才得以办个小厂，有口饭吃。

村长还想反驳，老五就说了一句，吃水不忘挖井人。村长，我借花献佛了。说完老五把酒杯喝了个底朝天。村长，我先干为敬，就看你的了。村长说，曾总就是曾总，后生可畏啊。就喝了杯中酒。接下来，村长回敬了一杯。完后，又让亲戚敬老五一杯。老五慌忙说，要不得。他推辞不过，就说同饮吧。一起把酒喝了。

酒过三巡，村长道出了原委。原来，他的亲戚不是来进厂的，一时又找不到合适的生意可做，想来想去，就让他来老五的工厂开间小店。

村长说，曾总，这个忙，你一定要帮我，你不帮我，谁帮我？那意思，他们之间的关系很不一般。

老五一时被难住了，手在半空里悬着。厂房是村长的，原本让块地给他亲戚开间小店也没什么，但自己此前早已答应了大哥大嫂。大哥大嫂现在人也接出来了，而且正在着手搭建铁皮房。现在突然变卦，大哥大嫂会怎么想。只怪自己这些天太忙，否则，大哥大嫂的小店早开张了。这会儿，自己也没有麻烦了。可现在小店还没成形，自己借此搪塞村长，村长一定会认为自己是借口推脱。

村长拍了拍老五的手，曾总，怎么，有麻烦吗？老五知道，自己不答应，是说不过去的。要是得罪村长，那就是不小心踩着了一条地头蛇。

村长是房东，随便一个理由就可以收回厂房。不说别的，单凭玩具毛尘满天飞，就不合环保规定。单方面中止合同，顺理成章。

老五心痛地喊，这回只有委屈大哥大嫂了，就爽快地对村长说，没问题，没问题，开个小店，求之不得呢，那可是方便工人的大好事啊。

村长听了如释重负，好奇地说，真的吗？老五说，真说起来，这回村长还帮了我一个大忙呢。村长就笑起来，我说嘛，曾总就是爽快人。

村长得到了老五的许诺，达到了目的，激情高涨，酒量倍增。他的那个远房亲戚原来也有酒量。只有老五却是心事重重，一颗心七上八下地吊着，酒量则锐减，很快就被村长和那个亲戚两个灌倒。老五嘴里喊着，村长，我不行了，村长，我不能喝了。

十

老五醒来，发现自己躺在一张陌生的床上，口干舌燥，想喝水。这时，门开了，一位小姐幽灵般飘进房来，微弱的灯光下，露齿一笑，别有风情。

老五才知道自己还住在酒楼。只见小姐发嗲地问，老板，想喝杯水吗？

原来，小姐手中正端着一杯水，老五没来得及细看小姐芳容，伸手接过杯子，把自己灌了一气。

老五放下杯子。小姐已自作主张，把自己扒光了，一团白肉直晃眼。老五不解地问，你这么快的？老五还想着调情的浪漫，像慢慢品味一部电视剧的进程，先是铺练，而后发展，再到高潮。但小姐显然像电视台打广告，只在乎结果，至于过程，纯粹多余。

导演和主角之间不协调，但老五不是导演，没有话语权。老五设想的先谈情后做爱，让导演颠了个。小姐已坐到了老五的身上，伸过手来要扒老五的衣服，嘴里还是发嗲，老板，你放心吧，我很干净的，不信，你看——小姐双手捧着自己胸前的一对小白兔，让老五逐个审视。小姐的皮肤的确很嫩很白，长得也很靓丽。唇红齿白，奶子鼓鼓的，轻轻一拍，蹦起老高。老五

怀疑那是经过加工的，有点假冒伪劣。心中没有欲望，但手忍不住过去摸了一把。

这一摸，好像接通了电源，小姐全身放光了，嘴里也发出了声音。老板，开始吧。小姐如是说。老五还是不动，僵在那里。小姐自信地说，我会让老板欲死欲生的。真的吗？老五问。不信，就请老板上来吧。

这时，小姐已伸出手来，握住了老五。老五早把自己变成了一根金条。再往下，来去无牵挂了。老五才扶起犁把，未曾吆喝，小姐在身下夸张地喊起来，老五有点被牛拖着犁走了，而身下也持续冒出牛脚踩水的声音。小姐却已到了田的尽头。老五不甘地问，没这么快吧？小姐说，老板，你好厉害，好厉害，我快受不了了，真的受不了了。老五说，你这是赶场子吧？小姐说，老板，你不懂啊，我要吃要喝要交房租，不能在一棵树上吊死啊。

老五觉得这小姐有点小偷的做派，钥匙插进孔里，一阵捣腾，进屋又是一阵捣腾。然后，捣腾完了拿了钱走人。中间一分一秒也不浪费。老五却兴味索然，便匆匆完了，好像口渴了喝了一壶白开水。

老五把小姐打发走，自己也起身回家。看手机，已有好几个未接电话，都是家里的。此前，老五很少弄到这么晚，更从来没有在外过夜。现在是凌晨三点了，说什么也得回去。老五打村长的手机，是关机，也就顾不了这么多了。到总台，服务员告诉老五钱已有老板交过了。老五出得门来，街上行人很少，的士也很少了。等了十几分钟，才见一辆的士过来，老五拦住便钻了进去。到家时，却发现爹娘都没有睡，大哥大嫂也陪着。老五本来已酒醒了，这时却又装成醉醺醺的样子，口齿不清地挨个向家人请安。王艳已睡了，听到声音，也开门出来，什么话也没说，看了老五一眼，便重新进屋去了，还把门甩得山响。

老五自知理亏，也不敢发老婆的脾气，便由着她，只是自嘲地说，没做老板，以为做老板好，做了才知道，这不是人过的日子。

娘早已为老五准备好热水洗澡。爹看见老五回来了，一颗心也放下了，就对大哥大嫂说，你们俩就回去吧，害得跟着担心了一晚。

娘骂爹没名堂，这么晚了，你让老大两个往哪儿走。大嫂起身为老五张罗醒酒汤。老五喊住大嫂，不用了，大嫂。

娘就数落老五，没有脑筋，出门在外，也不想想家里，又不打电话回来说一声，家里打你电话又不接，你不晓得亲人会担心吗？老五连说对不起，妈，对不起。下次再不会了。

大嫂担心王艳有想法，就示意老五好好跟王艳说说，别产生误会。大哥嘴拙，什么话也没说，只是关切地看着弟弟。

大哥大嫂已来深圳快一个月了，小店还没开起来。大哥在车间打杂，大嫂自己找活干，别的干不来，她自己就去扫地。老五看见几回，喊住大嫂不让她扫地，否则旁人会说闲话，说老板的大嫂扫地。大嫂说，厂子是你开的，我在自己家里扫屋，还怕人说闲话？

老五听了，心中不是滋味。由于自己太忙，一直没有腾出手来，帮大哥把小店开起来。原以为那不过是迟早的事，只不过是自己一句话。现在看来，煮熟的鸭子也会飞了。

这事如何跟大哥大嫂说，可不说，越拖越会闹误会。别人还罢了，可大哥大嫂为帮自己不留后路；这份情，那是天地可鉴的。老五喊住大嫂，大嫂，你别忙乎了，你不累吗？大嫂说没事。老五说，大嫂，你坐过来，我有话说。大嫂就住了手，挨着大哥一块儿坐下。老五就说，大哥，大嫂，是我对不起你们，请你们原谅我。

娘一听，愣了，老五，出啥子事了？爹也瞪着眼睛看着儿子。大哥大嫂更是手足无措。老五说，小店开不成了，有人看上了。那是谁？爹问，工厂是你的，谁开谁不开，不是你一句话吗？娘嫌爹多嘴，说，你别打岔，听老五说。老五说，是房东，也就是村长。村长？娘不解，村长，他家那么多钱，还嫌不够，要来开一间小店。吃蛇不留脑壳了？老五忙说，是村长的一个远房亲戚要开。娘一听就火了，说，不答应，村长的一个远房亲戚比你自己的兄弟还大了？

爹就骂娘妇人之见，你懂什么？这是深圳，不是湖南，不是我们说了算，强龙不压地头蛇啊！老五也说，我就是考虑到爸说的意思，才答应了村长的，再说，这厂房也租的是他家的。

娘急了，那你大哥大嫂怎么办？大哥大嫂忙说，娘，我们不要紧，关键是要保住老五的厂子，厂子保得住，不开小店没关系。大不了，我们扫地。再不然，我们回家种地也行。

老五快要落泪了，大哥大嫂，你们太好了，你们这样待我，我都没脸见你们了。大哥大嫂都怪老五多心，自己兄弟的难处不考虑，只顾自己，还算兄弟吗？

爹也问，那你大哥大嫂呢，真的让他们去扫地？

老五显然早已深思熟虑过了，说，我想了想，扫地肯定不行，自己不说，别人也会说闲话。我想让大哥去管饭堂，包买菜，别人买菜，我们还不放心。

那大嫂呢？娘问。

老五说，就让大嫂在家歇着，帮娘一起照顾两个孩子。

大嫂立即把手摇起来，老五，我晓得你为难，你这样安排，我和你大哥更为难。大嫂又说，管饭堂是王强在管。那可是你的小舅子、王艳的亲弟弟。他管得好好的，你突然把他换了，他会怎么想？王艳会怎么想？我还不老，你就让我和娘一样坐在家里，我可坐不住。

不是让你坐在家里，是让你看孩子。老五说。

一个意思。孩子们都上学了，一天大半时间又不在家，早晚都有车接送，看什么看，不是明显养我老嘛。我不同意，老五。

那你能做什么呢？娘问。

娘，我别的做不来，我扫地还行吧？你们放心吧，我就扫地，我给弟弟扫地，说什么说，爱说让别人说好了。这又不是做贼偷人。

老五就说，那就辛苦大嫂了，先就这么办，大哥管饭堂不变。

娘又让大哥大嫂住到客房。老五洗完澡出来，爹喊住他，这事，你跟王艳有说过吗？

老五摇摇头，过会儿跟她说。

爹顿足道，老五，你还是欠考虑啊，这种事，你应夫妻先商量好，再找大哥大嫂说开去。

不是来不及了吗？大哥大嫂人正在这儿，今晚不说开，明天村长的亲戚要进厂动工了，到时，我如何向大哥大嫂说？不是更麻烦吗。

唉，娘洗好衣服出来，长叹了一口气，被子太小，真是顾了头顾不了脚啊。

老五进了卧室，上了床。王艳根本没睡觉，外头的话全听到了。她突然问，你让大哥管饭堂，那王强呢？王强做什么？老五反问，你说他做什么？王艳没好气地顶过来，我晓得还问你？老五更没好气地说，你弟弟你都不晓得，别人更晓不得了。王艳说，我就晓得你从来看不起他。老五讥笑，他有让人看得起的地方吗？夫妻俩背对背躺着，中间有一条不可逾越的鸿沟，近在咫尺却又远在天涯。王艳到底没沉住气，僵了一会儿，说，那就不管他了？说什么他也是我亲弟弟吧。老五想了想说，他不是喜欢玩儿吗？就让他玩儿个痛快好了，工资照开。

这话把王艳气得火冒三丈了，你什么意思啊？把他当猪养起来？老五说，我可没这么说。王艳不依不饶，可你分明就是这意思。老五说，你爱怎么理解都行，那是你的事。

王艳就数落开来，你家哥哥可以沾光，凭什么我家弟弟不能沾光。我反正做累了，明天我就让王强接替我做这个厂长。老五就不能忍受了，什么玩笑都可以开，工厂的前途不能受到半点损害。我看你是疯了，你也不看看，王强他是那块料吗？吃喝嫖赌样样会，工厂打工妹都会被他吓跑光了。还有，真让他打理一间厂子，我敢说不出三天，关门大吉。王艳说，别把自己当圣人，谁的屁股干净不干净，自己晓得。老五一怔，又强自镇定地问，你说啥？王艳说，现在的男人没一个好东西，没钱是条狗，有钱就是狼。

老五想反击，不能让王艳真以为自己做贼心虚。可一想到先前那位小姐的大奶子，心里便堵得慌，气焰就低了许多，终于决定先妥协。你既然这么看重你弟弟，就让他跟着你管生产吧，名分嘛就是生产经理，工资暂时不变，试用合格，再涨工资。

你看着办吧。王艳一时也没好的选择，把王强先安顿下来才是第一位的。否则，让他悬着，啥也不干，真会弄出什么事情来。自己也没法向娘家交代。

老五见王艳不再言语，知道她心理平衡了些，便安心地睡去。

十一

大嫂扫地一扫就是两年。直到两年后，她才开成自己的小店。那还是人家村长那个远房亲戚自己放弃了，去别处发展了。这两年来，老五倒是今非昔比，身家五百万了，成了真正的百万富翁。但他并不满足，这不是他的终极目标。他的终极目标应该是亿万富翁。由理想王国到自由王国，届时有自己的别墅，有自己的厂房。最重要的是买回祖屋，再开辟成旅游园区。从前，老祖宗是封了侯的，现在不兴这一套了，但他同样有自己的园区，是另一个意义上的侯王。

老五现在说不出的快意。此前，他还常常为大嫂没开成小店忧心，虽然大嫂自愿扫地，自己也付了大嫂双份工资，但到底里面有照顾的成分，相信

大嫂心里也不舒服。大哥管着饭堂，工资虽然拿的是一份，但兄弟情深，大哥自然不会黑自己。但大哥有回扣，那些米老板、菜老板每月向大哥的孝敬不会少。小舅子王强还是从前那样，吃喝嫖赌，其他啥也不会。当了生产经理，但生产全是主管唐莲在管着，王强做个甩手掌柜。王强的水平比那位保安队队长李浩差远了，可工资比李浩还高出一截。

至于王艳说一句自己做累了，就撂下挑子不管了，不再当厂长，回到家来做太太。可做太太又不安分，嫌家里没意思，便成天守在麻将桌上，快成了赌鬼。娘说过好几回，原来好赌也有祖传的。王艳的爹当年好赌被人剁了手指。王强每月的工资还不到十五已输得精光。现在又出了个王艳，更是巾帼不让须眉，赌起来，三天可以不着家。

但这仍然不是老五最烦恼的。老五现在最揪心的是唐莲，唐莲是老五一手提拔的打工妹，从普通打工妹做到了主管。这个女人还帮助自己拿下了日本鬼子冈田，拿到巨额订单，并赚了一笔大钱。但唐莲却把初夜给了老五，现在还怀上了老五的孩子，而且说什么也不愿意打胎。眼见着她的肚子一天比一天大起来，老五的烦恼就一天比一天多。肚子的秘密可以遮住，肚子的形状是遮掩不住的。即使能遮住也不过是遮得一时遮不了一年。孩子一落地，所有人都会认得那是老五下的种。

为此，老五特意把唐莲叫到办公室，郑重其事地规劝过一次。老五说，莲，还是拿掉吧，生下来，对谁都没有好处。

唐莲说，我不要好处，我只想做母亲。

我不是这个意思。老五说，我并不是说你拿这个来要挟我，我有什么好要挟的？不过赚了一点钱，可这钱也是全靠你和大家帮忙赚来的。

唐莲说，五哥，你别跟我提钱不钱的，钱再多，那是你的。我做一天工拿你一天工资，要是不做了，我一分也不要你的。

这样说就见外了，没意思了，我说过的，你帮了我，对我是有大恩的，我是不会忘情的。我这个人别的长处没有，知恩图报还是会做的。

既然你这么说，我就直说了。唐莲说，五哥你说我有恩于你，那你就报答我一回好吗？

好，你说，要多少钱？你说个数。

我说过，我不要你的钱。

那你要什么？

我只想做母亲，五哥，你就别剥夺我做娘的权利好吗？

可你想过没有，孩子生下来会很麻烦。老五扭着指头说，你老公会认他吗？要是不认，这个孩子是没有爹的。一个私生子，将来会遭人耻笑的。

我对人说，他亲生的爹死了行吗？

你别说孩子气的话好不好？

我没有。唐莲说，五哥，你究竟担心什么呢？我一个女人都不怕，你怕什么呢？谁也不会赖到你的头上去。想赖你头上，那也得你承认才有效啊。

这样对孩子不公平。

我顾不得了，谁让我嫁给一个无能的男人。

你真想做母亲，也可以离婚再嫁嘛。

我现在怀上了孩子不要，还去再找个男人怀孩子，那不是舍本求末吗？我有病呀我。

还是拿掉吧，这样对大家都好。你还可以继续上班，工厂也少不得你。

五哥，你真要对我好，就让我这一回，也算是你报答我了。我现在只想做娘，并不想做有钱人的太太。你放心吧，你信不过，我还可以写字据的，保证将来不找你麻烦。

唐莲把话说到这一步，老五就不好说什么了。

接下来，老五只得让唐莲辞职。唐莲说回老家生孩子，老五又不让。他在外面租了一套房子，把唐莲安顿下来，等待临产。

租房的事本可以安排保安队队长李浩去的。可老五觉得不妥，毕竟这个房子非同一般，那不光是孩子的出生地，更是他与唐莲的爱巢，知道的人应该越少越好。于是他就自己陪了唐莲去找房子。

老五没有驾车，唐莲的肚子已经很大了，他怕坐车坐出麻烦来，就陪了唐莲在宝龙路一带找房。这边新建了不少住房，价格也适中，很快就租到了一套三室一厅的房子。

房东是一对夫妻，急着要去北京，本来想卖房，但一时出手价钱太低便没卖。两夫妻听说老五租房，便以很低的价钱租给了他们。老五只要每月准时把钱打进账号就可以了。他们是不会回深圳来收租的。

房子内家具也齐全，老五便陪唐莲上街添置些日常生活用品。老五怕唐莲走累了，劝唐莲别去了，在家等着，他一个人去买就行了。但唐莲说老五一个大男人，根本不知道该买什么、不该买什么，特别是婴儿的必需品。

老五想想也是，就与唐莲一起上街。谁想到在超市遇到了小舅子王强。按理王强这时应该在上班。看到姐夫，王强说，他头有点晕，也许是感冒了，所以出来买点感冒药。老五知道小舅子撒谎，买感冒药应该去药房，哪用来超市。可自己今天屁股也不干净，要与小舅子理论，底气不足，便依了小舅子的说法，还叮嘱，那你得好好休息，实在不行，就请个假。又说，唐主管对工厂做出过贡献，现在要走了，他来送送她。

王强同样知道姐夫在撒谎，但他不对姐夫说穿，却转过头对唐莲说，唐主管这是回老家吗？回老家应该去车站呀，来超市干吗？

唐莲一脸通红，正想着如何回答。老五抢先说，唐主管家里有老人，想买些东西，所以临时决定来了超市。

是这样吗？唐大主管，嗬，还真买了不少东西呢，婴儿的衣服也有，你这是要送人吗？王强诡异地一笑，接着说，那我就先走一步，姐夫，你早点回去，我请假了，新来的主管一个人怕忙不过来的。

好的。老五没想到好吃懒做的小舅子居然敢当自己的上司，开口指派自己了。可他的话又似乎挑不出毛病，想发作也没有理由。相反自己倒让小舅子先逮住了尾巴。扯一下，内心特别疼，越挣扎就越疼。

小舅子走后，老五也没了好心情，匆匆陪唐莲买了些东西，并安抚一番，就往厂里赶。

快到厂门口时，老五又停住了脚步。他不知道小舅子王强是不是二百五，把事情告诉了他姐姐王艳。王艳那更是个名副其实的二百五，说话不分轻重的，要是知道他在外面养女人，那还不得吵翻了天。

老五到附近的小店给办公室打了一个电话，故意向文员问些不着边际的事。文员的口气很平静，并没有说什么，诸如老板娘在办公室发脾气呢，老板你快回来吧之类的话。

看来王艳没来工厂，那她会不会向家里老人发脾气呢？会冲爹吼，看，还当过校长，今天教育这个明天教育那个，怎么把自己的儿子教育成这样，在外面乱搞女人。

王艳这种话是说得出口的，可爹未必受得了。真要证实了，那爹准会气死。还有娘，那可是眼里掺不得沙子的。王艳虽然不是孝顺儿媳，可她公开拒绝冈田的调戏，很让爹娘赞赏。即使现在王艳一天啥事不干，就会玩儿麻将赌钱，爹娘也没当面说过王艳。

要是老五在外面乱搞女人，他们一定会站到王艳一边去。到时，他老五在自己的家里就会弄得众叛亲离，成为孤家寡人。

　　老五打电话回去，试探爹娘的口气，问王艳在不在家。爹娘平静地回说，现在哪会在家，找她有事吗？

　　老五放下了心，连说，没事没事，我打她手机。

　　挂了电话，老五认为小舅子这回倒是学会了讨好卖乖，但也不想急着回去，毕竟唐莲虽然是安顿下来了，但万里长征才刚刚起步，后面的路还长着呢，自然会有意想不到的困难。

　　虽然决心好下，不怕牺牲的话好说，可真做起来千难万难，至于排除万难去争取更大的胜利，他现在连想都不敢想。

　　唐莲要生了，那落下来的可是一个小生命，而且还是老曾家的后代。那是一个人，不是一件东西，随便塞个地方可以藏起来。是人就得要吃要喝，这不算个事，有钱好办。可孩子会长大，长大要上学，要工作，要成家立业，要生儿育女，哪一样都不会轻松。何况唐莲会不会以此要挟自己，他心中也没底。唐莲现在虽然是信誓旦旦，但真到了那天，紧箍咒套到了头上，孙悟空也会叫苦连天。

　　老五想得头痛，就打电话让李浩出来，想向这个大秀才请教一下。关键时刻，还希望李浩甘当马前卒，代主受过。

　　老五把李浩约到一家咖啡屋，要了两杯咖啡，便说了自己的烦恼。唐莲是个能干的女人，管生产有一套，而且对工厂也是有功的。她现在怀了身孕，辞职了，要回家去。我担心她从此不出来了，所以特意为她找了房子，在深圳住下来待产。但不巧的是遇到了王强，王强是个快嘴，而王艳又是一个醋坛子，我担心中间引起误会。你说说，有什么办法能消除这个误会？假若王强把这事说了出来的话。

　　李浩喝了一口咖啡，老板，我的理解是，误会是从误说开始的，特别是桃色新闻，说穿了，这是一件人人感兴趣，而且是一件越说越误、越描越黑的事。老五忙问，那有何办法澄清？李浩说，交给时间，只有时间能洗涤一切。老五还是担心，时间？时间真能解决一切问题吗？

　　李浩就侃侃而谈起来，是的，任何事情，只要不是盖棺定论，也就是所谓的抓贼抓赃、抓奸抓双，过后都可能会黑白颠倒。你这种事情，更不值得大惊小怪，一个老板，为感谢自己的属下，特意陪她上街买点东西，简直就

是人情味很浓的事。说出来，会感动很多人呢。

哦，真的吗？老五长长地吁了一口气。

李浩说，我小学有个同学，家里很穷。一次，他拿了同桌一支钢笔。所有的同学包括老师都认为是他拿了。但这个同学嘴很硬，就是不承认。结果谁也拿他没办法，因为当场没有逮住他。他也一路顺利读完了大学，现在也参加工作了。现在想想，这根本不算个事，一是家穷，二是小孩不懂事，三是一支钢笔而已。可他当时要是承认了，那他的麻烦就大了。一来，他这一辈子都要背个贼名；二来，他当时承认了，也许就上不成学了，人生之旅也许面临转折；三来，我们国家会失去一个优秀的人才，人的口水会淹死他。但他嘴硬反而救了自己。

老五一边仔细听着李浩的滔滔不绝，一边慢慢品尝着咖啡。咖啡有点苦涩，但回味无穷。

李浩说，一个杀人犯，不管承认不承认，都是一个死。难道承认了就能死得舒服一点，不可能的，同样一枪。李浩嘴里啪的一声，学着枪声。老五不自然地笑了。李浩见老板笑了，又说，有些事承认了，那就是证据，会成为女人反击的武器，一辈子也别想过得安然了。不承认不过是一个疑点，谁身上没疑点，可照样过得潇洒。

老五接受了李浩的忠告，死不承认。另外他考虑自己老是往唐莲那儿跑不方便，夜路走多了总会撞鬼的，便特意委托李浩常去看看唐莲，有时送些钱或帮忙买些粮。

事实上李浩说的也颇为有道理，看看那些贪官，一旦东窗事发，就是一个大贪，可事发前，哪个不是一副道貌岸然、正人君子的样子，会照开，酒照喝，报告照作。至于沦为阶下囚，那也是好运到了头。真到了那一天，别抱怨，认命就是了。

老五回到家，家里一切如常，老人照样围着他问这问那，孩子们已睡下了。王艳还没落家，看来又是一个不眠夜了。

十二

马戏团出事的时候，老五正在医院，唐莲要生了。唐莲的肚子痛了快一天了，可就是不见胎儿下来。医生忙进忙出，老五只觉得面前一片白色在晃，心急如焚，而头上却冒着白烟。

就在这时，队长李浩打来电话，老板，出事了。李浩的电话很短，简洁得有点像报表。老五捂着电话躲进厕所，再次问，说清楚点，出了什么事？李浩说，是出了伤人事故，但不是本厂工人，是马戏团的人出了事。一个演员从竹竿上掉了下来。快说说，是哪一位演员。老五急了，一种不祥的预感涌上心头。电话那头李浩一字一句地说，是一位女的，在高空表演时，不慎失手了。老五听完情不自禁地啊的一声喊，慌忙捂了手机轻声问，高空表演——是那位小姑娘吗？李浩这时也镇定了下来，语气显得平缓，不是，是另外一位。老五却沉不住气了，语气十分生硬，另外一位，那是谁？李浩说，就是马戏团老板的女儿，长得最漂亮的那位。

听到是她，老五几乎双脚站立不稳，一手撑着墙壁，嘴里喃喃地说，是张小姐——老五沉吟良久，又说，怎么会是她呢——她伤得重吗？李浩也感觉到了老五的沉重，便语气凝重地说，人一着地便不省人事了。老五再也控制不住内心的痛，不禁大喊一声，啊！

电话里头李浩劝着老五，老板，你别着急，我们跟马戏团是有合约的，我们提供场地，包出经费，至于安全和其他方面，则是他们自行负责的。老五说，我知道，我知道，我担心的不是这个。老五挂了电话，后悔不迭，悔不该当时没听李浩劝告，硬是坚持请马戏团来工厂演出。

老五一贯坚持工厂以静为主。那天，当一位自称是马戏团的老板找上门来时，老五开始并不热心。马戏表演小时候在家看过很多回，没有特别的地方。让他记忆犹新的是高空表演。一根长竹竿被人顶在额头上，而竹竿的上方是一位小姑娘凭借竹竿做着各种惊险动作，时而倒立，时而水平直撑。小姑娘的身体是没有保险套的，尤其当小姑娘突然松开双手，整个身体沿着竹竿快速下坠时，下面的观众会发出骇人的尖叫声，胆子小的还会蒙住眼睛不敢看。

马戏团张老板见老五不为所动，没有死心，下午又带了一个小姐来厂游说。张老板向老五介绍的小姐是他的女儿。老五一边打着电话，一边瞥了一眼张小姐。看样子，张小姐不年轻了，二十五六岁了，但长相漂亮。更令老五诧异的是老五对张小姐有种似曾相识的感觉。

张小姐开口说话声音更甜，曾老板，你别看不起马戏，其实，马戏也是一种文化呢。

哦，张小姐这一句便勾起了老五的兴趣。张小姐说说看，老五被张小姐的声音磁住了，你要是说得打动了我，我就请。张小姐便把马戏的起源、发展，到如今日渐衰落的过程详细说了一遍。最后，特意加了一句，要是像曾老板这类成功人士都看不起马戏，那作为中华文化的重要组成部分的马戏，只有消亡一条路了。

言重了，张小姐言重了，老五心想，花点钱事小，拖累中华文化的发展事大，老五可不敢担这个责任。这时，与其说老五被中华文化的重要性说动了，不如说是被张小姐的真诚感动了。特别是张小姐的一颦一笑，太像一个熟人了。但老五一时又想不起来是谁。他当即召来李浩，吩咐李浩与马戏团商谈细节问题。

李浩从未见老板这么大张旗鼓地搞娱乐活动，这与他一贯坚持的"静"的作风大相径庭，便向老五提出保留意见。但老五决定的事是不可更改的。李浩只得照办。

马戏团要来工厂演出，工厂自然还得放假。那些忙得晕头转向的打工仔打工妹这下可高兴了，主动帮助马戏团搭场子。有些还约来附近工厂的老乡。一时间，厂区内人山人海，热闹非凡。

老五又把爹娘和孩子用车拉来了厂里。爹娘听说看马戏，下了车便领着孩子们去占座位。其实不用他们去占，那些打工仔是非常识相的，不会与老人和孩子们抢地盘。

王艳要打麻将，不愿来看马戏，老五也没坚持。演出还没开始，娘看见了张小姐，感到非常亲切，一拉话仿佛相见恨晚似的。更令老五惊奇的是，张小姐居然能听懂湖南方言。可一问，张小姐是河南人，从小到大从未去过湖南。

娘就说，怪了，怪了。拉着张小姐的手硬要张小姐应承演出结束后去家中做客。张小姐见老人这么热情，看了一眼老五，便红着脸答应了。这时张小姐的父亲张老板慌里慌张跑过来说演出要开始了，硬是把张小姐从娘的身边喊走了。

老五看着张小姐的背影，突然明白了，张小姐就是年轻化了的娘，从脸形到姿态，无一不是娘的翻版。

可临到演出开始，老五接到了唐莲打来的电话。电话里，唐莲哭泣着说，我肚子好痛，五哥，我好痛。

老五忙说，怕是要生了吧？可算算日子，还没到期啊。老五心想，一场马戏怕是看不成了。

老五是在离爹娘不远的地方接的电话。娘看出老五紧张的样子，问，老五，有事吗？你有事就去吧。爹也一旁搭话说，工作是第一位的，你有事就走吧，不用管我们。老五淡然地说，没事，没事，有个客户喊我过去聚一下。那你去吧。娘说。

老五把李浩拉到一边悄悄吩咐了几句，就往唐莲那儿赶去。

当老五把唐莲送进医院，没多久，就接到了李浩的电话。

老五没把事情告诉唐莲，唐莲痛得不成人样了，一头长发都汗湿了，沾在额头和脖子上，看起来像个撒泼的泼妇。

唐莲还没生，这儿离不开人。医生说，实在不行，只有剖腹产了。要动手术，家属是不能离开的，得留下签字。

老五从来没像现在这样慌乱过，就是面对洪老板要求下跪的时候，也没这样。下跪不过是把人的尊严当抹布一样踩到脚下，现在不是那样，而是把人的心掏出来瞧瞧是什么颜色。

老五本可以叫李浩来医院，但李浩毕竟是个男人，而且又是未婚的小伙子，照顾一个产妇，于情于理说不过去。至于叫爹娘来医院，这个念头只在脑子里一闪，便被自己驱逐了。爹是个正人君子，疾恶如仇，要是知道儿子搞婚外情，而且还要生私生子，那简直是大逆不道，会当众给他一记耳光的。娘也许会好点，不会当众打他，但也是眼里揉不得沙子，要是得知了，会把他当患沙眼一样清洗好几天的。

老五立在产房门外，不知如何是好。产房内，唐莲在痛苦地尖叫，声音传到走廊，像刀子一样剐着老五的心。老五几次想冲进产房，但都被护士挡住了。

老五在走廊上来回窜着，像一只无头苍蝇。这时，一群人拥着跑进了医院，中间有护士和医生，打头的人是李浩，接着是马戏团的张老板，再后面是爹娘和大嫂。

手推车上，躺着一个伤者，那是张小姐。此刻，张小姐像睡着了一样，只是头被纱布包裹着，纱布上还浸着血迹。老五没想到他们也来了中心医院，想躲已经来不及了，而且娘已经看见了他。老五迎上去。娘就拉着老五的手哭泣起来，都怪我，都怪我啊。李浩抢着对娘说，师母，这不关你的事，你别往身上揽。娘根本不听李浩的，又对老五说，是我该死，我该死啊，是我害了人家张小姐啊。

张小姐很快被推进了急救室，所有人被挡在急救室门外。爹慢慢告诉老五，原来，张小姐在竹竿顶端表演高难动作时，按规定，双手突然一松，让身子快速下滑，当滑下一个身子时，双手再次握住竹竿，止住坠势。这种表演张小姐做过无数次，也成功了无数次，此前从未失手过。但娘在看到张小姐身子突然下滑时，吓得一声尖叫。而在空中的张小姐却不知为何，抬头往下看了一眼，居然忘记了双手握竿，整个身子随着惯性往下坠落，最后重重地砸在桌面上，当场头破血流失去了知觉。

娘说，是我的喊声分散了张小姐的心，她才从上面掉下来的。

李浩说，张小姐在做高难动作时，本应全神贯注。何况这本不是她的表演，她硬要坚持上，出了事故，这是马戏团内部的事，与师母无关。

张老板也哭着对老五说，今天本不是她上场的，但临时小演员感冒了，她感念曾老板的好，便主动要求上场表演这个高难动作。没想到，没想到就砸了下来。这在从前根本是不可能发生的事。娘听了就抢着说，都怪我，都怪我啊。

老五一面安抚娘，一面安抚张老板，张老板，你放宽心吧，不管责任在谁，我都会帮忙全力救治张小姐的。

爹又把老五拉到一旁，轻轻问，你怎么也来了医院？是李浩通知你的吗？

娘也尾随了过来，问，你不是去见客户吗？怎么来了医院，你是病了吗？老五。

老五一时不知如何回答爹娘。这时，护士跑过来对老五说，恭喜你，曾老板，喜得千金。老五对护士说了声"谢谢"。护士走了，爹瞪着眼睛望着老五，这是怎么回事？喜得千金，谁喜得千金啊？

娘也看着老五，是呀，是谁啊？

老五便如实对爹娘说，爸，妈，对不起，我还没来得及跟你们说，你们又添了一个孙女了。

女的是谁？娘问。

就是那个帮过我大忙的主管，唐莲。

是她？她怎么会怀上你的孩子，她不是跟日本人好过……爹说不下去了。

她没有跟日本人，只是糊弄了一回冈田。

爹气得大骂老五，糊涂，糊涂啊。你一个老板跟手下的打工妹苟且不清，别人听了，会怎么看你啊？老曾家的清誉都被你丢光了。老五被爹骂得抬不起头。可爹并不解气，继续数落他，何况你有家室，这是婚外情啊，是通奸啊，要是放在从前，你会被当作作风不好的坏分子抓起来批斗游街的。

娘却不管这一套，她说，从前是从前，现在是现在，别乱扯一气。一直没有吭声的大嫂这会儿也站到娘一边，妈说得对，先不管别的，既然事情出了，天上掉下事还要凡人来解决。爸，还是快想办法如何帮老五吧？

爹听了越发恼怒，他拉屎，还要我们帮着擦屁股。自己的屁股自己擦，别人帮不上的，又不是三岁小孩子。

娘就数落爹，亏你还当过校长，遇事就往后躲，大嫂说得好，天上掉下事还得凡人解决，躲是躲不掉的。不管老五，还不管孙女了？那可是老曾家的血脉。

老五说着要领爹娘去唐莲的产房。爹骂了一声，就坐到一边去了。娘也瞪了老五一眼，你呀，都是三个孩子的爸爸了，还一点儿世故都不懂，这会儿你爸能进产房吗？

老五就领着娘和大嫂来到产房。唐莲看到娘和大嫂走了进来，一时羞得把头深深埋进被窝。

老五站在床边叫了几声，唐莲还是不肯露头。大嫂也说，唐妹子，我和我婆婆来看你了。

唐莲还是没动。大嫂笑了，都是做妈妈的人了，胆子还这么小哪行啊。说着伸手要去揭被子。

娘止住了，说，你这么躲着哪行，好丑都要见公婆面的嘛。孩子都生了，还有什么见不得人的。

被子动了一下。这时，李浩跑到门口停住了，向老五招手。老五走过去。李浩说，张小姐的手术遇到了麻烦。

老五问是什么麻烦。

李浩学着医生的口气，排异，血液产生排异现象。

见老五不明白，又说，就是血液不合，输进的新血遭到排斥。

老五像指挥员一样，镇定地说，那找我没用啊，该找她的亲人啊，找张老板去啊。

医生说，张老板年纪大了，就是年纪不大，张老板也不行，张老板的血与张小姐的血不合。

怎么可能呢，他们不是父女吗？

老五在门口找到张老板，对张老板说，你老的不行，那快找张小姐的兄弟姐妹来呀。

张老板看着老五说，我到哪里去找她的兄弟姐妹啊？

咦，奇了怪了，李浩说，你的孩子你不知道到哪里找。谁知道啊？

张老板哭着说，她根本没有兄弟姐妹，我到哪儿去找？

老五就对李浩说，快打电话给王强，让他把工人们全部动员来医院献血，我就不相信，这么多人找不到合适的血源出来。

说完，老五又找到医生，抽自己的血化验。爹娘和大嫂也跟过来了，也要求抽血化验。医生见爹娘年纪太大，拒绝了，只抽了大嫂的血。李浩打完电话也要求献血。

老五又回到唐莲产房，把唐莲好一顿数落。你太不识做了，娘和大嫂来看你了，你居然躲进被窝，看你出息的。

唐莲没有吭声，只是哭，被老五说急了，就顶上一句，你叫我如何见她们，我拿哪张脸见她们，你告诉我啊？

老五见唐莲刚生下孩子，怕哭坏了身子，就不敢再多说什么，只安抚了几句，又抽身出来。

医生很快化验了血，告诉老五，他的血型与张小姐的血型相合。老五兴奋地说，那还等什么，快抽我的血救人吧。

张老板拉着老五的手，谢天谢地，吉人自有天相啊。你们有缘啊，你们有缘啊。

老五被安排躺到一张床上，旁边就是张小姐。张小姐面无血色，一动不动地躺着。一条导管把老五与张小姐的身体连到了一起，老五的血通过导管传送到张小姐的身体。老五内心感到无比的欣慰。

手术非常成功，医生们都这样说。尽管张小姐还没有醒来，但命肯定是保住了。大家松了一口气。医生又说，最紧要的是这几天，看有没有奇迹发生，就在这几天了。

病床前，除了护士，娘和大嫂来得最勤。娘和大嫂本来想照顾唐莲，但唐莲的心理还没有调整好，有障碍，不愿拿脸示人。娘和大嫂就不好勉强人家，便把一腔热情都献给了张小姐。

奇迹出现在第三天，张小姐醒了，而且一醒来，就能开口说话。见床边坐着娘和大嫂，她居然能用湖南话喊伯娘和大嫂，惊得娘和大嫂手足无措。娘是厚道人，拉着张小姐的手，不肯松开。张老板也一脸泪水，告诉张小姐，这回全仗曾老板献血救命，要不然，就麻烦了。听完，张小姐就要求见老五。老五正在唐莲那边，听到张小姐醒了，就赶过来。张小姐见到老五，两眼泪花，说不出话来。

老五安慰张小姐好好养身体，一切都会好起来的。娘把老五拉到一边，告诉老五，张小姐不是湖南人，咋会听湖南话，还会讲湖南话呢？

老五听了，没有说什么，走出病房，来到唐莲那儿，说起这事。唐莲也很奇怪，笑话老五，莫非你和张小姐前世有缘，五百年前是一家人吧。

说者无意，但听者有心。老五想起那个冰冷的夜晚，自己把妹妹抱出门外，内心突然无比激动起来。难道张小姐就是自己丢失的妹妹？否则，怎么只有自己的血与她相符呢？还有张小姐会讲会听湖南方言。还有张小姐与娘在一起时，老五发现她们之间，无论相貌还是举止都有着天然的相似之处。不知情的人一看就会认为她们是一对母女。

与老五一同持怀疑想法的还有爹。爹做过小学校长，多少懂一点医学知识。那天爹与娘的谈话，被老五悄悄听到。

爹说，这么多人的血不行，就老五行，你不觉得奇怪吗？爹把怀疑告诉娘。

娘说，这有啥子，是他们前世有缘呗。

爹没有被娘糊弄，不信这一套，问娘，当年，你说把满妹子抱出去丢了，是丢在哪儿了？

娘说，这都过去多少年了，哪还记得。怎么啦，你怀疑张小姐是我们的满女？

爹说，你看张小姐那样子，你不觉得蛮像你自己吗？

瞎扯，人家张小姐多漂亮，长得白白净净、水水灵灵，眉是眉眼是眼的。

那是她年轻。其实，你年轻那会儿，就是张小姐现在这个样子。

乱说，我看你八成是想女儿想疯了。

不是这样，不是这样的，我看当中肯定有文章。

老五没有打断爹娘的谈话，而是退开了。过后，他悄悄找到医生，问医生，我跟张小姐的血液相符，能不能证明我们之间存在兄妹的关系？

医生想了想说，血液相合的不一定就在亲人之间，不是亲人的也是可以的。怎么，你有亲人曾经走失了？

老五把自己曾经有个妹妹丢失的事告诉了医生。

医生也来了兴趣，说，既然这样，你可以做个 DNA 鉴定。

老五就要求医生帮自己和张小姐做个血液鉴定。

鉴定结果很快出来了，老五和张小姐存在血缘关系。这个结果就像一张通知书，老五则像小学生一样，想早点领回通知书，可通知书真出来了，他倒不敢去领了。

老五来到张小姐病房，手里拿着好多好吃的。张小姐的脸色好看多了。她看见老五走进来，快乐得像一只小猪。她说，五哥，你别再买好吃的东西了，我再吃，真的快胖成猪八戒了。说着，张小姐还伸出胳膊让老五看。老五心里一阵痛。想到眼前这位张小姐不再是陌生的张小姐，而是自己的亲妹子，老五几乎要大喊一声满妹。

但老五还是忍住了，他害怕自己的冒失吓到人家，就说，一点小意思而已，你放心吧，你想吃就吃，你还怕吃穷我呀？

把你吃穷了可怎么办哪，我可没东西还啊。

不要你还，你就做我妹子得了。反正，我爸妈没有女儿，他们都想认你做干女儿呢。

真的吗？那太好了！张小姐更加快乐地说，那我不平地捡到一个大便宜，有了这么好的爹娘。

也没有便宜给你捡哟，做干女儿也得孝敬爹娘的哟。

正说着，爹娘走进来，娘手里还端着一壶鸡汤，见张小姐和老五有说有笑的，谈得很开心，就问，你们在说什么哪？这么开心的。

老五说，当然开心了。娘，我今天认了一个干妹子，也给你和爹认了一个干女儿。

是吗？那敢情好。娘说，我和你爹生了五个儿子，没有女儿，正发愁将来老了没人哭呢。现在好了，也有女儿哭了。

张小姐说，干娘，你和干爹都能活到一百岁呢，离老还早呢。

爹也很开心，那就托你贵言，我们争取活到一百岁。

娘把鸡汤倒到碗里，端给张小姐喝。老五接过碗，说，娘，让我来吧。

张小姐不好意思地说，这哪成，还是我自己来吧，五哥。

既然我是你五哥，你就别拒绝了。张小姐面上一红，看了一眼爹娘。娘说，也好，就让哥哥尽尽做哥哥的责任。

老五一勺一勺地喂着，张小姐感动得眼里有了泪花。老五也觉得自己眼泪要出来了，嘴里说，吃吧，都是我不好。

张小姐却说，五哥，你对我真好，比亲哥哥还要好。老五再也受不了，放下碗跑出门外。张小姐不解地问爹娘，是我说错了话吗？

娘说，闺女啊，你没有说错啥话，别多心。

那五哥他？

你五哥也许突然想起了什么烦心事，才会那样的。

是工厂的事吗？

是啊，这段时间，接连发生这么多事，就是再硬的人也顶不住啊。

老五跑到医院的草坪，泪水再也禁不住了，流了出来。娘来到身后，喊，老五，老五，你咋啦？

老五心痛地说，妈，张小姐是我们满妹，是我们丢失的满妹啊！

不会弄错吧？娘说，你怎么证明就是满妹呢？

医生说的，我和她的血液是兄妹关系。

你做了滴血验亲？

妈，现在不叫滴血验亲，是做 DNA 鉴定。

这办法准吗？

准，很准的，这是科学。妈。

还有这东西？

是的。妈，为了不弄错，我想请你和爸也做一次，行吗？

行啊，为了亲生儿子和女儿，我们什么都愿意做的。不知什么时候，爹也来到了草坪，还听到了老五和娘的谈话。

老五痛苦地对爹说，爸，对不起。

老五，你没什么错，错的是娘。娘阻止老五把话说下去。

可老五再也不想隐瞒了，过去的心结已让他痛苦不堪了。他说，爸，你听我说，当年，不是娘抱丢满妹的，是我——是我抱丢满妹的。你骂我吧。

爹却劝慰老五，不管谁抱丢的，我都不怪。老五，无论是你还是你娘，我都不怪。要怪就怪那个年代，要是人人有饭吃，谁家舍得丢儿丢女呢？

爸，你真的不怪我吗？

不怪，老五。真要怪哪个，也只能怪我这个做爸的。是我无能，养不起妻子儿女，才会发生这种事情。

爸，那你和妈打算如何做，要认回满妹吗？

就照你说的，我们也做 DNA，真要证明是真的，哪有爹娘不认女儿的。

十三

DNA 检验结果出来了，张小姐与爹娘同样有血缘关系。

听说找到了老六，曾家忙成了一团，也乱成了一团。在老家的二哥三哥都来了，连老四也来了。当年因为老五不答应他来工厂做事，老四气得几年不跟家人联络。这回得知满妹还在人间，居然冰释前嫌，也赶来深圳认亲了。

一家人为如何迎回满妹争论不休。大哥大嫂是厚道人，主张直接跟满妹谈，既然是亲人，还有什么可顾忌的。二哥三哥没出过远门，坐在那儿抽闷烟，别人说什么他们都说好。爹却有自己的想法，说满妹虽然找到了，可毕竟是人家张老板带大的，没有十月怀胎生也有二十多年养育，养育之恩大于天。不能随随便便就横刀夺爱。

娘也担心，万一张老板不同意怎么办？我的满妹是不是回不来了？

只有老四在江湖混惯了，说，管他张老板同意不同意，是我曾家的人，就要回到曾家来，大不了给他一笔钱得了。

老四说到钱时，看着老五，真要论钱，老四只剩一张嘴巴，钱还得老五出，也只有老五出得起。

爹说，张老板真要论斤论两就好了，开多少价都不为过，毕竟人家好心培养了二十多年。问题是张老板也许根本不要钱，只要人呢？

这时，一直坐在那儿没有吭声的老五说，解铃还须系铃人，你们都不要争论了，还是让我先探探满妹自己的意思再说吧。满妹要回来，谁也拦不住，满妹不想回来，谁也抢不回。

大家都说老五讲得有道理，就决定让老五去摸底。王艳得知曾家还有个满妹而且找到了，也兴奋地从麻将桌赶回来，嚷着要去医院认亲。

老五担心王艳到医院碰到唐莲，就劝她说，八字还没一撇呢，人家满妹认不认你，还不知道，你起什么劲儿？

笑话，天底下还有小姑子不认嫂子的？除非她是个无情无义的人。

你凭什么就断定人家是你小姑子？

不是有鉴定在吗，白纸黑字还会有错？

鉴定归鉴定，还得人家认才行。

爹见老五两口子争不清，就说，还是先让老五摸摸底吧。说起来，老五对她也有救命之恩，即便不认，但至少不会太难堪。

最后决定让老五打前站，爹娘随后领人。

而在医院里，张小姐也没闲着，看着病房里摆满的水果和鲜花，感到格外甜蜜。自己虽然不幸受了伤，却结识了曾家一大家子好人，这点伤又算得了什么呢。只是不知为什么曾家会对自己这个毫无关联的人那么好，特别是老五。

张小姐问张老板，爹，你说，曾家人怎么个个都那么好呢？

张老板说，是啊，这回算是遇到好人了。要不然，我们就麻烦了。别的不说，光医药费就十几万啦，我们到哪儿去寻，还有血。

说到血，张小姐更奇怪地问爹，爹，你说，那么多血都不行，偏偏曾老板的血就行呢？

赶巧了，也许是赶巧了吧。

怎么就有这么巧的事？写书也没有这么巧呀？

是啊，是啊，是我闺女命不该绝吧。

爹，我再问你，我小时候去过湖南吗？

没啊，你哪会去过湖南。

可我怎么就听得懂湖南话呢，虽然不会说，但他们一说我句句能听懂。而且听过一回我又会说了，你说怪不怪？

那是我闺女太聪明的缘故吧。张老板再也经不起闺女的追问，借口有事就走出病房。这时，恰巧李浩来医院，张老板就拉着李浩到走廊的尽头，问，曾老板是湖南人，他们是湖南哪个地方的啊？

怎么了？张老板担心自己上当受骗？李浩开起玩笑。

看李队长说的，曾老板那么好的人哪会骗我们。是我想感谢恩人哪，却

连恩人的家乡都不知道。

是吗？告诉你吧，曾家从前可是很有名气呢，在先前还出过侯爷的。

是湖南湘乡？张老板眼睛瞪得比铜铃还大。

是啊。李浩见张老板这个表情反问，怎么啦？

没什么，没什么，我平生从未见过这么大官的后人，怕是一时吓着了。

那是从前了，早水过十三丘了。

一样的，一样的，虎死不倒威的。

张老板再度回到病房，就提出要张小姐出院算了。张老板说，闺女啊，这里医院好是好，可费用太贵，还是回老家方便些，乡里乡亲的也不会黑我们。

不是有曾老板吗？张小姐看着爹。

现在虽然靠曾老板垫付，但终究欠钱是要还人家的。真欠多了，日后，我们拿什么还人家啊？

也是，爹，我听你的。张小姐说，等曾老板来，我们就向他告别。

张老板就对女儿说，你好好谢谢人家曾老板，还有用了多少钱，先打个欠条也成。我去准备准备。

爹离去后，张小姐就一心等着老五的到来。老五是下午两点才到的，进了病房，手里拿着一束鲜花插到瓶里，然后就坐到病床上，一副心事重重的样子。

张小姐说，五哥，你怎么啦？老五向张小姐笑笑，没什么。

张小姐就说，五哥，你来得正好，我爹说，这边费用太贵，我们打算先回老家，慢慢疗养。

老五一听，断然否定，说，钱是重要，但命更重要。

可我们真的花不起这个钱啊？

放心吧，我说过，我会负责到底，花多少钱都由我负责。

张小姐笑了，钱真的花多了，我还不起啊。

不用你还。

为什么啊？

因为你是我妹妹，我是你哥哥啊。

张小姐就嬉笑起来，五哥，你认个干妹妹，要花这么多钱，亏大了。

不是干妹妹，老五回头看着张小姐说，你是我亲妹妹，是我的满妹。

张小姐一听蒙了，这是怎么回事？

老五突然跪倒在床边，哭着说，对不起，满妹，请你原谅五哥。

张小姐吓得什么似的，伸手拉老五，五哥，你这是怎么了？有事你起来说嘛，你别吓我啊。

老五就说，你先原谅五哥，我就起来。

好好，我答应你。五哥，你先起来说嘛，男儿膝下有黄金啊。

你真答应了？

真答应了。张小姐笑了。

老五猛地站起来双手抱着张小姐，激动地喊，满妹，你是我满妹啊。

张小姐不解地重复，满妹，满妹，啥子满妹啊？

老五就把鉴定书放到张小姐手里，你看看，这是什么？

张小姐懵懂地问，这是什么啊？

这是DNA鉴定书，知道吗？就是从前说的滴血验亲，知道吗？DNA比滴血验亲还要科学准确，知道吗？它告诉我们，你和我是兄妹，我是你五哥，你是我满妹。

这怎么可能呢？我是河南人，你是湖南人，五哥，你骗人？

满妹，这是真的，你五哥没骗你。爹娘走进病房。

娘便一五一十告诉了张小姐。最后，娘说，对不起，是娘把你抱出去的。老五却再也不让娘背黑锅了，说，不是娘，满妹，是五哥我把你抱出去的，对不起。

老五又把当晚的情形说了一遍。末了说，我是见过一个马戏班的人走过去后，你就不见了，所以，我从此记住了马戏班，我永远忘不了我的满妹被马戏班的人抱走了。

所以，你就同意我们来工厂演出？

是的。私下里，我真想我的满妹就在这个马戏团。

可张小姐还是半信半疑。

爹说，你真不信，可以问问张老板——问问你爹啊？

张老板进来了，来到病床前，告诉张小姐，闺女啊，他们说的是真的，你是我二十多年前在湖南捡回来的。

张小姐哭着倒在张老板怀里。爹，不管我是从哪儿捡来的，你都是我爹，我永远是你闺女。

张老板也老泪纵横，爹知道。

　　为了养我，爹你一辈子没有娶亲。

　　张老板也说，你也是个乖闺女啊。为了爹，你都二十五六岁的人了，还没有找婆家。

　　张小姐抹干眼泪，说，干爹、干娘、五哥，你们都是好人，认识你们，我真高兴。现在我知道你们还是我的亲人，我更高兴了。谢谢你们救我，可我爹年纪大了，我不能离开他。

　　爹娘都说，应该的，应该的，你要尽孝道那是应该的。

　　老五说，满妹，你要尽孝道，我们和你一起尽孝道，让你爹一起住过来，不好吗？我们兄弟姐妹一起服侍他，孝敬他。

　　这时，大哥、大嫂、二哥、三哥、老四都进来说，满妹，回来吧，让我们一起孝敬老人，一起尽孝道。

　　张小姐看着张老板，问，爹啊，行吗？

　　张老板说，我年纪大了，活动不了几年了，可我走了，马戏团那帮子伙计怎么办哪？他们离开了马戏，没活路啊！

　　张小姐就说，我爹一辈子怕是离不开马戏了，所以，我也不能离开我爹啊。

　　一家人见满妹无心回来，都感到伤心难过。爹娘更甚，娘一边抹着泪水，一边说，满妹子，我的满妹子。

　　老五就劝，爸，妈，满妹暂时不回来就由她吧。今天对我们曾家来说，应该是个高兴的日子，因为我们知道了满妹还在人间，这比什么都强啊，是不是？

　　大哥大嫂最先呼应，是啊，老五说得对，知道满妹还在比什么都强。

　　这时，王艳风风火火地闯进来，大喊大叫，哪个是我满妹，快让我看看。然后扑到床前抱住张小姐，你就是满妹吧？

　　张小姐看着老五，五哥，这是——

　　她是你五嫂，叫王艳。

　　张小姐喊了一声五嫂。

　　王艳爽快地应了一声，又把张小姐一阵看，末了说，满妹长得真漂亮，猛一看，真是跟娘一个模子倒出来的呢。

　　老五哼了一声，冲王艳，看你说的啥话。

　　爹却笑着说，今天是大喜的日子，说什么都没关系。

　　老五又对张小姐说，满妹，从前是五哥对不起你，往后，五哥一定会帮你的，我一定要想办法补偿你。

张小姐说，五哥，你已帮我够多了，我也不需要什么补偿。

一家人就劝满妹一定留在深圳疗养，这样也可以与亲人多待些日子。张小姐就答应了。

一家人快快而去，病房里顿时安静下来，只剩张小姐父女俩了。张老板埋怨闺女，不该那么冷淡对待家人。

张小姐就伤心得哭起来，爹，你看一家子那么多人，怎么当年就多出我一个？

张老板说，闺女，那一定是没法子的事情，穷人孩子多了养不起，守在一起都活不成。扔掉一个兴许碰上好人抱养了，还能多活一个，活一个赚一个。说这话时，张老板在整理病房的花，有些花放久了，开始枯萎，便拿出一些扔到垃圾桶里。

那就偏偏扔下我？

你最小啊。

还因为我是个女儿吧。张小姐用纸巾擦拭脸上的泪水。

不管怎么说，现在曾家有钱了，你回去不会再苦了你了。

没钱就把我扔掉，有钱就找我回去，我是什么啊？一件物品吗？用钱可以买来买去。说完转头睡去。张老板看了一眼欲说什么，但还是摇摇头走出了病房。

曾家人回到家，个个垂头丧气，高兴不起来。最初得知找到了满妹，人人像中了彩票一样，可跑去领奖，人家根本没开门，高兴而去，败兴而归。

娘哭着说，满妹是铁心不回来了，记仇哪，她心中有恨哪。我生的女儿，我知道。

爹就劝，慢慢来吧，给满妹一点时间，要知道满妹虽是我们生的，但不是我们养的。她的生活里原来根本没有我们的影子，猛然冒出这么一大家子人，让她接受是亲人，吓都把她吓坏了。

老四抽着烟坐在那儿跷着二郎腿，一下子站起来，说，哭什么哭？她回来更好，不回来也罢，从前我们是如何过，往后还是如何过，有她没她，地球不照样转？

爹就骂老四，都是你不成器。当年要是争口气，给家里多出一把力，何至于弄成现在这样，骨肉分离。

老四喊冤，怎么怪起我来了？当年又不是我把满妹抱去扔掉的。

娘说，都别吵了，是我不好，是我该死，我没对满妹尽到做娘的责任。说到这儿，娘突然想起什么似的，抬脚就要往外跑。嘴里说，哎呀，我丢了大的可别再丢了小的。

王艳从洗手间出来，手上还滴着水，不解地问娘，妈，啥子大的小的？当中老大、老二、老三、老四都不知情，都困惑地看着娘。

娘却清醒了，拍着自己的脑袋，还有啥子大的小的，你满妹不是大的，曾风、曾雨两个不是小的。现在满妹不回来了，我得去看看两个小的。

王艳说，曾风、曾雨还没到放学时间呢。

除了爹、老五，还有大嫂知道内情，她明白娘要看的小的是谁，嘴里却怪娘，妈，你真是老糊涂了。王艳说得对，还没到点呢，就想着接孙子孙女了。

爹说，你娘是老糊涂了。

娘就自嘲，是老糊涂了，老了老了，就不中用了啊。

老五就走到娘身前，说，妈，是我不好，我不该把满妹抱出去扔掉，现在我当着全家人的面说清楚，满妹是我当年抱出去的，不是娘。将来还是由我领回来，你们都不用担心。满妹的心是石头，是块铁打的，我也要把它焐热了，熔化了。

虽然老五这么说，但家人对满妹能否回来还是没有把握。老五可不这样想，知道了满妹还在人间，也就知道了目标，知道了方向，也就有了奔头。从前是懵懵懂懂的、混混沌沌的，仿佛走在一条黑巷子里，周围看不清一切，远处也没有尽头。现在好了，搭上了飞快的列车，欢快而有节奏，一站一站报过来，清晰而又准确。最终的目的地了然于胸，怀里也就揣着一把开启胜利之门的钥匙。因此，再长的旅途也不觉疲劳，相反，一场持久战更能激发生命的斗志。

那一刻，老五猛然发现，自己从前白活了，空洞如一张白纸。只有往白纸上画上图案，添上色彩，生命才有真正的意义。

老五决心要补偿满妹，内心已有了一个方案，他要赎回老屋，利用祖先侯爷的名望开发成旅游景点，再送给满妹去经营。

十四

　　曾家一家人都来了深圳，爹问老五如何安排几个兄弟。老五心想二哥三哥年纪大了，流水线上肯定吃不消了，不说事重事轻，光与一帮孩子们混在一起，就不伦不类。何况大哥和王强都捞着好差使，同是兄弟，二哥三哥也不能太委屈。老五安排二哥三哥都去做保安，保安工作时间是长点，但看门活路轻。自家兄弟守厂子，在情理上也好听些。

　　二哥三哥没文化，对这样的安排倒是没有异议。只是老四听说安排兄弟看厂子，大喊不行，那个活不是人受的，光一天十二小时，就受不了。

　　王艳就说，不做保安，四哥做厂长呀，反正工厂还缺一个厂长。

　　老五说，四哥比二哥三哥多点文化，就去做采购员吧，布料、纸箱，还有针头线脑，帮着老爸好好打理。

　　老四就笑了，说，我别的本事没有，精打细算我还是会的。

　　老五安排好兄弟们的工作，自己就一心一意要实施自己的方案，争取早日赎回老屋。

　　老五委托李浩和王强回湖南，爹负责做乔叔的工作，自己则居中统筹兼顾。只是这段时间，事情聚到了一起，工厂的生产没搞好，有些乱。王强吃吃喝喝还行，吹牛拍马也不差，干正事不是那块料。但老五也没办法对付他，毕竟是小舅子。再则老五内心里对这个小舅子也存在感激之心。那天，王强完全是看到他和唐莲在一起的，但现在看起来当时王强没有对他姐姐说起这事。否则，王艳那个醋坛子早打翻了。

　　如今借机把王强支开回湖南，但工厂不可一日无君，老五想来想去，只有唐莲回厂上班最合适。

　　唐莲从医院出来，就带着孩子住在那套出租屋里。生了孩子，唐莲比先前胖了，但看起来更妩媚了。见老五提着一袋奶粉贼一样溜进屋来，唐莲笑老五，看你这出息。老五有些不好意思，还是谨慎点好。唐莲说，我一个女人都不怕，你还是一个大男人哪。老五说，就因为我是大男人，才要注意形象。唐莲就撇了一下嘴，那么多当官的都有外室，包二奶三奶，你一个生意人屁的形象。老五想想也是，就说，不跟你扯了，让我先看看我的闺女。唐莲就回敬老五，你还知道有个闺女呀？

老五来到床边，孩子睡得很香。小家伙吃饱了，睡态是甜的，小脸蛋红扑扑粉嫩嫩的。老五没想到才几日不见，孩子完全变了一个样，刚生下来时像个猴子，难看死了，现在让人忍不住要亲她一口。

唐莲笑了，见老五那么疼女儿，感到满足。她不图老五钱，也不图什么名分，她早说过，她只想做一个母亲。

老五亲了一下孩子，说起了正事，开始大倒苦水，尽情渲染，好像工厂濒临倒闭，再没有人去救，就只剩下关门一条路了。

唐莲便知道了老五的来意，说，工厂好与坏与我没关系，我现在的任务是照看孩子，好好疼爱我的闺女。

老五以商量的口气说，孩子就让我妈看吧，你抽空喂喂奶就行了。

你想得倒周全，不怕王艳发现？

这种事是纸包不住火的，瞒着一天是一天而已。

这么说，你想公开？

也没有刻意要公开它，但真要东窗事发了，也不要怕，兵来将挡，水来土掩，总得想法去面对。

你倒挺坦然。

看开了，通过满妹的事，我把一切看穿了。过去，我总担心大家知道是我把满妹抱出去扔掉的，一心想瞒住，我妈就替我背了半辈子黑锅。到头来呢，还不是真相大白于天下。结果呢？大白了又怎么着，我还是我，而且比从前更觉轻松了，在大家面前，我不用再躲躲闪闪了，在我妈面前，我也不再有负罪感了。

你妈带孩子我是放心的，可对王艳怎么说？唐莲问。你帮我打理厂子，我妈帮你看孩子这不顺理成章吗？老五说，先就这么说吧，她成天赌钱打牌，正事不做，还有脸说别人？唐莲想了一会儿到底点了头，好吧，我去上班，但有一点先声明，你家的事闹翻天了都与我无关，不是我要硬插进去的。实在待不了，我就带着孩子走人。老五也爽快，好好，就依你。又说，快做些吃的吧，我要饿坏了。

唐莲回厂上班，出租屋就退掉了。老五说还是先留着。唐莲说，还是退了吧，反正你也不会来过夜。老五说，那我从今以后就来过夜。唐莲说，算了吧，你是什么人，我还不知道？老五好奇地问，我是什么人？唐莲说，三百斤野猪四百斤的嘴。你是说我光剩一张嘴了？那好，我现在就来啃你。说着就要上去。唐莲正色说，不行，我可不想再给你生了。

老五就停住了动作，想想唐莲才满月，也不怪她。两人又商量孩子的名字，老五说，你生的还是你取吧。唐莲像早想好了似的，她哥哥姐姐叫曾雨曾风，她叫曾云吧。老五觉得名字取得还挺好的，孩子们的名字依次为风雨云，比起自己几个兄弟的名字金银铜铁锡来要富有诗意些，就说，好，就叫曾云。

唐莲住到了工厂宿舍，早上，老五把曾云用车载回家交给娘。晚上又用车载回工厂交给唐莲。小家伙的到来，给曾家带来了快乐，曾风、曾雨，一放学就逗小妹妹玩儿。娘更是疼得要命，爹也不再专心看书了，有时放下书抱起孩子，四处溜达。王艳看见了好像似懂非懂的。

有回问老五，爸妈怎么那么疼孩子，又不是亲孙女？老五说，不应该吗？人家帮我们打理厂子赚钱，对她孩子好点不应该吗？王艳被顶了回去，就不再说了，她现在只要有牌打就行。

满妹出院了，来曾家做了一回客。要回去了，老五亲自送满妹回河南。转身时，满妹突然拉住老五的胳膊，哭着喊，五哥，我真想跟你回去。老五回身抱住满妹，流着泪说，满妹，你想回去，随时都可以的，家里的大门永远向你敞开着，我们都欢迎你。满妹说，可我的身体只有一个，心却分成了两半，哥，我的心好痛好痛。老五流着泪，又用手擦拭满妹脸上的泪水，我知道，哥知道，你想尽孝道，你放不下养大了你的爹。满妹说，五哥，你，还有爹娘他们，你们会怪我吗？老五伸手擦干满妹脸上的泪花，说，不会的，满妹，一定不会的。我们只希望你过得好，天天快乐，天天开心。

老五回家说起这事，娘哭着，我的满妹啊，是娘错怪你了。爹说，我早说过嘛，是亲必有顾，打断骨头还连着筋呢。大嫂问，满妹会回来吗？爹说，给她点时间，满妹一定会回来的。天下没有孩子不想娘的，如同天下父母没有不想子女的一样。

夜里，王艳却告诉老五另一件意想不到的事。

在老五送满妹回河南时。一天是大哥的生日，本来大哥说去外面酒店吃，但爹娘不同意，说那样太花钱了，买点东西自己煮算了，反正都是自家人，不必讲排场。大哥生日，乔叔也来了。席上，爹与乔叔喝得投机。爹夸赞乔叔生了一个好女儿，很快大学就要毕业了，将来，乔叔就能过上好日子了。

乔叔说，这孩子懂事，不说别的，光用钱就很省的，我寄多少就用多少，从没有二话。

说到钱，爹多说了一句，不对呀，我听老五说，孝男的电话费一个月下来就要花百儿八十的，一个学期还要与同学们出外旅游，一次没有千儿八百花不到。

那她哪来这么多钱呢？从没听她提起过啊。乔叔不解地问。

爹突然说，我明白了，一定是老五，是老五每月寄了钱去，要不然，老五哪里那么清楚。

啊，原来这个死妹子这么大手大脚的啊，我还以为她很懂事呢。

现在的孩子嘛，时代不同了。爹发出感叹。

乔叔突然跪倒在地上流着泪说，老五太好了，我欠你们曾家的太多了，怕是下辈子都还不清了。

说到这儿，王艳不解地问，老五，你说说，乔叔怎么会突然下跪呢？欠点钱又怎么啦，又没人逼他还。

也许是自己的女儿不争气吧，想想读个大学要花这么多钱，乔叔那点工资哪够。还有乔孝男对乔叔这个父亲也没多少亲情，读了三年大学，没来看过一次乔叔。

那是人家读书忙。

忙个屁，游山玩水有时间，回家看爹没时间。

王艳不再回话，转过身睡下了。老五对着她的背说，乔叔下跪的事出去不要乱说，传出去对乔叔不好。

知道了，你以为我傻呀。

得知乔叔为了钱的事居然下了跪，老五似乎找到了乔叔的命门。现在外围工作做得差不多了，该收网了，而收网这个重要工作非得自己亲自出马不可。老五决定向乔叔正面发起进攻，当面锣对面鼓，分个上下高低。

这天，乔叔正在化粪池那儿疏通管道，光着上身，一身汗水，周围又没人。老五手里捏着一张房屋转让协议向乔叔走过去。

乔叔直起身子见老五站在自己面前，不好意思地抹了一把汗水，你怎么来了？这里臭得很，快走开。老五直截了当地说，乔叔，你先把这个签了吧。乔叔紧张地问，这是啥子？老五说，没什么，就是旧屋转让协议。乔叔说，老五，我不明白，你硬要那旧屋做啥子？老五有些不高兴，反问，乔叔，旧屋对你又有什么意义？说到底，那又不是你祖上的，你留着干啥？乔叔悲伤起来，老五啊，我不留着，我住哪儿去啊？老五不为所动，依然说，你把旧屋卖给我，你真要住同样可以继续住下去，想住新房，我可以给你买一套嘛。乔叔困惑地说，那个旧屋还能值一套新屋的钱吗？老五说，这不是钱不钱的事，那是我的祖屋。从前，别人住着，我没话说，因为我没钱赎。现在，我有钱了，我只不过把自己的东西想办法拿回来。乔叔，你觉得这么做过分吗？

乔叔觉得老五的话有道理，想想自己也没有错，但又找不出问题出在哪儿。就说，屋是你祖上的，这没有错——可，可政府早已分给我们了呀？老五说，就是因为分给了你们，所以我才出钱买呀。要不，何必多此一举呢？

那也不是我一个人住呀？乔叔说完立在原地，不知进退。老五却见缝插针地说，所以这才求你乔叔带个头，你把字签了，别的人都看你呢。乔叔，凭我们两家的交情，你不会为难我吧？乔叔一脸难堪，我，我，我手上全是屎尿，也没法签呀。

见乔叔立场开始松动，老五又往前再加一把劲道，乔叔，孝男又要打算去黄山旅游了，我已给她打去五千块钱，相信她这两天就能收到。乔叔开始语无伦次，这，这——乔叔身上是汗，现在急得脸上也是汗了。老五又说，孝男这妹子不错，读书厉害，而且很会读书，不光读课堂上的书，有时间，还读社会这本大百科全书。一到放假，就全国考察调研，就算我们男人也没几个呀。你生了个好闺女呀，将来，一定前程无量，你老等着好好享福吧。乔叔问，老五，你实话告诉我，孝男总共花了你多少钱？老五却轻描淡写地说，不多，不多，也就三五万吧。乔叔不禁感叹起来，这么多呀？这个该死的死妹子，你这是要你爹的命啊。

老五拉着乔叔的胳膊劝乔叔，不急，不急，乔叔，这些钱原本是不用还的，又没让她打借条。乔叔说，我们乔家不是那样的人。我知道，我知道，乔叔对我们曾家可好了，所以，我才愿意全心全意帮助孝男妹子完成学业啊。

过了一会儿，乔叔终于说，老五，你先去，我弄完，就过去找你签字。老五闻言大喜，好，好——那样子老五似乎如释重负，一脸笑意。那我在办公室等你，乔叔。

老五回到办公室，一边翻看报纸，一边等乔叔过来签字，心里非常满意自己今天的表现，对乔叔软硬兼施，终于逼乔叔就范。既显得有理有节，不失分寸，同时又达到了目的。

但乔叔却一直没有过来，办公室门是敞开的，来来往往的人虽然多，却不是那个熟悉的身影。老五手里的报纸都翻了好几遍了，看报纸本来不是老五的爱好，白纸黑字有时非常让人生气。报上不时说，工人的工资太低了，打工仔有意见了，有老板拖欠工人工资，人跑得没影了。结果由政府埋单，发了工人工资。但政府不是慈善机构，没有余钱剩米替资本家擦屁股。所以，老板跑得了一天跑不了一年，跑得了和尚跑不了庙，政府迟早要把人逮回来。凡此种种，都不是老五想看到的。但老五现在大小也是个老板了，放在土改那时，够评上顶级地主了，枪毙十次都不算多。

但老五不会走，他还要把蛋糕做得更大。让一部分人富起来，对老五来说还远远不够。他富起来了，儿子孙子也得富起来，儿子孙子富起来还不够，所有的亲朋好友都得富起来。至于没有沾亲带故的人富不富，那不是老五考虑的事情了，那些大事让大人物去处理好了。

老五的思绪像翻腾的海水，再也静不下来了。这时，清洁工老光棍儿汗爬雨流地跑进来，上气不接下气地喊，老板，不好了，乔叔他，乔叔他掉进化粪池了。

老五像一根弹簧从座位上弹起来，掉化粪池了？那赶快捞人啊。

人，捞上来了，但不行了，没气了，肚子里的水有一头牛那么大。老光棍儿语无伦次地说。

老五已无心思再听下去了。他让老光棍儿先去，自己则把桌面上的那张协议书撕得粉碎，丢进了厕所，用水冲走了。再次回到办公室，老五平静了一下，想想没什么可担心的了，才风风火火地跑下楼去。

乔叔的遗体就摆在化粪池边，还是当时的样子，光着上身，赤着双脚，一条短裤。只是肚子真像老光棍儿说的，牛一样大了。脸却是乌紫的，嘴巴紧闭，但眼却半睁着，有些吓人。旁边围了不少工人，正是吃晚饭的时候，所以人特别多。

老五看了看，然后壮着胆子蹲下身子抹着乔叔的眼睛，哭着喊，乔叔啊，你这是怎么啦？你不能死，你给我醒来，你给我醒来。

大哥大嫂最先赶到，走过来扶起老五，劝慰了一番。早有人报了警，警察与老五很熟悉，打了招呼，便开始工作，查看了现场，丈量了化粪池口子的尺寸，然后又询问了不少工人。

工人都说，乔叔为人非常好，从没有与工人红过脸。问到老板，工人都异口同声地说，老板与乔叔的关系更好，别的工人都没有让老板请过客，但乔叔却是老板家的座上宾。现场没有打斗痕迹，自然排除了他杀的可能。

警察要定性为自杀，因为化粪池的口子不大，失手的可能性很少，但老五担心自杀必须要查证自杀的理由，太麻烦，弄不好拔出萝卜带出泥。

老五说，按道理，乔叔不可能自杀，他没有理由自杀。他有个女儿，女儿过一年就大学毕业了。乔叔在工厂虽然干着清洁工，但他是自由的，想干就干点儿，不像别的清洁工有任务，乔叔没有任务。乔叔与我们一家都相处得十分好，和我家两位老人更是谈得来。

老光棍儿站到池边看了看，说，这么小的口子，乔叔如何掉进去的呢？老五就吼他，你不了解乔叔，乔叔要想把事情干好干漂亮，有时是非常认真的。乔叔不是自己掉进去的，难道是你推下去的？老光棍儿吓得大喊，老板，你可不能乱说，我，我当时又不在场，我在宿舍扫自己的活，哪里来推乔叔？老五又加一句，谁能证明你不在场，你有证据吗？我有，乔叔，乔叔可以证明，我要帮他，是他不让我帮，硬把我打发走的。老光棍说。老五唬他，可乔叔已经死了，死人是不能证明的。老光棍儿才知道事情闹大了，几乎要哭了，老板，你可不能冤枉我，天地良心，我平时连狗都舍不得打一下，我怎么会杀乔叔？众人就哄笑起来。

警察见老光棍儿是个二百五，就正色说，去去去，哪里凉快哪里待着去。

老光棍儿临走还在担心地问，真没我事了，那我真走了。警察连搭理一句都省下了，只挥了一下手。

老五要定性乔叔为失手而死，但警察悄悄提醒老五，乔叔是在工作，如果失手而死，那是死在工作中，属因公殉职，到时家属恐怕要有话说。

老五谢谢人家的好意，说，乔叔就是因公殉职，即使不是，工厂也要负责到底，没什么。老五心想，我现在缺的就不是钱，只要不往刑事上头扯，花多少钱都没关系。

警察还在犹豫，老五又打通了副所长的电话。副所长自从通过老五结识苏副市长后，升官了，现在做到分局副局长了。听了老五的电话，他让老五把电话交到办案警察手中。警察接完电话，连连说，就按领导的指示办。

至于剩下的善后事宜就是老五与死者家属之间的事了。乔叔的遗体被殡仪馆的车子拉走，先冷冻起来，等死者家属到了，签了字就可以火化了。

老五安排好一切后，才拨通乔孝男的电话，通知乔孝男她父亲死了，火速来深圳奔丧。

十五

老五打通乔孝男的电话，才知道乔孝男不在学校，而是在外地旅游，在我国的最北方黑龙江。电话里，乔孝男一边哈着大气，一边跟老五大谈大兴安岭的千年古树、松花江上的成群结队的丹顶鹤。末了，她意犹未尽地说，五哥，有机会，我陪你到处走走。中国好看好玩儿的地方多了去了。又说，你现在有钱了，不好好花花，太可惜了。你不知道单单一个黑龙江省，一个大兴安岭就会让你流连忘返，乐不思蜀。

乔孝男还要口若悬河继续往下描述，老五却等不及了，便打断了她的雅兴，直突突地说，孝男，告诉你一件不幸的事，你可要坚强些，你得挺住了。乔叔——你爸爸，他下午不幸去世了，现在就等你过来安排后事。

电话那边一句"真扫兴"，便再没有多余的话了。

老五没想到乔孝男对自己的父亲这么冷淡，既替乔叔悲哀，同时也为自己庆幸，一个对父亲没有多少感情的人是不会为了父亲的死而横生枝节的。

老五把乔孝男的反应告诉家人，一家大小惊诧不已，都替乔叔不值。

娘说，想我满妹只不过是我生的，怀了十个月胎罢了，我还没养过她几天，对我们还没有这么薄情，分手了，还一把鼻涕一把泪的，哭得死去活来的。乔孝男，这妹子，那可是她爸爸一把屎一把尿，从小带大的。她倒是这种样子，真令天下爹娘寒心哪。

爹便感叹，如今时代不同了，原先只说媳妇儿对公婆不好，现在女儿也是这种样子，那养儿养女还图什么啊？

大哥就劝两位老人，乔孝男不过是她个人，顶多也是一少数，不能一棍子打翻一船人。大嫂也说，一方水土养一方人，好人还是占多数。

老四就说，还是我好，不讨老婆不养儿女，一人吃饱全家不饿，全没有这些鸡毛蒜皮的烦恼。

娘就说老四，你现在吃饱不饿，有一天，你连口水都喝不上。

真到那一天，也简单，老四说，我就学乔叔，一头栽进化粪池吃屎喝尿去。

说到乔叔，大家又是不尽的哀伤。

娘又说，是啊，你乔叔有什么想不通的呢？非要自己寻死，要死也要找个好地方啊，那池子，说起来都恶心啊。

老五怕娘的话传开了，乱了公安的结论，将来在乔孝男面前不好交差，就正言说，妈，乔叔不是自己寻死，是不小心失手掉下去淹死的。

爹是一家之主，也说，大家都要统一口径，乔叔是失手淹死的，可不是自寻死路。晓得了吗？

老四偏不吃一套，还在较真，说是失手，可那么一个小口子，不是硬往里钻，就是一只猴子也掉不下去。说失手谁信哪？

你不信，连警察都信了，还做了结论的。你比警察还能耐？老五吼老四。

我这是帮你，老五，连这个都不晓得？老四气愤地说，乔叔的死要是定性失手，乔孝男肯定找你有话说，因为乔叔在上班。要是乔叔自寻死路，那谁也管不了，你也没啥子责任了。不是吗？

大哥是厚道人，不明就里，也帮着老四说，老五，老四这话也在理，他是担心孝男来了，找你讨说法。

老四见有人撑腰，就底气足了，又说，我就是这想法，还是大哥了解我，可老五不明白，真是狗咬吕洞宾，不识好人心。

谢谢四哥了，老五讥讽地说，我不要你帮什么忙，你不给我添乱子我就烧高香了。

老四还想顶，但爹开口了，都不要争了，还是按警察说的说吧。啊！

乔孝男还没来，乔叔的遗体还在冰冻着，一天开销不少，因为尸体没有火化，案子就没法了结，说什么的都有。唐莲悄悄到老五办公室告诉老五听到的闲言蜚语。

老五轻描淡写地说，爱说啥说啥，嘴巴长在人脸上，你能捂住了？唐莲就附和，那倒也是，猪嘴巴扎得了，人嘴巴怎么扎？身正不怕影子斜。

但老五内心却不这样想。别的不怕，但传开乔叔是自寻死路，就不好了。乔叔活得好好的，干吗要寻死路，一定有不可告人的原因。脑袋尖的人就会去找理由。老五最怕这个。虽然事情做得不算差，快称得上天衣无缝了，但鸡蛋里面也有骨头。何况李浩和王强就是老五派往湖南的，要是湖南那边和深圳这边一对上号，老五就是跳进黄河也洗不清了。

唐莲帮老五打理着厂子。老五没想到这个女人还很能干，给她一根棍子，她能像齐天大圣一样横扫一切，把工厂管理得井井有条，效益倍增。这段时间，对老五来说，也算不幸中的万幸。

爹娘对唐莲的孩子也是尽心尽力。爹看书累了，就过去帮娘抱孩子，嘴

里还说着，乖，喊爷爷，我是你爷爷，晓得吗？

娘在一旁看着爹，脸上也充满了幸福之情，但没想到他们的玩笑被王艳碰上了。王艳是回来拿钱的，她手气不好，又输了。当时她就揶揄爹，爸，你怕是老糊涂了，这孩子才多大点，就会开口说话了？再说，你又不是亲爷爷，她才不叫你爷爷呢。

娘吓了一跳，怕王艳想歪了，就说，你这人走路怎么没声没息的，风一样进来了？王艳说，我要是走路脚步重，你又说吵了爸看书。娘说，你就嘴硬，专门得理不饶人。王艳吐了一下舌头，我哪敢啊，妈。娘说，今天太阳打西边出来了，回来得这么早？王艳就说，哪里呀，我手气不好，是回来拿点钱的。

爹就说，王艳，你还是少赌点好。说起来，你也是两个孩子的妈了，可要做个好榜样。爹把孩子让给娘，自己要进里屋去。爸，不去打打牌，坐在家里做什么啊？王艳冲爹的后背发起牢骚。娘说，你不能去厂里上个班。你大小也是个老板娘呀。王艳说，厂里没有我的位置，妈。

这么闲下去，别说厂里，恐怕连家里都快没你的位置了，你看看两个孩子，都快认不得你了。娘数落起来。王艳笑嘻嘻地说，那样更好，妈，谁愿来谁来好了，我让位，才不稀罕呢。娘说，你现在嘴巴硬，到时可别要死要活。放心吧，妈，我有九条命，轻易死不了的。说着又过去逗孩子，手指点孩子的小脸蛋，跟大姨笑笑。孩子果然笑了一下。再笑笑，孩子又笑了一下。

王艳开心地说，这小家伙还蛮乖的嘛。你别大声大气吓着她。娘说。王艳又扯了扯孩子的脸蛋，妈，这孩子怎么长得一点不像她妈？也许动作大了点，小家伙哭了起来。娘就骂起来，你看你手脚这么毛里毛躁的，打牌还能赢钱？

一句话提醒了王艳。王艳就对孩子说，好好跟爷爷奶奶玩儿，我得走了，那边还等着哩。说着进里屋拿了钱就走了。

王艳回到馆子，不知何时老四也来了，正在跟人斗嘴。王艳一听，原来是老四输了，拿出一百港币，可人家不要，要老四付人民币。老四大骂人家蠢猪，说港币值钱，换人民币可是一块换一块零八。但人家就是不要。王艳走过去拿了老四手中的港币，再帮老四付了人民币。老四见王艳来了，有些慌乱。王艳把老四叫到门口，问，四哥，你刚才说啥？一块港币换一块零八的人民币？

老四矢口否认，哪里，哪里，我是骗他的。

我会弄清楚的，王艳没了赌兴，自己拿了港币去银行兑换，果然是一块兑一块零八。银行女职员还好心告诉王艳，要是一千面额的港币兑得更多，一块可兑一块一。

王艳回家把这事告诉老五，老五没想到四哥会来这一手。工厂的钱是爹管的，收回来的大都是港币，再兑成人民币发工人工资。每月几十万港币哩，如此算来，老四一个月可纯赚几万元。难怪他有钱上赌场，还有钱花天酒地。

但老四毕竟是亲兄弟，拿去的钱肯定花掉了。没花掉也不好再要回来，就想息事宁人算了，只要以后亲兄弟明算账就行了。

王艳见老五要大事化小小事化了，气就不打一处来。想自己兄弟王强不过买菜赚些零花钱，老五就气得咬牙切齿，立马调换工作。轮到自己兄弟，就打算咬牙伸脖子白挨一刀算了。

你算了我不能算了，那样我成了什么啦？在这个家还有地位吗？难怪娘说这个家迟早没有我的位置，原来你是这样对待我的。

王艳要找老四把钱吐出来。老五就火了，你还有完没完，还嫌这个家不够乱吗？王艳恨恨地说，不行，我要把钱拿回来，不能把肉埋在饭里让狗吃了。

你积点口德好不好，那不是别人，是我四哥。

你把他当亲哥，他可不把你当老弟。说着就要出门找老四。

老五就火了，你给我乖乖待着，告诉你，就是老四花了，也没什么，那又不是你的钱。你成天赌钱打牌不是同样乱花钱，还有脸来说别人。再说，他是我四哥，哥哥用弟弟的钱不应该吗？王艳就哭开了。爹娘听到哭声，过来问，这又是怎么了？

王艳就先告状，爸，妈，你们评评理。接着，她就说了来龙去脉，末了问，四哥这样做，还是人做的事吗？

爹一听，就一屁股坐在那儿。钱是从爹手里出的，爹负责管账，说到底，账没有管好爹有责任。爹觉得难堪。娘就骂开了老四，这个不成器的东西，连亲兄弟也要坑，这样做还是人吗？

老五劝慰爹娘，爸妈，没事的，不就是一点钱吗？又不是从前穷得揭不开锅的时候。

王艳就骂老五，你倒大方，靠剥削来的钱不心疼。老五当下就火了，你这是说的人话吗？我剥削来的钱，你没花吗？我都没有说，你倒先说了。

我就要说，就要说，别当我是二百五，你现在不光剥削，还花天酒地，三妻四妾。看看我们家那个孩子，八成就是你和唐莲那个鸡婆生的，先前还

看不出来，现在越看越像了。

你放屁，老五火气更大，就是我的孩子又怎么样？你愿意就乖乖待着，看不惯可以走啊，没人拦着你。

娘就说，别乱扯远了，讲盘子就讲盘子，讲到碗干什么？又数落老五，脾气不要那么大，有话好好说，是自己的老婆嘛。

爹也劝，王艳，你不要闹了，老四的钱，你放心，我一定让他吐出来。现在手头没有，就从他工资里一月一月扣回来，也要补上。

王艳不听劝，又数落开来，这回话说得更过分，你们曾家都不是好人，从前出杀人刽子手，现在还出杀人刽子手。别人不晓得，我还不晓得，乔叔好端端的为什么死了？就是被你们逼死的。

老五再也忍不住了，几乎要冲过去动手，但被爹娘制止了。老五就破口大骂，泼妇，你个吃里扒外的东西，你给我滚。

但王艳并没有滚，见老五雷霆大怒，知道踩到了老五的尾巴，狗要咬人了。王艳嘴角只是动了动，很得意地上床睡下了。老五便拿了被子来到客厅，睡到了沙发上。

爹娘还不敢睡下，又陪着老五聊天。娘说到楼下住着的潮州佬一家子时，对客家女子赞不绝口。客家女子当媳妇儿，不光会做菜，更会煲汤。而泡功夫茶更是拿手好戏。客家女子当媳妇儿，那简直比人家女儿还孝道。对公婆比对自己的爹娘还要好，吃饭前都是先给老人装好饭、盛好汤的。否则，媳妇儿在家里是没地位住不下去的。哪像我们那儿，说妇女是半边天，实际上妇女飞到天上去了。嫁了人家就想拿捏老公，拿捏不住就撒泼。一哭二闹三上吊，全然没有半点儿妇道人家的样子了。

爹就说娘，别说了，让老五先睡吧。

两位老人便搀扶着进房去。

一夜无事。本以为这事就过去了，但到了早晨才发现王艳离家出走了，一个字儿也没留下。爹娘慌了，让老五去找找。

老五说，慌什么？钱用光了，就会回来的。这个女人，别的都可以不要，没有钱，一天也过不了。

爹听了老五的话生气地说，你现在还怕不够乱吗？乔叔的尸体还在殡仪馆，乔孝男马上就要来了，你正事儿没处理完，还要弄得后院起火吗？

娘担心地说，没有娘，曾风、曾雨两个孩子怎么办？

老五对娘说，你还担心孩子会饿死，有她这个娘又怎么样，她有管过孩子吗？留在这里，只会把孩子带坏。

爹想了想，说，让她出去冷静几天也好。乔孝男要来了，我担心她那张嘴乱说话，到头来弄得下不了台。

早晨上班，老五把老四叫到自己办公室，直直地问，你说，怎么回事？

老四见老五一副警察审犯人的派头，就一屁股坐在那儿跷着二郎腿，说，老五，我可不是犯人，是你四哥。

你这样做还是我四哥吗？你有把我当老弟吗？要是别人，也不会这样坑我啊。

不就是一点儿钱吗？犯得着你亲自来审问。

这不是审不审的问题，而是你做法不对，品质有问题。放在别人，是要上法庭的。

这么说，你还要告我了？

四哥，你别得了便宜还卖乖。

你叫我四哥，你有把我当四哥看吗？这些年，你帮老大开店，帮老二老三修房，你有帮过我吗？我知道，你还记着当年我说过要把你送走的话，你还在记仇呢。

这哪儿跟哪儿呀，扯得上吗？

你放心吧，钱我会慢慢还你的。说完老四走了。

三天过后，乔孝男来了，同行的还有她的男朋友。一个长得非常斯文的小伙子，戴着一副深度眼镜，显得满腹经纶的样子。

乔孝男长得更是漂亮，酷似台湾影星林青霞。老五一眼就喜欢上了。没想到一个糟老头子的乔叔居然养了个如花似玉的女儿。龙生龙凤生凤，老鼠的儿子会打洞，看来不全然是这样。上帝有时也打瞌睡去了，会弄错。乔孝男刚从北国归来，一脸纯白，带着雪的影子。尽管知道了父亲的死讯，但看不出多少哀伤。

老五便在宾馆开了三间房，乔孝男和她男朋友一人一间，老五自己也住了一间。自己要全程陪同，有间房既可以休息，也可以当作会客的地方。处理这种事情，家里和工厂都不方便。

安顿好后，老五就带乔孝男二人去吃饭。饭后，老五驾车载着他们来到工厂。正是下午三点，工人都在上班，厂区空空的，只有清洁工在打扫卫生。

老五领着乔孝男来到乔叔遇难的化粪池边，并向乔孝男讲述乔叔的死亡过程。

化粪池通常是分成三格过滤的，最初一格是刚下来的粪便，粪便显得硬稠，池子就显得满。到了第二格，已经稀稀拉拉能看见水了，但水混浊不清。而第三格就不同了，水竟然清澈得能照出人影。乔叔就在第三格溺亡，因为下面的排水口阻塞了，乔叔想去疏通，不慎失手。

乔孝男面对父亲的死亡之地，终于忍不住哭了出来。她趴在地头，手摸着原本压在池口的盖子，嘴里喊着，爸爸，是我不好，是女儿害了你呀。如果我不读大学，你就不用出来打工了。如果我挣钱了，你就能安享晚年了。

听到哭声，大嫂关了店门，过来安慰乔孝男。没想到人没劝成自己陪着乔孝男也是一把鼻涕一把泪。

乔孝男的男朋友看了看池口子，双手比画着，提出异议，说，口子这么小，一个大活人怎么就一头栽进去了呢？

老五怕乔孝男跟着起疑，就自己匐下身子，学着乔叔的样子，要疏通口子。然后，手一松，头就往里掉，吓得乔孝男赶紧拉住老五的脚。乔孝男说，五哥，你别学了，我信，我爸要不是失手，怎么会死呢？既不是他杀，我爸更不会自杀呀，你和你们家对他那么好。我过一年也要毕业了，好日子正要到来呢。我爸从前那么苦都熬过来了，现在怎么可能自寻死路，于情于理说不通呀。

老五又把他们领到乔叔住过的寝室。乔叔本是和老光棍儿住在一起的，但老光棍儿在出事那天口无遮拦，让老五很生气，过后，就让老光棍儿走人了。现在老光棍儿离去后，床上空无一物，室内看起来就像乔叔一个人单住的样子。显然乔孝男的男朋友注意了这点，内心一定认为乔叔在工厂的确过得比较好，没有理由要去自杀。

乔孝男伸手捏了捏乔叔穿过的衣服，大嫂就想帮她收拾。但乔孝男摇了摇头，那神情摆明父亲这些遗物她并不想带走。

看完房间，老五要领他们去殡仪馆看尸体。乔孝男身子一阵抖，推脱说，今天太累了，改天吧。她男朋友提议还是先听听警察的说法。

老五就到一旁一连打了几个电话，然后，对乔孝男说，我们先回宾馆，他们马上就到。

乔孝男见老五财大气粗，把警察当作自家的护院呼来唤去，既羡慕又嫉妒。

十六

果然，他们前脚刚到宾馆，警察后脚就到了。

在老五住的房间，正式谈判开始了——老五心里是这么定位的——必须做到一锤定音。

打头的警察就是分局副局长，这规格已经是很高了。就这，老五还犹嫌不足。本来，他打了电话邀请苏副市长的，巴望苏副市长到来，给乔孝男一个巨大的震慑力。但苏副市长太忙，来不了，一再抱歉，完了又怕老五多心，就好意提醒老五，说这种场合，局长比市长更有效果。

老五依言就请了副局长。副局长下来，当然不能单枪匹马，带来了两个随员，加上派出所两个办案民警，一桌人警察占了一半还多。

老五这边除了老五，就是爹了，家有一老，胜过一宝。凭爹是苏副市长的老师，凭苏副市长对爹的恭敬，知情的人都会以为，爹到了，也就是苏副市长到了，旁人不可能不给面子。

仪式可谓隆重，但内容却是随和的，大家边喝茶边谈。先是办案民警介绍情况，出具了证据，并提出了判断。那些证据无非是拍摄的现场图片。乔孝男对图片没有兴趣，只对警察的定性有兴趣。乔叔是不慎失手，那就是因公殉职，既然是因公殉职，自然有赔偿，人不能白死了。

说到钱，大家都来了兴趣。在座的副局长级别最高，先听大家发表看法，然后，才开金口，既是提纲挈领，也是语惊四座。他说，一条人命，其实是多少钱都买不到的呀，你们说是不是？不信，你们谁开个价，我来买。一句话逗笑了一桌人，气氛就活跃了。

他接着说，人既然死了，但总得有个说法，既是对死者的尊重，也是对家属的安慰。乔——乔什么来着，我姑且也喊乔叔吧。乔叔这个人，我是知道的，非常敬业、爱业，是个好人。要是搁在从前，那是可以当劳模的。可惜现在评劳模不评打工仔这一块儿，要不然，乔叔获个五一劳动奖章一点儿问题也没有的。

对不起，扯远了，这算是题外话了。现在乔叔死了，但乔叔的事业还要继续，工厂还要继续开下去，乔叔的亲人也要好好活下去。本着事物一分为二的精神，既要保住工厂，同时也要对家属负责。所以，我提议，这个事情由工厂和家

属协商解决。这是我们公安系统的看法，也是市领导的指示。说到这里，副局长望着乔孝男，小乔同志，你说，这样办好吗？

乔孝男当时脸一红，长这么大，第一次听人叫她同志，而且对方还是政府官员。她一时不知所措，便瞟了一眼男朋友。

男孩子到底胆量大些，处惊不乱，喝了一口茶，代乔孝男发了言。他首先感谢各位领导的莅临，由于有各位的亲临指导，事情才有可能向着公平公正的方向发展。

他又说，乔叔死了，人死不能复生，除了给亲人带来伤痛，别的什么也没意义。

谈到赔偿，其实钱只是一个说法。当然钱很重要，但钱不是万能的，正如刚才领导说的一样，谁的命可以拿钱买得到？买不到的，多少钱都买不到的。我们只希望工厂特别是在座的曾老板本着认真负责的原则，发扬人道主义精神，真诚地抚恤家属，妥善解决此事，以告慰乔叔的在天之灵。

最后是老五发言，老五一开口，就痛哭起来，讲起乔叔的种种好处，乔叔快成了新时期的雷锋了。特别是由于工厂地处偏僻，买卖不大方便，乔叔回回陪女工上街购物，就是雷锋的翻版。在座的领导听了，都纷纷赞不绝口。

还有乔叔与曾家的渊源，几乎是患难之交。至于乔叔与老五之间，那更是形同父子，就差没叫乔叔爹了。

还有乔叔敬业爱岗，令人特别敬重。所以我才悄悄无偿援助孝男妹妹读书，几年来，在乔孝男身上共花了三万多元。

听到这儿，警察看了一眼乔孝男。乔孝男不好意思地点了点头。

老五又说，当然这些钱我是无偿援助的，不用还的。

末了，老五说，乔叔死了，我的心也跟着死了。所以，不管孝男妹妹提出任何要求，我都会一一答应，不会说二话。

最后，办案民警根据市面行情，提议以五万元为宜，双方若没有异议，就可签字了。而此前乔孝男所花的钱既然是无偿援助，自然不在其内，一笔勾销。

警察在说这些时，眼睛没有离开乔孝男，似乎在揣摸乔孝男的表情。乔孝男乱了方寸，脸上只有慌乱，没有其他实际内容。她的男朋友把屁股挪了挪，显然对这个数字有些不满意。

警察再征询老五，爹却准备发言，但被老五用眼神止住了。

老五大度地说，乔叔人去了，孝男又是个女孩子，还在读书，往后，她就算是我的亲妹子了，我一定会帮助到底的。这次，我拿出十万作为乔叔的抚恤金，一次性付给孝男妹子，乔叔的后事也由我负责办理。以后若有困难，孝男妹子还可以随时找我。说到这儿，老五问孝男，妹子，你觉得如何呢？

乔孝男抬头看了眼男朋友，然后郑重地点了点头。

既然双方没有异议，就签字吧。副局长对老五的表现大加赞赏，说曾老板不像别的有钱人，盛气凌人。有了钱，还是平民情怀，难得。

签完字，副局长握着爹的双手，连说，老师保重，不好意思，没有帮到忙。爹却连连说，麻烦了，麻烦了。他们就告辞而去。老五则领着乔孝男直赴殡仪馆。办完手续，工作人员就带着老五一行来到冷藏室。乔孝男对即将见到死去的父亲，百感交集，既想看又害怕，一手捂住胸口，一手死死抓住男朋友的手。

工作人员拖出一个长格子，乔叔安卧在里头，眉毛胡子上结满了霜花，面容白得透明，遗体像冰棍儿一样硬而直。乔孝男只看了一眼，嘴里喊了一声，爸，人就昏厥过去了。她男朋友就全力把她抱走。

还是大哥二哥三哥见过的场面多些，三人很快帮乔叔穿戴利索，然后工作人员把遗体缓缓推进电炉，合上了电门。

老五随哥哥们来到外头，想到乔叔几天前还硬朗健康，转眼已化作一缕青烟，随风而去，心下也是怅然。

不到半小时，工作人员提来一个陶瓷罐子，说，这是死者的骨灰，提走吧。乔孝男就扑过去，双手抱住罐子，哭天喊地起来。随来的大嫂也是一边劝慰一边落泪。

老五特地把工厂放了假，并为乔叔举行了隆重的追悼会。文笔不错的队长李浩为乔叔写了一篇悼词。乔叔的历史定位，在湘南玩具厂就像革命家一样，功勋卓著。

但乔叔的死还是引起不少工人的放声大哭。特别是那些曾经得到乔叔帮助过的打工妹，哭得比乔孝男地道多了，也动情多了，有点儿像哭歌。乔孝男说是读了大学，但不会哭也不会唱，只在喉咙里呻吟，像是没有睡醒在讲梦话，嘴里含糊不清的。

见乔孝男如此，娘在一旁感叹，养儿防老，养女哭丧。哪知道书读得越多，人却越蠢了。

爹却不这样认为，读书人有读书人的特点，讲究斯文，要是哭得天昏地暗，

岂不是斯文扫地了。

按老五的意思，就地把乔叔安葬在深圳算了，但乔孝男不同意，说父亲从哪里来就回哪里去吧。

乔叔魂归故里，安葬事宜老五就不用亲力亲为了，反正乔家有乔二在家。曾家便打发老大老二代劳，只要带上足够的钱就行了。

老五不去，乔孝男也说累了，要好好休息。老五也说，机会难得，休息好了，我陪你们把深圳好好看看玩玩儿。听到游山玩水，乔孝男又来了兴致，只休息了一夜，第二天就吵着要去欢乐谷，要去民俗村，半点儿也没有刚丧父亲的悲伤。

她的男朋友很有意见，说事情办妥了，就不要麻烦人家了，何况我们还要赶回学校。

乔孝男就央求说，玩儿一天吧，只玩儿一天行不行？难得来一回。男朋友拗不过，只好由着她。

第二天，老五起了个大早，亲自驾车载着他们俩直奔市区。游了欢乐谷，看了民俗村后，末了又领着他们坐电梯登上旋转餐厅，一边品尝美味，一边俯瞰深圳市貌。全程的开销一律刷卡，老五没从身上拿出一分钱，看得乔孝男在心里大喊不得了。

老五锦上添花，又领他们来到工厂，进入车间参观。几百号人还在加班忙活。乔孝男见这么多人忙而不乱，心想，他们都在为老五做事，难怪老五发得这么快。

回到宾馆，乔孝男在心里越想越生气，早知老五这么有钱，赔十万就不该答应，太便宜他了。那可是爹一条命哪，亏不亏啊。

乔孝男越想越觉得不值，到了半夜，乔孝男敲开老五的房门。老五一震，问，还没睡？乔孝男看了一眼男朋友的房间说，睡不着，说着也不等老五礼让，就从老五身侧进了房间。

老五为乔孝男开了一瓶饮料。乔孝男说，五哥，喝水没意思，我想喝酒。

行啊，老五问，啤酒还是红酒？

喝红酒吧。

好，你稍等，老五站起来要往门外走。

乔孝男在身后问，五哥干吗去呀？

我去叫一声你男朋友过来一块儿喝。

算了吧，乔孝男说，不用叫了，他早睡下了。

这样好吗？

怎么，怕我吃了你？乔孝男做出一副娇柔状。

哪里，我是怕你的男朋友多心。

我一个女孩子都不怕，你一个大男人怕啥子，亏你还是老板呢。

老五心里有数了，其实，打第一眼看到乔孝男，他就喜欢上这个女孩子了。只要把这个女孩子弄到手，往后一切将迎刃而解。人都归自己了，何况那座旧房子。看来乔叔虽然死了，但他的女儿却可以帮助老五完成大业。

老五问乔孝男要不要叫几个小菜，乔孝男摇摇头，喝红酒还叫什么菜，好兴致都会被吃没了。

第一杯就为兴致干杯。嘴里品味着红酒，乔孝男心里却在揣摸老五的反应。眼前这个男人才三十岁，就事业有成了，身家几百万了。自己和男朋友都读了大学，再出来找工作，要拼到这个地步，不知猴年马月呢。也许还没到这步，就人老珠黄了。

老五喝着红酒，想乔孝男半夜喊喝酒，而且还是红酒。眼下看乔孝男又是一副兴致颇高、意乱情迷的样子，不知对方葫芦里卖的是什么药。自己毕竟年长些，凡事不好唐突，且静观其变，以不变应万变吧。今夜不信一个七尺男儿斗不过一个黄毛丫头。

两人又举手喝第二杯。红酒直灌下去，乔孝男一脸红扑扑的，在灯光下，别有风韵。乔孝男抬头看老五，越发发现老五不光有钱，而且精明干练。要是依附这样的男人一辈子，往后就万事不愁了。

老五也在看眼前这个美人儿，美丽而又娇柔，比起王艳那是另一种境界。乔孝男人不光长得漂亮，而且上过大学，才能王艳不及，就是唐莲也要差老大一截。要是娶来做太太，那自己的身价肯定倍增。凭乔孝男的经历，将来谈吐不俗，一开口，不是大兴安岭的树，就是松花江上的鹤，要不就是黄山迎客松，抑或泰山日出。不会像王艳一张嘴就俗不可耐，三句有两句不会离开"钱"字，剩下一句准是脏话，不堪入耳，败坏胃口。

至于唐莲，做个帮手还可以，做个成功男人背后的女人，还缺少了一种内敛的东西。真要在场面上行走，还是非乔孝男莫属。

喝完第三杯，乔孝男就娇态可掬地说，五哥，我往后怎么办？我爸已经死了，我靠谁呀？

到此，老五已完全明白了乔孝男的心意，自然知道了今夜造访的含义。自己再装清高就没劲了，便顺水推舟地说，放心吧，妹子，往后，你有我呢。只要有五哥一口吃的，就会有妹子一口吃的，决不会饿到你。

真的吗？乔孝男举着杯子贴上来，身子几乎贴到老五怀里了。老五也把杯子迎上去，与乔孝男手挽手，喝起了交杯酒。

喝着喝着，两人都挪开了杯子，互相直视着。接着，两张嘴贴到了一起。老五到底是男人，便把杯子往后一摔，双手就使劲儿地搂住对方。乔孝男也不甘示弱，放开杯子，就来撕扯老五的衣服。

两人吵架一样互相撕扯，接着又牛一样恶斗起来，到最后，又是蛇一样缠绵在一起。

老五没想到美人居然也是这般粗鲁，真是别有一番趣味。乔孝男发现老五不光事业成功，就是床上功夫也是不同凡响，打心底里把老五爱死了。

两人仿佛要较劲儿似的，从床上斗到地上，从沙发上又斗到浴室，最后又回到床上解决最后的战斗。

两人似乎都有相见恨晚之意。完事后，还不离不弃，胶着地缠在一起相拥而卧。

乔孝男说，五哥，我要嫁给你。

老五说，我有老婆，还有孩子。

我不管。乔孝男说，那是你的事，反正我要嫁给你。

那你男朋友呢，怎么办？

那是我的事，我明天就打发他走。

早晨，乔孝男还赖着不起床。老五催促了几次，但乔孝男只翻了个身又睡去。她的男朋友过来敲门。老五走过去。乔孝男的男朋友说，孝男不见了，不知去哪儿了？

老五闪开了半个身子，对小伙子说，在那里睡得正香呢。

乔孝男的男朋友猛地冲进去，扑到床边，伸手就扯睡梦中的乔孝男，你给我起来，告诉我，这算咋回事？

乔孝男光着身子坐了起来，看了一眼男朋友，若无其事地说，对不起，你走吧。说着乔孝男跳下床当着两个大男人的面穿戴起来。

乔孝男的男朋友一时愣在那儿，不知所措。等醒悟过来，乔孝男已经穿好衣服，坐到了沙发上。

乔孝男说，你都看见了，你还是走吧。

你，你，什么意思？她的男朋友问。

还能有什么？快恭喜我呀。

恭喜你？

是呀，昨晚我新婚呢，我和五哥举行了婚礼。

你疯了？

昨晚，我已做了曾太太了，现在我已是五哥的人了。

你……男朋友气得暴跳如雷，你太贱了。为什么呀？

不为什么，因为他有钱。

钱真的那么重要吗？

你有吗？你现在拿出一百万来，我跟你走。

一百万？将来，我也会有。

将来，什么时候，猴年马月吗？到那时，我已人老珠黄了。

乔孝男的男朋友再也斯文不下去了，翻了脸，骂起来，你真不要脸，这样做，跟做妓女有啥区别？

乔孝男嗤的一声，你就乌龟莫笑鳖了，你能好到哪儿去？你不过是一个吃软饭的，回回旅游，都是我花钱。

她的男朋友终于像泄了气的皮球，说，好，好，我走，但愿你好自为之吧。

乔孝男就拿出一沓钞票扔过去，说，拿去做路费吧。

老五站在一旁，看着眼前的一切，像看西洋镜。他以为她的男朋友不会拿那钱，没想到小伙子伸出了白皙的手。人在屋檐下，不得不低头，她的男朋友居然把钱揣进了口袋，居然还风趣地说，那我就不客气了，谢了啊。

乔孝男又说，最后求你帮我办一件事。

啥事？男朋友头也不回向门口走去。

我要休学一年，帮我向学校办个手续。

对不起，我做不到。

老五就豪气地说，不要求他，那个破学校上不成，就来深圳上。

乔孝男就蛇一样缠了上去，还是五哥好，我听你的。

老五内心十分受用，真是喜从天降，好事成双，一夜之间抱得美人归。现在又把最大的障碍排除了，看来有钱真好。可有些穷人故作清高，张口闭口说钱不是万能的。其实那是穷鬼的心态，反正没钱，干脆说大话，非洲人

吹牛不怕脸红。

　　老五心想，从前，自己没钱，是个穷人，所以娶了王艳，旁人看起来，也不觉得有什么不般配的。现在不同了，自己发了，成功了，成功的男人再配一个黄脸婆、二百五，真容易闹出笑话。王艳在圈内闹出的笑话够多了。闹笑话对常人来说没什么，可对生意人有时就是大忌，甚至会毁了百万千万的生意。上次冈田那批订单要不是唐莲最后力挽狂澜，也许煮熟的鸭子就真飞了。

　　往后，身后跟个乔孝男，那就是孙猴子背后站个观音菩萨。没有过不了的关、办不成的事。

　　想到这儿，老五更加用力地把乔孝男抱在怀里，至于王艳就由她去吧。

十七

　　果然，正如老五所料，王艳身上的钱一花光，人就回来了。但老五没料到的是，王艳这次回来不是来讲和的，而是回来离婚的。

　　王艳从弟弟王强口中得到证实，家里面那个孩子就是唐莲和老五的私生子。为此，姐弟俩还大吵了一架。

　　那天，王艳发觉身上的钱快花光了，自己又不好意思回来，就打电话给弟弟王强，想从王强那儿讨回先前借给王强的那笔钱。那是一万元，是王强回湖南时因为乱搞男女关系被派出所逮住罚了九千元。

　　王强见姐姐如此狼狈，就劝姐姐回家算了，胳膊扭不过大腿。从前，那么苦的日子都熬过来了，现在曾家发了，你还不霸住，好好过下半辈子。

　　你的意思，我认输算了？

　　不认输，你还能怎么着嘛，搬起石头想砸天呀？

　　王艳却不赞同，说，我这次认输回去了，往后在曾家更没地位了。

　　王强就说，有地位没地位，你至少还是曾家的太太，至少还保住了个虚名。要是真闹僵了，曾家是什么事都做得出来的。看看乔叔的下场，祖宗三代给曾家打工，到头来连命也卖给曾家了。

　　不是赔了十万元吗？算起来，乔叔也不亏了，他六十岁的人了，往后的日子还能挣到这么多钱？

十万元算什么，乔叔那可是一条人命呀。

在穷人那是一条命，十万元在富人不过是一根烟。也是乔叔命苦，说起来以为靠上了曾家会过上好日子了，结果呢？

结果你还不晓得呢，姐。现在乔叔的女儿又与姐夫打得火热了。两人出双入对，形影不离，看起来比夫妻还要亲热。

老五原来有这么花，我们做了这么多年的夫妻，还不知道呢。

姐，也只有你老实。其实，这算什么，姐夫与唐莲的私生子现在都住到你家里了，你还蒙在鼓里。

瞎说，你听谁说的？

我还要听谁说！王强就说起了当初遇上姐夫和唐莲的事，还说了曾家满妹出事那天，正是唐莲在医院生孩子。

王艳一听就火了，起手给了弟弟一耳光，亏你还是我亲弟弟，这种事怎么不早告诉我？

王强挨了姐姐一巴掌，抬头看了一眼周围，生气地说，姐，你看不住姐夫，你打我算什么事？

我都被人卖了，你还帮人家数钱。

那又怎么样，告诉你了，你能奈他何？现在的有钱人，三妻四妾的又不是曾老五一人。再说，我把这事告诉了你，姐夫那边还不得恨我一辈子。

你怕他恨你一辈子，就不怕你姐姐恨你一辈子？王艳末了说，你是怕他打你饭碗吧？

王强把钱给了姐姐，就转身走了。

王艳就在背后骂，你也不是好东西，跟曾老五一样，成天跟鸡婆鬼混。

王强任凭姐姐恶毒地骂，头也不回地走了。

王艳气得不知如何办。想想这种日子过不下去了，有钱又怎么样，照样过得不开心。想当初没钱，夫妻还能相依相伴，苦中有乐。现在有钱了，乐不见得多起来，苦反而更多了。

王艳直直地回到家，爹娘依然在带着那个私生子。见她回来，都打招呼，回来了，回来就好。

好什么好，王艳冲两位老人说，我是来给人家腾地方的。

你这是讲的啥话？娘说。

还装什么糊涂，野孙女都带到家里来了。

娘就说，王艳，凡事还是想开点，家和万事兴，成天吵吵闹闹，一对恩爱夫妻也把情意吵淡了。

还谈什么情意，王艳说，现在的男人哪还讲情意，只讲快活。

爹就插话，现在时代不同了。不是爹帮儿子讲话，有时生意场上，逢场作戏，老五也是迫不得已。你又不是不晓得，从前，老五在家时有过拈花惹草的事吗？

总之，都是你们曾家有理。好了吧，错了也是情有可原事出有因的。王艳说。

你别老是曾家曾家的。娘说，你不是曾家人啊？

过去还是，过了今天就说不定了。

没有人要逼你走。

我再不走，我就要成为下一个乔叔了。

王艳！爹一听就火了，说起来，你也是两个孩子的娘了，说话别口无遮拦。

看，看，说到痛处了吧。王艳说，爹还是有文化的人，原来也会恼羞成怒啊。

凡事是有限度的，曾家从前是大户人家，现在也不差。你别不知趣，自己找难堪。

算了吧，什么大户人家、书香门第，纯粹欺世盗名。从前是刽子手，现在也是，从前生活腐化，现在也没清白过。

你给我滚。爹终于忍无可忍。

不用你赶，老爷，我自己会走。王艳回到里屋，很快收拾了出来，手上一个皮箱，把一张纸放在桌上，然后甩门而去。

娘在后面追着说，王艳，王艳，你不要老公，难道儿女也不要了吗？

王艳冷笑说，我连家都不要了，还要儿女干啥？

你就是这样做娘的吗？

你们曾家人没一个好东西，带在身边，看着心烦。

王艳没想到恰巧在门口遇上老五回来。老五身边还伴着乔孝男，她当即讽刺地说，这么快，又换一个了？

乔孝男一听对方口气就明白了是谁，便搂着老五的腰，装疯卖傻地问，五哥，这是谁呀？

老五说，这是曾风的妈妈。

知道了，原来是五哥的前妻呀。

王艳生气地问，你是谁？

乔孝男耍了小聪明，你猜猜，见王艳果真苦思冥想的样子，又说，猜不着吧，告诉你也无妨，我是来接你班的，我叫乔孝男。

你是乔叔的女儿？

现在是曾家的媳妇儿了。老五喊住孝男，但孝男说得更起劲儿。

你们结婚了？王艳眼睛看着老五。

那是不久后的事。到时，你可一定要来喝杯喜酒呵。乔孝男说。

乔妹子，你以为嫁到曾家，就进了豪门啦？

那是我的事。

告诉你，曾家是杀人刽子手，从前是，现在也是。你别认贼作父。

这样说就不好了，太没气度了。夫妻做不成，还可以做朋友嘛，用不着诽谤啊。小心五哥告你诽谤罪哟。

你，你，枉读了大学，好心当成驴肝肺。王艳说完拖着皮箱走了。

老五和乔孝男进屋，娘拿过那张纸，递到老五手里，问，这是啥？老五看了一眼，淡然地说，是离婚协议书。

娘就说，原来早打算好了，我以为呢，王艳怎么吃错药了，就敢顶撞你爸了。

老五感叹地说，这样也好，免得我难以开口。

娘担心地问，她开口要多少钱啊？

老五看了看，说，上面没提钱的事。

娘就感叹，这个二百五，她莫不是疯了，孩子不要了，连钱也不要了。

老五内心调侃说，不管她，旧的不去，新的不来。

爹问，你真的要与乔孝男结婚？爹看了一眼乔孝男，乔孝男正在小床边逗曾云玩儿。

老五反问爹，爸，你觉得我还有退路吗？

王艳走了，在老五心里倒觉得是一件天上掉馅儿饼的事，但唐莲的离去却多少令老五有些难以释怀。

王艳走后，老五便大大方方地带着乔孝男出双入对了。那天在写字楼的走廊上，恰好遇上唐莲。唐莲见二人如胶似漆的样子，嘴角往后抽了一下，又抽了一下。这别人是看不出来的，还以为这是唐莲笑前的准备动作。只有老五明白，这是唐莲对事情不满的表示。

果然，乔孝男去别的办公室玩儿的时候，唐莲走进了老五的办公室，直突突地说，李队长，李浩疯掉了。

怎么回事？老五抬起头问。

他出厂后，没有找到合适的工作。

这与我有什么关系？老五狡猾地问。

为工厂他付出得太多了。

打工不都是这样的吗？

我们没有好好善待他。

他有多种选择嘛，自己当老板，去别处再打工，或者去考公务员。

到处都是鬼，人往哪儿去？去天堂，天堂是神仙住的地方。

这么说，他只能下地狱了？

你真冷酷。

我的大小姐，你别动不动一副菩萨心肠。这是商业社会，讲究的是优胜劣汰、强者生存，活不下去，不要抱怨别人，只怪自己没本事。

是吗？

你来就为了跟我说这事？

不，五哥，我来是恭喜你呀，又得新欢。

老五没想到唐莲孔雀才冒头，大尾在后头，有些难为情地说，谢谢了，不过你放心，我不会亏待你的。

这倒不必了。唐莲又说，我来不是说这个。

那还有什么事？

我这两天身体有些不好，想请个假休息一下。

莫不是病了？要不要陪你去医院看看？

算了吧。唐莲说，医院是个老虎窝，穷人哪敢去那里。

老五就明白了，手头紧了吧。说着就打开保险柜拿出两万元，推到唐莲面前，快收起来吧，暂时顶顶。我现在手头也只有这么多现金。

唐莲就笑了笑，说，那大恩不言谢了。

老五伸过手来想握唐莲的手。唐莲装作没看见起身往外走。老五背后说，明天就好好休息一下。

没想到这是唐莲留给老五最后的背影。

第二天，唐莲借故休息把孩子从曾家抱了出来，然后带着孩子销声匿迹了。

老五是在第三天才知道这件事的。他回到工厂，发现唐莲没来上班，就打发保安去宿舍看看。保安说，不用看了，唐厂长昨天出去后就没回来过。

唐厂长是怎么出去的？

保安说，唐厂长拿着一个袋子，还抱着孩子，走得匆匆忙忙的。

老五想证实一下，就拨唐莲手机，果然关机。他才知道，唐莲离自己远去了。

唐莲离去后，王强也过来向老五请辞。

老五问为什么。

王强半天说不出一个字来，站在那儿十分不自在的样子。

老五明白了，就对王强说，你姐姐不是我妻子了，但还是我两个孩子的妈妈；你不是我小舅子了，但还是我两个孩子的舅舅。我们还是亲戚，从前怎么做，今后还怎么做就行了。

老五把王强留下，也是考虑到唐莲刚刚离去，工厂不能群龙无首。再说一下子走掉几个高层管理，不利于工厂运作。自己要经常在外跑，家里再没有人可顶得上去。王强虽说不尽如人意，但到底还是蜀国的廖化。

老五要结婚了。新娘子自然是如花似玉的乔孝男。请柬开始发出去，上至政府领导，下至生意场上的朋友。

老五带着乔孝男亲自把请柬送到苏副市长的府上，苏副市长接过烫金的请柬欣然应允，答应届时一定前来恭贺。

由于有苏副市长的亲临，婚礼档次自然高了不少。也因为苏副市长要来，底下一干官员自然也要来，所以来客数量自然水涨船高。

老五不敢马虎，特地请专业人员操办婚礼，从行车路线，到座位排序，从菜谱到水果，从议程到鲜花都十分考究，像拍电视剧一样，先拿出一个脚本来。

老五要把婚礼办得热烈喜庆，而且要现场拍摄，以留作纪念。

婚礼定在阳光大酒店，暂定六十桌。老家的亲人提前几天就到了，乔叔的亲弟弟乔二也来了。乔孝男原以为届时女方会自己孤身一人，现在好了，叔叔来了，乔孝男说不出的兴奋。

老五怕乔二和乔孝男三头对六面，讲出什么，影响乔孝男的情绪，就特地委托大哥跟在乔二身后，明是陪同，实则监视。

爹娘和孩子们都做了新衣服，大哥大嫂他们也穿上了体面的衣服，一切都显得喜庆圆满。

但所有人都意想不到的是，婚礼当天，却出了天大的事情，苏副市长没有依约前来。

那天，眼看都到中午十二点了，还没见到苏副市长的车队。司仪过来催

促了几次，问是否开始。老五耐着性子说，再等等。他嘴里急得要冒泡，便走到一旁悄悄拨打手机，才发现已关机。

老五一下子慌了，说给爹。爹说，莫不是在开会？

老五说，领导的手机平时都是秘书拿着的，即便开会，也是二十四小时开通的。

老五想到了一种不祥的结果，苏副市长出事了。可这个念头才一闪又被自己更有力的证据否定了。不对呀，这两天，苏副市长还在电视里谈笑风生的，丝毫看不出要出事的样子呀。中国的政治就是电视新闻，领导人有没有变故，一看电视就明白了。

苏副市长没来，底下一干官员自然也没来。老五打通副局长的手机，电话里，副局长急急地说，语气像报丧，副市长出事了，昨晚被中纪委来的人双规了。

放下电话，老五怕爹承受不了，想暂时瞒着，但爹一再追问，老五忍不住告诉了爹。

爹就感叹不已，作孽呀，作孽呀，我还盼着他当市长当省长的呀。

老五问，苏副市长能有什么问题呀？

爹就说，这年头，除了钱，别的都不是问题了，早不谈政治斗争、路线斗争了，女人那点事儿又算不上大事。

可苏副市长不会呀，是个好人呀，我几次送去的钱，他都坚辞不受，一分没要我的。

唉，这无关个人人品问题呀。爸，你说，苏副市长问题会很大吗？

一个市长，问题不大能双规他？看看我们的房东，才一个小小的村长而已，为了当个村长，光拉选票就是一票一万元。要想当选那得多少票多少万啦。这个钱从哪里来，谁出？村长自己又不会造钱。最后，还不是羊毛出在羊身上。想想一个村长如此，一个市长可想而知了。

有啥办法治吗？

当官的都是从下往上爬的。在下面为了冒头，弄得一身脏污不堪，到了上面，自己的屁股也不干净了，哪还有脸说别人？

爸，姜还是老的辣，你算是看透了。

显然，苏副市长是来不了了，但婚礼还得进行。

爹大度地说，少了红萝卜，照样要上席。

当司仪宣布入席时,老五发现六十桌只来了三十桌的客人。

老五就自我调侃地说,今天大家一定要吃好喝好。今天吃不完,一定要兜着走。

这一天,除了苏副市长未能前来外,还有满妹。但满妹寄来了精致的贺卡,卡上两颗红心交相辉映,很是漂亮。

对于乔孝男来说,谁来谁不来都没关系,只要新郎官是老五就行。

婚礼结束后,老五就带着新婚妻子乔孝男去蜜月旅行了。去的地方是新马泰。

一个月后,老五领着乔孝男回来了,他发现自己的办公桌上,赫然摆放着停产整顿通知。原来,环保部门来过了,说湘南玩具厂,毛尘满天飞,污染严重,必须限期整改。

这回老五没有拖拉,也没办法拖拉过去了,立即着手改善。

过了几天,电力部门又下了高峰错电通知,原来私下拉的专线也被拔掉了。工厂没有购买发电机,要是停电,显然影响生产进度。但老五再没理由找人诉说了。

过去仿佛是一张巨大的网,把大家团在一起,这张网的中心就是苏副市长。如今,这张网破了一个洞,当中就有鱼一条条往外窜出去,另寻生路去了。

老五就准备应付其他部门的造访,税务啊、工商啊,还有消防啊什么的。但这些部门还没有来时,老五又接到房东村长的通知。村长说,老五的玩具厂,污染重,噪音大,附近居民都投诉好多回了。村长不堪重压,所以决定提前终止合同,限期让老五搬出。

老五在心里盘算着,搬一次厂,那就是一次战略大转移,时间耽误不说,影响工期不说,无端的费用也不菲。

爹看了老五桌上的通知,生气地说,真是树倒猢狲散。这些势利眼!

老五问爹怎么办。

爹说,还能怎么办,强龙不压地头蛇。说起来,深圳是当地人的深圳,我们不过是寄人篱下罢了。再有钱,也不过是一条没有爪子的龙。

爹最后说,老五,准备搬吧。

这时,窗外的雨在淅淅沥沥地下,玻璃上沾满了无数的水珠,一点一点,而后汇成一条条曲线,泪一样地往下流去。终于,新年的钟声敲响了,从遥远的地方传来,显得喑哑模糊。老五难过地垂下了头……

虔诚执着出佳作（评论）

邹贵荒

　　含笑先生是我 20 世纪 80 年代(1986)认识的文友。那时,他刚从部队退伍,才 20 出头,风华正茂。不久,我们几位文友一起成立了后来被评为全国优秀文学社团的新芽青年文学会,并创办了会刊《新芽》。然而好景不长,特别是进入 90 年代,随着商品大潮席卷全国,我们这帮文友在大潮的冲击下,也各奔东西,有的弃文从政,有的下海经商,有的出门打工。含笑先生带着对文学的热爱和眷恋也南下深圳打工去了。短短几年,他从一名普通打工仔做到拉长、主管直至厂长。90 年代末,他又自筹资金办起了厂子,自己做起了老板,专门替人加工玩具。恰恰这一年,爆发了亚洲金融危机,负有巨额债务的客户潜逃了。含笑先生也在一夜之间血本无归,还倒欠了一身债。就这样,他由打工仔到老板,又由老板变成了穷光蛋,人生跌宕起伏,五味杂陈。为了还债,他只好放下身段又去打工。这当中尽管经历坎坷,但他并没有让岁月蹉跎,始终坚持文学创作。这不,前不久,他捧出了一部 25 万多字的长篇小说《深圳不相信眼泪》。开始,我是持一种怀疑的心态看待这部小说的。因为当今是个浮躁的年代,尤其是文学界,许多作家,甚至包括一些名作家,为了出名,或为了金钱,不惜粗制滥造,胡编乱造,有的甚至用身体写作,最可耻的是用下体写作,出卖自己的人格,出卖自己的肉体,出卖自己的灵魂。这样,写出来的东西自然不忍卒读,甚至是对文学的亵渎和侮辱。后来一节一节地读下去,我对这部小说便有了喜欢的感觉,再后来竟舍不得放手,越读越有味,直至读完。读完之后,我对含笑先生不禁油然而生敬佩之感,他对文学的虔诚和执着令我特别感动。他太不容易了。在当今这个物欲横流的

时代，他作为一个普通打工仔，竟然在工作之余坚持小说创作，而且是大部头的长篇小说，而且还写得相当成功。可读性强就是证明。

总的来说，《深圳不相信眼泪》有三好：

一是打工生活细节描写好。目前，一些作家由于不熟悉自己的生活，写出来的东西给人一看就假。含笑先生打了一辈子工，他起伏跌宕的人生，对打工的生活体验独特而深刻，加上他的文笔很老练，文字功底相当扎实，故而把打工的生活写得如此逼真，让人如临其境。如老板曾五锡甘受"胯下之辱"、乔叔"以身碰瓷"、唐莲"以身公关"、李浩"忍辱负重"，都真实可信。

在深圳这个所谓的人间天堂，有些企业以丛林法则行事。那些人们只相信成功，不相信眼泪。而且他们信奉大鱼吃小鱼，小鱼吃虾米，弱肉强食。在一家工厂，一个厂长甚至于一个主管，都可以决定一个普通工人的饭碗。至于老板，那就是一个王国的"国王"，拥有至高无上的"生杀大权"。

于是我们看到文中一对夫妻，只因工龄长便以"莫须有"的理由炒掉。而这时，他的孩子正生病需要钱医治，这份工作对于他们以及他们一家非常重要。但老板放话，他开的是工厂而不是慈善机构。文中没有给这对夫妻冠名冠姓。他们无名无姓，恰恰寓意这样的打工仔不是一个也不是一对，而是成千上万的一个庞大的弱势群体。人们害怕贫穷，但更害怕不公。今天人们的幸福指数不升反降，而犯罪率不降反升就是最好的明证。

20 世纪 90 年代初，在好友的帮助下，我也曾到过深圳龙岗一家玩具厂打过一年工，因而对《深圳不相信眼泪》中描写的打工生活深有体会。读着读着，我仿佛又回到了那段不堪回首的日子。虽然打工苦，但为了养家糊口，我不得不屈辱地给老板卖命，每天工作 16 个小时，而且一月难得放一天假。后来，我实在忍受不了这种没有尊严、没有地位奴役般的生活，一年后返乡了。含笑先生打了近 30 年工，可以想象，他受的屈辱、受的苦，绝对是几天几夜都讲不完的。可喜的是，他没有白受这么多苦这么多屈辱。今天，他为我们为广大读者捧出了一部用血泪凝成的真实反映打工生活的长篇小说。

二是人物塑造好。对于生活，看得出作者不是消极的旁观者，而是积极的参与者、严肃的思考者。他总是认真地投入，深度融入，努力扮演好生活中自己的角色。同时，他还透过自己文学的眼光，去仔细观察生活、思考人生。正是因为他善待生活，细致观察，在他的笔下，才涌现出许许多多栩栩如生的人物形象。《深圳不相信眼泪》里面，先后出场的人物共有 20 多个，其中主要人物有电车工跛子李平、清洁工乔老头、保安队队长李浩、生产部女主管唐莲、老板曾五锡。这五个人物的形象都塑造得非常成功。电车工跛子李平的聪明过人、清洁工乔老头的老实忠厚、保安队队长李浩的善良忠诚、生产部女主管唐莲的漂亮能干、老板曾五锡的精明圆滑和心狠手辣，都给人留下了深刻印象。尤其是湘南玩具厂老板曾五锡这个人物，像极了我当年打工的那个玩具厂的生产部经理。在打工仔的眼里，他比汉奸、狗腿子还坏，简直是魔鬼，是冷血动物。在他的眼里，打工者就是机器，只能不停地工作，不能片刻休息。只要他一来到车间，所有的工人都会立即变得规规矩矩起来，否则就会引起他的注意。一旦引起他的注意，你就要吃不了兜着走。比如，你刚刚做完了一件事，他就会立即把你叫去做另一件事，中间不能有片刻停顿。他还说这样快节奏的生活才能让你的生命充实而不会虚度。你如果不去，他轻则扣你工资，重则炒你鱿鱼。大家打心眼儿里恐惧他。

作者不但把主要人物塑造得很成功，其他的次要人物也刻画得很生动，有个性。如嗜赌成性的曾五锡的二百五妻子王艳、得过且过的王艳的弟弟王强、洞察世态的曾五锡的父亲曾老校长、善良能干的曾五锡的母亲。

此外，曾五锡的大哥、大嫂，曾五锡的四哥，电车工跛子李平的老婆，女主管唐莲的丈夫，清洁工乔老头的女儿乔孝男，无良日本商人冈田老家伙等，也让人过目不忘。

三是小说语言好。语言是文学创作的第一要素。读完《深圳不相信眼泪》，可以看出作者的文字功底是相当扎实的，文笔老辣。作品中除了比比皆是的个性化人物语言外，还引用了许多民间谚语。这两类例子太多了，就不一一列举了。此外，作品中还出现了大量的警句。如：跛子老婆嫌弃跛子穷，在外面傍上了一个有钱的老板，便提出跟跛子离婚，跛子不想离，她就这样劝跛子："离了，大家都活了。像落水的人一样，怕死手牵手，谁也活不了。两个分开了，兴许拼一下就都能活。"如："自己的事自己解决，解决不了也没有必要求助别人。人人都有要念的经，上帝既然安排人手一册，谁也没有时间替别人背书。"如："纵然你是好人，也不过是天边一点微弱的星光；他是坏人，却是漫漫长夜无边的黑暗。人们借助你的帮助却找不到回家的路，但他的存在，却能让夜行人停止前进的脚步。"如："商人就是商人，利益永远是第一位的。亲情也罢，友情也罢，都不过是生活的佐料。如果这个佐料不合胃口，他们会毫不犹豫地用筷子夹出来扔掉，一点儿心疼的感觉都不会有的。"如："良知

就是一个果子的内核，毕生滋养充斥了整个果子，但最终却难逃唾弃的命运。"如："爱情不是汉堡包，也不是柴米油盐。爱情可以激发精神，但喂不饱肚子。当爱情的浪漫退去后，一切都回到现实时，留下的是脏污丑陋的滩涂。"如此等等，俯拾皆是。作者如果不是长期浸泡在打工生活底层，不和来自五湖四海的打工兄弟姐妹们水乳交融地打成一片，怎么能写出这么多具有高度个性化和富有生活气息的语言？

上面说的都是作品的正面评价，下面就来讲讲作品的不足。如同所有的文学作品都不可能是完美的，《深圳不相信眼泪》自然也不例外。作者自己也说，他在构思和写作这部长篇时，曾经卡过壳。这个壳卡在哪里呢？就是作品的结构。我认为，这部作品的结构是比较老套的，因为它没有一条从头贯穿到底的主要情节线。作者自己也说，作品的五个部分都是独立成篇的，虽然互相关联，但这样内在联系还是比较弱，从而阻碍了塑造恢宏大气的人物形象，削弱了作品的艺术感染力，读起来有一种让人不过瘾的感觉。不过，这部作品能够出版，还是可喜可贺的。拿它与当下的许多长篇小说相比，它还是有自己的特色的，它的价值和意义就在于其形象地描绘了打工众生相，精彩地呈现了真实的打工生活，同时也深刻地揭示了在当今这个物欲横流的社会，新的社会阶层已经不受人为支配地自然形成，新的社会矛盾也已到了刻不容缓需要解决的地步。当然，作家不是医生，更不是政治家，他无法开出对症的良方，更没有铁腕治国的能量，充其量，只能是一个诚实的见证人，把一切如实地记录在案。

（邹贵荒：男，湖南省作协会员，湖南省祁阳县作协主席，《祁阳文学》主编，著有长篇小说《人生没有重来》等。）

后 记

打工二十多年了，总想为这段生活做个总结，于是，就有了本书《深圳不相信眼泪》的起源。

打工是被动的，一个人去给另一个人做活，目的是为了生活。而为了生存，往往没有多余的选择。当一个人把手伸向另一个人讨生活的时候，他的腰注定是弯着的，所以打工的生活充满了歧视与屈辱，充满了辛苦与辛酸。而且常常离不开眼泪。而深圳又是最不相信眼泪的，这里是一个生存的竞技场。

在深圳，一个晚上赚上十万八万不是新闻，一个晚上，由千万富翁变成穷光蛋也不是新闻，这些没人感兴趣。

人们感兴趣的是某某明星最近傍上了大款，嫁进了豪门；某某明星三拳两脚打倒了粉丝；还有就是某某高官又栽了。

而数量最多又处在最底层的外来工，是绝对进入不了人们的视野的。他们是草，是沙，只有在装点新景的时候，只有在大兴土木的时候，才会被人想起，拿来用上一用。但过程注定不会长久，新春短暂，危楼要拆，于是他们最后连同废物一起被扔进了垃圾堆。

我是其中一员，可谓兔死狐悲。其实，兔子死了，狐狸不应该悲伤，相反应该高兴才是，因为兔子死了狐狸才有肉吃。兔子死了，悲痛的应该是兔子的同类——担心悲惨的厄运随时降临自己。

辛勤的兔子，自食其力，但创造不了财富。只有狡猾的狐狸才能拥有更多。遗憾的是兔子是不受保护的，随时随地可以猎杀，而狡猾的狐狸却被列入保护名册。

我很想为自己，为同类做点什么，哪怕是唱一首挽歌。除自己之外，即便还有一个听众，那也是一场成功的演出。

基于这一点，我上路了。

创作中，由于要养家糊口，打工自然不能停顿。要领一份薪水，工作才是第一位的。所以时间是断断续续的，写作自然无法一气呵成。过程是痛苦的，几近难产。说到长篇小说创作，最粗俗的比方就好比是盖房子。俗话说得好，起屋造船，昼夜不眠。事实的确如此。而盖房子除了材料充足必不可少外，最重要的一点就是要成好图，放在小说创作就是布局谋篇的过程。本书最初远不是现在这个样子，为了好看，让读者不至于产生阅读疲劳，小说采用的是人物时空交错叙述。但写了两章后，却卡了壳写不下去了。为什么呢？因为在讲完前一个人物故事后，立马跳到另一个人物身上时，发现无论语气还是节奏明显合不上拍。最后不得已回到中国古典文学的老模式，像《水浒传》一样，一个人物一个人物写，既独立成篇又相互关联。于是用五个人物写成了五个中篇，叠在一起就算是一个长篇了，也算是有天有地的一座房子盖成了。这里既是一个大工厂，同时也是一个小社会，形形色色的，热闹倒是挺热闹的，但总觉得不过瘾。写完后，曾试图断章取义，重新搭配。但到底没有成功。如同一座房子盖完后，感觉不满意，推倒重新来，结果弄得砖不是砖、瓦不是瓦了。无奈之下，只好坚持原样。不管怎样，成功了，算是喜得贵子；不成功，充其量不过是不务正业。

这个多难的"孩子"，没有胎死腹中，那是他的幸运，没有难产夭折，则全仗好友作家、剧作家王青伟先生的真诚支持，百忙中拔冗校阅全书并为本书作序。这之后，又得到邹贵荒、王健和任梦三位好友的精心呵护，从而使得他死里逃生，并且脱胎换骨，健康成长。

现今，这个孩子要出门远行，那是百家饭的力量。作者在其中所起的作用不过是一个引路人罢了。

天下没有不散的筵席，现在要和这个孩子亲热地话别了，让他回到社会，回到人们中去，期望他能一路走好。

因为受出版社条件限制，本书经过多次编校后，文中多处进行了删减概括。虽有遗憾，但必须要有所取舍。或许再次修订之时，能为读者还原更为精彩的片段。

在此，也恭贺本书的文字编辑陶然先生，以及北京凤凰树文化艺术发展有限公司的钟佳丽女士。你们辛勤的劳动，终得回报。孩子一路传唱，那一定是为慧者而歌。